Sanna Seven Deers · Die Lichtung der Luchse

MTb

Sanna Seven Deers (Jg. 1974) ist in Hamburg geboren und aufgewachsen, bevor sie 1997 nach Kanada auswanderte. Heute lebt sie mit ihrem Mann, dem indianischen Bildhauer und Autor David Seven Deers, und ihren vier Kindern in British Columbia.
Sanna Seven Deers schreibt Romane für Erwachsene und entführt ihre Leser auf eine Reise voller Abenteuer in die unberührte Schönheit der kanadischen Wildnis.

www.sannasevendeers.com

Den Lesern von Sanna Seven Deers empfehlen wir auch die folgenden Titel aus unserem Verlagsprogramm:

Sanna Seven Deers FEUERBLUME
Roman, 340 Seiten, kartoniert, MTb, ISBN 978-3-87536-291-6

Sanna Seven Deers SOMMERVOGEL
Roman, 360 Seiten, kartoniert, MTb, ISBN 978-3-87536-316-6

Sanna Seven Deers BEAVER CREEK RANCH, 1-6
Abenteuer in den kanadischen Rockies
ca. 168 Seiten, Pappband, ISBN 978-3-931081-75-1, 978-3-931081-83-6, 978-3-931081-89-8, 978-3-931081-96-6, 978-3-931081-98-0, 978-3-95878-011-8
Kinderbuch ab 8 Jahren

David Seven Deers HEELAHS TRAUM
Eine indianische Schöpfungsgeschichte
34 Seiten, Pappband, ISBN 978-3-931081-68-3
mit Bildern von Merle Michaelis, ab 5 Jahren

David Seven Deers POTLATCH
Erzählung über das Schenken
56 Seiten, Pappband, ISBN 978-3-931081-76-8
Bilder von Merle Michaelis, ab 6 Jahren

David Seven Deers REISENDE MUTTER
Indianische Parabeln, 120 S., Ln., ISBN 978-3-87536-312-8

Die genannten Kinderbücher sind alle im Little Tiger Verlag, Gifkendorf, erschienen. www.little-tiger.de

Sanna Seven Deers

DIE LICHTUNG DER LUCHSE

Roman

MERLIN

When you arise in the morning, give thanks for the morning light, for your life and strength. Give thanks for your food, and the joy of living. If you see no reason for giving thanks, the fault lies with yourself ...
Tecumseh

Jeder hört nur das, was er versteht.
Johann von Goethe

Kapitel 1

Pferderennbahn La Touque in Deauville, in der Nähe von Le Havre, Frankreich

Die heiße Augustsonne brannte erbarmungslos vom strahlendblauen Himmel. Von der nahegelegenen Atlantikküste wehte der Geruch von Salzwasser und Seetang herüber. Aber dies brachte den vielen Tausend Zuschauern auf den glasüberdachten Tribünen kaum Erfrischung. In den Rängen und auf der freien Fläche davor standen so viele Pferdeliebhaber, dass man kaum Luft bekam. Marla Hansen und ihre Freundin Viv versuchten verzweifelt, sich einen Weg durch die Menschenmenge hin zur Brüstung zu bahnen, die die Rennstrecke und den Tribünenbereich voneinander trennte.

Ein entferntes Dröhnen hallte über die Rennstrecke, ein Dröhnen, das sich schnell näherte und immer deutlicher auszumachen war. Es handelte sich um donnernden Hufschlag.

„Beeil dich, Viv, mach schnell!", drängte Marla. Sie griff nach dem Arm ihrer Freundin und zog sie zu sich an die Brüstung.

Von allen Seiten wurde sie von Menschen geschubst, aber Marla störte sich nicht daran. Sie war völlig auf das Rennen fixiert. Seit Jahren hatte sie sich gewünscht, einmal eine erstklassige Pferderennbahn zu besuchen und nun, da der Tag gekommen war, war sie fest entschlossen, sich dieses Erlebnis nicht verderben zu lassen.

Sie liebte Pferde, liebte einfach alles an ihnen. Aber am liebsten sah sie sie rennen. Zügellose, stolz schnaubende Pferde, deren Mähnen und Schweife im Wind wehten und deren Hufe auf den Boden aufschlugen wie Schlägel auf eine Trommel. Für sie war das wie ein Sinnbild für Freiheit. Marla ging nicht davon aus, dass es ihr je möglich sein würde, Wildpferde über die weite Prärie laufen zu sehen. Daher erschien ihr die Rennstrecke als die nächstbeste Möglichkeit. Und obwohl die farbenfrohen Punkte auf den Rücken der Pferde – tatsächlich handelte es sich um die Jockeys – das perfekte Bild ein wenig störten, brachte die sich nähernde Meute Marlas ganzen Körper vor Freude zum Beben.

Marla strich sich eine Strähne ihres langen dunkelblonden Haares aus dem Gesicht und lehnte sich über die Brüstung, um besser sehen zu können. Die Luft flimmerte in der Hitze. Noch immer waren die Pferde lediglich zu hören und nicht zu sehen: hohe Büsche und junge Bäume auf der freien Fläche im Inneren der Rennbahn verdeckten die Sicht. Marla hielt schützend die Hand über ihre Augen, um ja nichts zu verpassen.

Viv stand lächelnd neben ihr. „Ich glaube, ich habe dich noch nie so begeistert gesehen", sagte sie, „und dabei kennen wir uns schon so lange."

Marla schenkte ihr keine Beachtung. „Schau nur, Viv, da kommen sie!", rief sie. Und obwohl sie Anfang dreißig war, strahlten ihre veilchenblauen Augen wie die eines Kindes.

In der Kurve neben der Grünfläche, auf ihrem Weg zum letzten Sprint, kamen nun die Pferde in Sicht. Ihre Beine verschwanden kniehoch im Hitzeflimmern und es schien, als glitten die Tiere über das Gras wie Surfer über die Wellen.

Je mehr sie sich der Stelle näherten, an der Marla stand, desto deutlicher konnte sie die wundervollen Vollblüter erkennen. Sie sah die muskulösen Flanken der Tiere, ihre schweißnassen, ausgestreckten Hälse und die kraftvollen Bewegungen, mit denen sie sich geradezu in die Rennstrecke hineinzuarbeiten schienen. Sie hörte lautes Schnauben und den gedämpften rhythmischen Schlag der Hufe, als jedes Tier sein Bestes gab, um alle anderen auf dem Weg zur Ziellinie zu schlagen.

Fetzen von Grassoden wirbelten durch die Luft, während die Pferde in dem Bruchteil einer Sekunde an Marla vorbeidonnerten. Dann überquerten sie auch schon die Ziellinie – und ehe Marla sich versah, war das Rennen vorüber.

Marla stieß einen lauten Schrei der Begeisterung aus, der sich mit den Jubelrufen aus der Menschenmenge vereinte, die hinter ihr stand.

„Hat unser Favorit gewonnen?", wollte Viv wissen.

Marla schnappte nach Luft. Sie hatte, seit die Pferde an ihr vorbeigesprintet waren, ohne es zu bemerken den Atem angehalten. „Ich habe nicht den leisesten Schimmer", lachte sie. „Ich liebe es einfach, sie rennen zu sehen! Hast du sie gesehen, Viv? Ich meine, hast du sie wirklich gesehen? Waren sie nicht majestätisch? Ich kann dir nicht genug für diesen Tag danken! Es war eine tolle Idee von dir."

„Ich bin froh, dass es dir so gut gefällt", sagte Viv. „Ich bin nur ein wenig enttäuscht, dass Eva es nicht geschafft hat zu kommen. Mit ihr wäre es wie früher gewesen."

„Wie früher", lachte Marla. „Das hört sich an, als seien wir uralt. Ich bin mir sicher, dass Eva das Wochenende lieber mit uns verbracht hätte, als in Genf zu bleiben und ihren kleinen Sohn gesundzupflegen. Zu dumm, dass Felix ausgerechnet an unserem diesjährigen Frauen-Wochenende Windpocken bekommen musste. Und wo wir gerade von Freunden sprechen, wo ist eigentlich Jason abgeblieben? Noch so ein Beispiel für unvorhergesehene Ereignisse, und nun hat er auch noch das Rennen verpasst." Sie sah sich suchend um.

„Das Letzte, was ich gehört habe, war, dass er sich etwas zu essen holen wollte."

„Ich kann es immer noch nicht glauben, dass wir ihn an

unserem Frauen-Wochenende mitschleppen müssen", sagte Marla leicht verdrießlich. „Ich meine, ich habe nichts gegen deinen Ex, versteh mich bitte nicht falsch. Aber dass er dich ausgerechnet dann um eine Bleibe bitten muss, wenn ich aus Kopenhagen zu Besuch komme, und sich dann außerdem auch noch dazu entschließt, zum Rennen mitzukommen – nun ja, das ist schon ein bisschen dreist."

„Ich weiß, was du meinst", sagte Viv und lächelte entschuldigend. „Ich habe es einfach nicht übers Herz gebracht, ihn vor die Tür zu setzen. Immerhin waren wir fast ein Jahr zusammen, und er ist wirklich ganz in Ordnung. Es ist bloß diese seltsame Identitätskrise, die er seit Kurzem durchmacht und die mich total verrückt macht. Kannst du dir vorstellen, mit einem Amerikaner zusammen zu sein, der ein Meter neunzig groß ist, aussieht wie ein Filmstar, und der aus dem Nichts heraus beschließt, ein Cowboy zu sein und wie John Wayne durch Le Havre zu laufen? Und dabei Roy Rogers Lieder zu singen? Wenn mich mein Chef mit ihm sieht, feuert er mich auf der Stelle." Sie seufzte. „Nur für heute, tu mir den Gefallen und beachte ihn einfach nicht, okay? Ich werde die Sache an einem anderen Tag in Angriff nehmen."

Marla sah ihre Freundin forschend an. Viv war wunderschön. Ihr Vater war Afro-American, ihre Mutter Französin mit vietnamesischen Wurzeln, und irgendwie hatte Viv die Attraktivität von beiden Seiten mitbekommen. Sie war hochgewachsen, schlank und gut gebaut. Ihre Augen waren dunkel und leicht mandelförmig. Sie hatte volle Lippen und einen wunderbaren Teint. Marla beneidete sie darum, weil sie selbst die helle Haut ihrer dänischen Vorfahren geerbt hatte. Und auch wenn Marla für ihr hübsches Aussehen oft Komplimente erhielt, wusste sie doch, dass sie es nie mit Viv aufnehmen konnte. Dafür waren ihr Kinn zu entschlossen, ihre Grübchen zu ausgeprägt und ihre Nase zu sehr mit Sommersprossen übersät. Einzig ihr einnehmendes Lächeln und das seltene Veilchenblau ihrer Augen vermochten sie zu trösten.

Marla hatte keinerlei Zweifel, warum Jason Carleton darum gebettelt hatte, wieder bei Viv einzuziehen: Sie war eine wunderschöne Frau, sehr intelligent und warmherzig, und es war immer eine Freude, sie um sich zu haben – auch wenn sie furchtbar launisch sein konnte. Aber ein Blick hatte Marla gereicht, um zu wissen, warum Viv sich sträubte, den neuen Jason an ihrer Seite zu haben. Viv hatte vollkommen recht: Er hatte das Gesicht und den Körperbau eines Models und war bisher recht nett zu ihr gewesen. Manchmal war er ein wenig zu albern für Marlas Geschmack, aber insgesamt doch zuvorkommend und fürsorglich – wenigstens war dies der Eindruck, den Marla die wenigen Male gewonnen hatte, die sie sich getroffen hatten. Nun aber – es war schwer in Worte zu fassen. Jason schien sich wirklich in einer Art Identitätskrise zu befinden. Er war zu jung, um in der Midlife-Crisis zu stecken, andernfalls hätte Marla sein Benehmen so interpretiert. Was auch immer der Anlass sein mochte: Jason, Sohn eines wohlhabenden Bostoner Geschäftsmannes, hatte sich ein neues Image gegeben und zwar ausgerechnet das eines Cowboys – eines sehr machohaften Cowboys. Das entsprach so gar nicht seinem Charakter und es war sehr anstrengend, ihn um sich zu haben. Marla konnte sehr gut nachvollziehen, warum Viv sich von ihm getrennt hatte.

„Du hast recht“, sagte Marla mit einem Seufzer. „Vergessen wir ihn. Wann beginnt das nächste Rennen?“

„Ich habe dir die Broschüre gegeben.“

Marla wühlte in ihrer Handtasche, fand das Heftchen und vertiefte sich in die Lektüre. Ihr etwas kantiges Gesicht und die rosig angehauchten Wangen verrieten ihre Konzentration. Doch es war noch etwas anderes auf ihrem

Gesicht zu lesen: ein Anflug von körperlichem Schmerz.

Viv beobachtete sie beunruhigt. Seit Jahren litt Marla unter entsetzlichen Kopfschmerzen, die in unregelmäßigen Abständen auftraten und sie manchmal tagelang quälten. Marla hatte Viv erzählt, dass der starke Druck, den sie dann an der Schädelbasis verspürte, kaum auszuhalten war. In diesen Momenten verwandelte sie sich von einem fröhlichen, freundlichen Menschen zu einem überempfindlichen Wesen, das weder das geringste Geräusch noch irgendeine helle Lichtquelle ertrug. Viv wusste, dass Marla diese Zustände hasste, ja, sogar sich selbst in diesen Augenblicken hasste. Mit der Zeit waren die Anfälle häufiger aufgetreten und zugleich schlimmer geworden. Zeitgleich hatte sie meist einen immer wiederkehrenden Traum. Marla hatte die verschiedensten Ärzte aufgesucht, die aber keine Ursache hatten finden können und beides, Traum und Kopfschmerzen, dem Stress zuschrieben. Viv wusste, dass es nichts gab, was Marla Erleichterung verschaffte, wenn sie von einer solchen Attacke überrascht wurde, und sie hoffte sehr, dass ihr schöner Ausflug nicht von Schmerzen überschattet werden würde.

„Tut dein Kopf wieder weh?“, fragte sie sanft.

Marla blickte überrascht auf. „Nein“, sagte sie, und fügte, als sie Vivs besorgten Blick auffing, hinzu: „Wirklich, es ist alles in Ordnung.“

„Das freut mich. Es wäre zu schade, wenn etwas dir diesen Tag verderben würde.“ Viv blickte sich um. „Schau dir das an“, sagte sie dann belustigt. „Da kommt Jason.“

Marla versuchte ihr Grinsen zu unterdrücken. Jason kam auf sie zumarschiert, beladen mit Baguettes und Getränken. Ein lächerlicher Gallonen-Cowboyhut bedeckte seinen braunen Schopf und warf Schatten auf sein Gesicht, das ein perfekt rasierter Goatee zierte. Er überragte die meisten anderen Zuschauer und entschuldigte sich fortwährend in einem sehr amerikanisch angehauchten Französisch, während er sich durch die Menge schob.

Wäre es nach Marla gegangen, hätte Jason gern länger fortbleiben können. Aber da war er nun wieder, in seinem enggeschnittenen karierten Hemd, das seine breiten Schultern und starken Muskeln betonte, und mit seiner riesigen silbernen Gürtelschnalle, die im Sonnenlicht blitzte, und seinem Aftershave mit dem lächerlichen Namen Rawhide – seiner Ansicht nach ein echter Männerduft –, dessen dicke, aufdringliche Schwaden ihn umgaben. Er grinste wie ein Idiot, was natürlich Viv galt, doch sie würdigte ihn keines Blickes.

Bevor Marla etwas sagen konnte, schubste jemand sie mit voller Wucht von hinten. Irritiert und ärgerlich drehte Marla sich um. Doch statt – wie vermutet – einen unhöflichen Halbstarken sah sie eine hochgewachsene, zartgebaute alte Dame. Ein Hauch von blumigem Parfüm stieg Marla in die Nase, und für einen Augenblick war sie entgeistert über die altmodische Eleganz, die die Frau umgab. Es waren nicht nur das dunkelblaue Kleid mit den weißen Punkten, das vielleicht in den Vierzigern hochmodern gewesen sein mochte, oder der verschlungene Knoten, zu dem sie ihr silbergraues Haar aufgesteckt hatte. Es waren die gerade Körperhaltung und die Art, wie sie ihren Kopf hielt, die Marla an eine Adelige erinnerten. Und selbst jetzt, da es voller Falten war, ließen das schmale, feingeschnittene Gesicht und die hohe Stirn der Dame darauf schließen, dass sie in ihrer Jugend – vor gut siebzig Jahren – sehr schön gewesen war.

Ungläubig schüttelte Marla den Kopf. Erst jetzt bemerkte sie, dass die Frau sich mit einer Hand ans Herz fasste, die Augen weit aufgerissen. Mit der anderen Hand versuchte sie hilflos, irgendwo Halt zu finden. Instinktiv griff Marla nach dem Arm der Frau und bewahrte sie so davor, hinzufallen. Die Situation hatte sie derart überrascht, dass sie ihr Französisch vollkommen vergessen hatte.

„Ist alles in Ordnung?“, fragte sie auf Englisch. „Kann ich Ihnen helfen?“

Zu ihrer Überraschung erwiderte die alte Dame mit einem eleganten britischen Akzent: „Danke, meine Liebe, wie nett von Ihnen. Aber es wird mir gleich wieder besser gehen. Es ist nur ein Schwindelanfall. Die Hitze, wissen Sie. In meinem Alter verträgt man sie nicht mehr so gut. Ich hätte zu Hause bleiben sollen.“

„Es ist aber auch besonders heiß heute“, sagte Marla, ohne den Arm der Dame loszulassen. „Und ich glaube, es gibt bald ein Gewitter. Es ist sehr schwül.“

„Hier ist Wasser“, bot Viv besorgt an, und griff nach einer der Flaschen, die Jason gebracht hatte.

„Das ist wirklich nett von Ihnen“, sagte die Frau und nahm die Flasche entgegen.

„Kommen Sie, ich suche Ihnen einen Platz im Schatten“, bot Marla an und rief dann, zu Viv und Jason gewandt, „ich bin gleich wieder da!“

Marla führte die Dame von der Brüstung fort, hinüber zu den Tribünen, wo unter bunten Sonnenschirmen vereinzelte Sitzplätze im Schatten zu finden waren. Ein junger Mann stand auf und bot ihnen seinen Platz an; Marla half der Frau sich zu setzen.

„Es ist wirklich alles in Ordnung“, wiederholte die alte Dame, aber ihr Atem ging schnell und ihre grauen Augen waren noch immer weit aufgerissen.

Marla hielt sie an, etwas zu trinken und erbot sich, Hilfe zu holen, aber die Dame wollte nichts davon hören.

„Zu denken, dass ich mich eines Tages wie eine alte Gans aufführen würde“, murmelte sie, und es lag beinahe etwas Ungehaltenes in ihrer Stimme.

Überrascht von dem plötzlichen Wechsel im Tonfall der

Frau sah Marla sie forschend an. Es hatte ein Funkeln in ihren Augen gelegen, als sie eben fast ärgerlich zu sich selbst gesprochen hatte. Ja, die Augen der Frau sahen überhaupt nicht alt aus. Marla hatte noch nie zuvor solche Augen gesehen. Sie waren grau, aber von einem Grau, das an die See an einem stürmischen Tag erinnerte, mit all den Schattierungen und Tiefen der grauen, ungestümen Wellen. Und wenn sie sie ansahen, schienen sie durch Zeit und Raum zu blicken, direkt in Marlas Seele. Es war merkwürdig, aber diese grauen Augen schienen nun anderswo zu weilen, denn sie blickten in die Ferne, als sähen sie dort eine andere Welt, eine Welt, weit, weit weg von der Pferderennbahn.

„Madam, wie heißen Sie?", fragte Marla leise. „Soll ich jemanden verständigen, der Sie abholt?"

Der Blick der Frau war nun wieder ganz gegenwärtig. „Ich heiße Geraldine Copperwheat", sagte sie mit leicht gehobenem Kinn. „Und nein, es gibt niemanden, den Sie anrufen könnten. Nicht mehr. Sie haben genug getan, meine Liebe. Gehen Sie zurück zu Ihren Freunden und genießen Sie den Tag. Ich sitze gut hier", setzte sie hinzu und tätschelte Marlas Hand. „Machen Sie sich keine Sorgen."

„Sind Sie sicher?"

„Ganz bestimmt. Aber bevor Sie gehen, sagen Sie mir, wie Sie heißen."

„Marla. Marla Hansen."

„Sie sind nicht von hier, nicht wahr?", fragte Mrs Copperwheat, ihre Hände elegant im Schoß gefaltet.

„Nein, ich lebe in Kopenhagen. Ich besuche eine Freundin, die hier wohnt", erklärte Marla.

„Und Sie sind heute hier, weil …?"

Marla lächelte. „Ich liebe Pferde", sagte sie ohne Umschweife. „Liebe es, sie rennen zu sehen."

„Ich auch", sagte Mrs Copperwheat und erwiderte das

Lächeln. „Ich glaube, die Liebe zu Pferden ist einem angeboren. Sie liegt mir im Blut und ich kann es Ihnen an den Augen ablesen, dass es Ihnen genauso geht. Genießen Sie Ihre Zeit hier, Marla Hansen. Und vielen Dank für Ihre liebe Hilfe."

Es lag so etwas wie eine Verabschiedung in ihrer Stimme und Marla wusste, dass es an der Zeit war zu gehen.

„Auf Wiedersehen, Mrs Copperwheat", sagte sie höflich. Dann drehte sie sich um und ging zurück zu der Brüstung, wo Viv und Jason auf sie warteten.

Zwei Stunden später kam ein starker Wind auf und dunkle Wolken zogen auf.

„Wir machen uns besser auf den Heimweg", sagte Marla. „Es regnet bestimmt gleich."

„Ich wünschte, wir könnten bleiben bis alle Rennen gelaufen sind, aber ich fürchte, du hast recht. Es wird gleich regnen", sagte Viv niedergeschlagen.

„Ich hole das Auto und treffe euch in zehn Minuten am Haupteingang", bot Jason an. „Dann braucht ihr nicht den ganzen Weg zurück zum Parkplatz zu laufen."

„Das ist lieb von dir", sagte Viv, und Jason machte sich auf den Weg.

Viv wandte sich an Marla. „Warum gehst du nicht schon los? Ich muss kurz noch auf die Toilette."

„Okay. Ich warte am Eingang auf dich. Trödel nicht."

Am Eingang war ein so großer Menschenauflauf, dass Marla beschloss, draußen auf Viv zu warten. Auf diese Weise konnte sie den vielen Menschen entkommen und gleichzeitig sehen, wo Jason blieb.

Es war nun viel kühler und Marla hätte gerne eine Jacke dabeigehabt. Sie ging auf dem Bürgersteig auf und ab, um nicht zu frieren, und hielt nach Jason und dem Auto Ausschau. Aber der Bürgersteig und die Straße waren voller

Menschen, die die Rennstrecke verließen, und es war schwierig, überhaupt etwas ausfindig zu machen.

Es war nun fast stürmisch. Marla spürte, wie der Wind an ihrem hübschen Strohhut zerrte, den sie eigens für diesen Tag gekauft hatte. Sie streckte die Hand aus, um den Hut festzuhalten, aber eine besonders heftige Böe kam ihr zuvor. Der Windstoß blies ihr den Hut glatt vom Kopf, wirbelte ihn durch die Luft und ließ ihn irgendwo hinter ihr landen. Sie konnte nicht sehen, wo. Aus Angst, dass ihr hübscher Hut vielleicht zertrampelt würde, drehte Marla sich schnell um die eigene Achse, in der Hoffnung, den Hut ausfindig zu machen, bevor es zu spät war. Aber es war nicht ihr Hut, den sie zwischen all den Menschen erspähte. Es war die alte Dame, der sie vorhin geholfen hatte. Ihre Blicke trafen sich in einem kurzen Augenblick des Wiedererkennens, dann schnappte die Frau nach Luft, griff sich ans Herz und brach auf dem Bürgersteig zusammen.

„Mrs Copperwheat!", rief Marla entsetzt und rannte los.

Die umstehenden Menschen machten ihr Platz und hielten inne, neugierig auf das, was da vor sich ging. Aber niemanden schien es wirklich zu kümmern. Niemand bot Hilfe an.

Marla kniete neben der Frau nieder, ohne wahrzunehmen, was um sie herum geschah. Vorsichtig ergriff sie ihre Hand. „Mrs Copperwheat, können Sie mich hören? Mrs Copperwheat! Rufen Sie einen Krankenwagen, schnell!", schrie sie den herumstehenden Menschen zu, aber niemand rührte sich. Endlich sah sie, wie jemand ein Handy hervorzog und telefonierte. Sie hoffte inständig, dass er den Rettungsdienst rief.

Marla spürte, wie Mrs Copperwheat ihre Hand drückte und sah nach unten. Als sich ihre Blicke trafen, lag etwas Seltsames in dem Blick der Frau. Etwas Dringliches. Etwas so Intensives und Abschließendes, dass Marlas Herz aus

Angst einen Sprung machte. Sie wusste, was dieser Blick bedeutete, auch wenn sie dergleichen niemals zuvor gesehen hatte. Es war der Abschied einer Seele, die diese Welt schon bald verlassen würde.

„Mrs Copperwheat, bitte versuchen Sie durchzuhalten“, flehte Marla. „Hilfe ist unterwegs!“

Die alte Dame schloss die Augen und für eine Sekunde befürchtete Marla das Schlimmste. Ihr Herz schlug wild und ihre Hände waren feucht von kaltem Schweiß. Sie hatte noch nie jemanden sterben sehen und wollte lieber aufspringen und davonlaufen, wollte es jemand anderem überlassen, sich darum zu kümmern. Aber Mrs Copperwheat hielt ihre Hand fest umschlossen und Marla kam es so vor, als wollte die alte Dame sie an ihrer Seite haben. Daher holte sie tief Luft und versuchte zu lächeln, doch in Wahrheit zog sie eine Grimasse.

Der intensive, dringliche Blick der Frau, als sie Marla nun wieder ansah, schien aus der Tiefe ihrer Seele zu kommen. Sie öffnete den Mund, als wollte sie etwas sagen. Doch ihre Stimme war zu schwach. Marla konnte ihre Worte nicht ausmachen.

Wieder spürte Marla, wie sich die Hand der anderen um die ihre schloss, fester dieses Mal. Und endlich verstand sie. Marla beugte sich vor, so dass sich ihr Ohr dicht am Mund der alten Dame befand.

„Das Buch … in meiner Tasche … nimm es heraus“, flüsterte Mrs Copperwheat.

Marla hob den Kopf und sah die Frau entgeistert an.

„Mach jetzt.“ Der Befehl war deutlich hörbar und die dünne Stimme sehr bestimmt.

Marla verstand, dass Mrs Copperwheat nicht zum ersten Mal einen Befehl gab. Sie war es offensichtlich gewohnt, dass man ihren Anordnungen auf der Stelle nachkam. Schnell begann sie, den leichten Sommermantel von Mrs

Copperwheat abzutasten. Da! Etwas Festes und Schweres war in einer der Innentaschen verstaut.

Marla öffnete den Mantel und zog einen Gegenstand aus der Tasche. Es handelte sich um ein in dunkelbraunes Leder eingeschlagenes Buch, das recht abgenutzt und alt aussah. Marla legte das Buch auf Mrs Copperwheats Brust und ihre Hand darauf, um ihr zu verstehen zu geben, dass es dort war. Doch zu ihrer Überraschung wurde die alte Dame nun ärgerlich und schob das Buch zurück in Marlas Hand.

„Ich habe niemanden ... nimm es ... behalte es ... niemand außer dir." Mrs Copperwheats Brustkorb hob und senkte sich schnell, und ihr Atem war sehr flach. Die Worte, obwohl nur ein Flüstern, hatten sie zu sehr angestrengt.

Marla nahm das Buch rasch an sich und steckte es für Mrs Copperwheat sichtbar in ihre Tasche. Sie wollte der Frau auf keinen Fall mehr Schmerzen verursachen als nötig.

Die Augen der alten Frau schlossen sich und sie nickte sachte.

„Gut, gut", flüsterte sie. Ihre Hand drückte Marlas erneut und ihre Augen öffneten sich ein weiteres Mal. Sie versuchte zu sprechen, aber sie war zu schwach.

Marla brachte ihr Ohr dicht an das Gesicht der Frau, bemüht, ihre Worte zu verstehen.

„Lass es dir von niemandem wegnehmen ... beschütze es ... es ist kraftvoll ... sehr kraftvoll ..." Mrs Copperwheats Stimme verlief sich im Nichts. Sie schloss ihre Augen und Marla fühlte, wie die Hand der Frau erschlaffte.

Ein seltsames Gefühl überkam Marla – ihr wurde mulmig. „Mrs Copperwheat?", flüsterte sie. Doch sie erhielt keine Antwort. Panisch sah Marla auf. Sie hoffte jemanden zu finden, der ihr helfen würde. Tränen stiegen ihr in die Augen.

Ein Aufruhr ging durch die Menge und einen Augenblick

später erschienen zwei Männer vom Rettungsdienst, dicht gefolgt von Viv und Jason. Viv war sehr aufgeregt, Jason trottete mit erstauntem Gesichtsausdruck hinter ihr her.

„Gott sei Dank!", rief Marla, ohne von der Seite der alten Frau zu weichen. „Mrs Copperwheat ist zusammengebrochen. Bitte helfen Sie ihr!"

Der Notarzt untersuchte Mrs Copperwheat, aber Marla bemerkte kaum, was sie taten. Sie wartete darauf, dass man ihr endlich sagte, Mrs Copperwheat würde wieder gesund werden. Denn das musste sie einfach!

Doch als der Notarzt schließlich aufsah, schüttelte er nur traurig den Kopf.

„Es tut uns leid, Madam", sagte der Arzt in gebrochenem Englisch. „Wir können nichts mehr für sie tun. War sie eine Verwandte?"

„Nein", erwiderte Marla. „Eine Freundin." Sie wusste nicht genau, warum sie Mrs Copperwheat eine Freundin nannte, aber es war genau das, was sie für sie empfand. Geraldine Copperwheat war ihre Freundin gewesen, egal wie kurz sie sich gekannt hatten. Sie war eine verwandte Seele, die nun auf ihre Reise gegangen war.

Marla presste ihre Handtasche, in der sich das Buch befand, das die alte Dame ihr anvertraut hatte, fest an sich und rief sich Geraldine Copperwheats letzten Worte wieder ins Gedächtnis: *Lass dir das Buch von niemandem wegnehmen. Beschütze es. Es ist kraftvoll, sehr kraftvoll.*

Kapitel 2

Am nächsten Tag in einem Vorort von Calgary in Alberta, Kanada

Jack Blood trommelte ungeduldig mit den Fingern auf dem Lenkrad seines alten Ford Crown Victoria. Ein sorgenvoller Blick lag auf seinem ebenmäßigen, sonnengebräunten Gesicht. Es gab zwei Dinge, die er nicht leiden konnte: zu spät zu einer Verabredung zu kommen und im Stau zu stehen. Im Augenblick sah es so aus, als würde ihm beides gleichzeitig widerfahren. Er steckte bereits im dichtesten Stau fest, in einem Stau, den es nicht hätte geben sollen, denn es war früher Nachmittag und der Feierabendverkehr hatte noch gar nicht begonnen. Und wenn sich an dieser Situation nicht schnellstens etwas änderte, würde er zu spät zu einer Verabredung kommen, die ihm sehr am Herzen lag.

Jack war unterwegs, um seinen fünfjährigen Neffen Ben von der Vorschule abzuholen. Jacks Schwester Helen, Bens Mutter, und ihr Freund hatten sich ein langes Wochenende ohne Kind gegönnt und Jack war nach Calgary gekommen, um sich währenddessen um den Jungen zu kümmern. Jack und Ben hatten am Wochenende in der atemberaubenden Wildnis der nahegelegenen Rocky Mountains gezeltet. Jack hatte sich seit Bens Geburt darauf gefreut. Und jetzt, da der Junge endlich alt genug war, um das kulturelle Erbe seiner indianischen Vorfahren kennenzulernen, hatte Jack alles getan, damit der Ausflug ein Erfolg wurde. Sie waren über felsige Pfade gewandert, hatten in kühlen Bergbächen geangelt und er hatte Ben am Lagerfeuer Geschichten aus vergangenen Tagen erzählt. Es hatte sich herausgestellt, dass Ben die Natur genauso sehr liebte wie Jack.

In Jacks indianischer Erziehung waren Familie und Familientraditionen ein wichtiger Teil gewesen. Daher wollte er einiges davon gern mit seinem kleinen Neffen teilen. Bens Vater war kein *Sechser im Lotto* – er kümmerte sich kaum um den Jungen. Jack wusste, wie sehr Helen ihren Sohn liebte, aber sie musste jeden Tag lange arbeiten, um genug Geld zu verdienen, und hatte deshalb nur wenig Zeit für Ben. Natürlich gab es noch Bens Großeltern, Jacks Mutter und Vater, aber Jack war der Ansicht, dass der Junge jemand Jüngeren brauchte, jemanden, der ihm den Vater ersetzte und Zeit mit ihm verbrachte. Also hatte er seinem Chef, dem Besitzer der JB Ranch in der Nähe von Lethbridge, wo er zurzeit arbeitete, gesagt, dass er ein paar Tage Urlaub brauchte.

Als er diese vier Tage mit Ben plante, hatte Jack sich allein darauf konzentriert, was beim Zelten mit einem Kind zu beachten war. Die Schultage, so hatte er angenommen, würden problemlos verlaufen. Alles, was er zu tun hatte, war, Ben Frühstück zu machen, ihn zur Schule zu fahren und ihn nachmittags wieder abzuholen. Jetzt aber, als er in diesem unglaublichen Stau steckte, dämmerte es Jack, dass die Tage in der Wildnis der einfachere Teil seiner Aufgabe gewesen waren. Und er hatte plötzlich das ungute Gefühl, dass etwas ganz und gar nicht stimmte.

Als Jack endlich vor dem Schulgebäude anhielt, sah er, dass Ben schon am Eingang auf ihn wartete. Der Junge winkte erleichtert, als er seinen Onkel entdeckte.

„Verdammt", entfuhr es Jack leise. Das Letzte, was er gewollt hatte, war, dass Ben sich Sorgen machte. Der kleine Kerl stand da und wartete scheinbar geduldig, den Rucksack auf dem Rücken, das kurze schwarze Haar verschwitzt und zerzaust vom Fußballspiel in der Pause. Äußerlich wirkte er ganz ruhig, aber Jack spürte, dass eine Last von Bens Schultern fiel, als er sah, dass sein Onkel ihn nicht vergessen hatte.

Erst jetzt bemerkte Jack den Mann, der neben Ben stand. Er wunderte sich einen Augenblick, nahm dann aber an, dass es sich um einen der Lehrer handelte, und dachte sich nichts weiter dabei. Er ließ das Fenster seines Fords herunter und rief dem Jungen zu: „Tut mir leid, dass ich so spät dran bin, Ben. Komm, lass uns nach Hause fahren!"

Bevor Jack begriff, was geschah, riss jemand die Fahrertür seines Wagens auf und zerrte ihn nach draußen. Sein Arm wurde brutal auf den Rücken gedreht und sein Oberkörper auf die Motorhaube des Wagens gedrückt. Er spürte, wie man ihm Handschellen anlegte. Dann brach ein riesiger Tumult aus. Menschen rannten umher und schrien. Jacks Sichtfeld war eingeschränkt, weil man sein Gesicht auf die Haube des Wagens drückte, aber er sah die angsterfüllten Gesichter einiger Eltern, sah, wie sie ihre Kinder an sich zogen und sich vorsichtig davonstahlen. Polizisten schwärmten nun überall umher. Weiße Polizisten. Und sie hielten ihre Pistolen auf Jack gerichtet.

Jeder Muskel in Jacks Körper spannte sich an. Er hasste Polizisten seit seiner Kindheit. Wohin auch immer er mit seinen indianischen Freunden gegangen war, wenn es dort Ärger gegeben hatte, waren jedesmal sie diejenigen, die die Polizisten für schuldig gehalten hatten. Es war nicht darum gegangen, ob sie für den Ärger verantwortlich gewesen waren oder nicht. Es reichte aus, dass sie Indianer waren. Und daran hatte sich bis heute nichts geändert. Anderer Abstammung zu sein reichte aus, um für schuldig befunden zu werden.

Jack wusste aus Erfahrung, dass jegliche Gegenwehr, jegliche Art von Unhöflichkeit seine Lage nur verschlimmern würde.

„Was wird mir vorgeworfen?", fragte er so ruhig wie möglich und versuchte, nicht an die Handschellen zu denken, die ihm in die Handgelenke schnitten.

„Das ist mein Onkel!", hörte er Ben rufen. „Was wollt ihr von ihm? Lasst ihn gehen!"

Jack sah auf und erspähte Ben am Schuleingang. Der Mann, der neben ihm gestanden hatte, als Jack vorgefahren war, hielt den Jungen nun am Arm fest. Ben versuchte sich loszumachen, aber es hatte keinen Zweck.

„Jack! Jack!", schrie Ben und sah ihn hilfesuchend an. Angst und Verwirrung waren ihm ins Gesicht geschrieben und Jack sah, dass er weinte.

Es war Jack egal, wie grob die Polizisten ihn selbst behandelten, er war daran gewöhnt. Es war ihm auch egal, was die umstehenden Eltern von ihm, ja von seiner ganzen Familie, denken mussten. Doch dass man Ben zum Weinen gebracht hatte, machte Jack wütend, so wütend, dass er sich kaum beherrschen konnte. Aber was auch immer es ihm abverlangte, er musste ruhig bleiben, sonst würde er den Polizisten nur in die Hände spielen.

„Was wird mir vorgeworfen?", fragte er erneut.

„Illegaler Besitz von Handfeuerwaffen", bellte der Beamte, der ihm am nächsten stand.

„Illegaler Besitz von Handfeuerwaffen?", wiederholte Jack erstaunt. „Ich besitze keine Handfeuerwaffen."

„Wir haben Grund zu der Annahme, dass diese Aussage nicht der Wahrheit entspricht", erwiderte der Beamte förmlich und wandte sich an seine Kollegen. „Sind wir hier fertig?"

„Wir können losfahren!"

Jack wurde unsanft von der Motorhaube gezogen und auf einen der Einsatzwagen zugeschoben.

„Einen Moment! Was wird aus meinem Neffen? Ich kann ihn nicht einfach alleinlassen."

„Jemand vom Sozialamt kommt jeden Augenblick und holt ihn ab", erklärte der Beamte kühl.

„Jack, wohin gehst du?" Bens Stimme zitterte.

Jack drehte sich um. „Mach dir um mich keine Sorgen, Ben. Es handelt sich um ein Missverständnis, das ist alles. Ich muss mit zur Wache gehen und es erklären. Jemand wird sich um dich kümmern, bis ich wieder da bin."

„Ich will mitkommen, Jack!", schluchzte Ben und machte Anstalten, zu ihm zu laufen. Aber der Mann neben ihm hielt ihn zurück.

„Weine nicht, Ben. Es wird alles gut!" Mehr konnte Jack ihm nicht zurufen, dann drängte man ihn in den Einsatzwagen.

Der Wagen fuhr los.

Jack wollte es nicht, aber er musste ganz einfach einen letzten Blick auf Ben werfen. Er drehte sich um und spähte aus dem Rückfenster. Ben sah so klein aus, wie er verloren dastand und ihm nachstarrte. Es war das erste Mal in seinem kurzen Leben, dass Ben wirklich Angst hatte. Und niemand aus seiner Familie war da, um ihn zu trösten. Ben so zu sehen, schnitt Jack ins Herz. Es waren ein Bild und ein Gefühl, das Jack, so lange er lebte, nicht vergessen würde.

Zwei Stunden später war Jack noch immer auf der Polizeiwache. Er wusste nun, was es bedeutete, bis auf die Haut abgesucht zu werden. Es war genau das, was die Worte beschrieben – vollkommene Entblößung im Beisein zweier Polizisten. Er fragte sich, wonach genau sie gesucht hatten? Wahrscheinlich nach diesen nicht existierenden illegalen Handfeuerwaffen. Und dafür hatte man ihn so gedemütigt wie nie zuvor in seinem Leben. Was auch immer sie ihm anhängen wollten, er war unschuldig. Er hatte kein Verbrechen begangen. Er hatte lediglich seinen Neffen von der Vorschule abholen wollen.

Die kalten weißen Wände des Vernehmungszimmers schienen ihn auf bedrohliche Weise zu bedrängen, und der blauweiße Schein der Neonlampen ließ seine Augen schmerzen. Jack hasste es, in geschlossenen Räumen zu sein. Es entsprach nicht seinem Wesen. Er fühlte sich am Wohlsten, wenn er draußen in der Wildnis war. Die sterile Bürowelt, nach der sich heutzutage so viele Menschen sehnten, war nichts für ihn, und eine Karriere in einem Schreibtischjob reizte ihn nicht im Geringsten. Stattdessen zog er umher und heuerte auf jeder Ranch an, auf der es Arbeit für ihn gab. Draußen in der weiten Natur, an der frischen Luft, umgeben von Rindern und Pferden, dort, wo man Berge und wilde Tiere sehen und den Wind in den Bäumen rauschen hören konnte, nur dort war Jack glücklich und zufrieden.

Die Tür des Vernehmungszimmers öffnete sich und ein untersetzter, stämmiger Beamter trat ein. Er setzte sich Jack wortlos gegenüber und legte eine amtlich aussehende Mappe vor sich auf den Tisch.

„Sind Sie jetzt bereit, uns von den Handfeuerwaffen zu berichten?“, fragte er ohne Umschweife.

„Ich würde, wenn ich es könnte“, sagte Jack kühl. „Aber leider besitze ich keine.“

Der Beamte lehnte sich in seinem Stuhl zurück, verschränkte die Arme vor der Brust und starrte Jack an. Nach einer scheinbar endlos langen Zeit zog er die Mappe zu sich heran und durchblätterte den Inhalt. Mit dem Zeigefinger schob er Jack schließlich ein Blatt Papier zu, das voll mit buntem Gekritzel war.

Jack besah sich das Blatt kurz. Es handelte sich um eine Kinderzeichnung, die irgendwelche Außerirdischen, einen Mann und einen Jungen darstellte. Der Mann hielt einen Revolver in der Hand, der auf die Außerirdischen gerichtet war, und der Junge schien sich hinter ihm zu verstecken. Über die Figuren hatte das Kind in großen Buchstaben geschrieben: Jack und Ben.

Ein flüchtiges Lächeln huschte über Jacks Gesicht, als er

die Handschrift erkannte. Es handelte sich um eines von Bens Bildern.

„Und?", fragte der Beamte.

„Und was?" Das Lächeln war aus Jacks Gesicht verschwunden und er sah den Beamten verächtlich an.

„Ihr Neffe hat dieses Bild heute in der Schule gemalt. Die Lehrerin hat den Schulleiter darüber informiert, wie es bei Vorfällen dieser Art üblich ist."

„Bei Vorfällen dieser Art?" Jack konnte seine Wut kaum unterdrücken. „Dies ist die harmlose Zeichnung eines kleinen Kindes. Seit wann interessiert sich die Polizei für so etwas?"

„Das Mandat der Schule, die Ihr Neffe besucht, verfügt, dass die Schule wie ein Elternteil für die dort eingeschriebenen Schüler agiert und daher die Behörden einschalten kann, wann immer sie es für notwendig hält. Und die Zeichnung reichte dem Schulleiter aus, um die Sicherheit Ihres Neffen gefährdet zu sehen, solange er sich in Ihrer Obhut befindet. Also, wo bewahren Sie die Handfeuerwaffen auf?"

Jack tat es dem Beamten nach und lehnte sich in seinem Stuhl zurück.

„Ich besitze keine."

„Warum hat Ihr Neffe dann dieses Bild gemalt?"

„Er ist gerade mal fünf Jahre alt", entfuhr es Jack. „Er hat ein Bild gemalt, in dem sein Onkel ihn vor etwas Unheimlichem beschützt. Das ist alles. Kinder tun so etwas."

Der Beamte beugte sich vor und studierte Jacks Gesicht eingehend. „Er muss die Idee doch irgendwo herbekommen haben. Kinder denken sich so etwas nicht einfach aus."

„Ben hat oft Alpträume, so auch gestern Nacht. Um ihn zu beruhigen, habe ich ihm gesagt, dass er sich nicht zu fürchten braucht, dass ich immer da sein würde, um ihn zu beschützen. Das muss ihm heute Morgen noch im Kopf herumgeschwirrt sein", versuchte Jack zu erklären. „Was die Handfeuerwaffen anbelangt, kann ich nur sagen, dass wir am Wochenende in den Bergen zelten waren und ich ihm alte Geschichten von der Jagd erzählt habe. Die gleichen Geschichten, die sein Großvater mir erzählt hat, als ich ein Kind war. Eine der Geschichten handelte von einem unserer alten Häuptlinge. Er ging gewöhnlich mit einem 45er Colt Revolver auf die Jagd. Er hat damit nahezu alles Wild erlegt, das er gejagt hat. Ich nehme an, dass Ben die Geschichten mit der Wirklichkeit vermischt hat."

„Nun, das ist sehr rührend", sagte der Beamte mit einem verächtlichen Grinsen. „Aber das bringt uns nicht weiter. Ich fürchte, wir werden Ihre Wohnung durchsuchen müssen."

Jack schüttelte den Kopf. Er konnte nicht glauben, was er da hörte.

„Soweit ich verstanden habe, arbeiten und leben Sie zurzeit auf der JB Ranch in der Nähe von Lethbridge. Ist das richtig?"

Jack nickte.

„Ich werde einen Anruf tätigen und veranlassen, dass unsere Leute vor Ort die Sache untersuchen. Ich fürchte, das wird eine Weile dauern. Aber ich nehme an, Sie haben keine anderen Verpflichtungen, als hier zu sein. Stimmt's?" Der Beamte lachte und verließ den Raum.

Jack sank mit zusammengebissenen Zähnen und geballten Fäusten in seinen Stuhl zurück. Aus Frust trat er gegen den Tisch, obwohl er wusste, dass es sinnlos war. Er befand sich in den Händen der Polizei und war ihr machtlos ausgeliefert. Machte er den geringsten Ärger, würde man es ihm sicher sofort heimzahlen. Es gab oft Vorfälle auf den Polizeiwachen, Vorfälle, in die Indianer verwickelt wurden und die nie in die Schlagzeilen kamen. Aber die indianischen Gemeinden erfuhren dennoch davon und waren dementsprechend auf der Hut. Doch manchmal reichte es nicht aus, vorsichtig zu sein. Manchmal erwischte einen die Polizei in einem ungünstigen Augenblick, erwischte einen, wenn man am Abgrund stand. Jack hatte von einem Indianer gehört, den die Polizei wegen Trunkenheit aufgelesen hatte. Doch anstatt ihn zur Wache zu bringen, wie sie es hätten tun sollen, waren die Beamten der Ansicht gewesen, dass das zu viel Aufwand war. Also öffneten sie die Wagentür und stießen den Mann nach draußen in die Nacht. Es war sein Pech, dass dies in der Einöde passierte, weit ab von jedem Haus oder Unterstand, dass es mehr als zwanzig Grad unter Null gewesen war und ein bitterkalter Wind wehte. Der Mann hatte weder Schuhe noch Jacke, um sich zu wärmen. Man fand ihn am nächsten Tag, erfroren. Der einzige Trost, den seine Familie hatte, war, dass der Arzt versicherte, der Mann hätte in seinem alkoholisierten Zustand keine Qualen erlitten.

Wegen solcher Vorfälle bemühte sich Jack, seinen Ärger und seine Wut im Zaum zu halten. Er würde den Polizisten keinen Anlass geben, ihn noch schlechter zu behandeln als sie es bereits taten.

Eine halbe Ewigkeit schien zu vergehen während Jack im Vernehmungszimmer saß und darauf wartete, dass der Polizist mit den Ergebnissen der Wohnungsdurchsuchung zurückkam. Mehr als einmal war Jack kurz davor, aufzugeben. Wer war Zeuge der Durchsuchung? Was, wenn man einfach irgendwelche Beweise fabrizierte, um die Anschuldigungen gegen ihn aufrecht zu erhalten? Wer könnte je das Gegenteil beweisen?

Als der Beamte endlich wieder in den Raum zurückkehrte, starrte Jack ihm mit offenem Hass entgegen.

„Unterschreiben Sie das", befahl der Beamte.

„Worum handelt es sich?" Jacks Stimme verriet sein Misstrauen.

„Eine Haftungsausschlusserklärung."

Jack blickte überrascht auf. Also hatten die Beamten nicht gefunden, wonach sie gesucht hatten. Und nun wollte man, dass er diese Erklärung unterschrieb, damit er niemanden wegen Amtsmissbrauchs anzeigen konnte. Nun, er hatte von der Polizei nichts anderes erwartet.

„Und wenn ich es nicht unterschreibe?", fragte Jack betont höflich.

Der Beamte beugte sich vor und flüsterte: „Dann werden Sie bis in alle Ewigkeit hier festsitzen."

Ein müdes, aber besonnenes Lächeln huschte über Jacks Gesicht. „Ich nehme an, Sie haben keine Handfeuerwaffen gefunden?"

„Nein, das haben wir nicht."

„Das heißt, dass ich unschuldig bin", stellte Jack fest. „Und Sie versuchen, Ihre eigene Haut zu retten, indem Sie mich diese Erklärung unterschreiben lassen. Nennen Sie das Gerechtigkeit?"

„Unterschreiben Sie das, Blood, oder Sie werden hier nie wegkommen."

Jack lachte auf. Er würde keine Minute länger auf der Wache bleiben als absolut notwendig. Er unterschrieb die Erklärung und stand auf.

„Wo ist Ben?", fragte er auf dem Weg zur Tür.

Ein böses Lächeln erschien auf dem Gesicht des Beamten. „Er hat den Nachmittag mit einem Sozialarbeiter verbracht. Ich fürchte, er ist ein wenig durch den Wind."

Jack ballte seine Hände zu Fäusten, aber er schluckte seine Wut hinunter.

„Wir haben Ihre Schwester benachrichtigt", setzte der Beamte hinzu. „Sie ist so schnell sie konnte aus dem Urlaub zurückgekommen und hat den Jungen vor zwei Stunden abgeholt. Die beiden warten auf Sie – gemeinsam mit Ihren Eltern."

Jack sagte kein Wort. Er sammelte lediglich seine Sachen zusammen und verließ das Gebäude.

Draußen stand seine Familie. Seine Mutter und seine Schwester hatten Tränen in den Augen, als sie ihn umarmten. Auf dem Gesicht seines Vaters stand Zorn. Aber keiner von ihnen verlor ein Wort über das, was vorgefallen war. Sie waren einfach nur froh, dass Jack die Wache lebend und unversehrt verlassen hatte.

Etwas zog Jack am Hosenbein. Er sah nach unten. Dort stand Ben. Mit der einen Hand hielt er die Hand seiner Mutter, mit der anderen klammerte er sich an Jacks Bein.

Jack beugte sich nach unten, hob den Jungen in seine Arme und drückte ihn fest an sich. Dann fasste er die Gedanken, die ihn die vergangenen Stunden über gequält hatten, in Worte: „Es tut mir so leid, dass ich nicht da war, als du mich gebraucht hast, Kumpel. Ich verspreche dir, dass ich es wieder gutmachen werde."

Ben legte seine kleinen Arme um Jacks Hals und weinte leise an seiner Schulter.

„Haben sie dir wehgetan?", schluchzte der Junge. „Es ist alles meine Schuld. Aber ich habe es nicht mit Absicht gemacht. Ich werde nie wieder ein Bild malen."

„Jetzt hör mir mal gut zu, Ben. So etwas will ich nicht noch einmal von dir hören. Dich trifft keinerlei Schuld an alledem. Lass niemanden das Gegenteil behaupten. Und wir alle lieben deine Bilder, also erzähl mir nie wieder, dass du nicht mehr malen wirst." Er trocknete dem Kind die Tränen.

„Ich habe allen gesagt, dass du ein guter Typ bist", sagte Ben. „Aber sie wollten mir nicht glauben."

„Einem Indianer glauben sie nie. Daran gewöhnst du dich besser." Jacks Stimme war ruhig, und er strich Ben sanft über das Haar. Doch in seinen Augen lag ein seltsam abwesender Blick, den glücklicherweise nur die Erwachsenen bemerkten.

Kapitel 3

Le Havre, Frankreich – am selben Tag

Marla hatte erneut den Traum, der sie in unregelmäßigen Abständen immer wieder heimsuchte, seit sie in ihrer Jugend auf einem vereisten Bürgersteig in Kopenhagen ausgerutscht war und sich den Kopf gestoßen hatte.

In diesem Traum ging Marla auf einem gewundenen, steinigen Pfad, der einen steilen Berghang hinaufführte. Der Fuß des Berges war dicht mit Ponderosa-Kiefern und Fichten bewaldet, aber je höher sie wanderte, desto karger wurde die Landschaft und desto unwegsamer das Gelände. Schließlich erreichte Marla eine hochgelegene Bergwiese, auf der nur Büsche und einige kleinwüchsige Bäume standen. Die Wiese war von schroffen, schneebedeckten Berggipfeln umgeben. In der Mitte der Bergwiese befand sich ein von Gletschern gespeister See mit leuchtend türkisfarbenem Wasser. Von hier aus konnte sie das Hochplateau überblicken, das Teil der Bergkette war und sich bis zum Horizont erstreckte.

Als Marla näher kam, sah sie zwei riesige Luchse, die die Felsen hinunterkletterten und am steinigen Seeufer entlang spazierten. Ihr Gang war leicht und federnd, ihre großen Tatzen schienen den Boden kaum zu berühren. Die Tiere sahen sie mit gutmütigen, tiefgrünen Augen an. Ihre Köpfe mit den markanten Haarbüscheln an den Ohren und den bartartigen weißen Fransen am Kinn waren leicht zu einer Seite geneigt. Sie hatten Marla demnach bemerkt, bedrängten oder bedrohten sie jedoch in keinster Weise. Im Gegenteil. Es schien fast so, als forderten sie Marla auf, ihnen zu folgen. Aber Marla spürte – wie jedes Mal, wenn sie diesen Traum hatte –, dass sie ihnen nicht folgen konnte.

Es gab etwas, das sie zuvor tun, etwas, das sie finden musste, bevor sie den nächsten Schritt wagen konnte. Doch was war es, was zu tun war? Sie war im Traum Dutzende Male an genau diesem Punkt angelangt und fühlte sich immer genau wie jetzt: frustriert.

Entnervt und angespannt blickte sie um sich und spähte zu den Felsen hinüber, die hoch über der Südseite des Sees in den Himmel ragten. Von dort aus waren die beiden majestätischen Luchse gekommen. Und mit einem Mal wusste Marla, was sie zu tun hatte: sie musste die Felsen hinaufsteigen. Dort würde sie finden, wonach sie suchte.

Marla erwachte jäh. Sie lag im Bett, ihre Augen waren weit geöffnet. Marla hielt das Betttuch fest umklammert. Es dauerte einen Augenblick, bis sie wusste, wo sie war und was geschehen war. So real, so lebendig war ihr Traum gewesen.

Ein Traum – sie hatte geträumt. Der Traum, der sie so oft heimsuchte, hatte sie auch in dieser Nacht völlig unvorbereitet getroffen. Wann würde sie sich endlich daran gewöhnen? Sie hatte den Traum nun schon so oft geträumt, dass sie sich nicht mehr darüber aufregen sollte. Aber sie tat es dennoch. Und das, obwohl die Bilder, die sie sah, keineswegs angsteinflößend waren. Sie sollte sich nicht daran stören. Doch sie tat es trotzdem.

Gedämpfte Stimmen drangen an Marlas Ohr und riefen ihr in Erinnerung, dass sie sich im Gästezimmer von Vivs moderner Wohnung in Le Havre befand. Sonnenlicht drang durch die dünnen, leuchtendgelben Gardinen – demnach hatte sie lange geschlafen.

Halbwach setzte Marla sich auf und gähnte. Bevor sie sich sammeln konnte, erschien das Bild der sterbenden Mrs Copperwheat vor ihrem inneren Auge, und die letzten Worte der alten Dame hallten in Marlas Kopf: *Lass es dir von niemandem wegnehmen … beschütze es … es ist kraftvoll, sehr kraftvoll.*

Marla erschauerte. Die Augenblicke, die sie kniend neben der sterbenden Frau verbracht hatte, waren herzzerreißend für sie gewesen. Das Bild von Geraldine Copperwheats zerbrechlichem Körper und ihre einst so funkelnden Augen, aus denen nun alles Licht gewichen war, hatten sich in Marlas Seele eingebrannt.

Im Zimmer nebenan hörte sie Jason lachen. Sie seufzte. Es war an der Zeit aufzustehen. Bestimmt warteten Viv und Jason schon auf sie. Viv hatte sich den Tag extra freigenommen, damit sie ihn gemeinsam verbringen konnten, und Marla wollte sie nicht enttäuschen.

Marla grübelte über den Traum und versuchte, richtig wach zu werden. Dann erinnerte sie sich an das Buch ... Das Buch, das Geraldine Copperwheat ihr hinterlassen hatte! Marla hatte in der vergangenen Nacht darin gelesen, weil sie nicht hatte einschlafen können. Sie hatte Viv nicht stören wollen, aber nun war es Morgen. Sie musste ihr unbedingt davon erzählen! Sie sprang aus dem Bett, zog sich in aller Eile an und stürmte aus dem Zimmer.

Das Erste, was Marla bemerkte, waren die dicken Duftwolken von Jasons aufdringlichem Aftershave, die vom Wohnzimmer aus in den Flur zogen. Als sie den großen Raum mit seinen hohen Fenstern, dem dunklen Holzboden und den teuren Perserteppichen betrat, fand sie Jason in voller Montur inklusive Cowboyhut und silberner Gürtelschnalle ausgestreckt auf dem schwarzen Ledersofa liegend und vertieft in ein Western-Magazin. Er sah kurz auf, begrüßte sie gedankenverloren und wandte sich wieder seiner Zeitschrift zu. Marla schüttelte den Kopf. Wann würde Jason endlich wieder zu Verstand kommen?

Als Nächstes fiel ihr Blick auf Viv, die vor einem offenstehenden Fenster auf und ab ging. Sie war von Sonnenlicht umflutet und sah in ihrem langen Sommerkleid aus wie eine Göttin. Sie sprach leise ins Telefon.

„Oh, hier ist sie! Ich stelle auf Lautsprecher." Viv drehte sich um und lächelte Marla an. „Es ist Eva. Ich habe ihr gerade von den Ereignissen gestern erzählt."

„Wie geht es dir, meine Marla?" Evas sanfte Stimme klang ganz anders über Lautsprecher, war aber dennoch unverkennbar. „Was für eine schreckliche Sache du erlebt hast. Ich weiß, wie es ist, wenn jemand in deinen Armen stirbt. Wenn es im Krankenhaus, auf Station passiert, fühle ich mich jedesmal sehr demütig und hilflos. Ich wünschte, ich könnte bei dir sein. Oh, warum musste Felix ausgerechnet jetzt krank werden?"

Marla spürte, wie ihr Tränen in die Augen stiegen. Eva war so fürsorglich und lieb. Sie fand immer die richtigen Worte, und es wäre großartig gewesen, sie hier in Le Havre bei sich zu haben. Nicht nur, weil Marla trauerte, sondern auch wegen dem, was Marla letzte Nacht aus dem Buch erfahren hatte. Sie unterdrückte ihre Tränen und räusperte sich.

„Hör zu, ich habe dir etwas Wichtiges zu erzählen. Euch beiden!" Sie sprach schnell und voller Begeisterung. „Wie ihr euch vorstellen könnt, konnte ich gestern Abend nicht einschlafen, nach allem, was passiert ist. Jedesmal, wenn ich die Augen zugemacht habe, sah ich die sterbende Mrs Copperwheat vor mir. Es war einfach schrecklich. Aber dann fiel mir das Buch ein und ..."

„Welches Buch?", unterbrach Eva sie.

„Entschuldigt, davon habe ich euch ja noch gar nicht erzählt", sagte Marla. „Es ist so: Kurz bevor sie starb, vertraute Mrs Copperwheat mir ein in Leder gebundenes Buch an. Es ist alt und abgenutzt, aber es schien ihr sehr am Herzen zu liegen. Ich musste ihr versprechen, dass ich es mir von niemandem wegnehmen lasse und es immer beschützen werde. In dem Moment habe ich das Buch einfach in meine Tasche gesteckt. Und in all der Aufregung habe ich es vollkommen vergessen – bis gestern Nacht, als ich nicht einschlafen konnte. Um mich abzulenken, habe ich das Buch genommen und darin geblättert. Und ratet mal, um was es sich handelt?"

„Um was?", fragten Viv und Eva gleichzeitig.

„Ein Reisetagebuch, geschrieben von Geraldines Urgroßvater Alfred Copperwheat. Der erste Eintrag stammt vom Mai 1858."

„Das ist über einhundertundfünzig Jahre her", sagte Viv erstaunt. „Bei dem Buch muss es sich um ein Familienerbstück handeln."

„Woher willst du wissen, dass es sich bei diesem Alfred Copperwheat um Geraldines Urgroßvater handelt?", fragte Jason, ohne von seiner Zeitschrift aufzusehen.

„Warum hältst du dich nicht aus der Sache raus, Jason?", murmelte Viv ungehalten.

„Schon gut, Viv. Es ist eine berechtigte Frage. Ich selbst würde sie auch stellen, wenn ich nichts davon wüsste", sagte Marla und wandte sich an Jason. „Erinnerst du dich, dass man früher Familienbibeln dazu benutzt hat, um darin wichtige Ereignisse wie Hochzeiten, Geburten und Todesfälle festzuhalten? Nun, Alfred Copperwheat hat es genauso mit diesem Tagebuch gemacht. Der Einband ist auf der Innenseite vorn und hinten mit allen möglichen Namen und Daten beschrieben. Ich habe mir das gestern Abend alles durchgelesen und dabei herausgefunden, dass Geraldines Vater Alfreds Enkel gewesen ist. Geraldine war ein Einzelkind; wenigstens gibt es keine weiteren Eintragungen für Kinder von Paul – so heißt Geraldines Vater. Er starb 1942. Vielleicht war er Soldat im Zweiten Weltkrieg, ich weiß es nicht."

„Wie spannend!", stieß Eva hervor. „Und im Buch wurden irgendwelche Reiseerinnerungen festgehalten? Habe ich das richtig verstanden?"

„Ja", erwiderte Marla. „Aber nun wird es wirklich spannend: Alfred und sein älterer Bruder James sind in England geboren, in Northumberland, um genau zu sein, und ..."

„Wo ist das denn?", unterbrach Jason sie.

„Im nördlichsten Teil Englands, an der schottischen Grenze", erklärte Marla geduldig. „Wie auch immer, Alfred und James sind dem 5ten Infanterie-Regiment beigetreten, den Northumberland Füsilieren. Den genauen Grund, warum sie sich der Armee angeschlossen haben, habe ich nicht herausgefunden, denn das Tagebuch setzt erst im Jahr 1858 ein. Aber nach dem, was Alfred niedergeschrieben hat, waren beide Brüder im Rahmen des 5ten aktiv am sogenannten Indischen Aufstand von 1857 beteiligt. Ich habe das gestern Nacht im Internet nachgelesen und es stimmt: die Northumberland Füsiliere waren in verschiedene Schlachten in Indien verwickelt, inklusive Kanpur und Lucknow."

Jason warf vom Sofa aus eine weitere Frage ein. „Worum ging es bei dem Aufstand denn?" Aber keine der Frauen schenkte ihm Beachtung.

„Ich weiß nicht viel über den Indischen Aufstand", sagte Eva, „aber ich glaube, dass in Kanpur und Lucknow einige der größten Schlachten stattgefunden haben."

„Das ist richtig", sagte Marla. „Die Belagerung von Kanpur endete in einem schrecklichen Massaker. Tut mir leid, Jason, aber ich will hier nicht ins Detail gehen. Google es, wenn es dich interessiert. In jedem Fall scheint es, als seien Alfred und James, kurz bevor die Belagerung in einem Blutbad endete, von der Armee desertiert. Die Gründe dafür sind unklar. Die Einträge enthalten nur wenige Informationen über das, was passierte, bevor das Tagebuch begonnen wurde. Es scheint mir aber, als seien die beiden Brüder von einer *Sadhvi* gewarnt worden."

„Einer was?" Diese Bemerkung kam natürlich von Jason.

„Eine *Sadhvi* ist ein weiblicher *Sadhu* … heilige Menschen in Indien", erklärte Marla ungeduldig. „*Sadhus* oder *Sadhvis* leben vom Betteln und verfügen über verschiedene magische Kräfte. Sie absolvieren ein besonderes Training, das Atemkontrolle und Meditation beinhaltet. Diese Art von Training erlaubt es ihnen, sich in einen trance-ähnlichen Zustand zu versetzen. Auf diese Weise können sie die natürlichen körperlichen Reaktionen unterdrücken. Deshalb können Fakire auf Betten mit Nägeln liegen oder lebendig begraben werden."

„Woher weißt du das bloß alles?", wunderte Jason sich laut.

„Marla liest viel", stellte Eva fest.

„Und sie arbeitet in einer Universitätsbibliothek", fügte Viv hinzu und lächelte wissend. „Aber erzähl uns mehr. Wie war das mit der Warnung der *Sadhvi*? Und wie alt waren Alfred und James, als das alles passiert ist?"

„Alfred war 19 und James 20. Ihre Geburtstage sind auf dem Bucheinband vermerkt", erzählte Marla. „Was genau die *Sadhvi* ihnen erzählt hat oder was genau geschehen ist, habe ich bisher nicht gefunden. Aber ich denke, es war ein glücklicher Umstand, dass sie desertiert sind, denn ich habe gelesen, dass es bei dem Massaker, das der Belagerung von Kanpur folgte, offiziell nur vier männliche Überlebende gegeben hat."

„Warum sagt du *offiziell*?", fragte Viv, die an Marlas Lippen hing und sich komplett von deren Begeisterung hatte anstecken lassen.

„Ich vermute, dass Alfred und James, da sie desertiert sind, nicht zu den Überlebenden gezählt wurden. Und ihre Namen waren nicht auf der offiziellen Liste, das habe ich recherchiert. Trotzdem haben sie die Belagerung überlebt."

„Vielleicht war dieser Copperwheat-Typ einfach ein Lügner", warf Jason ein.

Marla lachte. „Warum sollte jemand in seinem eigenen Tagebuch Unwahrheiten aufschreiben? Und überhaupt, es heißt dort, dass die *Sadhvi* sie gerade noch rechtzeitig gewarnt habe."

„Und was haben sie anschließend gemacht? Sagt uns das Tagebuch darüber etwas?", wollte Eva atemlos wissen.

„Alfreds Notizen nach zu urteilen haben sie auf einem holländischen Schiff mit Kurs auf Deutschland angeheuert. Aber von dort aus sind sie nicht zurück nach England gereist. Möglicherweise hat sie das Verlassen der Armee daran gehindert, in ihr Heimatland zurückzukehren, oder aber die beiden waren auf Abenteuer aus. Wie auch immer, keiner der beiden hatte feste Bande in England und so wechselten sie das Schiff in Hamburg, überquerten den Atlantik und begannen ein neues Leben in Amerika."

„Amerika?", meinten Eva und Viv überrascht.

„Was ich nicht verstehe, ist, warum euch ein altes Tagebuch in derartige Begeisterung versetzt", beschwerte sich Jason, dem es nie gefiel, wenn anderen mehr Beachtung geschenkt wurde als ihm selbst. „Ich dachte, du hättest mehr Verstand, Marla."

Viv und Eva lachten.

„Das sagst du nur, weil du sie nicht so gut kennst wie wir", sagte Viv. „Marla liebt Geschichte und sie liebt Bücher."

„Wenn Marla ein Buch liest", merkte Eva an, „dann taucht sie komplett in die Geschichte ein. Sie hat eine große Vorstellungskraft, und dies hier ist genau, was sie mag: ein Buch mit Geschichte."

„Es ist nicht nur so, dass Marla in die Geschichte eintaucht, wenn sie ein Buch liest", fügte Viv hinzu. „Seit Marla als Teenager auf dem vereisten Bürgersteig ausgerutscht ist und sich den Kopf gestoßen hat, sucht sie nicht nur dieser seltsame Traum heim. Seitdem kann sie Geschichte auch *fühlen*." Viv hielt inne und suchte nach den passenden Worten. „Immer wenn Marla einen historischen Gegenstand berührt oder einen Ort von historischer Bedeutung besucht, sieht sie vor ihrem inneren Auge, was dort früher geschehen ist. Es ist schwer zu erklären, aber sehr interessant zu beobachten, wenn es passiert."

Marla errötete. „So weit würde ich nun nicht gehen, Viv", meinte sie. „Historische Dinge interessieren mich einfach, das ist alles."

Viv berührte beschwichtigend den Arm ihrer Freundin. „Ich habe das bei dir schon öfter beobachtet. Es ist bei weitem mehr, was in solchen Momenten mit dir passiert."

„Wäre es nicht einfacher, das Buch an Geraldines Verwandte zu übergeben?", grummelte Jason, der eindeutig noch immer unter einem Mangel an Beachtung litt und nun versuchte, den Grund dafür aus dem Weg zu schaffen.

„Zunächst einmal hat Geraldine, so weit ich es beurteilen kann, keine lebenden Verwandten. Es sind weder Geschwister noch ein Ehemann im Einband des Buches vermerkt. Und ihre Eltern sind seit langer Zeit verstorben", erklärte Marla ruhig. „Außerdem musste ich Geraldine versprechen, dass ich das Buch nicht aus der Hand gebe und darauf aufpasse. Und genau das werde ich tun."

„Wie weit bist du letzte Nacht in dem Buch gekommen?", fragte Eva, die es satt hatte, dass Jason sich immerzu einmischte. „Hast du es zu Ende gelesen?"

„Ich habe mir nur wenige Seiten angesehen", sagte Marla. „Die Einträge sind sehr ausführlich. Mir ist dabei aber eine Idee gekommen. Vorher möchte ich euch jedoch etwas zeigen." Sie öffnete das Tagebuch und nahm zwei Schwarz-Weiß-Fotografien heraus. Die Bilder waren verblichen und vergilbt und die Gesichtszüge der abgebildeten Personen waren ein wenig unscharf, aber die Gesichter waren dennoch zu erkennen.

„Sind das die Copperwheat-Brüder?", fragte Viv.

Marla nickte.

„Oh, erzähl mir, was auf den Fotos zu sehen ist!", bettelte Eva ungeduldig.

„Entschuldige, Eva, ich habe vergessen, dass du nicht hier bist", sagte Marla.

Viv sah Marla über die Schulter und warf einen genaueren Blick auf die Fotos. Dann berichtete sie Eva, was sie sah.

„Eines der Fotos zeigt zwei hochgewachsene Männer in Anzügen. Sie sind vielleicht Anfang dreißig. Ihr Haar muss dunkelblond oder hellbraun sein, es ist schwer zu sagen. Einer von ihnen sitzt auf einem eleganten Stuhl, der andere steht neben ihm. Irgendein Tierfell liegt vor ihnen auf dem Boden. Die Aufnahme wurde augenscheinlich in einem Atelier gemacht. Das Licht ist nicht sehr gut, aber die saubergeschnittenen, frisch rasierten Gesichtszüge und die stolzen, ehrlichen Blicke sind deutlich zu erkennen. Ich finde sie recht gutaussehend."

Vivs Worte brachten Jason dazu, vom Sofa aufzuspringen und sich die Copperwheat-Brüder aus der Nähe anzuschauen.

„Für mich sehen die wie normale englische Gentlemen aus", brummte er.

Die Frauen lachten.

„Dieses Foto wurde im August 1868 in irgendeiner Stadt in Montana aufgenommen", erklärte Marla. „Das andere Foto zeigt die zweijährige Geraldine im Jahr 1924 mit ihrem Urgroßvater Alfred. Er starb noch im selben Jahr."

„Wie spannend!", rief Eva durchs Telefon. „Ich wünschte, ich könnte bei euch sein und die Bilder selbst sehen. Aber woher weißt du so viel über die Fotos, ich meine, wer darauf zu sehen ist und wann sie aufgenommen worden sind?"

„Oh, das ist ganz einfach", sagte Marla. „Früher haben

die Fotografen auf die Rückseite der Aufnahmen immer geschrieben, wo und wann sie gemacht wurden und um welche Personen es sich handelt. Seht ihr?" Sie drehte die Fotos um und zeigte sie Viv und Jason. „Nur das Wort, das vor Montana steht, und das der Ortsname sein muss, kann ich nicht klar entziffern. Irgendetwas mit D oder vielleicht B. Aber ich nehme an, dass es früher nur in den größeren Orten ein Fotostudio gab. Wie auch immer, ich werde es herausfinden."

„Und wie genau willst du das anstellen?", fragte Jason amüsiert.

„Das werde ich dir sagen", erklärte Marla kühl. „Dieses Tagebuch fasziniert mich weit mehr, als ich es mir erklären kann. Diese alten Fotos, die Handschrift ... ich weiß nicht, was genau es ist. Es ist wie eine unsichtbare Verbindung ... Es fühlt sich beinahe an wie ... Magie. Und daher habe ich eine Entscheidung getroffen: Ich werde in die USA reisen und der Route folgen, die die Copperwheat-Brüder vor über einhundertundfünzig Jahren in diesem Tagebuch festgehalten haben. Und ich möchte, dass ihr beide, Viv und Eva, mich begleitet."

Einen Augenblick herrschte komplette Stille. Dann begannen Viv und Eva gleichzeitig zu reden und Marla verstand kein Wort von dem, was sie sagten. Schließlich verschaffte Eva sich Gehör.

„Bist du verrückt geworden? Mit deinen Kopfschmerzen, die mit jedem Anfall schlimmer werden? Du solltest dich ausruhen und pflegen und nicht um die halbe Welt reisen, um einem Stück Geschichte nachzurennen."

„Ich stimme vollkommen mit dir überein, Eva", sagte Viv, erstaunt über Marlas Idee. „Und überhaupt, du hasst es zu fliegen. Das letzte Mal, dass du geflogen bist, war, als du in der 11. Klasse für den Schüleraustausch nach Chicago gekommen bist, wo wir uns kennengelernt haben. Du bist anschließend tagelang krank gewesen. Und das gleiche Theater, bevor du zurückfliegen musstest. Allein der Gedanke ans Fliegen regt dich so auf, dass du im Bett liegen musst! Du bist seither nicht mehr geflogen, du fährst immer mit dem Zug. Genau wie jetzt, als du den Zug von Kopenhagen nach Le Havre genommen hast. Und nun willst du mir weißmachen, dass du bereit bist, aus Spaß über den Atlantik zu fliegen?"

Marla hörte Vivs und Evas Einwänden lächelnd und ohne sie zu unterbrechen zu. Als sie geendet hatten, sagte Marla sanft: „Es ist rührend von euch, dass ihr so um mich besorgt seid. Aber ihr müsst meine Beweggründe verstehen. Gestern ist jemand in meinen Armen gestorben. Das passiert nicht sehr oft. Genaugenommen ist es noch nie passiert. Und dieser jemand hat dieses Tagebuch in meine Obhut gegeben und mir das Versprechen abgenommen, dass ich es beschützen und mir von niemandem fortnehmen lassen werde."

„Das wissen wir ja alles", sagte Viv. „Aber hat Geraldine nicht auch gesagt, dass das Tagebuch sehr kraftvoll ist?"

„Das ist richtig."

„Nun, sollte dir das nicht eine Warnung sein?", fragte Eva.

„Ich sehe die Situation so, wie sie sich für mich darstellt", erklärte Marla. „Ein Tagebuch ist in meinen Besitz gelangt und ich habe einer Frau, die im Sterben lag, versprochen, mich darum zu kümmern. Ich werde dieses Versprechen nicht brechen. Aber um mein Versprechen einlösen zu können, muss ich, das spüre ich, so viel wie möglich über das Buch und die Copperwheat-Brüder herausfinden."

„Du könntest dir doch einfach die Einträge durchlesen und sehen, was du dazu in Erfahrung bringen kannst", riet Eva.

„Das ist nicht genug, fürchte ich", sagte Marla. „Um die

Sache wirklich zu verstehen, muss ich fühlen, wo James und Alfred gewesen sind, muss dorthin gehen, wo sie sich aufgehalten haben." Als weder Viv noch Eva etwas erwiderten, fuhr Marla fort: „Oh, kommt schon! Was ist nur aus deiner Abenteuerlust geworden, Eva? Und du, Viv, seit wann lässt du dir etwas so Aufregendes wie das hier durch die Lappen gehen? Du liebst es zu reisen. Bitte, kommt mit mir! Es wird ein großes Abenteuer, für uns alle! Ich spüre, wie mich etwas dorthin zieht. Auf irgendeine Weise sind dieses Tagebuch und ich miteinander verbunden. Bitte!"

Viv blickte zu Boden und kämpfte mit ihren Gefühlen. Und Eva am anderen Ende der Telefonleitung war ebenfalls ungewöhnlich still.

Dann, aus dem Nichts, sagte jemand: „*Ich* werde dich begleiten, Marla." Es war Jason! Diesmal scherzte er nicht, und er war auch nicht beleidigt. Stattdessen funkelten seine blauen Augen herausfordernd und es war nicht zu übersehen, dass er es absolut ernst meinte.

Marla und Viv sahen ihn verdutzt an.

„Wovon redest du?", fragte Viv.

„Siehst du nicht, dass Marlas Entscheidung feststeht?", erwiderte Jason. „Diese Sache bedeutet ihr enorm viel. Sie wird nach Amerika reisen, egal, wie sehr ihr versucht, sie davon abzubringen. Aber du hast selbst gesagt, dass sie gesundheitliche Probleme hat. Augenscheinlich sollte sie daher nicht allein reisen. Deshalb werde ich sie begleiten." Er sah von Viv zu Marla und war offensichtlich sehr zufrieden mit seiner Entscheidung.

„Ich kann es nicht fassen, dass ich das jetzt sage", meinte Viv kopfschüttelnd, „aber Jason hat recht, Eva. Du kannst Marlas Gesicht durch das Telefon nicht sehen, aber ich kann dir sagen, dass sie es durchziehen wird. Es scheint mir, altes Mädchen, als müssten wir mitmachen, ob es uns gefällt oder nicht."

Etwas in Vivs Stimme verriet Marla, dass Viv sich lediglich aufgrund von Marlas Gesundheit gegen die Reise ausgesprochen hatte. Insgeheim jedoch war sie von der ganzen Geschichte genauso fasziniert wie Marla selbst.

Eva schwieg noch immer. Dann begann sie plötzlich zu lachen. „Ihr zwei seit die besten Freundinnen, die ich habe – und die verrücktesten! Also abgemacht, auf ins Abenteuer!"

Kapitel 4

JB Ranch, Lethbridge, Alberta, Kanada

Jack ging gedankenversunken in seinem Zimmer auf der JB Ranch umher. Er sammelte die wenigen Sachen ein, die er in der schlichten Kommode verstaut hatte, dann nahm er seine Familienfotos von der Wand und packte alles in seine alte Reisetasche. Was am Vortag vor Bens Schule vorgefallen war, hatte ihn die ganze Nacht nicht schlafen lassen, und nun war er müde und schlecht gelaunt. Er war so sehr in seinen Gedanken, dass er die Frau, die das Zimmer betrat, nicht bemerkte.

„Jack, was machst du?", fragte sie sanft.

Jack drehte sich überrascht um.

„Mom, ich habe dich nicht kommen hören." Er ging zu ihr und gab ihr einen Kuss auf die Wange. „Was machst du hier so früh am Morgen? Ich dachte, du und Dad wärt gestern Abend zurück nach Sweetgrass gefahren."

Sally Blood lächelte ihren Sohn zärtlich an. Noch nie hatte Jack erlebt, dass seine Mutter ihre Stimme gegen jemanden erhoben hätte, oder dass sie eine finstere Miene gehabt hätte, wo sie lächeln konnte. Sie hatte die seltene Gabe, in allem etwas Positives zu sehen, selbst wenn es sich um einen traurigen oder tragischen Vorfall handelte, und ihre Zuversicht war außergewöhnlich. Jack hatte bisher niemanden getroffen, der so fest im Glauben seines Volkes verwurzelt war wie seine Mutter. Und es war dieser Glaube, aus dem sie ihre spirituelle Kraft schöpfte, eine Kraft, die bisweilen sogar ihre engste Familie überraschte. Sally hatte beinahe seherische Fähigkeiten und schien mit den Ahnen in Verbindung treten zu können. Obwohl sie sehr klein war, verfügte Sally Blood über schier unendliche

Energie – sie kümmerte sich nicht nur um ihre direkten Angehörigen, sondern um jeden in ihrer Nähe, der Hilfe brauchte. Daher überraschte es Jack nicht, dass sie an diesem Morgen bei ihm auf der Ranch aufgetaucht war. Sie war seine Mutter und wusste, wie es ihm ging und wie seine Seele auf die Beleidigungen und Demütigungen des vergangenen Tages reagieren würde.

„Ich kann nicht gehen, wenn du mich brauchst, Jack", sagte Sally. „Und jetzt sag mir, was du tust."

Jack hielt inne und sah sie an. Ihr langes Haar war zum größten Teil noch schwarz. Nur einige wenige silbergraue Strähnen wiesen darauf hin, dass sie Mitte fünfzig war. Ihr Gesicht, die ausgeprägten Wangenknochen und die hohe Stirn, die dunklen Augen und vollen Lippen – seine Mutter war ein – weibliches – Abbild seiner selbst. In seinen Augen war sie noch immer genauso schön wie damals, als er ein Kind gewesen war, auch wenn sich mittlerweile um ihren Mund und ihre Augen recht viele feine Falten zeigten.

„Ich packe", sagte er und räusperte sich. „Ich werde für eine Weile unterwegs sein. Ich halte es hier nicht mehr aus."

„Und dein Job hier auf der Ranch?"

„Ich habe seit einiger Zeit Pläne für einen längeren Ausflug", sagte Jack und fuhr mit dem Packen fort. „Ich habe Mr Barker schon vor einigen Wochen gesagt, dass ich den Job hier bald an den Nagel hängen werde. Jetzt finde ich, dass ich es schon eher hätte tun sollen. Dann wäre die ganze Sache mit Ben nicht passiert."

„*Hätte tun sollen* gibt es nicht", sagte Sally ruhig. „Das weißt du seit deiner Kindheit, Jack. Alles geschieht aus einem ganz bestimmten Grund. Es gibt einen Grund, warum du der JB Ranch nicht eher gekündigt hast, und einen Grund, warum die Dinge gestern geschehen sind. Es hat keinen Sinn, darüber nachzugrübeln. Du musst es einfach akzeptieren."

Jack hielt erneut beim Packen inne und holte tief Luft. Natürlich hatte seine Mutter recht. Aber im Augenblick fühlte sich alles einfach nur falsch für ihn an. Er musste für eine Weile allein sein.

„Wohin willst du gehen?", fragte Sally und setzte sich auf das schmale Holzbett.

„Ich dachte an Grandmas und Grandpas alte Hütte", erwiderte Jack kurz angebunden.

Sally nickte. „Das ist ein guter Ort", sagte sie nachdenklich. „Die Hütte und die umliegenden Wälder sind voller guter Geister."

„Aber?", warf Jack ein. Wenn seine Mutter Dinge auf diese Art und Weise beschrieb, steckte meist mehr dahinter.

Sally sah auf. Ihr Gesichtsausdruck war klar und ließ keinen Zweifel zu. „Es ist ein guter Ort", wiederholte sie entschlossen. „Es wird dir guttun, an einem Ort zu sein, an dem unsere Familie seit Generationen viel Zeit verbracht hat. Die Geister deiner Ahnen sind dort sehr kraftvoll. Sie werden dir dabei helfen, zu finden, wonach du suchst."

Jack setzte sich neben sie und seufzte kaum vernehmbar. Es lag ein Anflug von Traurigkeit auf seinem Gesicht.

„Ich beneide dich, weil du so viel Zeit mit Grandma und Grandpa verbringen durftest. Sie wussten so viel über die Lebensweise und die Kultur unseres Volkes."

„Grandpa Jacks Mutter, deine Urgroßmutter Anne", sagte Sally nachdenklich, „ist im Jahr 1866 geboren und ihre Mutter in den 1840ern. Damals war unser Volk noch stolz und frei und konnte sein Leben so leben, wie unsere Vorfahren es Tausende von Jahren getan haben. Beide waren starke und fähige Frauen, Frauen, die mit der Lebensweise der Cheyenne großgeworden sind, mit unserer Sprache, unseren Geschichten und Zeremonien."

„Urgroßmutter ist 1960 gestorben", überlegte Jack. „Die Lebensumstände haben sich zu ihren Lebzeiten so krass verändert. Es muss einen starken Druck auf sie ausgeübt und sie sehr mitgenommen haben. Sie haben mir immer irgendwie leid getan."

„Mir auch", sagte Sally. „Beide schienen sich gut genug zurechtzufinden, um zu überleben. Sie haben sich an die vielen Veränderungen angepasst, sesshaft zu werden zum Beispiel, obwohl ihr Volk es gewohnt war, die Prärie frei zu durchstreifen, und an die neuen Techniken: Strom, Autos, Telefon, Flugzeuge und Kühlschränke. Und zumindest deine Urgroßmutter Anne hat sich meines Wissens nie über etwas beklagt. Aber wenn ich die alten Fotos anschaue, kommt es mir so vor, als ob die Veränderungen, die sie mitgemacht haben, nur äußerlich stattgefunden haben. Etwas in ihren Augen weist darauf hin, dass ihre Seelen noch immer stolz und ungebändigt waren und dass sie in Begleitung der Geister unserer Ahnen die ungezähmte Prärie durchstreiften. Und ich glaube fest, dass ihre Seelen nach ihrem Tod dorthin zurückgekehrt sind."

„Ich hätte gern mit ihnen gesprochen", sagte Jack. „Es gibt so viele Fragen, die sie mir hätten beantworten können."

„Sie wurden beantwortet, als dein Großvater sie als junger Mann stellte, ", sagte Sally. „Und er wiederum hat sie mir beantwortet. Unglücklicherweise habe ich ihn zu seinen Lebzeiten nicht all das gefragt, was ich wissen wollte. Ich dachte immer, es würde noch genügend Gelegenheiten geben – doch letztendlich gab es sie nicht."

„Ich erinnere mich nicht gut an Grandpa", sagte Jack bedauernd. „Natürlich weiß ich von Fotos, wie er aussah. Aber ich erinnere mich kaum an Einzelheiten. Du weißt schon, manchmal erinnert man sich an ein bestimmtes Bild aus seiner Kindheit, einen Geruch vielleicht, eine Farbe oder eine Stimme. Manchmal sogar an eine ganze Szene, wie zum Beispiel, dass man auf dem Knie seines Vaters oder Großvaters gesessen hat. Das fehlt mir für Grandpa Jack leider völlig."

„Du warst erst sieben Jahre alt, als er seine Reise angetreten hat", versuchte Sally ihn zu trösten. „Und es macht nichts, dass du dich kaum an ihn erinnerst. Ein Teil von ihm lebt in dir weiter. Dein Großvater war ein großartiger Mann, ein entschlossener Mann und ich habe ihn sehr lieb gehabt. Deshalb haben wir dich nach ihm benannt." Ihre Gedanken schienen an einen Ort tief in ihrer Erinnerung zu schweifen, zurück zu den Tagen ihrer Jugend. Sie lächelte. „Grandpa Jack hat immer gesagt, dass du seiner Mutter Anne sehr ähnlich siehst. Du hast die gleichen grauen Augen, die regelrecht durch eine Person hindurchsehen können, den gleichen hochgewachsenen Körperbau und die gleiche gerade Nase. Und wie sie konntest du es nicht ausstehen, wenn jemand andere unfair behandelte – weder wenn es dich noch wenn es andere betraf. Grandpa Jack hat mir gesagt, dass du diesen besonderen Charakterzug nicht von deinen Cheyenne-Vorfahren geerbt hast, sondern von deinem Ururgroßvater, der nicht Indianer gewesen ist." Sie lachte plötzlich auf, als sie an einen speziellen Vorfall zurückdenken musste. „Erinnerst du dich, wie dein Lehrer in der 8. Klasse, Mr Cameron, den kleinen Morgan-Jungen gemobbt hat? Es wäre beinahe zu einem Handgemenge gekommen."

Jack grinste. „Natürlich erinnere ich mich daran. Das war der Grund dafür, dass ich nicht mehr zur Schule gegangen bin. Glücklicherweise warst du streng – und fies – genug, um mich die Schule per Fernkurs abschließen zu lassen. Und dafür danke ich dir, auch wenn es damals sehr schwierig gewesen ist. Aber jetzt Schluss mit den Erinnerungen. Ich sehe besser zu, dass ich hier fertig werde." Er stand auf, stopfte die letzten Sachen in seine Tasche und zog den Reißverschluss zu. „Ich gehe jetzt rüber und verabschiede mich von Barkers", sagte er, und für einen Augenblick herrschte Stille im Raum. Jack fühlte tief in seinem Herzen, dass es eine Weile dauern konnte, bis er seine Eltern wiedersehen würde und er wusste, dass seine Mutter dies ebenfalls spürte. Jack tat es leid. Er war immer ein familienbewusster Mensch gewesen und seine Eltern standen ihm sehr nahe, besonders seine Mutter. Aber er konnte im Moment nichts an der Situation ändern. Er musste fort, es gab keinen anderen Weg.

„Ich möchte es nicht länger als nötig hinauszögern. Bitte sag Dad Auf Wiedersehen von mir, und dass er sich keine Sorgen machen soll. Ich werde mich melden." Er gab ihr einen Kuss auf die Wange und umarmte sie fest.

Jack war schon zur Tür hinaus und auf dem Weg zu seinem alten, zerbeulten Ford Crown Victoria, als Sally ihm nachrief.

„Jack, wo auch immer du hingehst, vergiss nicht, dass die Geister deiner Ahnen bei dir sind und dich beschützen. Du stammst ab von einer langen Reihe von Menschen, die spirituell sehr kraftvoll gewesen sind. Ich weiß, bisher hast du mir das nie geglaubt, aber es stimmt: diese Kraft ruht auch in dir. Lass sie erwachen, lausche, und sieh, wohin sie dich führt."

Jack sah sie eine lange Zeit schweigend an.

„Ich werde mich bemühen, Mom", sagte er schließlich und lächelte zaghaft. Er stieg in den Wagen, startete den Motor und winkte ihr zu. Dann fuhr er in Richtung des Haupthauses davon, um sich von seinem Arbeitgeber zu verabschieden.

Sally Blood stand vor der Schlafbaracke und sah ihrem Sohn nach. Sie wusste, sie konnte ihn nicht zurückhalten, wusste, dass er auf sich selbst aufpassen konnte. Aber selbst jetzt, wo er Mitte dreißig war, verspürte sie immer noch das Verlangen, ihm zu helfen und ihn zu beschützen, wenn ihn, wie jetzt, Dinge so schwer belasteten. Diesmal jedoch gab es nichts, was sie tun konnte, außer für ihn zu beten und auf seine Rückkehr zu warten. Ihr Ehemann Mike hatte ihr genau das gesagt, als sie vorhin losgefahren war, um Jack zu treffen. Trotzdem war Sally froh, dass sie gekommen war.

Als Jack außer Sicht war, sagte sie sehr sanft: „Mögen die Geister dich führen und über dich wachen, wohin auch immer deine Reise geht."

★

Geheime Überwachungsstelle, Kansas, USA – einige Tage später

Es gab keine Fenster in den Büroräumen, und frische Luft wurde von außen durch eine Belüftungsanlage hereingebracht. Die Büros der Überwachungsstelle gehörten zu einer enormen Regierungsanlage, die vor den Augen der Öffentlichkeit unter der Erde verborgen war. Der Eingang befand sich irgendwo in einem abgelegenen Teil von Kansas, und nur Leute, die dort arbeiteten, wussten von seiner Existenz.

Ein junger Mann in Anzug und Krawatte eilte den langen Korridor entlang. Kaltes, blau-weißes Licht strahlte von den Neonleuchten an der Decke, und hätte er nicht ein Handy oder eine Uhr gehabt, hätte er nicht gewusst, dass es neun Uhr dreißig am Morgen war und draußen eine helle, warme Augustsonne vom Himmel schien.

Der Mann hielt vor einer der Türen inne, rückte seine Krawatte zurecht, sammelte seinen Mut und räusperte sich.

„Guten Morgen, Mr Granby, Sir", sagte er beim Eintreten und brachte ein schräges Lächeln zustande. „Ich gehe davon aus, Sie haben ein schönes Wochenende gehabt?"

„Hören Sie mit dem Quatsch auf, Danville", sagte Granby und stellte seinen Kaffeebecher vor sich auf den Schreibtisch. „Was gibt es?"

Danville sah flüchtig auf seinen Chef und fragte sich, wie er ihm die Neuigkeiten am besten unterbreiten sollte. Robert Granby war ein Mann von Ende fünfzig, mit kurzem, silbergrauen Haar und einem harten, schurkenhaften Gesicht. Er war bekannt für seine Zähigkeit und hatte in seiner aktiven Dienstzeit viel erlebt.

Richard Danville hingegen hatte gerade erst angefangen, für Granby zu arbeiten. Er war eines der jüngsten Teammitglieder und seine Kollegen fanden es spaßig, ihn all diejenigen Akten bearbeiten zu lassen, mit denen sich sonst niemand herumplagen wollte. So auch an diesem Morgen. Heute fiel es ihm zu, den wöchentlichen Bericht auf Granbys Tisch abzuliefern. Keine befriedigende Aufgabe, besonders diese Woche.

„Die wöchentlichen Berichte sind eingetroffen, Sir", sagte er.

„Irgendetwas Wichtiges?", fragte Granby, während er einige Papiere durchblätterte.

„Das Übliche", erwiderte Danville. „Das heißt, eine Sache weicht von der Norm ab."

„Welche ist das?"

„Einer unserer Überwacher berichtet, dass die Namen Geraldine, James und Alfred Copperwheat in der vergangenen Woche mehrmals aufgerufen wurden." Er versuchte gelassen zu wirken.

Granby sah überrascht auf. Die Copperwheats standen seit langer Zeit ganz oben auf der Liste der Überwachungsstelle und er kannte die Akte auswendig. Aber in all den Jahren, seit er für die Stelle arbeitete, hatte es nie etwas Auffälliges gegeben. Bis jetzt.

„Haben wir die Quelle und den Ort?", wollte er wissen.

„Ja, Sir, einmal von einem iphone in Le Havre, Frankreich und mehrere Male von einem Laptop in Kopenhagen, Dänemark."

Granby dachte eine Weile darüber nach.

„Besteht die Möglichkeit, dass es sich um einen Zufall handelt?", fragte er dann.

„Kaum, Sir. Beide Verbindungen sind auf dieselbe Person zugelassen."

„Ich verstehe", meinte Granby. „Und um wen handelt es sich?"

Glücklicherweise war Danville auf diese Frage vorbereitet. Er holte sein Notebook hervor und rief die gesuchte Information auf.

„Es handelt sich um eine gewisse Marla Hansen, Sir. Geboren am 15. Juli 1986 in Kopenhagen; lebt noch dort; unverheiratet; nicht vorbestraft; arbeitet als Bibliothekarin in der Universitätsbibliothek in Kopenhagen. Sie hat eine ältere Schwester, die verheiratet ist und zwei Kinder hat. Beide Eltern leben noch. Sie alle leben ebenfalls in Kopenhagen."

„Was hat sie dann in Frankreich zu suchen gehabt?", brummte Granby. „Urlaub? Auf der Durchreise?"

„Sie hat dort eine Freundin besucht, Sir, eine gewisse Vivienne Jackson; geboren am 22. Mai 1985 in Saint Malo, Frankreich; Mutter Französin, Vater Amerikaner. Sie arbeitet als Übersetzerin für eine große Transportfirma in Le Havre. Alleinstehend; keine Geschwister. Ihr Vater arbeitet für Motorola in Chicago. Die Eltern sind dort ansässig. Auch hier nichts Auffälliges in der Vergangenheit."

Granbys Miene entspannte sich.

„Hört sich für mich nach einem Zufall an, Danville", sagte er. „Stellen Sie beide unter Beobachtung und dann regen wir uns nicht weiter darüber auf."

Danville räusperte sich. Jetzt kam der unerfreuliche Teil.

„Haben Sie noch etwas anderes auf dem Herzen, Danville?"

„Das habe ich tatsächlich, Sir. Geraldine Copperwheat ist vergangenen Montag verstorben."

„Oh", sagte Granby. „In ihrem Haus in England? Sie war recht alt."

„Nein, Sir", sagte Danville leise. „Auf der La Touque Pferderennbahn in Deauville, Frankreich."

„Und wo in Frankreich mag das sein, guter Mann?"

„Ganz in der Nähe von Le Havre, Sir." Danvilles Stimme war noch leiser geworden.

Granby lehnte sich vor und starrte Danville geradewegs in die Augen.

„Soll das ein Witz sein?"

„Nein, Sir. Und da ist noch etwas. Scheinbar war Marla Hansen an Mrs Copperwheats Seite, als diese starb. Wenigstens steht es so im Bericht des Notarztes."

„Also hat diese Marla Hansen Geraldine Copperwheat gekannt", stellte Granby fest und lehnte sich in seinem Stuhl zurück.

„Nun, wir können es nicht mit Bestimmtheit sagen, Sir, aber es besteht eine erhebliche Chance, dass es sich bei ihr nicht bloß um eine Außenstehende handelt, die einer Fremden in Not zu Hilfe gekommen ist."

„Die Copperwheat-Akte steht ab sofort auf Beobachtungsstufe 1, Danville. Ich will tägliche Berichte sehen, haben Sie verstanden?"

„Sir, wenn ich die Akte richtig gelesen habe, ist es übereinhundertundfünfzig Jahre her, dass …"

„Es ist völlig egal, wie lange es her ist, Danville. An der Bedrohung hat sich nichts geändert. Also, die Akte ist auf Beobachtungsstufe 1. Bleiben Sie dran."

Kapitel 5

In 10.000 Metern Höhe zwischen Calgary, Alberta und Kelowna, British Columbia, Kanada – zwei Wochen nach Geraldine Copperwheats Tod

Das kleine Passagierflugzeug kämpfte mit den stetig stärker werdenden Turbulenzen. Eva, die normalerweise ruhig und vernünftig war, klammerte sich so sehr an die Lehne ihres Sitzes, dass ihre Knöchel weiß waren. Angst stand auf ihrem hübschen, runden Gesicht und Spuren von kaltem Schweiß waren auf ihrer Stirn zu sehen. Es war das erste Mal, dass sie in einem kleinen Flugzeug unterwegs war. Ängstlich sah sie zu Viv und Jason hinüber, die auf der anderen Seite des Ganges saßen. Selbst Viv, die aus beruflichen Gründen regelmäßig mit dem Flugzeug reiste, begann unruhig zu werden. Jason hingegen versuchte sein Unbehagen dadurch zu verbergen, dass er noch mehr redete als sonst.

Das Flugzeug ruckte und rüttelte beachtlich, aber die anderen Passagiere schienen sich nicht daran zu stören. Vielleicht lag es daran, dass sie Erfahrung mit derartigen Flugzeugen hatten. Vielleicht aber waren sie sich nur nicht bewusst, dass Flugzeuge bei solchem Unwetter auch abstürzen konnten. Eva versuchte, ihre zitternden Hände unter Kontrolle zu bekommen und fummelte nervös an ihrem haselnussbraunen Haar herum, nur damit sie etwas zu tun hatte. Sie dachte an ihre beiden kleinen Kinder, Felix und Anna, die sie in Genf zurückgelassen hatte. Ihr Mann Marcus war nicht begeistert gewesen, als sie ihm erzählt hatte, dass sie Marla auf ihrem Abenteuer begleiten wollte. Aber in dem Moment hatte Eva sich nicht darum geschert, was er von der Idee hielt, währenddessen auf die Kinder aufzupassen. Marcus hatte seinerseits bewiesen, dass er sie auch nicht in seine Überlegungen einbezog, wenn er Entscheidungen traf, und so hatte sie sich in keinster Weise schuldig gefühlt. Allein der Gedanke, ihre Kinder zurückzulassen – auch wenn es nur für eine kurze Zeit war – hatte Evas Vorfreude auf die Wochen mit Marla und Viv gedämpft. Jetzt kam ihr der Gedanke, dass sie vielleicht doch lieber zu Hause geblieben wäre. Bei einem Flugzeugabsturz ums Leben zu kommen, war nicht Teil ihres Plans gewesen.

Marla hingegen, die neben ihr saß, war in ihr Lieblingsbuch von Jane Austen vertieft und hätte nicht zufriedener aussehen können. Augenscheinlich bekam sie von dem rauen, beunruhigenden Flug überhaupt nichts mit.

Auch Viv und Jason auf der anderen Seite des Ganges bemerkten Marlas Gelassenheit, und Jason konnte sich einen Kommentar nicht verkneifen.

„Ich kann es nicht fassen, dass Marla in der ganzen Aufregung über das Tagebuch noch zusätzlichen Lesestoff mitgenommen hat. Und all dieses Auf und Ab stört sie offensichtlich überhaupt nicht."

„Kann es sein, dass du dir endlich ebenfalls darüber Gedanken machst, ob wir heil wieder am Boden ankommen, mein lieber Mr Carleton?", zog Viv ihn auf.

„Überhaupt nicht. Ich finde es nur unfair", erwiderte Jason. „Wir durchleben hier die reinste Folter, während Marla sich in irgendeine Märchenwelt wegträumt."

„Nun, niemand hält dich davon ab, ebenfalls in eine Märchenwelt abzutauchen", sagte Viv grinsend und blickte dann zu Marla hinüber.

Für Viv war es nichts Neues, dass Marla sich so in eine Geschichte vertiefen konnte. Und in diesem Moment beneidete sie sie darum. Marla war – wie jedes Mal, wenn sie ein gutes Buch in die Hände bekam – so sehr ins Lesen vertieft, dass neben ihr eine Bombe hätte explodieren können, ohne dass sie es bemerkt hätte. Ihre Miene verriet ihren Leseeifer, ihr Körper war entspannt, und wann immer sie aufsah, schien sie in einer anderen Welt zu sein. Doch Viv wusste auch, dass Marla überhaupt nur auf diese Weise in der Lage war, in einem Flugzeug zu sitzen. Marla musste vollkommen verdrängen, dass sie sich mehrere tausend Meter über der Erdoberfläche befand, andernfalls wäre sie in Panik geraten. Eigentlich war Viv erstaunt, wie gut der Trick mit dem Lesen funktionierte, um Marla ruhig zu stellen. Kein Medikament hätte besser gewirkt.

„Du weißt doch, wie viel Angst sie vor dem Fliegen hat", erinnerte Viv Jason, „und was für schreckliche Kopfschmerzen sie beim Starten und Landen durchstehen muss. Du solltest ihr das bisschen Frieden jetzt gönnen."

„Sie ist in einer anderen Welt", stimmte Eva zu. „Sie bekommt nicht mit, in welcher Höhe wir uns befinden, die Glückliche. Sie ist irgendwo im 19. Jahrhundert bei den Figuren von Jane Austen." Sie seufzte. „Ich wünschte, ich könnte das ebenfalls."

„Wir sollten im Tagebuch lesen, um uns die Zeit zu vertreiben", schlug Jason vor. „Auf diese Weise könnten wir ein bisschen mehr darüber erfahren, was uns erwartet."

„Du solltest das nicht immer wieder vorschlagen", sagte Viv tadelnd. „Du weißt genau, dass es das schönste Abenteuer für Marla ist, das wir eben nicht genau wissen, wohin es uns letztendlich verschlagen wird. Und dies ist ihr Abenteuer. Wir laufen nur mit. Außerdem haben wir alle zugestimmt, dass wir erst dann im Tagebuch weiterlesen, wenn wir den Ort erreicht haben, an dem sich damals das Goldgräberlager befand, in dem Alfred und James lebten, nachdem sie New York verlassen hatten."

„Ja, ja, ich weiß", maulte Jason. „Aber du kannst mir nicht erzählen, dass es dich nicht interessiert, wohin es uns verschlagen wird. Es ist nicht normal für eine Frau, nicht neugierig zu sein. Und überhaupt, Marla würde es wahrscheinlich gar nicht mitbekommen, wenn wir uns das Tagebuch eine Weile ausleihen würden."

Viv sah ihn verächtlich an. „Nun, ich danke Ihnen vielmals für diese Feststellung, Mr Carleton. Um Ihre Zweifel zu beseitigen, teile ich Ihnen mit, dass ich für meinen Teil sehr neugierig darauf bin, wohin uns diese Reise führen wird. Im Gegensatz zu Männern respektieren Frauen jedoch die Gefühle und Wünsche ihrer Freunde. Und es würde Marla das Herz brechen, wenn wir sie derart hintergehen würden."

Gute vier Stunden später fuhren Marla, Viv, Eva und Jason im Auto südlich in Richtung der US-Grenze. Marla, Eva und Viv hatten ein kleineres SUV für ihre Reise mieten wollen, aber Jason hatte auf einen Ranch-Wagen, wie er es nannte, bestanden: einen riesigen Ford F350 Lariat in einem abscheulichen Perlmutt und mit viel Chrom. Als er sich in Kelowna hinters Lenkrad setzte, hatten seine Augen geleuchtet wie die eines kleinen Jungen, der dabei war, seine Weihnachtsgeschenke auszupacken. Er grinste noch immer wie ein Honigkuchenpferd, und seit wenigstens zwanzig Kilometern pfiff er die Titelmelodie der Western-TV-Serie *Bonanza*.

„Ich habe noch nie in einem solchen Angeberauto gesessen", stellte Viv mit Verachtung fest. „Fehlen nur noch die Hörner vorne an der Stoßstange."

„Ich weiß gar nicht, was du hast", sagte Jason. „Dieser Wagen entspricht meinem Image bis aufs i-Tüpfelchen."

„Genau das ist es, was Viv versucht, dir klarzumachen", bemerkte Eva. „Irgendetwas stimmt nicht mit deinem Image. Du glaubst doch nicht etwa im Ernst, dass ein richtiger Cowboy so viel Geld verdient, dass er sich einen Pick-up-Truck wie diesen leisten kann. Dieser Wagen ist für Möchtegern-Cowboys, für Typen wie dich, die sich mit Rawhide-Aftershave besprühen und denken, dass sie das auf der Stelle in Cowboys verwandelt."

„Ich fürchte, da sind wir verschiedener Meinung", stellte Jason fest. „Schließlich wissen wir nicht, wohin überall unsere Reise uns führen wird. Und mit diesem Pick-up", er strich beinahe zärtlich über das Lenkrad, „mit diesem Pick-up wird uns kein Weg versperrt bleiben."

„Falls sie uns vorher nicht verhaften", murmelte Viv.

„Es macht Jason glücklich", sagte Marla. „Und wer weiß, vielleicht erweist sich der Wagen wirklich noch als nützlich."

Ihre Worte ließen das breite Grinsen auf Jasons Gesicht zurückkehren und lösten ein skeptisches Stirnrunzeln bei Viv und Eva aus. Für einen langen Moment herrschte eisiges Schweigen im Wagen.

Die späte Nachmittagssonne strahlte von einem wolkenlosen Himmel, und kühle, frische Bergluft strömte von draußen durch die geöffneten Wagenfester. Der Highway erstreckte sich vor ihnen wie ein sich windendes Band, das sie tiefer und tiefer hineinzog in ein geheimnisvolles Land mit majestätischen Ponderosa-Kiefern und Douglasien und hohen Bergen, die mit endlosen Wäldern bedeckt waren. Wilde Bäche flossen durch versteckte Täler.

„Ich habe noch nie eine zentrale Autobahn erlebt, die so wenig befahren ist", sagte Viv schließlich erstaunt. „Es ist, als würde der Highway uns ganz allein gehören."

„Es ist einfach super", bemerkte Jason, der immer noch breit grinste. „Genau wie in einem Wildwestfilm!"

„Die Luft erinnert mich an Zuhause", sagte Eva und schloss die Augen. „Wenn ich mit meiner Familie in den Alpen wandern gehe, riecht es genau wie jetzt."

„Nur dass man sich dort keine Gedanken über Bären, Pumas, Wölfe und weiß der Himmel was sonst noch machen muss", stellte Viv trocken fest.

Marla konnte gar nichts sagen. Ihr Blick war von der vorbeiziehenden Landschaft gefangen und sie war tief beeindruckt. Nie hatte sie solche Wälder, solch unendliche Wildnis gesehen. Natürlich kannte sie die Alpen von ihren Besuchen bei Eva, aber sie empfand es dort als völlig anders. Die Alpen waren auf ihre eigene Weise grandios, das war unbestreitbar. Aber von ihnen ging eine gewisse Ruhe aus, die die Jahrtausende der Besiedlung und Urbarmachung durch den Menschen mit sich gebracht hatte. Die Berge hier in Kanada hingegen waren unbewohnt von Menschen – sie waren allein das Zuhause der Natur und ihrer wilden Wesen. Diese Berge waren ungebändigt. Marla schien es, als riefen die Berge, Bäume und Bäche, als lockten sie sie, indem sie etwas tief in ihrem Herzen berührten. Und von diesem Augenblick an wusste sie, dass dieses Land für immer ein Teil von ihr sein würde – nein, dass sie ein Teil dieses Landes sein würde.

Es gibt diese seltenen Momente in unserem Leben, in denen uns eine Erkenntnis nicht allmählich, sondern ganz jäh überkommt. Plötzlich verstehen wir etwas, das uns bisher nicht klar gewesen ist – weil wir Dinge für einen Moment mit unserem Herzen sehen. Marla hatte von Menschen gelesen, die eine beinahe physische Verbindung zu einem bestimmten Teil der Erde empfanden. Aber sie hatte nicht gedacht, dass sie dies selbst einmal erleben würde – vor allem nicht derart aus dem Nichts.

„Wir sollten bald da sein", sagte Jason mit einem Blick auf das Navigationsgerät und unterbrach damit Marlas Gedanken. „Und dann haben wir eine tolle Zeit. Zelten unter den Sternen, am Lagerfeuer sitzen, und wir singen ..."

„Kein einziges Roy Rogers-Lied", beendeten Viv und Eva seinen Satz und warfen ihm warnende Blicke zu.

„Und wo wir dabei sind, alles à la nature zu machen", fügte Viv hinzu, „möchte ich dich bitten, ein bisschen von dem Aftershave abzulassen."

„Ihr seid so was von langweilig", erwiderte Jason. Dann fügte er, ohne auf die letzte Bemerkung einzugehen, hinzu: „Ich weiß gar nicht, warum ich den ganzen Aufstand gemacht und meine Gitarre mitgeschleppt habe."

„Das weiß ich auch nicht", sagte Eva. „Wir hatten dir gesagt, dass du sie Zuhause lassen sollst."

„Und ich verstehe wirklich nicht, warum wir diese ganze Campingausrüstung aus Polyester kaufen mussten", sagte Viv.

Marla lachte. „Sie verkaufen nun mal keine Designer-Zelte und Schlafsäcke aus Bio-Baumwolle in einer Kaufhauskette, darum. Aber sieh es mal von der positiven Seite: Wenigstens hat dein Schlafsack ein Innenfutter aus Baumwolle."

„Und es ist uns gelungen, Bio-Brot und Bio-Gemüse für unser Abendessen aufzutreiben", fügte Eva grinsend hinzu.

„Ja, alles, nur nicht den frischgepressten Orangensaft", sagte Jason, der froh war, etwas gefunden zu haben, mit dem er Viv aufziehen konnte, wo sie ihn schon nicht singen ließ.

Marla beugte sich vor und umarmte Viv.

„Ich weiß, dass du nicht gern zeltest und ich bin froh, dass du all dem zugestimmt hast, nur weil ich es so wollte."

„Nun ja, es ist nicht nur wegen dir", sagte Viv. „Ich bin genauso gespannt auf die Copperwheat-Brüder und ihr geheimnisvolles Tagebuch wie du."

Sie erreichten eine Kreuzung und Jason stoppte den Pick-up. Ein verblichenes Schild am Straßenrand zeigte an, dass sie ihr Ziel erreicht hatten.

„Willkommen in Rock Creek", sagte Jason.

„Sind wir da?", fragte Viv und sah sich beunruhigt um.

„Aber hier ist überhaupt nichts zu sehen."

„Überhaupt nichts ist übertrieben, Viv", sagte Marla. „Auf der gegenüberliegenden Straßenseite gibt es eine Tankstelle mit Restaurant, und dort drüben ist ein kleiner Laden. Und schau dir all die Häuser an, die am Fluss stehen."

„Schon gut", gab Viv sarkastisch zu, „hier gibt es zwei kleine Geschäfte, ein paar Häuser und einen Bach – ein Fluss ist das nicht, und sehr tief scheint er ebenfalls nicht zu sein. Und schaut nur dort drüben! Hinterwäldler gibt es hier auch." Sie deutete auf einen Mann im mittleren Alter, mit verblichenem Cowboyhut, einem rotschwarz-karierten Hemd und schmutzigen Jeanshosen, der gegenüber an der Tankstelle gerade aus einem alten Pick-up stieg. Sie musterte Jason flüchtig. „Du, mein Lieber, stichst hier vollkommen heraus. Es wird jedem sofort auffallen, dass du nur so tust als ob. Du hast in deiner schmucken Aufmachung nicht mal eine Schaufel angerührt."

„Weiß du, wenn man neue Sachen kauft, dann sehen sie meist auch neu aus", meinte Jason. „Es ist nicht meine Schuld, dass es diese Leute hier anscheinend nicht kümmert, wie sie herumlaufen. Und überhaupt, Klamotten werden ganz von allein dreckig und alt, wenn man sie nur lange genug trägt. Siehe Beethoven. Ich werde hier bald gar nicht mehr auffallen."

„Soll das etwas heißen, dass du nicht vorhast, dich während unserer Reise zu waschen?", hakte Viv nach.

Doch bevor Jason etwas erwidern konnte, unterbrach Marla das Gezanke, indem sie so tat, als habe sie kein Wort davon mitbekommen.

„Du siehst nicht genau hin, Viv", sagte sie mit einem verständnisvollen Lächeln. „Du musst nach der Geschichte dieses Ortes Ausschau halten." Ihr Blick kehrte in die Gegenwart zurück und sie setzte hinzu: „Kannst du nicht sehen, wie der Bach vor einhundertundfünfzig Jahren ausgesehen hat, unberührt von Menschenhand? Kannst du nicht die Einsamkeit und die Mühen der Goldgräber und Siedler spüren, die hierherkamen, um ihr Glück zu suchen? Kannst du nicht das Echo ihrer Verzweiflung hören? Und dir vorstellen, dass Alfred und James unter diesen Menschen gewesen sind ..."

Viv und Eva starrten Marla verdutzt an. Wie machte sie das nur? Wie konnte sie nur darüber hinwegsehen, wie heruntergekommen diese kleine Ortschaft war, die rau aussehenden Leute ignorieren, die meist schäbigen Häuser? Und stattdessen all das sehen, wovon sie ihnen eben erzählt hatte? Viv und Eva wechselten Blicke. Nein, sie konnten sicher nichts von alldem spüren, hören oder sehen, was Marla beschrieben hatte. Aber irgendwie war es faszinierend, dass Marla es konnte. Es war ihre Gabe, ihr Talent, und oftmals hatten Viv und Eva gedacht, wie faszinierend es sein müsste, die Welt mit Marlas Augen zu sehen. Aber nein, die Dinge, die Marla sah, waren nicht immer erfreulich, genauso wenig wie es ihre Kopfschmerzen oder die seltsamen Träume waren, die sie manchmal überkamen.

Als hätte Marla die Gedanken ihrer Freundinnen gelesen, lächelte sie, wie sie es oft tat, wenn sie feststellte, dass andere nicht dorthin gehen konnten, wohin sie ging; dass das, was sie erlebte, vollkommen anders war, als das, was andere erlebten – selbst wenn sie die gleichen Dinge hörten oder sahen.

„Halt bei der Tankstelle an", sagte sie, bemüht, sich auf den Grund für ihren Aufenthalt an diesem Ort zu konzentrieren. „Ich will fragen, ob dort jemand etwas über das alte Goldgräbercamp weiß."

Jason parkte den Pick-up vor der Tankstelle. Marla stieg aus und verschwand in dem kleinen Laden. Zehn Minuten später kam sie zurück. Sie strahlte vor Begeisterung.

„Wir haben Glück! Die Frau an der Kasse hatte keine Ahnung von der Goldgräber-Vergangenheit dieser Gegend. Aber hinter mir stand ein Einheimischer, der alle Einzelheiten kannte. Es ist so: Genau hier trifft der Rock Creek auf den Kettle River. Die häufigste Methode des Goldabbaus in dieser Gegend war *Placer Mining*, das heißt, dass sie das Gold aus dem Sand im Flussbett gewaschen haben. Die *Claims*, also die Schürfrechte, reihten sich zehn Meilen flussaufwärts aneinander bis zum nächsten Goldgräberlager, das Camp McKinney hieß. Der Mann erzählte mir, dass dort noch immer die Ruinen einiger alter Hütten zu finden sind. Ein gutes Stück des Flusses fließt heute durch einen Regionalpark. Dort soll es entlang des Ufers schöne Zeltplätze geben. Der Park befindet sich nur ein kleines Stück westlich von hier am Highway 3. Diesen Berg hinauf." Sie deutete in die Richtung.

„Das hört sich toll an!", meinten Viv und Eva mit neuerwachter Abenteuerlust.

„Worauf warten wir?", sagte Jason begeistert. „Ich kann jetzt schon die Würste über dem Lagerfeuer brutzeln hören."

„Oh, Jason, es tut mir leid", sagte Marla, denn sie erinnerte sich plötzlich an etwas. „Man hat mir eben gesagt, dass in der Umgebung jede Art von offenem Feuer absolut verboten ist. Es hat seit über zwei Monaten nicht geregnet, und die Gräser und Büsche sind knochentrocken. Lediglich Propankocher sind erlaubt."

Jason murmelte etwas von Spielverderbern, startete den Motor und fuhr westwärts weiter.

Der Berg stieg sehr steil an, und zunächst schlängelte sich die Straße direkt am Abhang entlang. Der Ausblick war fantastisch. Unter ihnen erstreckte sich das weite Tal, durch das sie vorhin auf ihrem Weg von Kelowna gekommen waren. Der Kettle River wand sich durch die Senke, umgeben von weitläufigen grünen Wiesen, auf denen Rinder grasten.

Sie fuhren den Berg immer weiter und weiter hinauf, bis sie ein Hochplateau mit sanfter Hügellandschaft und großen Ranches erreichten. Hunderte von Rindern standen auf den grasbedeckten, von der Sommersonne goldbraun gedörrten Hängen. Espenwäldchen wuchsen auf den Wiesen und zwischen den Lärchen, Kiefern und Fichten, mit denen große Teile der Hügel bewaldet waren. Trotz ihrer Rauheit besaß die Landschaft hier oben ihre ganz eigene Schönheit. Marla fühlte sich sofort heimisch.

Ein paar Minuten später entdeckte Eva zu ihrer Linken ein Schild, das den Campingplatz ankündigte. Jason bog vom Highway auf eine schmale unbefestigte Straße, die bergab führte und in der Nähe des Bachs in einem dicht bewaldeten Gebiet endete. Der Weg war in einem Halbkreis angelegt, von dem aus die einzelnen Zeltplätze abzweigten. Büsche und Bäume unterteilten die Plätze und schufen etwas Privatsphäre. Der Campingplatz war nur wenig besucht – lediglich drei Plätze waren belegt.

Marla bat Jason, dicht am Fluss anzuhalten und sprang aus dem Wagen.

Sie war hier, sie war wirklich hier! Irgendwo entlang dieses Flusses hatten Alfred und James Copperwheat sich am Goldwaschen versucht. Vielleicht hatten sie sogar einmal an genau der Stelle gestanden, an der Marla nun stand. Der Gedanke allein verursachte ihr Gänsehaut.

Marla atmete tief ein und versuchte, sich diesen Moment bis ins kleinste Detail einzuprägen. Der würzige Duft von Kiefernadeln und feuchtem Waldboden lag in der Luft. Sie hörte das Rauschen des Wassers und spürte die kühle Feuchtigkeit, die vom Fluss heraufstieg. Und durch die dichten Zweige der Bäume konnte sie die Sonne auf dem Wasser tanzen sehen.

Während sie so dastand, realisierte Marla, dass sie nun mitten in der endlosen Wildnis stand, die sie vorhin vom sicheren Wagen aus bewundert hatte. Etwas raschelte hinter ihr in den Büschen und für einen Augenblick packte sie Angst.

„Meint ihr, dass es hier auf dem Zeltplatz Bären oder Pumas oder andere wilde Tiere gibt?", fragte sie Viv und Eva, die zu ihr gekommen waren.

„Ich habe absolut keinen Schimmer", sagte Viv. „Aber eines kann ich dir sagen: hier zu übernachten wird sehr ungemütlich werden. Und da wir uns in dieser Höhe befinden, wird es zudem noch recht kühl werden."

„Ich habe etwas über Bären gelesen", sagte Eva und wühlte in ihrer Handtasche, bis sie einen Touristenführer fand. „Hier heißt es, dass Bären oft von den Essensgerüchen auf den Campingplätzen angelockt werden. Es sei ratsam, Lebensmittel im Auto aufzubewahren oder sie in Bäume zu hängen, so dass sie für die Bären außer Reichweite sind. *Lassen Sie Lebensmittel niemals unbeaufsichtigt herumliegen. Füttern Sie niemals die Bären*", zitierte sie und sah auf. „Wer ist so verrückt und füttert Bären?"

„Hey, Mädels, ich glaube, ich habe Abdrücke von Bärentatzen entdeckt", rief Jason ihnen in diesem Augenblick vom Pick-up aus zu. „Vielleicht können wir ein gutes Foto machen, wenn wir einen Köder auslegen!"

Die drei Frauen wechselten entgeisterte Blicke, verdrehten die Augen und beantworteten Evas Frage einstimmig mit: „Jason."

„Wag es ja nicht, auch nur den Versuch zu unternehmen, einen Bären anzulocken", rief Viv ihm zu. Und leise fügte sie hinzu: „Ich gehe besser und behalte ihn im Auge. Allein sein Aftershave reicht aus, um jeden Bären in der Gegend anzulocken."

„Ich kann es kaum abwarten, im Tagebuch weiterzulesen", sagte Eva, als Viv gegangen war.

„Ich auch", sagte Marla. „Aber es wird bald dunkel. Wir

bauen besser zuerst die Zelte auf."

Die Zelte aufzubauen war schwieriger, als die Verkäuferin beim Kauf versichert hatte. Oder lag es daran, dass Marla, Viv und Eva so sehr auf das Tagebuch fixiert waren, dass sie sich auf nichts anderes konzentrieren konnten, und Jason sich weigerte, Ratschläge von den dreien anzunehmen?

Die Sonne war längst untergegangen und die Dämmerung wurde allmählich von der Nacht verdrängt, als die beiden Zelte endlich standen. Da niemand Lust hatte, etwas Warmes zu kochen und Lagerfeuer nicht erlaubt waren, schmierten sie ein paar Brote und machten es sich auf den Campingstühlen bequem. Eine batteriebetriebene Lampe spendete Licht.

„Ich kann es nicht länger abwarten", sagte Eva und biss erneut in ihr Sandwich. „Bitte fang an zu lesen, Marla. Ich halte die Lampe für dich und füttere dich mit Fleischklößchen oder was auch immer du verlangst, nur bitte fang an zu lesen."

„Ich wechsele mich mit Eva ab", bot Viv an.

Die beiden sahen Marla bittend an.

„Ihr Mädels und dieses Tagebuch", sagte Jason. „Man könnte meinen, es gäbe darin eine Karte, die zum größten Schatz aller Zeiten führt."

„Ach, hör nicht auf ihn", sagte Viv. „Lies!"

„Ihr braucht euch gar nicht anzustrengen, mich zu überreden", lachte Marla. „Ich bin doppelt so gespannt darauf wie ihr, wie es weitergeht." Sie stopfte sich den Rest ihres Brotes in den Mund, säuberte sich die Hände und nahm das Tagebuch vorsichtig aus ihrer Tasche.

Es war nun fast vollkommen dunkel. Eva rückte die Lampe näher. Das blau-weiße Licht ließ eine Vielzahl von Schatten an den hohen Büschen tanzen, die die Zelte umstanden. Von den anderen Stellplätzen waren gedämpfte

Stimmen zu hören, aber Marla, Viv, Eva und Jason saßen vor ihren Zelten in erwartungsvoller Stille.

Marla öffnete das Buch und räusperte sich. Wieder lief ihr ein Schauer über den Rücken. Was würden sie herausfinden? Würde das, was sie gleich vorlesen würde, erklären, warum Mrs Copperwheat das Tagebuch als so wichtig und kraftvoll beschrieben hatte?

Der Ruf eines Nachtvogels ertönte. Seine einsame Stimme hallte durch die Dunkelheit. Marla schaute sich um und ihr blondes Haar leuchtete im Schein des Feuers. Plötzlich empfand sie eine gewisse Beklommenheit.

„Es ist ein bisschen unheimlich, hier draußen im Dunkeln in der Wildnis zu sitzen und in einem alten Tagebuch zu lesen, findet ihr nicht?"

„Oh, bitte fang nicht damit an!", rief Eva. „Mir ist so schon gruselig genug. Ich mochte noch nie gern nachts im Freien sein."

„Ich habe das Gefühl, dass mich irgendetwas von hinten anstarrt", sagte Jason leise.

„Das wird dein Gewissen sein", meinte Viv trocken. „Kommt schon, ihr Angsthasen, lasst uns anfangen!"

Marla rückte die Lampe zurecht und sah auf die vergilbten Seiten des Tagebuchs, die eng mit Alfred Copperwheats ordentlicher, gleichmäßiger Handschrift beschrieben waren. Die Schrift war altmodisch und daher recht schwer zu lesen. Aber Marla hatte darin viel Übung. In der Universitätsbibliothek, in der sie arbeitete, gab es viele solcher alten Dokumente, und sie liebte nichts mehr, als sie bei jeder Gelegenheit, die sich ihr bot, genauer zu betrachten. Diese alten Dokumente waren, genau wie das Tagebuch, das sie jetzt in den Händen hielt, lebendige Teile der Geschichte, Zeugen längst vergangener Leben, und für Marla waren sie wie Brücken durch Zeit und Raum.

„Goldgräberlager in Rock Creek, 5. November 1860",

las Marla mit vor Erwartung stockender Stimme. „*Es ist am Ende nun doch sehr kalt geworden und jegliches weiteres Goldwaschen wird bis zum nächsten Frühjahr warten müssen. Man hat festgestellt, dass in diesem Jahr Gold im Wert von dreiundachtzigtausend Dollar aus dem Fluss geholt worden ist, und James und ich sind froh, dass wir hiergeblieben sind. Das Lager befindet sich noch immer in sehr notdürftigem Zustand, aber Proviant ist noch erhältlich, und der Alltag hat sich als unerwartet ruhig entpuppt. Hier draußen gibt es weder Gesetz noch Ordnung und jeder Mann muss auf sich selbst aufpassen. Aber die Goldgräber im Lager – bei den meisten handelt es sich um Amerikaner – sind eine überraschend friedliche Truppe. Natürlich gibt es noch den Saloon und einiges an Alkohol, der in dieser Gegend als Whiskey durchgeht, und die Männer haben ihren Spaß. Aber es wurde bis auf ein einziges Mal kein Verbrechen verübt, seit James und ich im Juli hier angekommen sind. In unserer zweiten Nacht wurde ein Mann im Schlaf ermordet und sein Leichnam in den Fluss gestoßen. Der Mörder wurde nie gefunden. Als wir ankamen, lebten einige Berufsspieler, Grobiane und andere Tunichtgute hier, so wie es in den meisten gesetzlosen Siedlungen im Grenzgebiet die Regel ist. Aber die Goldgräber haben sich zusammengeschlossen und diese Leute aus dem Lager vertrieben. Ich denke, wenn ein Mann jahrelang in einem Goldgräberlager wohnt, dann weiß er einen gewissen Komfort und Erholung zu schätzen und ist entschlossen, sich dies zu erhalten. Die Männer hier scheinen ihren Frieden genauso zu lieben wie James und ich.*"

Marlas Stimme veränderte sich, je mehr sie las und die anderen erkannten, dass sie – wie so oft, wenn sie in ein Buch vertieft war – komplett in die Geschichte eintauchte. Ihre Augen sahen nicht mehr die geschriebenen Worte im Buch. Sie tauchte ab in die Welt, die Alfred im Tagebuch beschrieb. Es war für sie, als sei sie dort, bei Alfred und James, als würde sie den Fluss und die schneebedeckten Berge sehen und die Einsamkeit spüren, die das Leben in der Wildnis mit sich brachte …

Kapitel 6

„Alfred, das musst du sehen", sagte James. Seine grauen Augen blitzten, und er schüttelte den Schnee aus seinem kurzen, hellbraunen Haar. „Das Lager sieht aus wie verlassen. Es sind nur wenige Leute hiergeblieben, vielleicht einhundertundfünfzig. Alle anderen sind über Winter nach Colville oder Walla Walla gegangen." Er zog die schwere, hölzerne Haustür der geräumigen Blockhütte hinter sich zu und stellte sein Gewehr in die Ecke. Dann ging er zu Alfred, der vor dem Kamin saß und in seinem Tagebuch schrieb, während er sich am Feuer wärmte.

„Du hast dich sehr an das Leben mit diesen Leuten gewöhnt, Bruderherz, dass es dir leid tut, sie gehen zu sehen", neckte Alfred ihn. Er wusste nur zu gut, dass James nicht der einzige war, der sich seit ihrer Ankunft in Rock Creek verändert hatte, und zwar mehr in körperlicher als in mentaler Hinsicht. Das Gold aus dem Fluss zu waschen war harte Arbeit und sie beide waren dadurch viel kräftiger und robuster geworden. Aber es tat gut, seinen älteren Bruder hin und wieder zu necken.

„Es sind nicht die anderen Goldsucher, die ich mag, Alfred, vielmehr mag ich ihre Art zu leben", sagte James, und sein klar geschnittenes Gesicht mit dem prägnanten Kinn, das ein Merkmal der Copperwheat-Familie war, zeigte deutlich, was er von der Bemerkung seines Bruders hielt. „Sie sind freie Männer. Viele von ihnen mögen arm sein, aber sie müssen lediglich sich selbst gehorchen. Und das Gleiche gilt für uns. Wenn ich an die schlechten Aussichten denke, die wir in England hatten, an unser kurzes Gastspiel in der Armee, und daran, wie wir ein Geschäft aufgebaut haben, das nicht uns, sondern einem anderen gehörte, dann bin ich sehr froh, mich meinen eigenen Herrn nennen zu dürfen. Es ist ein wahrer Luxus! Und du musst zugeben, dass sich die Situation im Lager seit unserer Ankunft zum Besseren gewandelt hat. Vor einem halben Jahr gab es hier nur eine Ansammlung von Zelten, mit Hunderten von Goldgräbern. Jetzt gibt es in Rock Creek ein Hotel, ein Restaurant, einen Schlachter, fünf Geschäfte, einen riesigen Saloon und eine Amtsstelle. Ein paar schöne Häuser sind auch gebaut worden und eine Reihe von Hütten und kleineren Häusern wie unseres. Während der Saison leben über dreihundert Menschen hier. Außerdem haben wir einen guten Gewinn gemacht. Wir haben fast zweitausend Dollar Gold aus dem Fluss geholt."

„Die wir höchstwahrscheinlich vor dem nächsten Frühjahr für Vorräte und andere Dinge ausgegeben haben werden", prophezeite Alfred mit ernster Miene. Alfred ähnelte seinem Bruder sehr, doch seine Augen waren blau und sein Haar dunkelblond.

„Du bist wohl verrückt!", rief James. „Mit zweitausend Dollar werden wir Jahre auskommen. Es ist ein kleines Vermögen! Wir werden das meiste davon sparen, so wie wir es abgemacht haben, und sehr bald werden wir genug haben, um unser eigenes Geschäft zu eröffnen."

„Ich ärgere dich doch nur", sagte Alfred schnell. „Du hast vollkommen recht. Es war unser Glück, dass wir den Mann in Fort Colville getroffen haben und hier in Rock Creek angehalten haben, statt zu den Goldfeldern am Fraser River weiterzuziehen. Dort sind schon viel zu viele Männer, es gibt zu viele Goldgräberstädte und zu viel Kriminalität."

„Stimmt", sagte James. „Als wir New York verlassen haben, wollten wir dem Krieg zwischen Nord und Süd entgehen, den sie im Frühjahr dort anzuzetteln begonnen haben.

Jeder kann sehen, dass dieser Krieg ausbrechen wird. Und du und ich, wir haben zu oft miterlebt, wie Schlachten sich anbahnen. Wir kennen die Vorzeichen. Sie wollen einen Krieg haben und sie werden ihn bekommen. Einen großen. Ich bin sehr froh, hier im Westen zu sein."

„Du hast recht: ich will nie wieder in eine Schlacht verwickelt sein", stellte Alfred fest. „Das Morden von Menschen zu idealisieren, habe ich noch nie gemocht. Ich kann das Töten nur akzeptieren, wo es wirklich keinen anderen Weg gibt. In Indien sind wir dem Blutbad knapp entkommen, und das war für mich der letzte Tropfen, der das Fass zum Überlaufen brachte. Die Regierung kann ihre Kriege allein führen. Ich will daran keinen Anteil haben, schon gar nicht in einem Land, das ich nicht mein Heimatland nenne. Aber sag mir, gibt es Neuigkeiten aus dem Dorf?"

James klopfte Alfred auf die Schulter und drehte sich um, damit das Feuer ihn von der anderen Seite wärmen konnte.

„Die Post wird trotz des Wetters weiterhin einmal in der Woche über den Dewdney Trail von Hope nach Rock Creek gebracht werden. Und ein Zug mit Packtieren ist aus Fort Colville angekommen, als ich mich gerade auf den Rückweg machen wollte. Ich habe Mr Miller gefragt, ob die Ankunft der neuen Lebensmittel die Kosten der Güter, die er in seinem Laden verkauft, senken würde", berichtete James grinsend, „aber er hat nur gelacht, wie jedes Mal, wenn ich ihm diese Frage stelle. Das Mehl kostet also immer noch zwanzig Cent pro Pfund, Kaffee vierzig, Speck fünfundvierzig und deine geliebten Äpfel fünfzig Cent pro Stück. Und da der Tarif nicht pro Stückgut, sondern pro Packtier erhoben wird, sind die Zugführer dazu übergegangen, so viele Pakete wie möglich auf einen einzelnen Esel oder ein einzelnes Maultier zu laden. Wenn ich ein Maultier wäre, würde ich streiken."

„Ich frage mich, was ihnen als Nächstes einfallen wird", sagte Alfred und schüttelte den Kopf missbilligend.

Sie saßen eine Weile schweigend da und hörten zu, wie der Wind um die Blockhütte pfiff. Draußen wirbelte blendender Schnee. Er lag jetzt mehr als ein Fuß hoch, und wenn es so weiterschneite, würden es am Morgen mindestens zwei Fuß sein.

James rieb sich die dicke Narbe an seinem linken Oberarm. Er hatte sich die Verletzung während des Militärdienstes in Indien zugezogen und hin und wieder machte sie ihm immer noch zu schaffen, besonders an kalten Tagen. James sah aus dem Fenster, hinüber zu der krummen Kiefer, die den Trampelpfad nach Rock Creek markierte. Bald versank sein Blick am Horizont, und er lauschte den vielen Stimmen der Wildnis, die ihm in den vergangenen Monaten so vertraut geworden waren. Doch plötzlich mischte sich ein seltsam fremdes Geräusch in das Heulen des Windes.

„Hast du das gehört? Was kann das sein?" Er ging näher ans Fenster und spähte hinaus in das Schneegestöber. „Da ist es wieder. Es hört sich beinahe an wie ..."

„Eine Frau, die nach Hilfe ruft", meinte Alfred.

Ehe James sich versah, hatte Alfred sein neues Henry-Repetiergewehr gegriffen und war nach draußen gestürmt.

„Verdammt!", fluchte James und lief, das Gewehr in der Hand, seinem Bruder nach.

„Alfred!", rief er durch den Sturm. „Alfred, wo bist du?"

Ein lauter Knall hallte durch die Wildnis. James drehte sich abrupt um, spähte durch den tobenden Schnee und versuchte ausfindig zu machen, wohin Alfred verschwunden war.

„Alfred!", rief er erneut.

Ein zweiter Schuss ertönte, etwas näher dieses Mal.

James zögerte keinen Augenblick länger. Er rannte in die

Richtung, aus der er annahm, dass der Schuss gekommen war, und rief dabei immer wieder nach seinem Bruder.

Endlich hörte er Alfreds Stimme durch den heulenden Wind.

„Hier, ich bin hier!", rief er. „Komm, hilf mir, schnell!"

James ging weiter, geblendet vom wehenden Schnee. Sein Körper und seine Sinne waren angespannt, er hielt sein Gewehr schussbereit. Er wusste nicht, was ihn erwartete.

Schließlich konnte er eine schattenhafte Gestalt zwischen den Bäumen ausmachen. Es war Alfred. Er hielt sein Gewehr im Anschlag und schien in höchster Alarmbereitschaft. Vorsichtig trat James näher.

„Wer ist da?", fragte Alfreds dunkle Stimme.

„Ich bin es, James. Was ist geschehen?", wollte James wissen. Aber ehe Alfred ihm antworten konnte, bemerkte James, dass jemand gleich neben Alfred am Boden lag. Es war eine junge Indianerin, eine sehr schöne, junge Indianerin.

„Ist sie in Ordnung?"

„Ja. Ich bin gerade noch rechtzeitig gekommen", sagte Alfred, ohne die umliegende Wildnis aus den Augen zu lassen. „Einige Männer haben versucht, über sie herzufallen. Zwei von ihnen habe ich erwischt, aber da waren mindestens zwei andere, die das Weite gesucht haben. Sie sind vielleicht noch irgendwo in der Nähe."

„Wir sollten die Frau ins Haus bringen. Dort ist sie sicher, bis wir herausfinden, woher sie stammt", sagte James. „Du hilfst ihr, Alfred. Ich werde dir Feuerschutz geben."

„Du lässt die Squaw besser, wo sie ist, Mister", rief eine fremde Stimme aus dem Schutz der umstehenden Bäume. „Sie gehört uns."

„Dann bist du wohl ihr Ehemann?", rief James und gab

Alfred ein Zeichen, dass er mit der Frau in Deckung gehen sollte.

„Ehemann, Quatsch. Das ist nur eine dreckige Squaw."

„Wir sprechen von einer Frau, Mister", meinte James kühl.

„Das ist keine Frau!", schrie der andere Mann. „Sie ist ein roter Teufel! Hat mein Gesicht zerkratzt, dass es blutet. Dafür wird sie bezahlen!"

„Eine Frau ist eine Frau", meinte James. „Es spielt für mich keine Rolle, welche Farbe ihre Haut hat. Du behandelst sie mit Respekt oder wirst mir Rechenschaft ablegen."

Inzwischen näherte sich Alfred, der die Frau hinter einem großen Felsbrocken versteckt hatte, dem Mann von hinten. Der Fremde war so in seinen Streit mit James vertieft, dass er Alfreds Anwesenheit erst bemerkte, als dieser ihm mit dem Lauf seines Gewehrs in den Rücken stieß.

„Schön ruhig bleiben", sagte Alfred. „Lass den Revolver fallen, und dann holen wir deinen Freund her, damit er an der Unterhaltung teilhaben kann."

Doch der Fremde hatte keine Absicht, seine Waffe fallen zu lassen. Er wirbelte herum und feuert seinen Colt auf Alfred ab. Alfred, der nichts anderes erwartet hatte, war jedoch schneller. Seine Kugel traf den Mann genau in die Brust und tötete ihn auf der Stelle.

Der zweite Mann, zornig über den Tod seines Freundes, sprang hinter einem großen Baum hervor und feuerte mit seinem Revolver. Darauf hatte James nur gewartet. Der Mann hatte den tödlichen Fehler begangen, sich seinem Feind zu zeigen. Sein Körper schlug leblos auf dem schneebedeckten Boden auf, bevor er einen weiteren Schuss abgeben konnte.

„Freie Bahn!", rief James und die beiden Männer eilten zurück zu der Stelle, an der Alfred die Frau versteckt hatte.

Die junge Frau stand offensichtlich unter Schock, denn sie versuchte nicht zu fliehen. Sie starrte die beiden lediglich mit weit aufgerissenen Augen an.

Alfred und James wussten nicht, was sie nun tun sollten. Es war das erste Mal, dass sie einer Indianerin begegneten, die ohne ihre Familie unterwegs war. Eines stand jedoch fest: sie war außergewöhnlich schön. Sie war nicht groß, aber kräftig gebaut, und hatte starke, schlanke Hände, ein rundes Gesicht und fein geschwungene Lippen. Ihr rabenschwarzes Haar fiel ihr in zwei langen geflochtenen Zöpfen bis weit auf den Rücken hinab. Und sie war sehr jung, höchstens siebzehn oder achtzehn Jahre alt.

James räusperte sich und kniete sich vorsichtig neben sie.

„Ich glaube, sie hat sich das Handgelenk gebrochen“, sagte er, während er sie behutsam untersuchte. „Ansonsten scheint sie unverletzt.“

„Wie heißt du?“, fragte Alfred mit sanfter Stimme, denn er wollte sie nicht noch mehr verschrecken. „Sprichst du Englisch?“

Die junge Frau hob stolz das Kinn. „Ich bin Spopel'eq. In euer Sprache bedeutet das so viel wie *Little Owl.*“

„Little Owl“, sagte Alfred mit einem freundlichen Lächeln. „Das ist ein hübscher Name. Sagt mir, wo du wohnst. Wo ist deine Familie?“

„Alfred, wir müssen sie ins Haus bringen. Sie ist nicht für dieses Wetter angezogen. Sie wird sich den Tod holen.“

„Du hast recht“, sagte Alfred. Er reichte der jungen Frau seine Hand, um ihr aufzuhelfen. Aber Little Owls bernsteinfarbene Augen waren noch immer weit aufgerissen vor Schreck und sie schüttelte energisch den Kopf.

Alfred kniete sich besorgt neben sie. „Du brauchst dich vor uns nicht zu fürchten, Little Owl. Bitte komm mit uns. Wir werden uns um dich kümmern und nach einem Arzt schicken, der dein Handgelenk richtet." Er sah sie bittend an und reichte ihr erneut seine Hand.

Little Owl sah forschend in seine Augen, erkannte dort jedoch nur gut gemeinte Sorge und Respekt. Zögernd streckte sie ihre unverletzte Hand aus, ließ sich von Alfred aufhelfen und zu der Blockhütte führen, in der er und James lebten.

Als sie die Hütte endlich erreichten, zitterte Little Owl am ganzen Körper. Der Schnee und die Kälte hatten ihre leichte Kleidung, die aus nichts weiter als einem Umhang aus grober Wolle und einem Rock aus irgendeiner Art Rindenfaser bestand, und die augenscheinlich nicht für dieses Klima geschaffen waren, vollkommen durchdrungen.

„Bring alle extra Decken, die du finden kannst, und bereite ihr ein Bett neben dem Kamin", bat Alfred, während er das Feuer schürte und Holz nachlegte. „Wir müssen sie aufwärmen. Ich werde Dr. Harlow holen."

Ehe er sich jedoch zur Tür umwenden konnte, fühlte er, wie ihn eine kleine, aber energische Hand zurückhielt. Es war Little Owl. Sie sah ihn an, schwach und zitternd, aber dennoch entschlossen.

„Bleib", sagte sie.

James wusste, dass sie keine Zeit zu verlieren hatten, und jeglicher Wortwechsel mit Little Owl würde die Ankunft des Arztes nur unnötig hinauszögern.

„*Ich* werde Dr. Harlow holen", sagte er und war auch schon zur Tür hinaus.

Dr. Harlow richtete Little Owls Handgelenk und es heilte in den darauffolgenden Wochen vollständig aus. Doch die junge Frau hatte sich eine schwere Lungenentzündung zugezogen. Dr. Harlow erinnerte Alfred und James wiederholt daran, dass sie nicht für die Versorgung der jungen Indianerin verantwortlich waren, aber die beiden wollten davon nichts hören. Besonders Alfred fühlte sich ihr verbunden und war sehr besorgt um ihre Genesung. Also stellten sie eine ältere Frau an, die jeden Tag die zwei Meilen von Rock Creek zur Blockhütte gelaufen kam, und die dafür sorgte, dass Little Owl jegliche Pflege bekam, die sie benötigte. Trotzdem schritt die Genesung der jungen Frau nur langsam voran.

Das neue Jahr brach an und Little Owl war noch immer nicht in der Lage, ohne Hilfe in der Blockhütte umherzugehen. Alfred saß lange Stunden an ihrem Bett und las ihr vor oder unterhielt sich mit ihr. Little Owls Englisch war recht gut, denn in ihrem Dorf hatten verschiedene Missionare gelebt und es waren auch viele englischsprechende Händler von der Küste dort vorbeigekommen.

Alfred fand schnell heraus, dass Little Owl die Tochter eines Häuptlings war und von einem der vielen kleinen Stämme der Salish stammte, die von Yale an bis zum Delta am Fraser River lebten. Im vergangenen Frühjahr hatte sie den Platz ihres Bruder eingenommen, der eine Gruppe von Regierungsbeauftragten zu den neuen Goldfeldern am Rock Creek führen sollte, sich aber beim Jagen verletzt hatte. Daher hatte Little Owl die fast 350 Meilen lange Strecke an seiner Stelle zurückgelegt. Sie hatte mehrere hohe Bergketten zu Fuß überquert und die Männer sicher an ihren Zielort gebracht. Es war geplant gewesen, dass die Regierungsbeauftragten nur einige wenige Wochen in der Gegend von Rock Creek bleiben und anschließend nach Vancouver zurückkehren würden, um dort von ihren Funden zu berichten. Unglücklicherweise hatte sich ihr Aufenthalt so sehr verlängert, dass der Herbst weit vorangeschritten und es zu spät gewesen war, um sich auf den langen Rückweg zu ihrem Stamm zu machen.

Wochenlang hatte sie sich in der Nähe der Regierungsbeamten aufgehalten, mit denen sie gereist war. Aber diese verbrachten die meiste Zeit in irgendwelchen Gebäuden, und Little Owl vermisste den täglichen Kontakt zur Natur, den sie so gewohnt war. An dem unglückseligen Abend, an dem Alfred und James sie gerettet hatten, hatte sie es nicht länger drinnen ausgehalten und war für einen kurzen Spaziergang nach draußen gegangen. Sie war nicht weit gekommen, als vier Männer sie überrumpelten und fortschleppten. Little Owl hatte mit ihnen gerungen, war gefallen und hatte sich das Handgelenk gebrochen. Sie hatte gerade entschieden, ihrem Leben ein Ende zu setzen, denn für sie war es ehrenhafter zu sterben, als sich von dem weißen Gesindel anfassen zu lassen. Da war Alfred aufgetaucht.

In der Zwischenzeit hatte Alfred auch Little Owls Familie angeschrieben, um sie wissen zu lassen, wo sie sich befand, warum Little Owl nicht zurückgekehrt war, und dass sie sich erholte. Er hatte nie eine Antwort bekommen, hatte Little Owl aber von dem Brief berichtet. Und obwohl sie nichts darüber verlauten ließ, konnte Alfred an dem warmen Glanz in ihren Augen erkennen, dass sie ihm dankbar für den Brief war.

Little Owl hatte Alfred und James nie mit Worten für das gedankt, was sie für sie getan hatten. Doch sobald es ihr gut genug ging, um aufzustehen, kümmerte sie sich um den Haushalt, kochte, wusch Wäsche und ging jagen. Und beide Männer mussten sich eingestehen, dass sie eine sehr gute Jägerin war. Meist war sie schon vor der Morgendämmerung unterwegs und sie kam nie mit leeren Händen zurück.

James hatte Little Owl sehr gern, aber seine Gefühle für sie waren nicht anders als die, die er für seine jüngeren Schwestern zu Hause in England empfand. Alfred hingegen fühlte sich ihr mehr und mehr verbunden. Little Owl war so ganz anders als die jungen Frauen, die er bisher getroffen hatte und er genoss ihre Gesellschaft sehr. Sie war mit der

Natur aufgewachsen, frei in Geist und Denken und außergewöhnlich unabhängig. Sie kannte weder die Gesetze und Regeln noch die Restriktionen, die den feinen jungen Damen in Europa auferlegt waren. Dafür wusste sie, wie man in der Wildnis überlebte, auch wenn man nur ein Messer bei sich trug. Sie war absolut ehrlich, sehr klug, und sagte immer genau das, was sie dachte. Sie versuchte nie, ihre Vorlieben oder Abneigungen zu verbergen, kannte keine Koketterien und war eine sehr treue Begleiterin. Es war daher nicht überraschend, weder für ihn selbst noch für James, als Alfred sich eingestand, dass er sich in Little Owl verliebt hatte.

Alfred hielt sich für den glücklichsten Menschen auf Erden, als er herausfand, dass seine Gefühle erwidert wurden. Erneut schrieb er an Little Owls Vater, diesmal um ihn um die Hand seiner Tochter zu bitten.

Kapitel 7

„Wir hören besser auf. Die Batterien werden schon schwächer", sagte Eva sanft. „Wir können morgen weiterlesen."

Viv blickte überrascht auf. Sie hatte Marlas ruhiger, klarer Stimme so konzentriert zugehört, dass sie nicht darauf geachtet hatte, was um sie herum vor sich ging. Sie schob Jason, der den Kopf an ihre Schulter gelegt hatte und schlummerte, von sich und blickte sich um.

„Mit der Lampe ist alles in Ordnung", sagte sie dann. „Es wird hell. Darum erscheint uns der Schein der Lampe so viel matter. Der Morgen ist längst da."

Marla hörte weder, was die anderen sagten noch bemerkte sie, dass die Morgendämmerung anbrach. Sie war noch immer bei Alfred und James Copperwheat im Rock Creek des 19. Jahrhunderts – in ihrem Kopf hatte nichts anderes Platz.

Sie blätterte zur nächsten Tagebuchseite weiter, neugierig darauf, mehr zu erfahren.

„Hier ist ein weiterer Eintrag. Ein sehr kurzer", berichtete sie mit belegter Stimme. Sie wusste nicht, ob das vom vielen Lesen kam oder daher, dass sie das Gelesene so anrührte.

„*Goldgräberlager Rock Creek, 21. Juni 1861*", las sie stockend. „*Little Owl und ich haben heute geheiratet. Ich bin der größte Glückpilz auf der Welt. Ich hätte nie gedacht, dass man so glücklich sein kann, wie ich es bin.*"

Sie ließ das Tagebuch sinken und starrte in die Morgendämmerung. Ein verzücktes Lächeln stand auf ihrem Gesicht. Die Anwesenheit der anderen bemerkte sie scheinbar überhaupt nicht.

„Ist es nicht einfach wunderbar?", flüsterte sie, wie zu sich selbst.

„Marla." Vivs Stimme drang wie aus weiter Ferne an ihr Ohr. „Marla."

Marla blickte auf und sah sie einen Augenblick lang verständnislos an. Dann holte die Realität sie ein. Sie blinzelte und schüttelte verwirrt den Kopf.

„Viv, Eva, habt ihr das gehört? Alfred und Little Owl haben geheiratet. Ist es nicht fabelhaft?" Ihre Miene verriet ihr Entzücken.

Viv und Eva wechselten wissende Blicke und lächelten.

„Ja, es ist wunderbar", sagte Viv. „Aber ich fürchte, dass wir die Nacht durchgemacht haben. Schau nur, es wird schon hell."

„Oh", war alles, was Marla herausbrachte, denn ein Teil von ihr war noch immer irgendwo in der Vergangenheit.

„Lasst uns schlafen gehen", schlug Eva vor. „Uns bleibt genug Zeit, um alles herauszufinden. Wir sind ja gerade erst angekommen."

Marla nickte und ließ sich von Eva zum Zelt bringen. Draußen hörte sie, wie Viv sich mit Jason stritt. Er hatte vorgeschlagen, dass Viv in seinem Zelt schlief, alles unter dem Vorwand, sehr großzügig und umsichtig zu sein und Marla und Eva mehr Platz im Zelt der Frauen verschaffen zu wollen. Viv war noch immer aufgebracht darüber, als sie sich ein paar Minuten später zwischen Marla und Eva legte und sich in ihren Schlafsack rollte.

Viv und Eva schliefen bald ein, Marla jedoch war hellwach. In ihrem Kopf schwirrte es, und es gelang ihr mit keinem Trick, ihre Gedanken zur Ruhe zu bringen. Sie drehte sich von einer Seite auf die andere und versuchte vergebens, eine gemütliche Position zu finden. Also lag sie auf dem Rücken, starrte an die Zeltdecke und lauschte Vivs und Evas gleichmäßigen Atemzügen.

Marla wusste, dass sie schlafen, sich ausruhen sollte. Sie war vollkommen erschöpft. Die lange Reise und die Aufregung, im Tagebuch zu lesen, hatten sie sehr angestrengt. Marlas Körper fühlte sich bleischwer an, ihr Kopf so leicht wie eine Wolke. Trotzdem konnte sie nicht einschlafen. Ihr war klar, dass sie den Punkt des Einfach-nur-müde-Seins schon lange überschritten hatte.

Marla versuchte also zu meditieren, um sich zu beruhigen, und als das nicht half, begann sie Schafe zu zählen. Draußen brach ein neuer Morgen an, das Licht, das durch die dünnen Polyesterwände des Zeltes drang, wurde immer heller.

Als sie schließlich in einen unruhigen Schlaf fiel, hatte sie den gleichen, wiederkehrenden Traum, der sie seit ihrer Jugend heimsuchte. Den gleichen Traum, den sie auch in der Nacht gehabt hatte, als Mrs Copperwheat gestorben war.

Nichts in dem Traum hatte sich verändert. Wieder erklomm Marla den steilen Berghang und folgte dem felsigen Pfad. Sie kam zu dem Hochplateau, auf dem sich ein unberührter See mit türkisfarbenem Wasser befand, der von Bergwiesen umgeben war. Rings herum standen schneebedeckte Berge. Die beiden riesigen Luchse wanderten am Seeufer entlang. Sie sahen Marla an, als wollten sie sie auffordern, zu ihnen zu kommen. Wieder überkam Marla das Gefühl, dass sie zuvor etwas noch Unbestimmtes und doch sehr Dringliches zu erledigen hatte. Und wie immer war Marla ärgerlich. Sie suchte mit den Augen die hohen Felsen ab, die das südliche Ufer umgaben. Von dort waren die Luchse gekommen. Dann hatte sie eine Eingebung, und sie wusste, was sie zu tun hatte. Sie musste dorthin, zu den Felsen, gehen. Irgendwo dort würde sie finden, wonach sie suchte.

Bis hierher war der Traum ebenso verlaufen wie sonst.

Aber anstatt wie gewöhnlich aufzuwachen, ging der Traum dieses Mal weiter. Es war nur kurz, aber so intensiv, dass sie sich später genau daran erinnerte. Ihr Blick schweifte von den Felsen zu der Stelle, wo die beiden Luchse standen, und es schien ihr fast, als suche sie ihre Zustimmung. Die Blicke der Tiere waren noch immer auf sie gerichtet, und ohne den Blickkontakt zu lösen, neigten sie ihre Köpfe. Es war nur eine winzige Bewegung, dennoch unverkennbar. Im selben Augenblick vernahm Marla ein seltsames Geräusch. Es war zu entfernt und gedämpft und nur schwer auszumachen, aber es hörte sich sehr nach Applaus an.

Marla erwachte jäh und stellte fest, dass sie allein im Zelt war. Die Eingangsklappe war geöffnet und warmes Sonnenlicht strömte herein. Sie wollte sich aufsetzen, aber ein plötzlicher, durchdringender Schmerz im unteren Hinterkopf hinderte sie daran, sich zu bewegen. Es war, als steche jemand mit einem Messer auf sie ein, während ihr Kopf in einem Schraubstock festklemmte.

Vorsichtig, ganz vorsichtig legte Marla sich wieder hin. Sie kannte diesen Schmerz. Ebenso wie der Traum kehrte er in unregelmäßigen Abständen zurück. Und jedes Mal war er etwas heftiger. An diesem Morgen hatte die Intensität des Schmerzes im Vergleich zur letzten Attacke beträchtlich zugenommen und Marla konnte es kaum aushalten. Sie konnte sich nicht bewegen, konnte nicht einmal die anderen zu Hilfe rufen. Alles was sie tun konnte, war dazuliegen und darauf zu warten, dass die Schmerzen nachließen.

„Es tut mir so leid wegen heute morgen“, sagte Eva einige Stunden später zu Marla, als sie durch die bergige Wildnis wanderten. „Ich hätte nach dir sehen sollen, als du nicht zum Frühstück erschienen bist. Aber ich dachte, du seist einfach nur erschöpft. Ich bin selbst noch so müde nach dem langen Flug und der Fahrerei gestern und der kurzen Nacht. Ich hätte heute Morgen gern ein bisschen länger geschlafen und habe mich so gefreut, dass wenigstens dir dieser Luxus vergönnt war. Und stattdessen hast du die ganze Zeit mit diesen schrecklichen Kopfschmerzen im Zelt gelegen. Oh, Marla, es tut mir so leid." Sie lächelte entschuldigend.

„Vergiss es", sagte Marla. „Es war auf keinen Fall deine Schuld. Wie hättest du das wissen können?"

„Ich hätte es wissen müssen."

Sie gingen schweigend weiter. Viv und Jason folgten ihnen in einigem Abstand und stritten wie üblich über irgendetwas Banales.

Der Pfad, den sie gewählt hatten, führte vom Zeltplatz zum Fluss und von dort am Ufer entlang bergab in Richtung Rock Creek. Er war so schmal, dass sie hintereinander gehen mussten.

Es war kurz nach Mittag und recht heiß und sie waren froh über den Schatten, den die stattlichen Kiefern spendeten. Die Äste und Zweige bildeten ein natürliches Dach über ihren Köpfen. Eine erfrischende Kühle ging vom Fluss aus. Das Wasser plätscherte fröhlich, während es über glattgewaschene Steine bergab floss. Und von irgendwoher hoch in den Bäumen waren die sorglosen Stimmen einiger Vögel zu hören. Marla und Eva wussten nicht, was es für Vögel waren, aber ihr Gesang war wunderschön – ungezähmt und frei und verlockend.

Für einen Moment überkam Marla der Gedanke, dass sicher wilde Tiere in dem Buschwerk umherstreunten, aber diesmal ließ sie sich nicht davon einschüchtern. Denn für heute hatte Marla sich eine Aufgabe gestellt. Was sie gestern aus dem Tagebuch erfahren hatten, gab ihnen recht präzise Anhaltspunkte über den Standort der Hütte, in der die Copperwheat-Brüder gewohnt hatten. Und Marla war entschlossen, die Stelle zu finden.

Sie versuchte, sich auf ihr Vorhaben zu konzentrieren, versuchte, sich jedes gelesene Wort in Erinnerung zu rufen, aber sie wurde von Evas Gesichtsausdruck abgelenkt. Denn sobald Eva glaubte, Marla würde es nicht sehen, legte sich ein Schatten auf ihr Gesicht.

Marla kämpfte im Stillen mit sich, ob sie Eva darauf ansprechen sollte oder nicht. Am Ende siegte ihre Sorge.

„Was stimmt nicht, meine Süße? Und bitte versuch nicht mir einzureden, dass nichts ist. Ich kann dir an den Augen ablesen, dass es nicht stimmt." Sie sah Eva forschend an.

„Was meinst du?", fragte Eva unverfänglich.

„Der Schatten auf deinem Gesicht. Der, den du zu verjagen und irgendwo in dir zu verstecken versuchst, jetzt, wo ich ihn bemerkt habe. Das meine ich." Marla lächelte und fügte hinzu: „Komm schon, wir kennen uns zu lange, um solche Dinge voreinander verheimlichen zu können."

Eva blickte zu Boden und tat so, als besähe sie sich die Steine auf dem Pfad. Marla wusste, dass Eva abwägte, ob sie ihre Freundin in ihr Problem einweihen sollte. Evas Zögern zeigte Marla, dass es sich um eine ernstere und delikatere Angelegenheit handelte, als sie zunächst angenommen hatte. Wäre es etwas Unwichtiges gewesen, so hätte Eva ihr auf der Stelle davon erzählt.

„Tut mir leid, Eva", sagte sie daher schnell. „Ich wollte dich nicht drängen. Du brauchst mir nichts zu sagen, was mich nichts angeht."

Eva zwang sich zu lächeln und schüttelte den Kopf. „Marcus und ich haben uns gestritten, bevor ich zum Flughafen gefahren bin, und ich musste gerade daran denken. Es ging um nichts Wichtiges, eigentlich handelte es sich um eine Kleinigkeit. Es lohnt sich nicht, darüber zu sprechen."

Marla antwortete nicht gleich. Sie war sich sicher, dass es um mehr gegangen war, als Eva preisgeben wollte. Aber es war nicht fair, Eva unter Druck zu setzen, damit sie ihr etwas anvertraute, ohne dass sie es von sich aus wollte. Daher sagte sie nur: „Bist du sicher?“

„Ja“, erwiderte Eva, und Marla beließ es dabei.

Einige Minuten später wandte sich der Pfad gen Norden, weg vom Fluss und somit fort von der Stelle, an der die Hütte nach ihren Berechnungen gestanden hatte. Marla und Eva hielten inne.

„Wir warten besser auf Viv und Jason“, sagte Marla. „Sie haben die Karte.“

Es dauerte nicht lange, bis die beiden sie eingeholt hatten. Sie stritten noch immer.

„Komm schon, Viv, gib mir die Karte“, hörten sie Jason in gewohnt bestimmtem Ton sagen. „Du konntest noch nie gut den Weg finden. Du weißt nicht einmal, wie man Norden findet.“

„Vielleicht habe ich es inzwischen gelernt“, entgegnete Viv.

„Anscheinend nicht, so wie du die Karte hältst“, sagte Jason. „Wenn wir deiner Führung folgen, werden wir die Stelle, an der die Hütte gestanden hat, nie finden. Und überhaupt, bis zur Essenszeit möchte ich gerne wieder im Lager sein, und ich weiß, dass Marla nicht umkehren wird, bevor wir die verflixte Stelle gefunden haben. Also gib mir die Karte und lass es uns hinter uns bringen.“

Marla und Eva drehten sich grinsend zu den beiden um.

„Was ist denn jetzt schon wieder los?“, erkundigte sich Marla.

„Oh, nichts weiter“, sagte Viv erhaben. „Jason hat nur gerade beschlossen, dass er der neue Gruppenleiter ist.“

„Das stimmt nicht. Ich ...“

„Egal“, fuhr Marla ihm dazwischen. „Lass Jason einen

Blick auf die Karte werfen, Viv. Die Stelle muss ganz in der Nähe sein. Vielleicht kann er herausfinden, in welche Richtung wir von hier aus gehen müssen."

Viv reichte Jason unwillig die Karte. Jason verzog sein Gesicht zu einem Hab-ich-dir-doch-gesagt-Ausdruck, nahm die Karte und studierte sie eingehend. Hin und wieder schaute er auf, spähte flussaufwärts und flussabwärts und überprüfte die Landschaft. Schließlich verkündete er mit wichtiger Miene: „Meinen Berechnungen nach und angesichts der Distanz zu Rock Creek, die im Tagebuch beschrieben ist, sollte sich der Platz, an dem die Hütte gestanden hat, hinter der nächsten Biegung befinden."

„Aber der Pfad führt vom Fluss weg", sagte Eva.

Marla und Viv wechselten amüsierte Blicke.

„Wir müssen halt am Flussufer entlang weiterlaufen und den Pfad links liegen lassen", sagte Marla.

„Aber im Touristenführer heißt es eindeutig, man soll die vorgegebenen Pfade nicht verlassen", warf Eva zweifelnd ein.

„Um Himmels Willen", sagte Marla. „Wir haben nicht die Zeit, erst noch eine Erlaubnis einzuholen. Und überhaupt, wir gehen ja nicht weit."

„Und wir werfen keinen Müll in die Wildnis", sagte Viv. „Das ist der Hauptgrund, warum man so besorgt darum ist, dass Leute auf den vorgeschriebenen Wegen bleiben, weißt du."

„Es geht nicht nur um Abfall", meinte Eva. „Bei uns in den Alpen ist es ganz genauso. Die Pflanzen- und Tierwelt wird gestört. Stellt euch bloß vor, wie es sein würde, wenn jeder einfach so durch die Wildnis stapfen würde. Für die Natur wäre das eine Katastrophe."

Marla legte ihre Hand verständnisvoll auf Evas Arm, aber ihr Ton war bestimmt. „Hier geht es um einen Notfall, Eva. Wir müssen es tun. Und wir werden sehr vorsichtig sein und aufpassen, wohin wir treten, okay?"

Eva seufzte zustimmend.

„Also gut", sagte Marla. „Auf geht's."

Den vorgegebenen Weg hinter sich lassend wanderten sie weiter. Sie folgten einem schmalen Pfad, den die wilden Tiere auf ihrer Suche nach Wasser und Nahrung im Unterholz angelegt hatten. Er führte direkt am Flussufer entlang. Hier waren die Äste der Bäume nicht zurückgeschnitten, und oft hingen sie so tief, dass Marla, Eva, Viv und Jason sich bücken mussten, um durchzukommen.

„Meint ihr, wir stoßen hier auf wilde Tiere?", fragte Eva beunruhigt.

„Nicht, wenn du so laut weiterredest", kommentierte Jason. „Hast du jemals einen Wild-West-Film gesehen? Wenn es so einfach wäre, wilde Tiere zu finden, dann hätten die Indianer nicht so gut im Anschleichen sein müssen."

„Als ob du etwas darüber weißt", meinte Viv und verdrehte die Augen. „Du trittst auf jeden Zweig, der im Weg liegt. Ein Elefant hat einen leichteren Gang als du."

„Nur damit du es weißt", meinte Jason würdevoll, „das mache ich mit Absicht. Ich habe nämlich nicht vor, mich aus Versehen an einen Grizzly heranzuschleichen. Wenn ich viel Lärm mache, hört er mich und läuft weg."

Viv lachte. „Na klar, der Bär wird sich einfach so verdrücken, weil er dich kommen hört."

„Tatsächlich habe ich so etwas in dem Touristenführer gelesen, den ich am Flughafen gekauft habe", meinte Eva. „Dort heißt es, man solle reichlich Lärm machen, um die Bären fernzuhalten. Falls du auf einen triffst, der sich nicht verjagen lässt, haben sie einige Verhaltensregeln angegeben. Es reimte sich. Wie ging es noch gleich? Ah ja: *if it's black fight back. If it's brown lie down.*"

„Hinlegen?", meinte Viv skeptisch. „Da würde ich doch

lieber weglaufen.“

„Du könntest niemals schneller laufen als ein Bär, Viv“, merkte Jason an.

„Das stimmt“, sagte Eva. „Das steht auch im Touristenführer.“

„Dann klettere ich eben auf einen Baum“, meinte Viv irritiert.

„Oh, nein, mach das nicht“, widersprach Eva. „Der Touristenführer schreibt ausdrücklich: *nie auf einen Baum klettern, wenn ein Bär in der Nähe ist.* Offenbar sind sie sehr gut im Klettern.“

Viv hielt inne. „Super. Nicht rennen, nicht klettern. Warum, um alles in der Welt, würde ich mich dann hinlegen?“

Jason stellte sich dicht neben sie und grinste sie fies an. „Weil der Grizzly dich dann vielleicht nur ein bisschen anknabbert und dann das Interesse verliert. Aber das klappt natürlich nur, solange du dich nicht bewegst oder anfängst zu schreien, während er an dir nagt. Wenn du es überzeugend machst, dann denkt er vielleicht, dass du tot bist, und du hast eine Chance zu überleben.“

„Welch schöne Aussichten“, meinte Viv sarkastisch. „Und wie wehrt man sich, wenn der Bär schwarz ist? Wie soll das wohl funktionieren?“

„Ein Bowie-Messer“, sagte Jason grinsend.

„Und ich nehme an, du hast eines mitgebracht?“

„Nein, aber ich habe vor, mir eines zu kaufen, sobald es sich ergibt“, erwiderte Jason.

„Nun, ich hoffe für dich, dass die Bären schön nach Farben sortiert auftauchen werden“, erwiderte Viv und starrte ihn verärgert an.

„Hört schon auf, ihr beiden“, sagte Marla. Es störte sie sehr, dass Viv und Jason sich so wenig für ihre Suche interessierten. Fühlten sie denn nicht, wie gespannt sie darauf war, den Platz, an dem die Hütte gestanden hatte, zu finden? Hatten sie gänzlich vergessen, wie wichtig all dies für sie, Marla, war?

„Ihr streitet euch die ganze Zeit und merkt nicht einmal, was um euch herum los ist. Schaut nur, wo wir sind", setzte Marla hinzu und deutete nach vorn. „Wir haben die Biegung erreicht."

Viv, Jason und Eva verstummten sofort, als sie Marlas Gesicht sahen, und wechselten reuige Blicke. Dies war Marlas Reise, Marlas Suche. Sie waren lediglich eingeladen worden, dabei zu sein. Nein, sie wollten ihr nichts verderben. Sie *würden* ihr nichts verderben.

Schweigend setzten sie ihren Weg fort. Es dauerte nicht lange, bis sie sahen, was sich hinter der Biegung befand. Wie vom Donner gerührt hielten sie inne.

„Eine Blockhütte", flüsterte Eva. „Die Überreste einer Blockhütte!"

„Ich kann es nicht glauben", meinte Jason, sichtlich überrascht über seinen guten Orientierungssinn.

„Ich auch nicht", meinte Viv beeindruckt.

Marla sagte nichts, sondern ging zu der Ruine. Einige Schritte vor der Hütte hielt sie an.

„Jason, bist du sicher, dass dies die richtige Stelle ist?", fragte sie.

„Absolut. Zwei Meilen von Rock Creek, auf der westlichen Seite des Flusses. Genau wie es im Tagebuch beschrieben ist."

Marla starrte auf die Hütte. Für Mitte des 19. Jahrhunderts hatte sie eine ansehnliche Größe, mindestens sieben mal zehn Meter, und war solide gebaut. Die Stämme waren so behauen, dass sie sauber aufeinander passten, und waren an den Ecken verzapft. Die Spalten zwischen den Stämmen waren sehr ordentlich mit irgendeiner Art Dichtungsmasse versiegelt. Es war nicht zu übersehen, dass diese

Hütte nicht in Eile errichtet, sondern sorgfältig geplant und gebaut worden war. Sie hatte jemandem als permanente Unterkunft gedient. Jetzt allerdings, mehr als einhundertundfünfzig Jahre später, war von ihrer ursprünglichen Pracht nicht viel übrig. Das Dach war eingefallen, das Glas in den Fenstern zerbrochen. Die Verandabrüstung hing herunter und die Vordertür fehlte. Das Material, das in die Spalten zwischen den Stämmen geschmiert worden war, war zum größten Teil zerbröckelt und fortgeblasen worden, und aus dem Inneren wuchs an der nördlichen Wand eine große Fichte.

Vorsichtig, so als wolle sie nicht stören, ging Marla auf die Ruine zu und legte ihre Hand auf die Außenwand. Ein jäher Lichtblitz schoss durch ihren Kopf und für einen Augenblick kehrte der stechende Schmerz an ihrer Schädelbasis zurück. Marla wurde schwindelig. Sie stützte sich an der Wand ab und schloss die Augen. In diesem kurzen Moment sah sie die Hütte, wie sie ausgesehen hatte, als sie neu erbaut war: die Stämme golden und frisch gehauen; das Glas in den Fenstern intakt und glänzend; die Vordertür aus massiven Holzplanken; die Verandabrüstung aus stabilen Fichtenästen; der steinerne Schornstein an der gegenüberliegenden Seite, aus dem eine dünne Rauchsäule in den frühen Morgenhimmel aufstieg.

Ohne ihre Hand von der Wand zu nehmen, ging Marla weiter. Als sie die Ecke der Hütte erreichte, die dem Fluss am nächsten war, hielt sie erneut inne und sah sich um. Eine krumme Fichte stand ganz in der Nähe, dort, wo der Pfad hinunter nach Rock Creek führte. Der Baum war jetzt tot, seine Äste waren kahl und seine Rinde von Feuer verkohlt. Trotzdem stand er da wie ein Fels in der Brandung und markierte einen wichtigen historischen Ort – so wenigstens empfand es Marla.

Ein Kloß bildete sich in ihrem Hals. Sie erkannte den

Baum, erkannte ihn aus Alfreds Beschreibung im Tagebuch. Es bestand kein Zweifel. Marla hatte es gespürt, sobald sie die Stämme der Hütte berührt hatte, hatte Alfreds und James' Gegenwart gespürt. Aber nun war es offenkundig. Dieser Baum war der Beweis: Sie stand an genau der Stelle, an der Alfred und James vor all den Jahren gelebt und gearbeitet hatten. Sie hatten nicht nur den Ort gefunden, an dem die Hütte einst gestanden hatte, sondern die Hütte selbst. Obwohl sie in Ruinen vor ihr lag, war sie nach all dieser Zeit noch immer da. Und Marla stand wirklich und wahrhaftig neben ihr.

„Wir sind hier“, sagte sie überwältigt und wandte sich den anderen zu. „Dies ist die Hütte von Alfred und James!“

„Ich bin sprachlos“, gab Eva zu. Und obwohl Geschichte für sie nicht dieselbe Bedeutung hatte wie für Marla, bekam sie eine Gänsehaut.

„Ich kann es immer noch nicht glauben“, meinte Jason erstaunt und schüttelte den Kopf.

„Schaut euch die krumme Fichte an“, sagte Marla, und diesmal war ihre Aufregung nicht zu überhören. „Es ist genau, wie Alfred es beschrieben hat. Es ist unfassbar!“

Ohne weitere Kommentare abzuwarten, zog Marla ihre kleine Digitalkamera aus der Hosentasche und machte Fotos von allem, was sie sah: den Überresten der Hütte, der krummen Fichte, von der Landschaft, wie sie von der Hütte aus zu sehen war, dem Fluss. Dann musste Viv ein Foto von ihr vor der Hütte aufnehmen, so dass sie sich später, wenn sie wieder zu Hause war, selbst beweisen konnte, dass sie dies alles nicht bloß geträumt hatte, sondern dass sie wirklich hier gewesen war.

Als das erledigt war, blieb nur noch eines: einen Blick ins Innere der Hütte zu werfen, um zu sehen, ob irgendetwas übrig geblieben war. Etwas, das den Copperwheat-Brüdern gehört hatte. Etwas, das erklärte, warum Geraldine Marla unmittelbar vor ihrem Tod vor der Kraft des Tagebuchs gewarnt hatte.

Jetzt, da sie vor der zusammengebrochenen Veranda stand, zögerte Marla. Würde sie etwas finden? Und wenn ja, was? Würde ihre Reise hier in Rock Creek enden oder würde das Tagebuch sie zu einem anderen Ort weiterschicken?

Sie holte tief Luft und trat ein. Viv, Eva und Jason warteten unterdessen andächtig draußen, behielten Marla jedoch genau im Auge.

Die halb verrotteten Dielen knarrten unter Marlas Füßen, und wieder kroch ein Schauer über ihren Rücken.

Noch ehe sie einen weiteren Schritt machen konnte, erschreckte sie ein jähes, lautes Flattern. Marla stockte der Atem. Instinktiv wich sie zurück. Dann sah sie den großen schwarzen Vogel in der hintersten Ecke der Hütte. Er war unter einigen eingestürzten Dachbalken versteckt gewesen und Marlas Kommen hatte ihn augenscheinlich aufgeschreckt. Während sie ihn erschrocken beobachtete, kam der Vogel unter dem Balken hervor, spreizte die Flügel und schoss direkt an ihrem Kopf vorbei in den Himmel empor.

„Was war das für ein Geräusch?“, rief Eva von draußen.

Marla versuchte sich zu beruhigen. „Es war nur ein Vogel“, berichtete sie. „Es ist alles in Ordnung.“

Vorsichtig und mit wild klopfendem Herzen ging sie weiter. Sie kletterte über die eingestürzten Dachbalken, und kam schließlich zur Mitte der Hütte.

„Hast du schon etwas gefunden?“, wollte Jason wissen.

Marla sah sich um. Zerbrochene Dachbalken und Geröll vom steinernen Schornstein lagen verstreut auf dem Boden. Dort, wo Fußbodendielen sichtbar waren, waren sie mit Dreck und Tierfäkalien bedeckt. Moos wuchs in den Ecken der Hütte und an allen anderen Stellen, an die kein direktes Sonnenlicht kam. Marla konnte keine Überreste von Möbeln und anderen Haushaltsgegenständen entdecken. Tatsächlich gab es keinerlei Spuren von menschlichem Leben mehr.

Marla bückte sich und wischte vorsichtig den Dreck und Sand zur Seite, der sich am Boden angesammelt hatte. Behutsam berührte sie den Holzboden. Einen Augenblick später stand sie wieder auf und machte ein Foto vom Inneren der Hütte. Dann kehrte sie entschiedenen Schrittes zu den anderen zurück.

„Es ist nichts übrig", berichtete sie mit leicht zitternder Stimme. „Es hat den Anschein, als hätte derjenige, der hier zuletzt gewohnt hat, alles mitgenommen, als er die Hütte verließ. Ich konnte keine einzige materielle Spur davon finden, dass die Copperwheat-Brüder jemals hier gelebt haben. Und was auch immer das Tagebuch so wichtig macht, in der Hütte gibt es keinen Hinweis darauf."

„Was also tun wir als Nächstes?", fragte Jason und rückte zum hundertsten Mal seinen weißen Cowboyhut zurecht.

Marla zögerte. Dieselbe Frage hatte sie sich selbst auch gerade gestellt. Natürlich war es naiv gewesen, zu glauben, die Antworten zu all ihren Fragen gleich im ersten Anlauf zu finden. Aber wenn sie ehrlich war, musste sie sich eingestehen, dass sie durchaus weitergekommen waren. Sie hatten die Hütte gefunden. Sie hatte eine wahrnehmbare Verbindung zu den Copperwheat-Brüdern hergestellt, eine konkrete Verbindung zu einer Zeit, die über einhundertundfünfzig Jahre zurücklag. Das war etwas sehr Besonderes. Dennoch fragte sie sich, ob sie nicht dabei war, hinter etwas herzulaufen, das gar nicht existierte.

Marla starrte auf den Fluss, gerade so, als könnte das Wasser ihre Bedenken fortwaschen. Da zog eine Bewegung am gegenüberliegenden Ufer plötzlich ihre Aufmerksamkeit auf sich. Einen Moment lang vermeinte sie, einen

Schatten zu sehen, den Schatten eines Tieres. Die Gestalt und die geschmeidige Art, wie es sich bewegte, schienen ihr auf seltsame Weise vertraut. Da fiel es ihr ein: das Tier erinnerte sie an die Luchse in ihrem Traum!

Marla sah genauer hin, doch der Schatten war verschwunden. Sie ließ ihren Blick suchend flussaufwärts und flussabwärts schweifen. Nichts. Sollte wirklich eben etwas durch die Bäume am gegenüberliegenden Ufer geschlichen sein, so war es jetzt mit Sicherheit nicht mehr dort. Aber die Erinnerung an die majestätischen Luchse aus ihren Träumen brachte Marlas Bedenken gänzlich zum Verschwinden. So schnell würde sie nicht aufgeben. Sie waren gerade erst hier angekommen. Sie musste weiterforschen.

„Wir werden zurück zum Zeltplatz gehen und uns ausruhen", verkündete sie entschlossen. „Wir werden im Tagebuch weiterlesen, bis wir wissen, wann und warum Alfred und James die Hütte verlassen haben und wohin sie von hier aus gezogen sind. Und dann, dann werden wir ihrer Route folgen."

Kapitel 8

Granbys Büro – am selben Tag

Robert Granby lehnte sich in seinem Stuhl zurück, eine Zigarette in der Hand. Langsam blies er eine dicke Tabakrauchwolke aus. Die letzte halbe Stunde hatte er darüber nachgedacht, was er mit der Notiz anstellen sollte, die er heute morgen bei Arbeitsbeginn auf seinem Schreibtisch vorgefunden hatte. Auf dem Zettel war Danvilles schlichte Handschrift zu sehen. Der junge Mann musste die Nachricht entweder spät am Abend zuvor, nachdem Granby gegangen war, oder aber sehr früh am Morgen hinterlassen haben. Granby hatte den Verdacht, dass Danville ihn mit Absicht verpasst hatte. Aber wie dem auch sei, die Angelegenheit, um die es hier ging, musste geregelt werden, und zwar schleunigst.

Mit finsterer Miene zog Granby ein letztes Mal an seiner Zigarette. Dann drückte er sie entschlossen in dem leeren Pappbecher aus, in dem er seinen Morgenkaffee mitgebracht hatte. Rauchen war im gesamten unterirdischen Bereich der Regierungsstelle verboten, aber in schwierigen oder sehr ernsten Situationen war es das Einzige, was er machen konnte, um in Ruhe nachdenken zu können. Und dies war eine extrem ernste Situation. Eine falsche Entscheidung konnte alles vermasseln. Eine falsche Handlung und Granby würde zum Gespött der gesamten Abteilung werden. Aus diesem Grund scherte er sich an diesem Morgen einen Dreck um die Regeln.

Langsam nahm er den Zettel in die Hand und las noch einmal die Notiz. Marla Hansen, die selbe Person, die an Geraldine Copperwheats Seite gewesen war, als sie starb, und ihre Freundin Vivienne Jackson, die sie an dem verhängnisvollen Tag vor zwei Wochen in Frankreich besucht hatte, waren ins südliche British Columbia gereist. Danville hatte ihre Kreditkarten überwachen lassen und sich in das GPS-Signal ihrer Handys eingeloggt, um jederzeit ihren genauen Aufenthaltsort zu kennen. Granby musste zugeben, dass ihre Reise nach Nordamerika purer Zufall sein konnte, eine reine Erholungsreise. Der Umstand, dass sie zwei andere Personen dabei hatten – ihre langjährige Freundin Eva LaRoque und Ms Jacksons Ex-Freund Jason Carleton – deutete darauf hin. Aber aus Europa nach Nordamerika zu reisen und an genau dem Ort zu landen, an dem sie sich nun befanden, und das unmittelbar nach Geraldine Copperwheats Tod, ließ auf etwas ganz anderes schließen. Es war diese Möglichkeit von *etwas ganz anderem,* die Granby an diesem Morgen Kopfschmerzen bereitete, denn da war das Risiko, dass Geraldine Copperwheat Marla Hansen vor ihrem Tod Wissen anvertraut hatte, das schon vor hundertfünfzig Jahren hätte ausgelöscht werden sollen.

Granby legte die Notiz zurück auf den Schreibtisch, fuhr sich mit den Fingern durchs Haar und traf eine Entscheidung. Bei genauerer Überlegung hatte er nur eine Option. Aber ein Risiko würde in jedem Fall bestehen bleiben: er könnte seinen Ruf verlieren. Warum nur musste er es sein, bei dem die Akte dieser verrückten alten Frau hängenblieb und diese lächerlichen Vermutungen der Regierung, wonach ihre Vorfahren eine mächtige Waffe besaßen, die eine Gefahr für die westliche Zivilisation darstellte?

Er nahm den Hörer ab und wählte Danvilles Nummer.

„Was kann ich für Sie tun, Mr Granby?", fragte der junge Mann.

„Schicken Sie jemanden nach Kanada mit dem Auftrag, die Hansen und ihre Freunde nicht aus den Augen lassen. Ich will wissen, was sie macht, was sie isst, wen sie trifft, was sie sich anschaut. Alles. Verstanden?"

„Gewiss, Sir. Ich werde sofort ein Team losschicken."

„Das beste, Danville. Ich will keine Pannen. Dies ist zu wichtig. Mein Ruf steht auf dem Spiel und Ihrer ebenfalls. Wir stecken beide da drin. Wenn Sie also nicht für den Rest Ihres Lebens Müll sortieren wollen, stellen Sie sicher, dass keine Fehler unterlaufen."

„Ich verstehe, Sir."

★

In der Wildnis der Rocky Mountains nahe Deer Lodge, Montana, USA – am selben Tag

Jack war seit Sonnenaufgang auf den Beinen. Er hatte seine zeremonielle Pfeife geraucht und zu seinen Ahnen gebetet. Dann war er zum Fluss hinuntergegangen, hatte sich im eiskalten Wasser gewaschen und eine lange Wanderung in den umliegenden Bergen gemacht. Dieser Routine folgte er seit zwei Wochen.

Jetzt war es mitten am Vormittag und Jack war auf dem Weg zurück zur Hütte. Er hatte sein Jagdgewehr geschultert für den Fall, dass er einem Bären oder Puma begegnete. Aber das war lediglich eine Vorsichtsmaßnahme, die er sich in seiner Jugend seiner Mutter zuliebe angewöhnt hatte. Bisher hatte er das Gewehr nie benutzen müssen, um sich vor wilden Tieren zu schützen.

Jack war nicht in der Wildnis, sondern in der Kleinstadt Sweetgrass in Montana aufgewachsen, unmittelbar südlich der kanadischen Grenze, wo seine Eltern auch heute noch wohnten. Das Land war dort viel flacher – Prärie – und von einer ganz eigenen, einsamen Schönheit. Aber für Jack gab es nichts, was es mit der rauen, wilden Landschaft der Rocky Mountains aufnehmen konnte.

Die Liebe für dieses ganz bestimmte Stück Land lag ihm

im Blut. Hier, weitab von jeder Ansiedlung stand die kleine Blockhütte, die seiner Familie seit Generationen gehörte. Während er Erinnerungen nachhing, fiel Jack auf, dass er eigentlich nicht genau wusste, wann oder wie seine Familie die 160 Morgen Wildnis erstanden und die Hütte gebaut hatte. Er nahm sich vor, seine Eltern bei Gelegenheit danach zu fragen.

Seine Familie hatte die meisten Sommer hier verbracht. Jack und seine Schwester Helen waren frei durch die Berge gestreift und hatten ihre jungen Körper trainiert, hatten am Ufer des kühlen Baches gesessen und sich in Geduld geübt, während sie darauf warteten, dass ein Fisch anbiss. Sie hatten sich im Schatten der hohen Kiefern und Fichten ausgeruht und den Geschichten und Legenden ihrer Cheyenne-Vorfahren gelauscht, die ihnen von ihren Eltern und Großeltern erzählt wurden.

Diese Erinnerungen bewahrte Jack in seinem Herzen, und ihre weisen Lehren waren Teil seines Lebens und jeder Entscheidung geworden, die er in seinem Erwachsenenleben treffen musste. Sie waren der Grund dafür, dass er einen Job in der Natur gewählt hatte statt eine angesehene, gut bezahlte Anstellung im Büro. Und in gewisser Weise war es auch der Grund, weshalb er bisher noch keine Lebensgefährtin gefunden hatte. Junge Frauen waren weitaus interessierter an großen, teuren Häusern, Autos und Kleidern und an ihrer Position in der Gesellschaft. Nach seiner Erfahrung wollten sie immer genau das haben, was alle anderen jungen Frauen haben wollten: sie wollten leben, wie es in den Hollywood-Filmen dargestellt wurde, und suchten all die modernen Annehmlichkeiten, die weit entfernt waren von den Rhythmen der Natur. Jack empfand diese Art von Leben, diesen oberflächlichen Glanz als reine Fassade: die menschliche Intelligenz unterwarf sich einem Trugbild – die einzige Realität, die für viele Menschen dabei noch blieb, war ihr eigenes Fortkommen in einer Welt, die in Wahrheit doch so viele andere Facetten hatte, wenn man dafür nur offen war. Was es außer ihnen noch gab, blieb eine oberflächliche Vermutung – die zumeist auf falschen Annahmen basierte – aber auch das kümmerte sie nicht weiter. Wenn es in Mode war, *grün* zu sein, dann waren sie es auch; wenn es in Mode war, Bio-Lebensmittel zu kaufen und Vegetarier zu werden, dann machten sie mit. All das war freilich nicht schlecht, aber Jack vermutete, dass es vielen an echter Überzeugung fehlte – solange es in Mode und nicht nötig war, darüber selbst nachzudenken, um sich eine eigene Meinung zu bilden, folgten sie dem Trend. Woran auch immer es lag, eines stand fest: Jack hatte seine große Liebe bisher nicht gefunden, und mittlerweile hatte er das Gefühl, dass es auch nicht mehr geschehen würde.

Aber im Augenblick war das nicht wirklich wichtig. Er war in die Wildnis gekommen, um die Ereignisse zu verarbeiten, die sich vor Bens Schule abgespielt hatten. Um Frieden mit sich selbst zu finden. Tief im Inneren spürte er seit Langem, dass es an der Zeit war, etwas in seinem Leben zu ändern. Er hatte das Gefühl, etwas Wichtiges kündige sich an. Aber bisher war er zu beschäftigt gewesen mit seinem Job und mit seinen persönlichen Angelegenheiten – dem Alltag eben – um innezuhalten, zuzuhören und zu versuchen herauszufinden, was es war.

Je mehr er darüber nachdachte, um so sicherer war er sich, dass Bens Bild und die überzogene Reaktion seines Lehrers einen tieferen Sinn hatten; es ging eigentlich darum, zurück zu der Ruhe und dem Frieden seines Zuhauses in der Wildnis zu finden. Nur hier gab es Muße und Stille, um einen kritischen Blick auf sein Leben zu werfen. Hier draußen beurteilte niemand, was er tat, außer den Geistern seiner Ahnen und ihm selbst. Und kam es nicht genau darauf an? Vor sich selbst und seinen Vorfahren zu bestehen?

Jack hielt einen Moment inne und seufzte. Als er sich genauer umsah, bemerkte er, dass er in der Nähe der Hütte angelangt war. Der schmale Pfad, dem er gefolgt war, endete direkt vor ihm. Die Bäume standen nun viel lichter und der Wald öffnete sich zu einer kleinen Bergwiese. Am anderen Ende der Wiese konnte Jack die alleinstehende Ponderosa-Kiefer erkennen, die neben der Blockhütte wuchs, die er zurzeit sein Zuhause nannte.

Er war gerade im Begriff weiterzugehen und freute sich schon auf eine Tasse heißen Kaffee, als er einen dunklen Schatten bemerkte, der über die Lichtung glitt. Er blickte auf und entdeckte einen Adler, der seine weiten Kreise über der Wiese zog. Träge ließ er sich von den aufsteigenden Winden höher und höher tragen, empor in den endlosen blauen Himmel, und schien sein Dasein grenzenlos zu genießen.

Jack stand in stiller Bewunderung da, beschirmte mit der Hand die Augen und beobachtete den Vogel mit größtem Respekt. Immer und immer wieder hatten seine Eltern und Großeltern ihm gesagt, dass Adler kraftvolle Geistwesen waren, die es vermochten, Botschaften aus unserer Welt in die Welt der Geister zu bringen und umgekehrt. Wenn man ein so wichtiges Geistwesen traf, musste man ihm Respekt erweisen. Darum sprach Jack das Tier laut an, wie er es von seinen Eltern gelernt hatte, und diese von ihren Eltern und diese davor wiederum von den ihren.

„Was kann ich für dich tun?“

Der Adler kreiste zwei weitere Male über der Lichtung. Dann begann er, mit langsamem Flügelschlag tiefer und tiefer zu fliegen, bis er beinahe die Baumspitzen berührte, die die Lichtung wie hohe Wachposten umstanden. Ohne das geringste Geräusch zu verursachen, landete der Adler in der Krone des Baumes, der Jack am nächsten stand, und blickte – so wenigstens kam es Jack vor – direkt zu ihm herab.

Ruhig erwiderte Jack den Blick des Vogels und erwartete die Antwort auf seine Frage.

Natürlich sprach der Adler nicht. Aber Jack lächelte, als ihn wenig später eine Welle des Glücks überkam. Er hatte das Gefühl, mit der Welt in Einklang zu sein. Nun wusste er mit Bestimmtheit, dass die Geister ihn hierher gelenkt hatten. Er hatte hierher kommen sollen. Es ging um viel mehr, als sich von dem ungerechten Angriff der Polizei zu erholen oder mit sich selbst ins Reine zu kommen. Die Geister hatten eine Aufgabe für ihn. Um was genau es sich handelte, wusste er nicht. Er wusste nur mit Sicherheit, dass er sich am richtigen Ort befand und dass alles andere sich zeigen würde, wenn der Zeitpunkt dafür gekommen war. Bis dahin würde er abwarten und die Augen offen halten.

*

Zeltplatz in der Nähe von Rock Creek, British Columbia, Kanada – am selben Tag

Marla hatte, so lange sie konnte, gegen die Müdigkeit angekämpft. Aber der endlose Flug gestern, das lange Lesen im Tagebuch, die schrecklichen Kopfschmerzen beim Aufwachen und die Aufregung darüber, dass sie die Hütte gefunden hatten, all dies war nicht spurlos an ihr vorübergegangen. Sie hatte versucht wachzubleiben, war dann aber doch mitten am Nachmittag eingeschlafen, als sie sich für einen Augenblick am Fuße einer hohen Kiefer hingesetzt, den Kopf gegen den rauen Stamm gelegt und über die von der Sonne verdorrte hügelige Graslandschaft geblickt hatte, die sich vor ihr erstreckte.

Viv und Eva hatten sie dort ruhen lassen, wo sie war, und

über das glückliche Lächeln gegrinst, das auf Marlas schlafendem Gesicht lag.

Als Marla aus ihrem Mittagsschlaf erwachte, war ihr Rücken steif, über ihr Hosenbein liefen etliche geschäftige Ameisen und der Nachmittag neigte sich dem Ende zu. Sie stand auf, schüttelte die Ameisen von ihrer Hose, streckte den schmerzenden Rücken und ging zu Viv und Eva, die schon dabei waren, das Abendessen zuzubereiten.

„Ihr lasst mich schlafen, während ihr all die Arbeit macht. Ihr hättet mich wecken sollen", schimpfte sie ihre Freundinnen aus. „Und wo ist überhaupt Jason?"

„Nachdem du eingeschlafen warst, hat er einen richtigen Cowboy getroffen", begann Eva zu erzählen.

„Auf dem Weg zum Plumpsklo", warf Viv nüchtern ein.

„Jetzt ist er bei ihm und lernt, wie Cowboys Kaffee kochen", meinte Eva. „Du weißt schon, ohne Filter und so weiter."

„Hört sich widerlich an", meinte Marla. „Ich hoffe, er hat nicht vor, uns solchen Kaffee vorzusetzen."

„Du kannst dich darauf verlassen, dass er genau das im Sinn hat", sagte Viv, während sie in einem Topf auf dem Propankocher herumrührte.

„In diesem Fall trinke ich lieber eine Tasse, bevor er zurückkommt", sagte Marla grinsend. Jason nahm dieses Cowboy-Getue wirklich etwas zu ernst.

„In dem Topf dort drüben ist noch heißes Wasser übrig", bot Eva an.

Während Marla sich setzte und ihre Tasse Kaffee zubereitete, wanderten ihre Gedanken zurück zu der Hütte am Fluss. Als es an der Zeit war, ein wenig Dosenmilch und einen Löffel Zucker in den Kaffee zu geben, war der abwesende Ausdruck in ihre Augen zurückgekehrt. Sie tat die Dinge in den Kaffee ohne wirklich hinzuschauen, rührte um und nahm einen großen Schluck.

Viv und Eva beobachteten sie die ganze Zeit über und tauschten erstaunte Blicke. Als Marla den Kaffee einfach weitertrank, meldete Viv sich schließlich zu Wort.

„Weißt du, Eva, es ist schlimm genug, eine Freundin zu haben, die so in Gedanken versunken ist, dass sie Salz statt Zucker in ihren Kaffee tut ..."

„... aber es beim Trinken nicht einmal zu bemerken, ist weitaus schlimmer", beendete Eva den Satz.

Marla reagierte nicht.

„Sie hat uns nicht einmal gehört", stellte Eva fest.

„Marla. Marla!", rief Viv sie in bestimmten Ton.

Marla blickte überrascht auf. „Was gibt's?"

„Meine Liebe, ich weiß wirklich nicht, was ich mit dir machen soll", lachte Viv.

„Ich verstehe nicht ...", begann Marla.

Eva seufzte. „Du hast Salz in deinen Kaffee getan und ihn getrunken."

„Tatsächlich?", fragte Marla erstaunt. Vorsichtig nahm sie einen weiteren Schluck. „Ihhh. Ihr habt recht! Ich glaube, ich werde verrückt."

„Das befürchte ich auch", sagte Viv mit einem Lächeln. „Wie wäre es, wenn du uns ein bisschen mehr aus dem Tagebuch vorlesen würdest?"

„Und Jason?"

„Vergiss ihn", sagte Viv. „Er hat selbst Schuld, wenn er lieber woanders ist."

„Das habe ich gehört!", rief eine Stimme, und Jason tauchte zwischen den Büschen auf, eine blecherne Kaffeekanne in der Hand. „Ich muss schon sagen, ich bin sehr enttäuscht von euch. Natürlich bin ich eine solche Behandlung von dir, liebe Viv, gewohnt, aber von Marla und Eva hätte ich das nicht erwartet." Er setzte sich auf einen Baumstumpf. „Ich kann nicht glauben, dass ihr ohne mich weitergelesen hättet. Dafür biete ich euch nun auch nichts von diesem vorzüglichen, echten Cowboy-Kaffee an, den ich eben drüben mit meinem neuen Freund Mike zubereitet habe." Als die erwarteten lauten Einwände ausblieben, fügte er hinzu: „Es wird euch leid tun. Dies ist der beste Kaffee, den ihr jemals versucht habt."

„Genieß du deinen *besten Kaffee* nur allein", sagte Viv. „Wir hatten schon welchen. Wie sieht es aus, Marla, liest du uns weiter vor? Ich bin schon so gespannt, was als Nächstes passieren wird."

„Gern", erwiderte Marla. „Ich sterbe selbst fast vor Neugier."

Sie stand auf und holte das Tagebuch aus ihrer Tasche im Zelt. Zurück bei den anderen schlug sie das Buch auf und blätterte darin, bis sie die Seite fand, an der sie vergangene Nacht mit dem Lesen aufgehört hatte.

„Goldgräberlager Rock Creek, 10. Dezember 1861", begann sie. *„Seit meinem letzten Eintrag ist viel geschehen. Little Owl und ich sind nun fast ein halbes Jahr verheiratet, und ich bin so zufrieden wie nie zuvor in meinem Leben. Niemand hätte mich vorher davon überzeugen können, aber verheiratet zu sein, ist das Beste, was einem Mann passieren kann. James stimmt mir in diesem Punkt nicht zu. Er sagt, ich sei weich geworden. Außerdem spricht er davon, im nächsten Frühjahr ein eigenes Haus zu bauen. Glücklicherweise konnte ich es ihm bisher ausreden. Es wäre einfach nicht das Gleiche, wenn wir nicht unter einem Dach leben würden. Wir haben gemeinsam so viel durchgemacht, es wäre einfach nicht richtig. Wir haben jedoch ein weiteres Zimmer an die Hütte angebaut, so dass wir alle unsere Privatsphäre haben. Ich befürchte, James sehnt sich nach weiblicher Gesellschaft, was ich gut nachvollziehen kann. Aber hier gibt es keine respektablen unverheirateten Frauen, besonders nicht, seit die meisten Goldgräber im November nach Mission Creek in der Nähe*

von Kelowna weitergezogen sind. Dort wurde im vergangenen Frühjahr Gold gefunden, und den Sommer über sind mehr und mehr Männer zu den neuen Goldfeldern aufgebrochen. Es macht mich traurig, dass die Ortschaft Rock Creek nun praktisch verlassen ist. Alle Geschäfte sind mit den Goldgräbern mitgezogen und die Gebäude stehen leer. Entlang des Flusses, außerhalb der Ortschaft, sind noch einige Männer bei ihren Claims geblieben, aber es sind nur wenige. Außer James und mir ist nur ein einziger Weißer übrig, die restlichen Männer sind Chinesen. Wir mussten unsere Wintervorräte aus Fort Colville holen und die Post wird nun auch dorthin geschickt. Unsere Vorräte müssen bis zur Schneeschmelze im Frühjahr reichen, denn dann erst wird der Weg nach Fort Colville wieder zugänglich sein. Aber ich mache mir keine Sorgen. Selbst wenn die Vorräte nicht reichen sollten, die umliegenden Berge und Wälder sind voll Wild. Man kann nicht vor die Tür gehen, ohne einem Bären, Hirsch, Wapiti oder Elch zu begegnen. Außerdem gibt es jede Menge wilde Truthähne, Kaninchen und Auerhähne und, außer im Winter, auch unzählige Wildgänse. Ich habe an unsere Mutter und unseren Vater geschrieben und ihnen von der Wildnis, den Bergen und dem Wild erzählt, weil es sich so sehr von dem unterscheidet, was es in England gibt. Hier darf das Wild von jedermann, der hungrig ist, erlegt werden. Es ist praktisch unmöglich, in diesem Land Hunger zu erleiden, außer man ist ein schlechter Jäger. Die Wälder sind endlos und es gibt so viel Wild, selbst wenn man es wollte, man könnte es nicht zählen. Ich möchte an dieser Stelle ergänzen, dass ich auf eine Antwort von unserer Familie in England gehofft hatte, als James im Herbst nach Fort Colville geritten ist, um unsere Vorräte zu holen. Aber selbst ein ganzes Jahr scheint nicht ausreichend Zeit, damit ein Brief aus dieser Wildnis nach England gelangt und die Antwort zurück-

kommt. Ich hoffe, dass im Frühjahr ein Brief auf uns wartet. Ich bin gespannt zu erfahren, wie es allen zu Hause geht, besonders unserer kleinen Schwester Henrietta und den Jungs. Ich vermisse ihr Scherzen und den Lärm, den sie machen. Kinder bringen so viel Glück und Freude in ein Haus. Aber mit Gottes Hilfe werden Little Owl und ich bald eigene Kinder haben und dann wird unsere Hütte genauso fröhlich und heiter sein, wie es unser Zuhause in England gewesen ist."

Marla hielt gedankenversunken inne. Sie war erneut vollkommen in den Bericht eingetaucht.

„Sie lieben sich sehr", sagte sie einen Augenblick später mit einem verträumten Lächeln. „Ich kann es fühlen. Es ist in jedem Wort zu lesen, das Alfred schreibt."

„Jetzt werde nur nicht schmalzig", sagte Eva nüchtern. „Bloß weil er sich Kinder wünscht, heißt das noch lange nicht, dass sie bis in alle Ewigkeit glücklich sein werden. Solche Dinge ändern sich schnell, sobald die Realität einsetzt."

Marla sah sie überrascht an. „Nicht für alle. Nicht für dich. Du hast Marcus geheiratet und ihr habt Kinder und ihr seid noch genauso verliebt wie am ersten Tag. Du sagst das jetzt nur, weil ihr euch gestritten habt. Aber so kleine Nebensächlichkeiten können wahre Liebe nie besiegen."

„Du hast dich mit Marcus gestritten?", fragte Viv höchst interessiert.

„Das ist jetzt unwichtig", sagte Eva und wandte sich erneut an Marla. „Es scheint mir, als haben solche *kleinen Nebensächlichkeiten* einen sehr nachhaltigen Einfluss auf deine Beziehungen zu verschiedenen jungen Männern gehabt", beharrte sie.

„Weil diese Beziehungen nichts mit wahrer Liebe zu tun hatten", erwiderte Marla.

„Es hörte sich nach wahrer Liebe an, als du damals über sie gesprochen hast", sagte Eva.

„Ich habe einige Fehler gemacht. Aber der richtige Mann wird eines Tages auftauchen, genau wie es für dich geschehen ist“, erklärte Marla.

Eva seufzte und für einen Moment huschte erneut der dunkle Schatten über ihr Gesicht. Irgendwie gelang es ihr, ihn zu verjagen, und sie konnte sogar über Marlas gutgemeinte, aber doch sehr naive Aussage lächeln.

„Lasst uns weiterlesen“, schlug Jason vor, denn er begann sich inmitten dieses Frauengesprächs unwohl zu fühlen.

„Lasst uns vorher schnell essen“, sagte Viv. „Das Essen ist fertig.“

Nachdem sie gegessen und das Geschirr weggeräumt hatten, nahm Marla erneut das Tagebuch zur Hand und begann zu lesen. Aber die Einträge im folgenden Jahr lagen weit auseinander.

„Irgendetwas stimmt nicht, ich kann es fühlen“, sagte Marla, als sie zu Ende gelesen hatte. „Diese Einträge sind nicht wie die vorherigen. Es hat beinahe den Anschein, als hätte sich ein Schatten über das glückliche Leben von James, Alfred und Little Owl gelegt.“

„Sie waren bestimmt einsam“, sagte Viv. „Das Lager ist seit mehr als einem Jahr verlassen, seit November 1861. Und sie haben außer diesem Donnelly, der sie, wie Alfred schreibt, am Neujahrstag 1863 besucht hat, niemanden gesehen. Das reicht aus, um einen Schatten auf jedermanns Leben zu werfen. Wenigstens für mich.“

„Ihnen war wahrscheinlich der Whiskey ausgegangen“, meinte Jason.

Die anderen starrten ihn entgeistert an.

„Denkst du eigentlich auch mal nach, bevor du den Mund aufmachst?“, fragte Viv.

„Was meinst du? Wenn man von dem ausgeht, was

Marla vor dem Essen vorgelesen hat, hatten sie keine richtigen Vorräte bis kurz vor Weihnachten, als James nach Fort Colville geritten ist, um Lebensmittel zu besorgen."

„Das hat doch nichts mit Whiskey zu tun, oder? Über Sommer brauchten sie keine Vorräte, denn da war es leicht, auf die Jagd zu gehen und essbare Pflanzen und Beeren zu sammeln", sagte Eva. „Im Jahr zuvor ist James auch erst zu Beginn des Winters losgeritten, um Vorräte zu holen. Das kann in meinen Augen also nicht im Geringsten der Grund sein."

„Alfred und James mussten in diesem Jahr viel schwerer arbeiten, um das Gold aus dem Fluss zu waschen", sagte Viv. „Sie mussten sich mit fünf oder sechs Dollar pro Tag zufrieden geben. Das macht insgesamt ungefähr neunhundert Dollar für die sechs Monate, die sie im Jahr 1862 arbeiten konnten. Im Sommer 1861 hingegen haben sie fast zweitausend Dollar verdient. Vielleicht war es die schwere Arbeit und das vergleichsweise wenige Gold, das sie verstimmt hat."

Marla hörte den Vermutungen ihrer Freunde zu, aber für sie ergaben sie keinen Sinn. Wenn Alfred und James tatsächlich so wild auf Gold gewesen wären, dann hätten sie Rock Creek verlassen und wären zu den neuen Goldfeldern in der Nähe von Kelowna weitergezogen, oder in den Norden British Columbias, wo die Goldsuche am Fraser River noch immer voll im Gang war. Doch sie hatten beschlossen, in der Gegend von Rock Creek zu bleiben und dort auf ihrem *Claim* zu arbeiten. Vielleicht mochten sie die Ruhe dort. Vielleicht dachte Alfred, es sei sicherer, seine junge Frau von zu vielen anderen Weißen fernzuhalten. Vielleicht ... Plötzlich kam ihr eine neue Idee.

„Sie ist immer noch nicht schwanger", sprach sie ihre Gedanken laut aus. „Little Owl ist noch immer nicht schwanger."

„Und?“ Jason war verwirrt.

„Natürlich“, sagte Eva. „Das muss es sein. Es macht Sinn.“

„Nicht für mich“, meinte Jason. „Alfred ist doch derjenige, der ins Tagebuch schreibt, nicht Little Owl. Warum sollte er deprimiert sein, weil sie nicht schwanger ist? Im Gegenteil, er kann sich glücklich schätzen. Eine Sache weniger, um die er sich kümmern muss.“

„Oh, komm schon, Mr Cool“, sagte Viv. „Hast du kein Einfühlungsvermögen? Nicht jeder Mann ist wie du – Gott sei Dank. Hast du nicht zugehört, wie Marla uns vorgelesen hat, dass Alfred sich nach einer eigenen Familie sehnt?“

„Meinst du, es stimmt etwas nicht mit Little Owl? Dass sie vielleicht krank ist oder es einen körperlichen Grund dafür gibt, dass sie nach mehr als eineinhalb Jahren noch immer nicht schwanger ist und Alfred sich Sorgen macht?“, wollte Eva von Marla wissen.

„Wenn sie ganz einfach krank gewesen wäre, dann hätte Alfred es bestimmt erwähnt“, sagte Marla kopfschüttelnd. „Nein, der Grund für ihre Kinderlosigkeit muss ein anderer sein, etwas, dass Alfred sich selbst nicht erklären kann. Und diese Ungewissheit macht ihm insgeheim so sehr zu schaffen, dass es sich in allem, was er tut, zeigt – sogar im Tagebuch. Ich denke, dass muss der Grund sein.“ Sie holte tief Luft. „Ich *weiß*, dass es der Grund ist.“

„Na schön, wie auch immer“, sagte Jason. „Aber so wichtig ist es nun auch wieder nicht, oder? Dann bekommen sie eben kein Baby. Warum die große Aufregung?“

„Bald kannst du gehen, weißt du das?“, meinte Viv verärgert. „Genau das ist es, was ich nie an dir ausstehen konnte. Du tust immer, als seist du so cool und nichts, was passiert oder was jemand sagt, könnte dich je kränken oder – der Himmel möge es verhüten – dein Herz anrühren. Deine emotionale Kapazität ist gleich Null.“

Jason antwortete nicht, sondern wandte lediglich den Kopf ab und sah weg.

„Das ist ja eine tolle Art, mit Kritik umzugehen", meinte Viv.

„Lass ihn in Ruhe", sagte Eva und legte ihre Hand auf Vivs Arm. „Jeder muss auf seine eigene Art mit Problemen fertig werden."

Viv seufzte. „Lass uns weiterlesen, Marla. Es ist noch früh."

Marla sah ihre Freundinnen an und nahm das Tagebuch auf, aber die anderen sahen deutlich, dass sie mit ihren Gedanken ganz woanders war, irgendwo weit in der Vergangenheit bei den Copperwheat-Brüdern.

Viv starrte sie einen Augenblick lang bewundernd an und sagte sanft zu Eva: „Ich beneide sie manchmal, weißt du das? Während wir uns aufregen, Dinge diskutieren und uns ärgern, ist sie in ihrer ganz eigenen Welt unterwegs."

„Ja, es ist bewundernswert", gab Eva leise zu. „Es wäre manchmal so schön, dies alles einfach hinter sich zu lassen und in eine glücklichere Welt abzutauchen."

„Ich habe das gehört", sagte Marla und versuchte, fröhlich zu klingen, aber es lag kein Lächeln auf ihrem Gesicht. „Und es ist nicht so toll, wie ihr zwei es euch ausmalt, wenn man fühlen kann, was an einem bestimmten Platz oder zu einer bestimmten Zeit alles geschehen ist. Es bringt eine Menge Schmerz und Traurigkeit mit sich und es raubt einem sehr viel Kraft. Ich wünschte, ich könnte es einfach ausschalten, sobald es mir zu viel wird, oder mir aussuchen, nur erfreuliche, positive Dinge zu sehen und zu fühlen. Aber das geht nicht."

„Nimm es mir nicht übel, Marla", sagte Eva und legte ihren Arm um Marlas Schultern. „Es ist nur … nun, manchmal wünschte ich, ich könnte weit weg von all diesem verrückten Kram sein, der auf der Welt passiert, weg von der Realität, wenn du so willst. Und ich kann nicht anders als wenigstens ein bisschen eifersüchtig zu sein, wenn ich dich so dasitzen sehe, ohne dass du etwas von dem mitbekommst, was um dich herum vor sich geht. Du weißt es vielleicht nicht, aber in den Augenblicken, in denen du so weit weg zu sein scheinst, in deiner eigenen Welt, da ist dein Gesicht immer ganz entspannt und friedlich – was auch immer du im Inneren verspüren magst. Es ist einfach nur schön."

„Wirklich? Das wusste ich nicht", sagte Marla zögernd. Dann setzte sie fest hinzu: „Es zeigt wieder einmal deutlich, wie trügerisch Äußerlichkeiten sein können. Und nun lass es uns vergessen. Hier kommt der nächste Eintrag."

Viv und Eva rückten ihre Stühle näher, und selbst Jason hörte auf, mit seiner Kaffeekanne herumzuwirtschaften, damit er Marla verstehen konnte.

„15. März 1863, Goldgräberlager in Rock Creek", las diese nun langsam, und ihre klare Stimme war deutlich über den fröhlichen Gesang der Vögel zu hören, die in den Ästen der umstehenden Bäume saßen. *„Das Wetter wird endlich milder. Kein Zweifel, der Frühling steht vor der Tür. Aber es liegt noch eine Menge Schnee. Das Lager ist nach wie vor verlassen und wir haben seit dem Neujahrstag, als der alte Donnelly, der weiter flussaufwärts lebt, vorbeikam, um Hallo zu sagen, niemanden gesprochen. Ich wünschte beinahe, er wäre nicht gekommen, denn er brachte Neuigkeiten, die James seitdem völlig vereinnahmen. Er sagt es nicht, aber ich kenne ihn zu gut. Beinahe kann ich seine Gedanken lesen. Auch erwähnt er das Thema sehr häufig, und wenn er es tut, ist es unverkennbar, dass er viel darüber nachgedacht hat. Erst gestern hat er wieder davon gesprochen …"*

Kapitel 9

„Alfred, erinnerst du dich an dieses neue Gesetz für Siedler, das sie in den Staaten eingeführt haben und von dem der alte Donnelly uns erzählt hat?“, fragte James und griff nach der Tabakdose. Sie hatten gerade zu Abend gegessen und saßen nun zu dritt an dem stabilen Holztisch und genossen die gemütliche Wärme des Kamins, bevor es Zeit war, sich für die Nacht in die kalten Schlafzimmer zurückzuziehen.

„Natürlich erinnere ich mich“, erwiderte Alfred und trank einen Schluck Kaffee. „Du hast mich das schon öfter gefragt, weißt du.“

„Du hast bestimmt recht und es tut mir leid, wenn ich dir damit auf die Nerven gehe“, sagte James. „Aber ich muss die ganze Zeit daran denken. Stell dir nur vor: die Regierung verteilt kostenlos Land.“

Alfred nahm einen weiteren Schluck Kaffee und sah flüchtig und mit Sorge zu Little Owl. Erst vor ein paar Tagen, als sie gemeinsam zum Jagen waren, hatten sie darüber gesprochen, wie sehr diese Siedler-Angelegenheit zu einer fixen Idee von James geworden war. Weder Little Owl noch Alfred wollten Rock Creek verlassen, weil es ein Ort war, an dem sie in Frieden zusammen leben konnten. Aber in den vergangenen Wochen war es immer deutlicher geworden, dass James' Abenteuerlust erneut die Oberhand gewonnen hatte. Alfred wusste, dass das Leben in Rock Creek zu langweilig und einsam für seinen temperamentvollen Bruder geworden war und dass das Goldsuchen für ihn seinen Glanz verloren hatte.

„Du weißt so gut wie ich, dass die Regierung einem nie

Dinge umsonst gibt“, sagte er vorsichtig. „Weder in England noch hier.“

„Aber denk doch nur“, sagte James enthusiastisch. „Alles, was man tun muss, ist, das Land gegen eine kleine Gebühr auf seinen Namen registrieren zu lassen und es fünf Jahre lang zu bearbeiten. Dann gehört es einem. Nichts könnte einfacher sein.“

„Du musst auch für mindestens sechs Monate im Jahr auf dem Land leben“, erinnerte Alfred ihn. „Das ist kein Honigschlecken, besonders nicht draußen in der Prärie. Außerdem sind die Indianer immer noch der Ansicht, dass das Land ihnen gehört – und zu Recht.“

„Aber sollte es einem gelingen, das Land fünf Jahre lang zu bestellen und sechs Monate im Jahr dort zu leben, dann erhält jeder, Staatsbürger oder nicht, die Chance, das Land für 1,26 Dollar pro Morgen zu kaufen ...“

„Und anschließend ist es einem erlaubt, das Land zu verkaufen, zu beleihen oder ein angrenzendes Stück Land zu erstehen“, beendete Alfred den Satz. „Ich weiß, ich weiß.“

James blickte ihn über den Tisch hinweg an. Seine Miene verriet deutlich seine Begeisterung für die Sache.

„Es handelt sich um 160 Morgen Land, Alfred. Und mit dem Geld, das wir hier verdient haben, könnten wir uns eine richtige Ranch aufbauen, mit allem, was dazu gehört.“

„Mit dem Geld, das wir hier verdient haben, könntest du dir jede Ranch kaufen, die dir gefällt, ohne dir dabei das Rückgrat zu brechen“, meinte Alfred unbeeindruckt. „Eine bereits existierende Ranch zu kaufen würde zudem gewährleisten, dass das Land groß genug ist, denn 160 Morgen reichen im Westen für eine Ranch oder Farm nicht aus. Und es würde auch sicherstellen, dass man ein gutes Stück Land erwirbt, denn du erinnerst dich bestimmt, dass Donnelly sagte, die Eisenbahngesellschaft habe bereits den Großteil des besten Landes vereinnahmt.“

„Du willst mich nicht verstehen", meinte James irritiert. Er stand auf und ging zum Kamin. „Es ist nicht das Gleiche, einfach eine Ranch zu kaufen. Es ist der Vorgang, sie mit eigenen Händen aufzubauen, etwas Beständiges für die kommenden Generationen zu schaffen, was es besonders und lohnenswert macht. Fühlst du es nicht in deinem Herzen? Wir könnten wie die Lords zu Hause in England sein, über unser eigenes Land reiten, zusehen, wie unsere eigene Rinderherde auf der grenzenlosen Prärie grast und abends zum Wohnhaus zurückkehren, um das sich während unser Abwesenheit einer unserer Angestellten kümmert. Hört sich das für dich nicht verlockend an?"

„Ja, es hört sich wirklich gut an. Aber ich will kein Rancher sein."

James drehte sich verärgert zu ihm um.

„Was willst du dann sein, Alfred? Ein armseliger Goldsucher, der zu bockig und zu englisch ist um zuzugeben, dass es an der Zeit ist weiterzuziehen? Sieh dich um. Es ist niemand übrig außer einer Handvoll Männer, die vor Einsamkeit praktisch verrückt geworden sind."

„Ich weiß, dass du oft einsam bist, James", lenkte Alfred ein. „Ich kann das gut verstehen. Aber wenn wir hierbleiben, wer weiß, was alles geschehen könnte. Vielleicht ziehen mit der Zeit mehr Leute in diese Gegend, wenn nicht in diesem Frühjahr, dann vielleicht im nächsten. Vielleicht werden gleich hier Ranches und Farmen gegründet. Das Land ist dafür gut geeignet."

„Das sind zu viele Vielleichts für mich."

„Das stimmt nicht, und du weißt es", sagte Alfred mit einem traurigen Lächeln. „Wen versuchst du mit all diesem moralischen Kram über kommende Generationen zu blenden? Nicht mich, hoffe ich. Gib es zu, du bist rastlos. Du brauchst ein neues Abenteuer. Es war genau das Gleiche, als wir in England der Armee beigetreten sind und als wir nach Indien gingen, um im Aufstand zu kämpfen. Es war das Gleiche, als wir nach Amerika segelten, um ein neues Leben zu beginnen und als wir New York verließen, um zu den Goldfeldern zu ziehen."

James nickte zögernd. „Du hast recht, ich bin rastlos. Aber was ist so verkehrt daran? Denk doch nur an all die Abenteuer, die wir erlebt haben. Waren es nicht großartige Zeiten? Und wir können es wieder so gut haben, jetzt sofort, wenn wir nach Montana gehen."

„Es waren großartige Zeiten für *dich*, James. Du besitzt diese Leidenschaft für neue Orte und Abenteuer. Ich nicht. Ich habe mein Leben gern ruhig und geordnet und sicher. Ich möchte mich niederlassen und eine Familie gründen."

„Eine Familie? Geht es darum? Nun, ihr zwei könnt eure Familie genauso gut in Montana haben."

„Little Owl ist schon jetzt weit genug von ihrer Familie entfernt", erwiderte Alfred. „Wenn ich sie ganz bis nach Montana mitnehme, wird sie sie nie wiedersehen."

„Hör auf, deine Frau für Dinge verantwortlich zu machen. Little Owl ist stark, und sie hat keine Angst von hier fortzugehen. Sie hat vor nichts Angst."

Alfred sah auf seine Hände.

„Ich verstehe dich, James, wirklich", sagte er schließlich. „Ich hatte nur gehofft, dass du mich auch verstehen würdest. Aber ich sehe, du willst es nicht." Er stand auf, ging zu James hinüber und legte seine Hand auf die Schulter seines Bruders. „Wenn Montana dich ruft, dann musst du folgen. Ich werde dich nicht aufhalten. Aber solltest du dich entscheiden zu gehen, dann werden sich unsere Wege trennen. Ich werde nicht von hier fortgehen." Und ohne ein weiteres Wort verschwand er in dem Zimmer, das er und Little Owl teilten.

Kurz darauf hörte Alfred, wie eine andere Tür zufiel, und er wusste, dass James seinem Beispiel gefolgt und ebenfalls in sein Zimmer gegangen war. Alfred setzte sich auf die Bettkante und seufzte. James und er waren sich immer sehr nahe gewesen und hatten sich kaum jemals gestritten. Und wenn es doch einmal geschah, dann tat es ihnen beiden sehr weh. Doch da Alfred der sensiblere der beiden war, schien er es sich immer mehr zu Herzen zu nehmen als James.

Alfred saß stumm da und lauschte, wie Little Owl das restliche Geschirr wegräumte und Holz nachlegte. Einen Augenblick später betrat sie das Schlafzimmer. Sie hantierte eine Weile herum, setzte sich schließlich zu Alfred und legte ihren Arm um seine Schulter.

„Dein Herz ist verärgert", sagte sie in ihrer sanften Art. „Du solltest es wieder zum Lachen bringen, bevor du dich schlafen legst."

Alfred antwortete nicht.

„Ich weiß, was du für James empfindest", setzte sie hinzu. „Ich weiß, wie nahe sich zwei Seelen sein können. Aber manchmal muss einer ein Opfer bringen, damit der andere zu den Wolken emporsteigen kann. Lass ihn gehen, Alfred. Sein Herz will es so."

„Du verstehst nicht", sagte Alfred leise. „Ich kann ihn nicht gehen lassen. Wenn er geht, muss ich auch gehen."

„Wenn dein Herz dir das sagt, dann darfst du nicht dagegen kämpfen."

Alfred wandte sich zu ihr. „Wie ich schon sagte, ich werde dich nicht noch weiter von deiner Familie fortschleppen. Du hast bereits ein großes Opfer gebracht, indem du hier bei mir geblieben bist. Es ist meine Pflicht als dein Ehemann, dafür zu sorgen, dass du glücklich bist. Meine Verpflichtungen liegen bei dir, nicht bei James."

„Und wenn du nicht mit mir verheiratet wärst?", fragte Little Owl. „Was würde dein Herz dir dann sagen?"

Alfred antwortete ihr nicht sofort.

„Sag es mir", forderte sie ihn auf.

„Ich würde mit James gehen. Nicht, weil ich von hier fort will, aber weil er nicht allein zurechtkommt. Er weiß es nicht, aber er braucht mich, obwohl er der ältere von uns beiden ist." Er sah zu ihr auf. „Das hört sich verrückt an, oder?"

Sie schüttelte den Kopf. „Überhaupt nicht. Er ist dein Bruder und du liebst ihn. Liebe ist sehr stark. Ich fühle das Gleiche für dich."

„Wie meinst du das?"

„Ich meine", sagte sie lächelnd, „dass ich dorthin gehen werde, wo du hingehst. Und wenn du nach Montana gehen musst, dann werde ich an deiner Seite sein."

„Und deine Familie?"

„Ich habe meine Familie vor langer Zeit hinter mir gelassen. Du bist jetzt meine Familie und ich werde dich nicht verlassen."

Alfreds Miene hellte sich ein wenig auf.

„Bist du dir sicher?", fragte er. „Du weißt, was es bedeutet."

„Ich bin mir sicher."

Ein Blick in ihre dunklen Augen sagten ihm mehr als tausend Worte. Er zog sie sanft in seine Arme.

„Ich liebe dich sehr", sagte er und küsste sie zärtlich. „Ich weiß nicht, womit ich dich verdient habe."

„Ich liebe dich auch, Alfred. Daran darfst du nie zweifeln", sagte Little Owl. Dann fügte sie hinzu: „Wann brechen wir auf?"

„Wahrscheinlich in ein paar Wochen. Sobald der Weg passierbar ist."

Aber das Wetter hatte andere Pläne. Am nächsten Tag bäumte sich der Winter noch einmal auf und kehrte mit aller Kraft zurück. Die Temperatur fiel auf unter Null und es begann heftig zu schneien. Die Kälte hielt tagelang an.

„Es ist ein richtiger Schneesturm da draußen", sagte James, als er eines Nachmittags mit einem Armvoll Feuerholz in die Hütte zurückkam. „Ich bin froh, dass wir im vergangenen Herbst einen so großen Vorrat Feuerholz geschlagen haben. Wer hätte gedacht, dass wir so spät im Jahr noch derart heizen müssen?"

„Da freuen wir uns schon aufs Frühjahr und dann bricht der Winter auf ein Neues aus. Es schneit nun schon seit zehn Tagen", sagte Alfred kopfschüttelnd.

„Es wundert mich, dass sich noch keiner von uns erkältet hat", meinte James, während er Holz nachlegte.

„Ich glaube, Little Owl hat sich etwas eingefangen", sagte Alfred beunruhigt. „Sie war heute so still. Während du draußen warst, habe ich sie gefragt, was los ist, und sie hat mir gestanden, dass sie noch immer diese fürchterlichen Kopf- und Rückenschmerzen hat, über die sie bereits gestern geklagt hat. Außerdem hat sie Fieber."

„Fieber? Das ist merkwürdig", sagte James. „Es schien mir immer, als könne sie bei jedem Wetter draußen sein, ohne sich zu erkälten."

„Ich weiß", sagte Alfred. „Ich mache mir ziemliche Sorgen, vor allem, weil es nicht besser wird. Ich habe ihr gesagt, sie soll sich hinlegen, und morgen früh wird es ihr hoffentlich besser gehen. Es mag sein, dass ihr das Herumwirtschaften, während sie sich nicht wohlfühlte, einfach die Kraft geraubt hat. Du weißt, wie sie ist", setzte er hinzu. „Sie würde sich nie von sich aus mitten am Tag hinlegen." Er seufzte und rang sich ein Lächeln ab. „Es scheint, als müsstest du dich heute Abend mit meinen Kochkünsten zufrieden geben."

„Solange es nicht jeden Abend ist", scherzte James.

Sie verbrachten einen ruhigen Abend, und zwei Tage später war Little Owl wieder auf den Beinen. Sie ging wie gewohnt ihrer täglichen Arbeit nach und alles schien wieder beim Alten zu sein – bis sie am darauffolgenden Morgen aufstand, um sich anzuziehen.

„Ihhh", sagte sie angeekelt.

„Was ist los?", fragte Alfred, der noch im Bett lag.

„Ich habe einen Ausschlag im Gesicht und an meinen Armen und Beinen", sagte sie. „Ich sehe hässlich aus. Und es juckt."

„Zeig her", sagte Alfred alarmiert.

Langsam drehte sie sich, nackt wie sie war, zu ihm um. Das Zimmer war nur durch das fahle Licht des frühen Morgens erhellt, aber es reichte aus, um die kleinen Beulen zu erkennen, mit denen ihr schönes Gesicht und ihre Unterarme und Waden übersät waren.

Alfred sprang sofort auf. Mit einem großen Schritt stand er neben ihr. An jedem anderen Tag hätte ihn die Schönheit ihres schlanken Körpers verführt, aber nicht jetzt. Jetzt fühlte er nichts als blankes Entsetzen. Er wusste, was die Beulen bedeuteten. Er hatte sie nie mit eigenen Augen gesehen, aber er hatte seine Mutter darüber sprechen hören. Und damals hatte Angst in ihrer Stimme gelegen. Todesangst. Die gleiche Angst war nun in seiner Stimme zu hören, als er seine Frau ins Bett zurückbeorderte, und sie hielt sein Herz fest umklammert, als er die Schlafzimmertür öffnete und nach seinem Bruder rief.

„Nein, komm nicht näher, James." Alfreds Stimme zitterte, war aber zugleich sehr bestimmt. „Du musst die Hütte sofort verlassen und darfst nicht zurückkommen, bis ich dir Bescheid gebe."

„Was ist los?", wollte James wissen.

„Little Owl", sagte Alfred leise, „hat die Pocken."

„Oh, sicher. Netter Versuch", meinte James. „Ich weiß schon, warum du mich aus dem Haus haben willst."

„Ich meine es ernst, James. Es sind die Pocken. Du musst dich retten."

James tat einen Schritt auf ihn zu, um das Gesicht seines Bruders in der Morgendämmerung besser erkennen zu können. Es war blass und ernst und von Entsetzen gezeichnet.

„Du machst keine Witze, oder?"

Alfred schüttelte den Kopf.

„Bist du sicher, dass es die Pocken sind?"

„Absolut", sagte Alfred. „Ich habe unsere Mutter oft genug darüber sprechen hören, wenn ihre Damen zu Besuch waren. Little Owl hat den Ausschlag: Beulen auf dem Gesicht, auf den Armen und Beinen. Ich hätte es ernster nehmen sollen, als sie krank geworden ist. Hohes Fieber, schlimme Kopf- und Rückenschmerzen sind die ersten Symptome. Ich erinnere mich jetzt, dass Mutter das erwähnte."

James schüttelte den Kopf. „Es ist unmöglich, Alfred. Wo um alles in der Welt hätte sie ..." Er hielt inne und die Farbe wich aus seinem Gesicht. „Der Händler, der hier vorbeikam, kurz bevor es so kalt wurde."

„Das muss es gewesen sein", sagte Alfred. „Wir haben sonst niemanden gesehen, seit Donnelly am Neujahrstag hier gewesen ist. Und das ist zu lange her.

„Aber der Händler ... er sah nicht krank aus."

„Er könnte die Krankheit trotzdem gehabt haben, James. Erinnere dich, Mutter sagte, dass Pocken nicht nur durch direkten Kontakt, sondern auch durch infiziertes Material, wie Kleidung und ..."

„Und Stoff!" James' Stimme war kaum mehr als ein Hauch. „Wir haben Stoff von ihm gekauft."

Alfred nickte.

„Aber dann werden wir es auch bekommen, Alfred", sagte James ruhig. „Wir haben den Stoff angefasst und er ist gleich dort drüben in unserer Deckenkiste. Es macht also keinen Unterschied, ob ich weggehe oder nicht. Lass mich hierbleiben und dir helfen, dich um sie zu kümmern."

„Es steht nicht fest, dass du es auch bekommen wirst. Ich werde bei Little Owl bleiben. Vielleicht wird die Krankheit bei ihr leicht verlaufen. Vielleicht wird sie durchkommen. Sie ist stark und zäh. Bitte, bring dich in Sicherheit. Ich werde dir Bescheid geben, wenn … wenn es vorüber ist."

„Ich werde hierbleiben", sagte James entschlossen. „Was, wenn du auch krank wirst? Wer wird sich um dich kümmern? Nein, wir stecken da gemeinsam drin – von Anfang bis Ende. Ich bleibe."

Alfred erkannte, dass sein Reden sinnlos war.

„Tu, was du für richtig hältst", sagte er.

„Ich sollte einen Arzt holen, das wäre das Richtige", sagte James und griff nach seiner Jacke.

„Mach das nicht, du Narr! Du könntest die Krankheit bereits in dir tragen, und da willst du durch die Gegend spazieren und sie möglicherweise noch weiter verbreiten? Wir müssen hier im Haus bleiben, bis es vorüber ist."

„Natürlich, du hast recht", sagte James aufgebracht. „Ich fühle mich nur so nutzlos, einfach dazusitzen und nichts zu tun. Nun denn, was kann ich für Little Owl tun?"

„Soweit ich weiß, gibt es nicht viel, was wir für sie tun können, außer es ihr so bequem wie möglich zu machen", erwiderte Alfred. „Ich werde mich zu ihr setzen und dir jede volle Stunde berichten. Ich bin immer noch der Ansicht, dass es am besten ist, wenn du das Zimmer nicht betrittst. Ich sage Bescheid, wenn ich etwas brauche."

James nickte zustimmend und setzte sich an den Tisch, ohne wirklich voll zu begreifen, was da über sie hergefallen war. Ohne auch nur das Geringste tun zu können.

Mit einem letzten Blick auf seinen Bruder kehrte Alfred zurück ins Schlafzimmer und zog die Tür hinter sich zu. Vorsichtig setzte er sich auf die Bettkante. Little Owl lag still da und es sah aus, als schlafe sie. Behutsam nahm Alfred ihre Hand, die kleine starke Hand, die das letzte eindreiviertel Jahr so hart gearbeitet hatte, um sein Leben besser zu machen, und küsste sie zärtlich. Es kümmerte ihn nicht, ob er sich ansteckte. Mehr als wahrscheinlich hatte er es sowieso schon getan. Alles, worüber er sich Gedanken machte, war Little Owl und dass sie, durch welches Wunder auch immer, wieder gesund werden würde. Ohne sie war er nichts. Ohne sie könnte er genauso gut tot sein. Lautlos begann er zu beten.

„Lieber Herrgott im Himmel, ich flehe dich an, mach, dass meine geliebte Frau wieder gesund wird. Es ist mir egal, ob sie von Pockennarben entstellt ist. Ich will nur, dass sie lebt. Ich brauche sie. Ohne sie kann ich nicht weiterleben. Bitte, Herr, lass sie gesund werden."

„Alfred", flüsterte Little Owl.

„Ich bin hier", sagte er und küsste erneut ihre Hand. „Kann ich etwas für dich tun? Hast du Schmerzen?"

„Ich könnte keine Schmerzen haben, solange du bei mir bist", sagte sie und lächelte schwach. „Aber es gibt etwas, dass ich dich fragen möchte."

„Und was ist das, meine Liebste?"

„Diese Krankheit, die ich habe. Ist es eine Krankheit des weißen Mannes?"

Alfred nickte.

„Wird man wieder gesund?"

Alfred zögerte.

„Sag mir die Wahrheit."

Alfred schluckte trocken. „Die meisten Menschen sterben daran. Aber einige überleben. Und ich weiß, dass du es auch tun wirst. Du bist stark, du wirst es überstehen. Du musst! Ich kann nicht ohne dich sein."

Little Owl lächelte. „Dann muss ich für dich leben. Weil du mich liebst und ich dich nicht traurig machen möchte."

Die Worte hallten noch immer in Alfreds Ohr, als er fünf Tage später neben ihr saß. Es war früh am Morgen und die Sonne begann gerade aufzugehen. Draußen vor dem kleinen Schlafzimmerfenster färbte sich der Horizont pink. Aber der Glanz des neuen Morgens war überschattet von dem drohenden Tod, der noch immer im Inneren der Hütte lauerte.

Die Beulen auf Little Owls Gesicht und Gliedmaßen hatten sich schnell in klare Blasen gewandelt und dann in infizierte Pusteln. Das hohe Fieber war zurückgekehrt und sie war die meiste Zeit im Delirium. Alfred tat sein Bestes. Er behandelte die infizierten Pusteln mit einem Antiseptikum und das Fieber mit kühlen Bettbädern und der bevorzugten Kräutermischung seiner Mutter. Vergeblich. Weder der Tee noch die Bäder vermochten das Fieber zu senken.

Alfred wusste, dass James im großen Zimmer am Tisch saß und, genau wie er, auf eine Veränderung von Little Owls Zustand wartete – oder zumindest darauf, dass er etwas tun konnte, um zu helfen. Aber es gab nichts, was einer von ihnen hätte tun können. Also saßen sie schweigend da und warteten. Warteten und beteten.

Der Sonnenaufgang konnte ihn an diesem Morgen nicht mit seiner Schönheit verzaubern. Alfred sah wieder zu seiner Frau, die neben ihm im Bett lag. Tränen stiegen ihm in die Augen. Wie mitgenommen sie aussah! Ihr einst so glattes, feingeschnittenes Gesicht war über und über mit hässlichen, eiternden Pusteln besät und schweißnass vom hohen Fieber. Wenigstens lag sie für einen Augenblick still, und Alfred hoffte inständig, dass sie schlief. Das Fieber hatte sie in den vergangenen beiden Tagen sehr rastlos gemacht. Sie hatte ihr letztes bisschen Kraft damit vergeudet, sich vor Qual im Bett hin und her zu drehen.

Alfred streckte die Hand aus und strich sachte über ihr rabenschwarzes Haar. Da öffnete Little Owl plötzlich die

Augen. Der fieberhafte Glanz war aus ihnen gewichen und ihr Blick war klar und stark.

„Geht es dir besser, Liebste?", fragte Alfred hoffungsvoll.

„Viel besser", erwiderte sie. „Ich habe keine Schmerzen." Ihre Stimme schwankte etwas, war aber viel stärker als das schwache Geflüster der vergangenen Tage.

Alfred war, als sei eine riesige Last von seinen Schultern gefallen. „Kann ich dir etwas holen?"

„Nein. Sitz nur eine Weile neben mir."

„Es ist so gut, deine Stimme zu hören." Alfred lächelte erleichtert. „Ich war so in Sorge. Aber jetzt wird alles gut werden, du wirst sehen." Er strich ihr erneut übers Haar.

„Ich liebe dich so sehr", sagte sie sanft und sah ihm tief in die Augen.

„Ich liebe dich auch. Ich kann dir nicht sagen, wie sehr."

„Erzähl mir etwas, irgendetwas", bat Little Owl. „Ich möchte deine Stimme hören."

„Was möchtest du hören?"

„Etwas über uns. Wie es sein wird."

„In Ordnung", sagte Alfred und überlegte einen Augenblick. Dann begann er zu sprechen: „Sobald du wieder bei Kräften bist, werden wir nach Montana aufbrechen." Sein Blick wanderte in die Ferne, als wolle er in die Zukunft reisen und dort all die Dinge sehen, von denen sie hören wollte. „Wir werden uns ein schönes Stück Land aussuchen, uns dort niederlassen und ein Haus bauen. Kein großes Haus, aber groß genug für unsere Familie. Denn wir werden viele Babys haben und die brauchen an kalten Wintertagen Platz zum Spielen. Wir werden einige Rinder halten, weil ich mir nicht vorstellen kann, ein Farmer zu werden. Wir werden einen Koch einstellen, vielleicht einen chinesischen Koch, und eine Frau, die den Haushalt führt, denn du wirst viel zu beschäftigt damit sein, dich um unsere vielen Kinder zu kümmern. An lauen Sommerabenden werden wir auf der Veranda sitzen und auf unser Land und unsere kleine Rinderherde blicken. Und im Winter werden wir am Feuer sitzen und lesen. Und so werden wir unsere Tage glücklich verbringen, unsere Kinder und Enkelkinder heranwachsen sehen und mit ihnen unsere Rinderherde." Er seufzte zufrieden und zwang seine Gedanken, dieses wundervolle Bild der Zukunft zu verlassen und zu der kleinen Blockhütte am Fluss zurückzukehren.

Er blickte auf Little Owl. Sie hatte die Augen geschlossen und ein Lächeln stand auf ihrem verunstalteten Gesicht.

„Hört sich das nicht wundervoll an?", fragte Alfred.

Sie antwortete nicht.

Alfred wurde blass, und Angst lag erneut in seiner Stimme, als er leise fragte: „Little Owl?"

Aber das Lebenslicht war aus ihrem Körper gewichen und mit ihrer Seele zu einem neuen Abenteuer weitergezogen, einem Abenteuer, an dem Alfred nicht teilhaben konnte. Noch nicht.

„Neeeeeeeeeeeein!" Sein verzweifelter Schrei glich mehr dem eines verwundeten Tieres als dem eines Menschen.

Als James das Zimmer erreichte, war Alfred neben Little Owls Leichnam zusammengebrochen und weinte hilflos, das Gesicht an den Körper seiner toten Frau gedrückt.

Kapitel 10

„Wie furchtbar", hauchte Eva. „Während meiner Ausbildung zur Krankenschwester habe ich einiges über die Pockenepidemien gelesen, die Europa und Nordamerika heimgesucht haben. Es ist eine schreckliche Art zu sterben. Und die Krankheit ist wirklich hochansteckend."

„Ich hoffe, wir kriegen sie nicht", merkte Jason an.

„Man holt sich keine Krankheit, nur weil man darüber in einem Buch liest", verwarf Viv seinen Kommentar.

„Aber wir waren bei der Hütte und haben dort Dinge angefasst", sagte Jason. „Das könnte ausreichen."

„Ach, mach dich nicht lächerlich!", war alles, was Eva sagte.

„Ich frage mich, ob Alfred oder James sich auch mit der Krankheit infiziert haben?", überlegte Viv. „Die beiden waren in direktem Kontakt mit Little Owl, lebten im selben Haus und kümmerten sich um sie."

„Es gibt einen kurzen Eintrag vom 3. Mai 1863", sagte Marla leise. Sie war noch immer so mitgenommen von Little Owls tragischem Tod und Alfreds unermesslichem Verlust, dass sie nicht in der Lage war, an der Unterhaltung teilzunehmen. „Hört euch das an: *Es schmerzt mich noch immer zutiefst, darüber zu schreiben, aber was vorgefallen ist, ist Teil unserer Reise, und darum will ich die Fakten festhalten. Wir haben Little Owl noch am gleichen Tag beerdigt, draußen am Fluss, wo sie zuhören kann, wie das Wasser über die Steine rauscht und der Wind in den Bäumen singt. Wir haben das Grab aufgrund der Krankheit, an der sie gestorben ist, nicht markiert. James und ich haben uns selbst einen Monat lang in unserer Hütte unter Qua-*

rantäne gestellt, aber keiner von uns ist erkrankt. James glaubt, dass wir eine Art Immunität besitzen, obwohl wir selbst die Pocken nie gehabt haben, weil wir zu Hause in England in der Nähe von Infizierten gewesen sind. Ich weiß nicht, warum der Herr meine geliebte Frau zu sich geholt und James und mich verschont hat. Was es auch sein mag, er wird seine Gründe gehabt haben. Der alte Donnelly ist vor zwei Tagen vorbeigekommen, und wir haben unsere Goldwaschausrüstung gegen neue Kleidung und Decken getauscht. Wir haben es nicht gewagt, die neuen Sachen mit in die Hütte zu nehmen, aus Angst, für eine weitere Ausbreitung der Krankheit verantwortlich zu sein. Daher haben wir sie in einigem Abstand zur Hütte liegen lassen, bis wir sie brauchten. Wir haben alles, was in der Hütte war, verbrannt. Nicht nur Dinge aus Stoff, sondern alles, was brennbar war, denn auch hier wollten wir nicht dafür verantwortlich sein, andere anzustecken. Ein *Tod aufgrund von Pocken entlang dieses Flusses ist genug. Wir haben auch eine Nachricht an die Tür geheftet, um Leute, die vorbeikommen, zu warnen. Wir werden dann nicht mehr hier sein, denn es ist in den letzten Wochen warm geworden und wir werden morgen nach Montana aufbrechen. Es tut mir nicht leid, von hier fortzugehen. Es gibt nichts mehr, was mich hier halten könnte."*

Marlas Stimme stockte, als sie die letzten Worte las. Während all dieser Zeit war sie in Gedanken im Jahr 1863 bei den Copperwheat-Brüdern gewesen, bei ihnen in der Blockhütte, hatte ihre Ängste geteilt und mit ihnen gelitten. Die Krankheit und der Tod von Little Owl hatten sich für immer und in solch lebendigen Bildern in ihr Bewusstsein eingebrannt, dass sie nicht mehr wusste, ob sie selbst dort gewesen war und alles mit eigenen Augen erlebt hatte oder nicht. Und der Schmerz, den sie empfand, war beinahe so stark, als hätte sie selbst vor kurzem einen geliebten

Menschen verloren. Sie versuchte sich zu beruhigen, sich selbst zur Ordnung zu rufen. Sie klammerte sich fest an das Tagebuch und zwang sich, es anzusehen.

All diese Dinge passieren im Buch, nicht hier, wo ich bin, dachte Marla. *Es ist lediglich ein Tagebuch, die Erinnerungen eines Menschen an Ereignisse, die vor über einhundertfünfzig Jahren geschehen sind. Nicht mehr und nicht weniger. Ich darf nicht zulassen, dass es mich so berührt. Das raubt mir all meine Kraft.*

„Marla, ist alles in Ordnung?" Evas Stimme dröhnte seltsam fern.

Marla musste sich zwingen zu antworten.

„Ich bin okay, nur ein wenig müde."

„Du hattest eine anstrengende Nacht. Warum legst du dich nicht hin?", schlug Viv vor.

„Und ihr? Seid ihr nicht auch müde?", fragte Marla.

„Sicher, aber ich will mir erst noch die Duschen ansehen", sagte Viv. „Ich habe seit dem Abflug nicht geduscht und fühle mich sehr ... schmutzig."

„Komm schon, Viv, so schlimm kann es nicht sein", warf Jason ein. „Das ist doch noch keine zwei Tage her."

„Es gibt so etwas wie Zeitzonen, mein lieber Jason", meinte Viv. „Und die sind dafür verantwortlich, dass es mehr als zwei Tage her ist."

„Nicht viel mehr", murmelte Jason. „Und überhaupt, wir sind in der Wildnis. Öffne dich den Freuden der Natur."

„Das werde ich. Nachdem ich geduscht habe."

„Du bist wirklich langweilig", meinte Jason und stand auf. „Ich weiß gar nicht, warum du überhaupt mitgekommen bist. Du brauchst eine Dusche. Du brauchst Bio-Lebensmittel. Du hättest deinen Fernseher mitbringen sollen. Ich bin mir sicher, dass du den als nächstes vermissen wirst."

„Und ich weiß wirklich nicht, warum du mitgekommen bist, wenn wir dich so langweilen. Niemand hat dich dazu gezwungen. Erinnerst du dich? Das hast du freiwillig gemacht", meinte Viv verärgert.

„Nun ja, ich dachte, es würde abenteuerlicher werden", meinte Jason.

„Komm, sei fair, Jason. Wir sind erst einen Tag hier", warf Eva ein. „Und wir haben bereits eine Wanderung durch die Wildnis gemacht, während alle möglichen wilden Tiere durch das Unterholz geschlichen sind; wir haben die Hütte gefunden, in der Alfred und James gelebt haben und haben durch das, was Marla uns aus dem Tagebuch vorgelesen hat, aufregende Einzelheiten über ihr Leben erfahren. Was kann man mehr von einem einzigen Tag erwarten?"

„Eva hat recht", sagte Marla, deren Gedanken nun wieder ganz in der Gegenwart angekommen waren. „Und überhaupt wird es bald sicherlich noch viel abenteuerlicher, wenn wir erst auf dem Weg nach Montana sind. Wahrscheinlich schon morgen."

„Morgen?" Eva war überrascht. „Könnten wir nicht ein bisschen länger hierbleiben? Es ist so schön und friedlich hier. Und wir könnten alle ein bisschen Erholung brauchen – außer Jason natürlich."

„Ich verstehe dich, Eva, wirklich, und mir geht es genauso", erklärte Marla sanft. „Aber gleichzeitig verspüre ich eine gewisse Dringlichkeit, die mir keine Ruhe lässt. Ich weiß nicht, warum oder wieso. Ich spüre nur, dass wir weiterziehen und den Copperwheat-Brüdern so schnell wie möglich folgen müssen."

„Großartig!", sagte Jason und rieb sich begeistert die Hände. „Und wohin genau wird es uns verschlagen? Montana ist groß."

„An einen Ort, der sich Deer Lodge nennt", erwiderte Marla ruhig. „Irgendwo dort in der Nähe, mitten in der Wildnis der Rocky Mountains, hat Alfred den nächsten Eintrag im Tagebuch gemacht."

Deer Creek Ranch in der Nähe von Deer Lodge, Montana, USA – drei Tage später

„Viv, hör auf, in den Spiegel zu schauen und komm her", meinte Jason ungeduldig. „Wir sehen uns jetzt die Pferde an."

„Ich komm schon, ich komm schon", erwiderte Viv leicht irritiert. „Ich weiß nicht, warum er es immer auf mich abgesehen hat", sagte sie zu Marla, die im Mietwagen herumkramte.

„Er mag dich eben", sagte Marla und tauchte mit der Karte, nach der sie gesucht hatte, aus dem Wagen auf. „Nimm es nicht so ernst."

Viv zog eine Grimasse und blickte noch einmal in den kleinen Spiegel, den sie immer in der Handtasche bei sich trug.

Marla grinste. „Vielleicht hat Jason recht. Vielleicht schaust du wirklich zu oft in den Spiegel. Und dabei hast du es gar nicht nötig. Du bist ohnehin so schön."

„Ich pflege mich halt gern", sagte Viv beleidigt. „Und überhaupt, ich glaube, ich kriege Falten um die Augen. Schau." Sie drehte sich zu Marla um.

„Ich sehe keine Falten."

„Du musst schon sehr genau hinschauen."

„Viv, wenn ich so genau hinschauen muss, dann können sie nicht weltbewegend sein."

„Noch nicht, aber sie werden es", meinte Viv und seufzte. „Oh, ich hasse es, alt zu werden."

Marla lachte. „Ja, du wirst wirklich sehr alt. Dreiunddreißig zu sein ist schon ein enormes Problem. Komm, lass uns sehen, was die anderen machen."

Eva und Jason standen am Rande eines großen Paddocks, der sich an einen geräumigen Holzstall anschloss, und sahen einigen Pferden zu.

„Seit wir gestern hier angekommen sind, kann Jason nur noch an Pferde denken", murmelte Viv.

Mit *hier* meinte sie die Deer Creek Ranch, die von dem älteren, aber noch sehr dynamischen Ehepaar Tungsten geführt wurde. Die Tungstens organisierten Tagesausflüge und Ferien zu Pferd für Touristen.

Marla, Viv, Eva und Jason waren am Vortag in Deer Lodge, Montana angekommen. Deer Lodge war eine ruhige kleine Stadt in einem wunderschönen Tal, umgeben von den schneebedeckten Gipfeln der Rocky Mountains. Es gab nicht wirklich viel zu sehen, und da der nächste Tagebucheintrag mit *Wildnis der Rocky Mountains in der Nähe von Deer Lodge* überschrieben war, hatte Marla kein Interesse an dem Ort selbst gezeigt, sondern darauf gedrängt, in die Wildnis aufzubrechen. Aber im Ort gab es Handyempfang und Eva hatte ihre Kinder in Genf anrufen wollen. Sie hatte ihnen versprochen, so oft wie möglich anzurufen, und Marla konnte anhand der Anzahl (dies war Anruf Nummer sechs gewesen) sehen, dass Eva ihre Kinder ebenso vermisste wie diese sie. Seltsamerweise hörte Marla sie kaum mit Marcus, ihrem Ehemann, sprechen oder nach ihm fragen. Der Streit mit ihm musste einschneidender gewesen sein, als Marla angenommen hatte.

Während Eva telefonierte, hatte Marla sich nach den Copperwheat-Brüdern erkundigt. Aber keiner der Leute, mit denen Marla sprach, hatte den Namen je gehört, geschweige denn konnte ihr Einzelheiten erzählen. Schließlich schlug jemand vor, dass sie bei der Deer Creek Ranch, die wenige Meilen außerhalb der Stadt lag, anhielten und dort nachfragten. John und Mathilda Tungsten lebten seit jeher in der Gegend und wussten viel über die Geschichte der Region.

Ehepaar Tungsten erwies sich als sehr gastfreundlich und zuvorkommend. Und in der Tat wussten die Tungstens viel über die alten Tage. Augenscheinlich hatte man in der Nähe von Alder Gulch, ganz in der Nähe von Deer Lodge, im Jahr 1863 Gold und Silber entdeckt. 1864 war dann eine große Schar von Goldsuchern und Abenteurern ins Montana Territory geströmt. Ein neuer Treck, der Bridger Trail, schuf eine sicherere und schnellere Route zu den neuen Goldfeldern als der bisher benutzte Bozeman Trail. Montana konnte somit auf eine reiche Goldgräber-Geschichte zurückblicken. Das Ehepaar Tungsten kannte viele alte Geschichten, lustige, tragische und abenteuerliche, aber auch sie hatten nie von Alfred und James Copperwheat gehört. Marla war sich nicht einmal sicher, ob die Brüder erneut nach Gold gesucht hatten, denn Alfred hatte zuletzt etwas über eine Heimstätte geschrieben. Aber tausend Dinge hätten auf dem Weg von British Columbia passieren und ihre Pläne ändern können. Sie wusste es nicht. Was sie wusste war, dass Alfred und James in der Gegend gewesen waren, in der sich die Ranch befand. Sie konnte es förmlich fühlen. Das Gefühl war so intensiv, als hätte sie handfeste Beweise dafür. Also hatte sie den anderen ohne Umschweife gesagt, dass sie für eine Weile die Gegend erkunden würden. Und sie machte ihnen klar, dass sie nicht im Tagebuch weiterlesen wollte, bis sie wirklich in der Wildnis waren. Sie war sich sicher, dass ihr die Anwesenheit dort helfen würde, das zu finden, wonach sie suchte.

Die Umgebung der Deer Creek Ranch war wunderschön, und Marla hatte keine Mühe, die anderen zu überreden, eine Weile dort zu verbringen. Um sie herum zogen sich dicht mit Fichten, Kiefern und Tannen bewaldete Bergketten scheinbar bis zum Horizont. Kühle, klare Bäche, die einladend in der Sommersonne glitzerten, durchzogen die Wildnis. Und hier und da luden hochgelegene Bergwiesen jeden, der sich eine Auszeit vom Alltag nehmen wollte, dazu ein, das spektakuläre Panorama der schneebedeckten

Gipfel der Rocky Mountains zu genießen. Es war jedoch Jasons Idee gewesen, sich Pferde auszuleihen und, wo sie schon einmal dabei waren, ein richtiges Pferde-Wildnis-Abenteuer aus der Sache zu machen. Ehepaar Tungsten vermietete ihnen die Pferde nur zu gern, und so war es genau dazu gekommen.

Jetzt, nach einem herzhaften Frühstück mit Speck, Würsten und Eiern, das Viv charmant abgelehnt hatte, ohne Mathilda Tungstens Gefühle zu verletzen, waren sie nun bereit, ihren Ausflug anzutreten. Die Pferde standen gesattelt da und warteten, und Mr Tungsten winkte sie mit einem strahlenden Lächeln zu sich.

Als Marla und Viv den Paddock erreichten, hörten sie John Tungsten zweifelnd sagen: „Sie können also reiten?"

„Natürlich kann ich reiten", sagte Jason gekränkt. „Sehen Sie sich doch meine Kleidung an. Ich bin praktisch ein Cowboy, und Cowboys können reiten, oder nicht?"

„So viel ich weiß, hat es nichts damit zu tun, welche Kleidung man anhat, ob man ein Cowboy ist und reiten kann", meinte Mr Tungsten skeptisch.

Marla und Viv grinsten einander an.

„Ich wusste gar nicht, dass du reiten kannst, Jason", sagte Viv mit süßer Stimme. „Dann kann uns ja gar nichts passieren. Du kannst uns alles zeigen."

„Da gehört gar nichts dazu", meinte Jason, kletterte über den Paddockzaun und steckte seinen Fuß in den Steigbügel.

„Du bist auf der falschen Seite des Pferdes, Jason", lachte Eva.

„Was weißt du denn schon?", meinte Jason irritiert.

„Oh, ich habe als Teenager ein paar Reitstunden gehabt", erwiderte sie. „Ich kann mich an kaum was erinnern, aber so viel weiß ich: man steigt von der linken Seite auf ein Pferd."

„Und von dir kommt gar kein Kommentar, Viv? Ich bin

überrascht, dass du nicht plötzlich auch eine Pferdeexpertin bist", sagte Jason und ging hinten herum zur anderen Seite des Pferdes.

„Ich möchte dich nicht verunsichern", neckte Viv ihn. „Aber im Ernst, auch wenn ich nicht viel über Pferde weiß, habe ich doch genug Verstand, um von ihrem Hinterteil fernzubleiben."

„Ich sehe schon, ihr werdet keine Probleme haben", sagte Mr Tungsten lachend und führte die Pferde aus dem Paddock.

Sie sahen genau zu, wie Mr Tungsten die Satteltaschen anbrachte, in denen ihre Lebensmittel, extra Kleidungsstücke und Kochutensilien verstaut waren, und wie er die zusammengerollten Schlafsäcke an den Sätteln befestigte. Dann stiegen Viv, Eva und Jason auf ihre Pferde. Marla hingegen rührte sich nicht von der Stelle. Sie stand lediglich neben ihrem Pferd, die Zügel in der Hand, und starrte das Tier an.

„Worauf wartest du, Marla?", fragte Eva erstaunt.

„Ich habe vergessen, dass ich Angst vor Pferden habe", erwiderte Marla.

„Wovon redest du? Du liebst Pferde", sagte Viv. „Das wissen wir alle."

„Ja, ich liebe Pferde", sagte Marla. „Ich liebe es, ihnen zuzusehen. Ich liebe es, sie rennen zu sehen. Ich liebe es, sie zu streicheln und zu bürsten. Ich bewundere sie. Sie sind so kraftvoll und so stark. Für mich sind sie die schönsten und anmutigsten Tiere. Ich habe sehr viel Respekt vor ihnen, aber ..."

„Nichts aber!", warf Eva ein. „Komm schon, Marla, dies ist dein Abenteuer! Denk nur, was Alfred und James alles riskieren mussten, wie viele Ängste sie überwinden mussten. Sie haben ihre Heimat verlassen, um in Indien zu kämpfen; sie haben ihre Familie verlassen, um in Amerika ein neues Leben anzufangen; sie haben den gesamten Kontinent überquert, um zu den Goldfeldern in British Columbia zu gelangen. Wenn sie es getan haben, dann kannst du es auch."

„Ja, komm schon. Das wird toll!", bat Viv. „Es wird sein, als besuchten wir ein Stück Geschichte. Denk doch nur, wir vier, ganz alleine dort draußen, genau wie Alfred und James damals."

„Die Pferde sind sehr gut ausgebildet", versicherte Mrs Tungsten. „Sie würden ein Kleinkind durch die Wildnis tragen und es unversehrt zur Ranch zurückbringen."

Marla fühlte die Blicke aller auf sich ruhen. Zögernd sah sie von einem zum anderen, während sie innerlich mit ihrer Angst kämpfte. Warum nur konnte sie nicht mutiger sein? Warum konnte sie nicht wie Jason sein, der – dessen war sie sich sicher – auch noch nie auf einem Pferd gesessen, aber genug Selbstvertrauen hatte, um sich nicht daran zu stören. Es hörte sich alles so wundervoll an: ein Ausflug zu Pferd durch die unberührte Wildnis der Berge, ganz in der Natur zu sein, dem Wind zu lauschen und den Stimmen der Vögel. Wie lange hatte sie schon von einem solchen Abenteuer geträumt! Und die ganze Zeit über würden sie Alfreds und James' Spuren folgen, den Spuren der beiden Männer, deren Lebensweg ihr so sehr ans Herz gewachsen war. Nein, sie würde es nicht zulassen, dass ihre Angst ihr im Wege stand! Sie würde in den Sattel steigen, was auch immer es sie kosten mochte.

Sie holte tief Luft und wandte sich an Mrs Tungsten: „Sind Sie sich absolut sicher, dass dieses Pferd zuverlässig ist?"

„Absolut", versicherte Mrs Tungsten. „Meine Enkelin reitet diese Stute, wenn sie uns besuchen kommt, und sie ist erst fünf Jahre alt."

„Okay, ich wage es", sagte Marla, und mit wildpochendem Herz steckte sie ihren Fuß in den Steigbügel. „Beweg dich nicht, Belle, ich komme an Bord."

Die hübsche kastanienbraune Stute rührte sich nicht von der Stelle. Sie war in der Tat so gut ausgebildet wie Mrs Tungsten behauptet hatte und benahm sich genauso vorbildlich wie eines dieser Hollywood-Pferde. Sie stand geduldig da, bis Marla im Sattel saß und machte erst dann einen Schritt, als die anderen Pferde sich in Bewegung setzten. Wenn Belle sich darüber wunderte, mit welchem Grünschnabel sie es an diesem schönen Morgen zu tun hatte, so ließ sie es sich in keinster Weise anmerken, und Marla war so glücklich wie noch nie. Alles, was sie tun musste, war, gerade auf dem Pferd zu sitzen und die Zügel festzuhalten. Alles andere machte Belle von ganz alleine.

Es war früh am Nachmittag und sie waren seit fast sechs Stunden unterwegs. Sie hatten nur zweimal eine kurze Pause eingelegt, um die Pferde ausruhen und etwas trinken zu lassen. Die ersten beiden Stunden hatte Marla sehr steif auf ihrem Pferd gesessen, aus Angst, etwas falsch zu machen und Belle damit zu verärgern. Aber mit jeder weiteren Meile, die sie gemeinsam auf dem schmalen felsigen Pfad verbrachten, begriff Marla, wie trittsicher und ruhig die kleine Stute war. Nichts konnte Belle aus der Ruhe bringen. Weder die losen Steine unter ihren Hufen noch Jasons lautes und falsches Nachahmen von Roy Rogers noch Marlas mangelnde Erfahrung. Die Stute ging einfach weiter, ohne je einen falschen Tritt zu machen oder das kleinste Anzeichen von Unruhe zu zeigen. Die entspannte und sorglose Haltung der Stute sprang alsbald auf deren Reiterin über, und Marla konnte den Ausflug endlich genießen.

Das Wetter war ideal für einen langen Ausritt, weder zu heiß noch zu kalt. Die Sonne schien und bauschige weiße Wolken zogen über den blauen Himmel. Eine leichte Brise wehte von den Berggipfeln herab und ließ die Zweige der majestätischen Kiefern und Fichten sachte rauschen. Die Luft war erfüllt von dem würzigen Aroma der Kiefernnadeln und dem Geruch von warmer, humoser Erde. Streifenhörnchen spielten Kriegen in den Bäumen und schnatterten dabei fröhlich. Einmal lief ihnen eine Auerhahn-Mutter mit ihren fünf Küken über den Weg. Der Anblick der Pferde und Reiter verwirrte die Vögel völlig und sie rannten in alle Himmelrichtungen davon. Ihr kopfloses Verhalten erinnerte Marla sehr an Hühner und brachte sie zum Lachen. Aber außer Streifenhörnchen und Auerhähnen hatten sie bisher keine wilden Tiere gesehen und das kam Marla seltsam vor.

„Erinnert ihr euch, wie Alfred in einem der Tagebucheinträge davon schrieb, dass man in Rock Creek nur nach draußen gehen brauchte, um einem Tier zu begegnen?", fragte sie die anderen. „Uns hingegen ist nichts Großes über den Weg gelaufen. Kein Bär, kein Kojote, kein Elch oder Wapiti. Nichts. Ich frage mich, woran das liegt."

„Zerbrich dir nicht den Kopf darüber", meinte Eva. „Früher oder später wird uns schon ein Tier begegnen. Immerhin befinden wir uns in der Wildnis. Mr Tungsten hat mir erzählt, dass er regelmäßig Ausritte macht und seinen Gästen die wilden Tiere in der Umgebung zeigt. Und er ist immer ausgebucht."

„Dass er die Ausritte anbietet, muss nicht unbedingt heißen, dass die Leute auch tatsächlich etwas sehen", meinte Viv. „Und überhaupt, ich bin nicht wild darauf, einem Bären zu begegnen."

„Ich auch nicht", meinte Marla. „Es kommt mir nur seltsam vor, dass uns noch nichts begegnet ist. Wahrscheinlich haben sich die Zeiten in dieser Hinsicht geändert. Die Berge und Bäume schauen vielleicht noch so aus wie in den 1860er Jahren, als Alfred und James hier gewesen sind, aber trotzdem ist es nicht ganz genau wie damals. Einhundertfünfzig Jahre Goldsucher, Siedler, Holzfäller und Investoren haben das Land verändert – wenigstens in Bezug auf die Anzahl von Wild, das in diesen Wäldern noch vorhanden ist."

Eva und Viv sahen sie merkwürdig an und Marla spürte, dass dies einer der Augenblicke war, in denen sie ihren Gedanken nicht folgen konnten. Aber vielleicht lag es auch einfach nur daran, dass sie nicht in verständliche Worte zu fassen vermochte, was sie fühlte. Was auch immer es war, Marla spürte, dass es zwischen ihnen eine Kluft gab, seit sie begonnen hatten, im Tagebuch zu lesen, und diese Kluft wurde täglich größer. Sie wusste nicht, wie sie diese Entwicklung aufhalten sollte – sofern das überhaupt möglich war. Es schien ihr, als sei sie von Viv und Eva getrennt, als befände sie sich allein auf einer Insel, auf der es niemanden gab, dem sie mitteilen konnte, was in ihr vor sich ging. Sie veränderte sich. Und genauso sicher, wie man die Zeit nicht zurückdrehen konnte, wusste sie, dass sie nie wieder die sein würde, die sie gewesen war, bevor das Tagebuch in ihr Leben getreten war. Marla fragte sich, ob sie von nun an auf sich allein gestellt sein würde – selbst wenn sie sich in der Gesellschaft ihrer beiden besten Freundinnen befand. Es war eine erschreckende Vorstellung. Auf der anderen Seite musste sie, wenn sie ganz ehrlich war, zugeben, dass die Kluft, die sie empfand, bereits in ihrer Jugend entstanden war, als sie auf dem Eis ausgerutscht war und die Kopfschmerzen angefangen hatten. Das war der Zeitpunkt, an dem ihre Veränderung begonnen hatte.

Marla seufzte schweren Herzens. Würde es jemals jemanden geben, der sie gänzlich verstehen würde? Ihre Gefühle, ihre Gedanken und ihre Seele?

Da drehte sich Viv, die vorne ritt, zu ihr um:

„Marla, ich möchte kein Spielverderber sein, aber es

wäre schön, wenn wir bald irgendwo Halt machen würden. Mein Rücken tut wahnsinnig weh." Sie bemerkte Marlas gedankenversunkenen Blick und setzte hinzu: „Marla, hast du mich gehört?"

„Was? Oh, ja, wir sollten bald irgendwo unser Lager aufschlagen", stimmte Marla schnell zu. „Es überrascht mich sowieso, dass ich es so weit geschafft habe."

„Du hast dich sehr gut gehalten", sagte Eva lächelnd. „Du kannst stolz auf dich sein."

„Ich fürchte, damit kann ich mich nicht brüsten. Belle hat das ganz allein gemacht. Sie ist eine so tolle Stute. Sie hat mich all meine Angst vergessen lassen."

„Sag mal, findest du es nicht einfach herrlich hier draußen?", fragte Eva beeindruckt. „Ich glaube, das hier ist die schönste Landschaft, die ich je gesehen habe – gleich nach den Alpen natürlich."

Kapitel 11

Granbys Büro – am selben Tag

Robert Granby saß an seinem Schreibtisch, als das Telefon klingelte.

„Ja?", antwortete er in dem für ihn üblichen ungehaltenen Ton.

„Hier ist Danville, Sir", hörte er die Stimme des jungen Mannes sagen.

„Ah, Danville. Ich habe auf Ihren Anruf gewartet. Gibt es Neuigkeiten vom Bodenteam?"

„Ja, Sir, deswegen rufe ich an", erwiderte Danville. „Ich habe die Sache Mac und seinen Männern übergeben. Sie sind unser erfahrenstes Team und absolut verlässlich. Ich musste sie von einem anderen Job abziehen, aber sie sind am nächsten Tag in British Columbia eingetroffen. Seitdem folgen sie der Hansen und ihren Freunden wie ein Schatten."

„Also sind sie noch immer in British Columbia?", wollte Granby wissen.

„Nein, Sir. Hansen und ihre Freunde sind am darauffolgenden Tag in Richtung Süden aufgebrochen. Sie verhalten sich wie alle anderen Touristen, nichts Außergewöhnliches. Sie haben in einer Kleinstadt im Südwesten von Montana angehalten. Deer Lodge heißt der Ort. Dort sind sie nun auf irgendeiner Ferien-Ranch. Zurzeit befinden sie sich auf einem Ausritt. Mac hat an allen vier Pferden einen Sender angebracht, und es besteht nicht die geringste Chance, dass wir sie aus den Augen verlieren. Es gibt also keinen Grund zur Sorge."

„Hört sich an, als liefe endlich mal was glatt", sagte Granby erleichtert.

„Nun, einen kleinen Haken gibt es doch", sagte Danville zögernd.

Granbys Körper versteifte sich. „Und was könnte das sein?"

„Es ist kein Fehler unserer Abteilung, Sir", versicherte ihm Danville schnell. „Es handelt sich um einen Fehler vor Ort. Jemand aus der Calgary-Abteilung hat geschlafen und vergessen, einiges an Papieren weiterzuleiten. Daher habe ich erst soeben wichtige Informationen erhalten, die uns schon vor Wochen hätten vorliegen sollen."

„Kommen Sie schon, erzählen Sie mir keine Gute-Nacht-Geschichten. Was ist los?", donnerte Granby.

„Es scheint, als sei ein gewisser Jack Blood vor drei Wochen von der RCMP in Calgary verhaftet und verhört worden. Sie mussten ihn einige Stunden später laufenlassen und die Anzeige wurde fallengelassen – irgendeine unwichtige Nebensächlichkeit bezüglich Bloods Neffen, der in der Schule ein Bild von einem Mann mit einem Revolver gemalt hat. Sie wissen ja, wie es heutzutage ist."

„Moment mal", unterbrach Granby ihn. „Ist dieser Jack Blood in irgendeiner Weise mit Sally Blood, der Urenkelin der Cheyenne-Indianerin Stands in the Wind, verwandt?"

„Ja, Sir. Er ist ihr Sohn."

„Okay, bis jetzt ist es nicht so schlimm. Er wurde wegen einer Lappalie, die nichts mit unserem Sachverhalt zu tun hat, verhaftet und dann laufen gelassen. Wo ist der Haken?"

„Der Haken ist", sagte Danville leise, „dass er seitdem seinen Job auf einer Ranch in Alberta aufgegeben hat und nun in einer Hütte, die seiner Familie gehört, in der Wildnis lebt."

„Sagen Sie mir bloß nicht, dass sich diese Hütte in der Wildnis von Montana befindet", sagte Granby.

„Ja, Sir. Irgendwo in der Nähe der Kleinstadt ..."

„Deer Lodge", beendete Granby den Satz.

Einen Augenblick lang herrschte Schweigen.

„Was soll ich Mac sagen, Sir?"

„Nun, ich denke, wir können noch immer davon ausgehen, dass die Hansen nichts von Blood oder seinem Aufenthaltsort weiß", sagte Granby. „Ansonsten wäre sie direkt zu ihm gegangen. Hoffen wir, dass sie sich nicht treffen." Er dachte einen Moment nach. „Sagen Sie Mac, er soll in der Nähe bleiben, aber nicht eingreifen. Hansen und ihre Freunde dürfen nicht herausfinden, dass sie unter Beobachtung stehen. Wir wissen nicht, wie viel Blood und Hansen wirklich wissen, aber es ist absolut erforderlich, dass sie keine Möglichkeit bekommen, ihre Informationen auszutauschen. Haben Sie verstanden?"

„Ja, Sir."

„Und, Danville, ich will tägliche Berichte, stündliche, wenn es nötig ist. Wir dürfen die Sache nicht eskalieren lassen."

„Wird erledigt, Sir. Ich werde Mac sofort Bescheid geben."

„Gut." Granby legte auf, bevor er das Wort ausgesprochen hatte. Er lehnte sich in seinem Stuhl zurück, wie immer, wenn er nachdachte. Und in diesem Augenblick dachte er sehr stark nach.

*

In der Wildnis der Rocky Mountains in der Nähe von Deer Lodge, Montana, USA – am selben Tag

Eine halbe Stunde später erreichten Marla, Viv, Eva und Jason eine hübsche, hochgelegene Bergwiese, die geradezu ideal für einen Lagerplatz war. Sie befand sich auf der Südseite des Hangs und war von warmem Sonnenlicht durchflutet. Gleichzeitig schützten die umstehenden kleinwüchsigen Fichten vor kalten Nordwinden. Durch die Bergwiese zog sich ein flacher Gebirgsbach, der reichlich Wasser für Pferde und Reiter führte, und ringsum war die Lichtung dicht mit Prärie-Besengras bewachsen, an dem sich eine ganze Herde von Pferden hätte sattfressen können.

Marla war sofort vom Anblick der Lichtung verzaubert. Irgendetwas war besonders hier, etwas, das mehr in der Luft lag, als dass man es hätte sehen oder fassen können. Jetzt stand sie am Ufer des schmalen Baches, das Ende von Belles Führstrick fest in der Hand, und ließ die Stute trinken. Der Druck an ihrer Schädelbasis war in milder Form zurückgekehrt und ihr war leicht schwindlig. Aber Marla war entschlossen, es für sich zu behalten. Sie stand sehr still da, sog die Schönheit der umgebenden Landschaft in sich auf und hoffte, dass sich die Schmerzen in ihrem Kopf bald legen würden.

Sonnenstrahlen fielen durch das klare Wasser und ließen die bunten Steine im Bachbett schimmern, ganz so, als wären sie mit Feenstaub bedeckt. Über dem Wasser tanzten kleine blaue Schmetterlinge und von irgendwoher in den umstehenden Bäumen erklang der liebliche Gesang eines Robins. Von hoch über ihr ertönte ein langgezogener, einsamer Ruf.

Marla sah überrascht auf und entdeckte einen großen, dunklen Vogel, der über der Lichtung kreiste. Seine breiten Flügel bewegten sich kaum, während er mit den Aufwinden höher in den Himmel stieg. Marla bewunderte das Tier. Wie majestätisch es aussah! Wie frei und ungezähmt! Und ohne es zu wollen oder in der Lage zu sein, es aufzuhalten, füllte sich ihr Herz mit unendlicher Dankbarkeit, dass sie den Vogel in seinem natürlichen Lebensraum beobachten konnte. Wie schön es sein musste, so hoch fliegen und die Welt von oben betrachten zu können!

Eine Stimme unterbrach sie in ihren Gedanken.

„Marla, komm bitte und hilf mir mit meinem Sattel!" Es war Eva. „Dieses Ding ist so schwer, dass ich es nur schleifen kann und das kann nicht gut sein!"

„Ich bin gleich da!", rief Marla zurück. Sie legte Belle Hobbles an, genau wie Ehepaar Tungsten es ihnen gezeigt hatte, und nahm den Führstrick ab. Nun konnte die Stute nach Herzenslust grasen, ohne fortlaufen zu können. Dann ging Marla zu Eva, die noch immer dabei war, ihr Pferd abzuzäumen.

„Warum lassen wir nicht Cowboy Jason den Sattel für uns tragen, was meinst du?", schlug Marla vor. „Aber zuerst geben wir deinem Pferd Wasser."

Marla hatte keinerlei Erfahrung mit dem Reiten, aber sie hatte viel Zeit damit verbracht, sich um Pferde zu kümmern. Geschickt nahm sie das Zaumzeug ab und führte Evas Pferd zum Bach. Eva war an ihrer Seite. Die beiden gingen schweigend nebeneinander.

Eine Weile später fragte Eva: „Wirst du uns heute Nachmittag aus dem Tagebuch vorlesen, jetzt, wo wir in der Gegend sind, in die Alfred und James gezogen sind?"

„Ich glaube, wir warten besser bis morgen", meinte Marla. „Wir haben anstrengende Tage hinter uns und verdienen ein wenig Entspannung. Ich weiß nicht, wie es für dich ist, aber aus dem Tagebuch vorzulesen, raubt mir viel Kraft. Mir wäre es lieber, vorher eine Nacht gut zu schlafen. Außerdem würde ich gern ein besseres Gefühl für diesen Ort bekommen. Etwas Besonderes liegt hier in der Luft. Ist dir das aufgefallen?"

Eva ging nicht darauf ein. Stattdessen sah sie sie forschend an. „Es sind wieder diese Kopfschmerzen, habe ich recht?"

Marla zögerte. „Es ist nicht schlimm. Morgen wird es mir besser gehen. Bitte erzähl Viv und Jason nichts davon."

Eva wandte sich zu Viv und Jason um, die dabei waren,

die Lebensmittel auszupacken, und sich dabei wie üblich zankten. Sie drückte Marlas Hand. „Natürlich werde ich nichts sagen, wenn du es nicht möchtest."

„Danke."

Sie hobbelten Evas Pferd und ließen es mit den anderen grasen. Die ganze Zeit über dachte Eva darüber nach, was sie zu Marla sagen könnte, etwas, das sie von ihren Schmerzen ablenken würde.

„Du hast mir nie erzählt, warum du mit diesem Anderson Schluss gemacht hast. Ich hatte den Eindruck, als hättest du ihn sehr gern gehabt", meinte sie schließlich.

„Oh, es hat einfach nicht geklappt", meinte Marla vage.

Eva grinste. „Er hat bloß nicht deinem Bild vom perfekten Mann entsprochen, genau wie die anderen, mit denen du vorher ausgegangen bist. Stimmt's?"

Marla starrte schweigend zu Boden.

„Wann wirst du endlich diese dumme Traumvorstellung aufgeben und dich mit einem normalen Mann zufrieden geben?", fragte Eva sanft. „Das Leben geht nicht ewig weiter und du wirst nicht jünger. Möchtest du nicht eines Tages auch eine eigene Familie haben?"

Marla hatte in dem Augenblick nicht vor, ihre geheimen Hoffnungen und Träume was Männer betraf mit Eva zu teilen. Eva war immer so praktisch, kein bisschen romantisch. Eva hatte sie in dieser Hinsicht nie verstanden und würde sie wohl auch in Zukunft nicht verstehen. Seit Jahren war Eva nun schon mit Marcus verheiratet, ihrem Traummann, wie sie oft gebeichtet hatte. Warum erwartete sie, dass Marla sich mit weniger zufrieden gab?

„Eines Tages möchte ich schon gern eine eigene Familie haben", sagte Marla. „Aber es muss der richtige Mann sein. Ich habe nicht vor, für den Rest meines Lebens an jemandem hängenzubleiben, den ich nicht ausstehen kann, nur, weil ich eine Familie haben möchte. Und bisher konnte ich keinen von ihnen ausstehen – wenigstens nicht auf Dauer. Sie konnten mich nicht langfristig fesseln."

„Vielleicht liegt das ein kleines bisschen an dir", meinte Eva vorsichtig. „In eine dauerhafte Beziehung muss man viel Arbeit investieren, viel Geduld und Engagement – auf beiden Seiten."

„Das hört sich an wie eine Geschäftsvereinbarung", meinte Marla verächtlich. „Mir schwebt etwas anderes vor."

„Groß, dunkelhaarig und gutaussehend mit tiefgründigen Augen", neckte Eva sie. „Und gleichzeitig stark und behutsam, abenteuerlustig, intelligent, mit guten Manieren und absolut treu. Ich weiß. Aber ich muss zugeben, dass mir so ein Mann noch nie begegnet ist. Ich glaube nicht, dass es ihn gibt."

„Wenigstens nicht in diesem Jahrhundert", murmelte Marla.

Eva sah überrascht auf. „Das kann nicht dein Ernst sein, Marla. Du misst deine Partnersuche doch nicht etwa immer noch an Jane Austens Ideal? Hör mir gut zu: Ich persönlich glaube nicht, dass Männer wirklich jemals so gewesen sind. Ich glaube, das hat sie sich ausgedacht. Gütiger Himmel, wenn ich Marcus an solchen Maßstäben messen würde, würde er furchtbar versagen."

„Aber irgendwo gibt es einen solchen Mann", beharrte Marla. „Ich fühle es in meinem Herzen. Und ich werfe mich nicht dem nächstbesten an den Hals, nur weil er bisher nicht aufgetaucht ist. Übrigens glaube ich nicht, dass Jane Austen sich das alles ausgedacht hat. Damals gab es tatsächlich einige wahre Gentlemen. Sieh dir nur James und Alfred Copperwheat an. Das Tagebuch lässt keine anderen Schlüsse zu."

Eva starrte ihre Freundin sprachlos an. Natürlich, das hätte sie sich denken können! Die Copperwheat-Brüder passten genau in Marlas Idealvorstellung von einem Mann, besonders der hochgewachsene James mit seinen starken Schultern und grauen Augen, seiner Abenteuerlust und seinem Gerechtigkeitssinn, seiner beschützenden und ritterlichen Art gegenüber Frauen. Aber beide Männer waren seit mehr als einem dreiviertel Jahrhundert tot, wahrscheinlich länger. Eine Frau konnte doch heutzutage keinen Mann mehr an solchen Maßstäben messen – oder doch? Dem Blick in Marlas Augen nach zu urteilen war es genau das, was sie tat.

„Bitte sag mir, dass du dich nicht in einen Mann verliebt hast, der schon lange, lange tot ist", flüsterte sie.

Marla lachte, als sie Evas entsetztes Gesicht sah. „Keine Sorge, ich bin nicht total verrückt. Was ich meine: wenn es schon einmal einen solchen Mann gegeben hat, dann wird es ihn auch wieder geben. Man muss nur Geduld haben, dann wird er schon auftauchen. Aber lass uns von etwas anderem reden. Wir sollten Viv und Jason mit dem Kochen helfen."

Sie folgten dem Bach zu der Stelle, an der Viv und Jason dabei waren, das Lager aufzubauen.

„Ich bin vom langen Sitzen auf diesem verdammten Pferd ganz steif", hörten sie Jason beim Näherkommen fluchen. „Ein wärmendes Feuer wird meinem Rücken guttun."

„Oh, wirklich! Vorhin meintest du noch, dass du dich wie Roy Rogers auf Trigger fühlst und bis in alle Ewigkeit so weiterreiten könntest", meinte Viv.

„Als ich auf dem Pferd saß, ging es mir gut. Bloß jetzt tut mir mein Rücken weh. Und ich brauche das Feuer, also geh aus dem Weg!"

„Du kannst hier kein Feuer machen, Jason. In dieser Gegend ist offenes Feuer nicht erlaubt. Du warst da, als Mr Tungsten es uns gesagt hat. Es hat nicht genug geregnet und das Gras ist knochentrocken. Es ist zu gefährlich. Willst du den ganzen Berg abfackeln und uns noch dazu?"

„Viv hat recht, Jason", sagte Marla. „Offene Feuer sind zur Zeit strengstens verboten. Wir können uns viel Ärger einhandeln, wenn wir uns nicht daran halten."

„Oh, ihr seid alle solche Angsthasen!", maulte Jason. „Jeder wahre Cowboy sitzt abends am Lagerfeuer. Und im Alten Westen war es immer knochentrocken. Erinnert euch an all den Wüstenbeifuß, der da immer rumgeweht ist. Trotzdem haben sie Feuer gemacht."

„Sie mussten ihr Essen ja irgendwie kochen", meinte Eva. „Wir hingegen habe eine tolle Alternative. Wir haben einen Propankocher dabei."

„Und überhaupt, all diese Cowboys, die du so gern zitierst, haben eine Menge Erfahrung mit dem Leben in der Wildnis", versuchte Marla ihn zu beruhigen. „Wir vier sind Stadtmenschen. Wir haben nicht die leiseste Ahnung von all diesem Outdoor-Kram. Ich habe bis vor ein paar Tagen noch nie eine Nacht unter freiem Himmel geschlafen und du auch nicht."

„Ich mache trotzdem ein Feuer", meinte Jason bockig.

„Mensch, du bist schlimmer als ein Kleinkind", brach es aus Viv heraus. „Wann wirst du endlich diesen Cowboy-Quatsch aufgeben?" Und ohne eine Antwort abzuwarten marschierte sie los, um sich um ihr Pferd zu kümmern.

„Jetzt hast du es endlich geschafft", sagte Eva und starrte Jason ärgerlich an. „Vielen Dank für die schöne Atmosphäre im Lager."

„Jetzt hört ihr alle auf, verstanden?", rief Marla und legte intuitiv die Hand dort an den Kopf, wo es sie schmerzte. Dieses Gezanke half ganz und gar nicht dabei, ihre Kopfschmerzen zu besänftigen. „Jason, wenn du unbedingt ein Feuer machen musst, dann tu es", sagte sie. „Aber nur ein ganz kleines, und reiß vorher die Grassoden raus. Und dicht am Bachufer, damit wir im Notfall Wasser haben, okay? Eva, würdest du bitte so gut sein und zu Viv gehen und sehen, ob du sie beruhigen kannst? Ich muss für einen Moment allein sein.“ Sie drehte sich um, ging zum Waldrand und überließ die anderen ihrem Schicksal. Dies war einer der Augenblicke, in denen sie stark daran zweifelte, dass es eine gute Idee gewesen war, nach Amerika zu kommen und Alfreds und James' Route zu folgen.

★

Jack lag auf dem schmalen Holzbett in der Hütte und dachte über die Geschehnisse des Tages nach. Am Morgen hatte er eine lange Wanderung gemacht. Nachmittags hatte er eine ansehnliche Menge Feuerholz gespalten und aufgestapelt und dann im eiskalten Bach hinter der Hütte gebadet. Als die Sonne untergegangen war, hatte er den alten Holzkochofen angefeuert und ein herzhaftes Abendessen mit Bohnen und Speck zubereitet.

Oberflächlich betrachtet war der Tag genau verlaufen wie alle anderen seit seiner Ankunft. Dennoch gab es eine Veränderung. Um die Mittagszeit hatte Jack das seltsame Gefühl überkommen, dass ihn jemand beobachtete. Aber obwohl er die Lichtung und den Waldrand gründlich und dennoch diskret abgesucht hatte, war ihm niemand und nichts Außergewöhnliches aufgefallen. Trotz allem hatte Jack das Gefühl nicht abschütteln können, und so hatte er am Nachmittag beschlossen, eine weitere Wanderung zu machen und den angrenzenden Wald erneut abzusuchen. Er hatte vorsichtig nach Fußspuren oder anderen Anzeichen dafür gesucht, dass ein Eindringling in der Nähe war. Doch wieder hatte er nichts gefunden.

Nichtsdestotrotz fühlte er sich in der einen oder anderen Weise beobachtet. Während er zu Abend aß, kam Jack zu dem Entschluss, dass körperliche Erschöpfung für sein unerklärliches Gefühl verantwortlich sein musste. Beim Holzhacken und während der Wanderung war ihm nicht aufgefallen, wie müde er war. Erst als er sich zum Essen hinsetzte.

„Du bist nicht mehr topfit, Jack“, sagte er zu sich selbst, als er im Bett lag. Im gleichen Augenblick dachte er, dass sich seine Stimme in der Stille der Hütte seltsam anhörte. „Besser, ich schlafe ein wenig“, murmelte er, rollte sich auf die Seite und zog die Decke bis zu den Schultern hoch.

Aber selbst beim Einschlafen ließ das Gefühl, beobachtet zu werden, nicht nach. Jemand oder etwas war da draußen, Jack war sich sicher. Doch er war zu müde, um sich darüber weiter Gedanken zu machen. Er würde sich am Morgen darum kümmern.

Ein paar Stunden später erwachte Jack jäh. Es war stockdunkel. Er konnte nicht sagen, was genau ihn aus dem Schlaf gerissen oder wie lange er geschlafen hatte. Was immer es gewesen sein mochte, er war plötzlich vollkommen wach.

Einen Augenblick lag er still da und lauschte den Stimmen der Nacht, die durch die dicken Wände der Blockhütte zu ihm hereindrangen. Er hörte das Heulen eines Kojoten und die Antwort des Rudels auf der anderen Seite der Lichtung. Eine Eule schrie und irgendwo unter dem Fußboden der Hütte lief eine Maus umher. Keines dieser Geräusche war ungewöhnlich. Was dann hatte ihn geweckt?

Jack zuckte mit den Schultern, rollte sich auf die andere Seite und versuchte wieder einzuschlafen.

Er hatte kein Glück. Je länger er dalag, desto rastloser wurde er. Schließlich konnte er es nicht mehr aushalten. Er warf die Decke zur Seite, stand auf und zog im Dunkeln seine Jeans und ein T-Shirt an. Ohne es wirklich geplant zu haben oder darüber nachzudenken griff er nach seiner Jacke und seinem Jagdgewehr und verließ die Hütte, ungehört und unbemerkt, wie ein grauer Schatten in einer Welt aus Dunkelheit.

★

Marla lag wach in ihrem Schlafsack. Ihre Kopfschmerzen hatten sich nicht wirklich gebessert, und sie konnte keine Ruhe finden, obwohl ihr Körper sich nach einem tiefen und friedlichen Schlaf sehnte.

Wie bei allem, was ihr begegnete, versuchte Marla auch jetzt, das Beste aus der Situation zu machen. Wie oft bekam man im Leben schon die Gelegenheit, unter freiem Himmel zu schlafen? Und wie klar diese Nacht war! Abermillionen von Sternen standen am mondlosen Firmament. Marla konnte sich nicht daran erinnern, jemals so viele Sterne gesehen zu haben, oder eine so dunkle Nacht. In der Stadt war es nie wirklich dunkel. Irgendwo brannte immer ein Licht, eine Straßenlampe, eine Schaufensterbeleuchtung oder ein Reklameschild. Wenn man nachts durch die Stadt ging, bemerkte man die Sterne kaum. Aber hier draußen, mitten in den Bergen und am Waldesrand, weit entfernt von der nächsten Ortschaft, erschien ihr der sternenbedeckte Himmel so nahe und doch endlos und einfach überwältigend.

Je länger Marla zum Himmel empor sah, desto kleiner und unwichtiger kam sie sich vor. Die Sterne hingegen schienen immer näher zu kommen, bis sie schließlich alles waren, was sie sah. Am Ende musste sie den Blick von ihnen losreißen, weil sie spürte, wie sie sich in ihrer Weite und Endlosigkeit verlor.

Fasziniert beobachtete Marla, wie das kleine Feuer, das Jason am späten Nachmittag entfacht hatte, immer weiter herunterbrannte. Die fröhlich tanzenden, rot-orangefarbenen Flammen waren längst verschwunden, noch bevor Viv, Eva und Jason, die eingerollt in ihre Schlafsäcke neben ihr lagen, eingeschlafen waren. Alles, was übrig war, waren die glimmenden Kohlen der heruntergebrannten Holzscheite. Trotzdem strahlten sie noch genug Wärme aus, um Marlas Gesicht und Schlafsack zu wärmen und sie die Kühle, die sich mit dem Einbruch der Nacht über die Lichtung gelegt hatte, vergessen zu lassen.

Marla lauschte Vivs, Evas und Jasons regelmäßigen Atemzügen und lächelte. Was für eine verrückte Truppe sie doch waren! Viv mit ihrer andauernden Sorge um ihr Aussehen und ihre Figur, ihrer Versessenheit auf Bio-Lebensmittel und vegetarisches Essen und ihrer Unwissenheit darüber, dass sie Jason noch immer liebte; die praktisch denkende Eva, die immer so ruhig und lieb war und augenscheinlich auf jede nur erdenkliche Situation und jeden halben Notfall vorbereitet schien, aber tief in ihrem Herzen einen Schatten verbarg, dessen Herkunft Marla noch nicht kannte; und Jason, der so gern ein Cowboy sein wollte, aber es einfach nicht schaffte, und dessen ständiges Gezanke mit Viv Marlas Nerven auf die äußerste Probe stellte. Trotz allem hatte er sich als guter Reisebegleiter entpuppt – solange er nicht sang, beleidigt war oder sich mit Viv stritt.

Das plötzliche, einsame Heulen eines Kojoten ließ Marla zusammenfahren. Sie hatte diesen Laut bisher lediglich in Tierfilmen im Fernsehen gehört, aber einen Kojoten hautnah in der Wildnis zu erleben, war angsteinflößend und aufregend zugleich. Schnell zog sie ihren Schlafsack enger um sich. Doch dann ertönte das verrückte Gejaule eines ganzen Rudels als Antwort von den umliegenden Bergen. Marla war starr vor Angst und ihr Herz pochte laut.

Nach einer scheinbar unendlich langen Zeit verstummten das Heulen und das Gekläff schließlich. Marla war überrascht, dass Viv, Eva und Jason von all dem Lärm nicht aufgewacht waren, aber keiner der drei hatte sich gerührt.

Marla lag still da und lauschte vorsichtig. Für eine Weile hörte sie nichts weiter als das Gurgeln des Baches und die leisen Kaugeräusche der grasenden Pferde.

Die Pferde. Marla seufzte lächelnd. Es war ein ganz besonderes Erlebnis gewesen, die Wildnis von dem sicheren Rücken ihrer Stute aus zu entdecken. Marla konnte nicht ausdrücken, wie froh sie darüber war, ihre Angst überwunden zu haben und auf den Ausritt mitgekommen zu sein. Gewiss, sie war noch immer ein wenig unsicher beim Reiten, hatte immer noch Angst davor, herunterzufallen und davor, dass das Pferd mit ihr auf dem Rücken durchging. Aber die Freude, im Sattel zu sitzen und aus einer neuen Perspektive auf die Welt zu schauen, das Leder quietschen zu hören, die kraftvollen Bewegungen der Stute unter sich zu fühlen und den vertrauten, geliebten Duft von Pferd und Leder einzuatmen, überwog bei Weitem. Sie freute sich auf das Weiterreiten.

Irgendwo in der Nähe rief ein Uhu in die Nacht hinaus, und Marla fühlte sich glücklich, warm und zufrieden. Sie sah zu, wie das fahle, goldrote Licht der glühenden Kohlen Schatten auf die schlafenden Gesichter ihrer Freunde warf und begann, langsam aber sicher einzuschlafen.

Marla befand sich in dem benommenen Zustand zwischen Wachsein und Schlaf. Ihre Augenlider waren schwer wie Blei und ihr Gehirn gehorchte den Nervenimpulsen nicht mehr richtig. Da trat plötzlich eine Gestalt aus der Dunkelheit hervor. Wie ein sich bewegender Schatten inmitten tiefster Dunkelheit. Es war schwer, ein Wesen auszumachen.

Marla beobachtete wie in Zeitlupentempo als diese Gestalt aus dem Nichts geschmeidig wie eine Katze über den schnarchenden Jason sprang und gleich neben dem Lagerfeuer landete. Der Schein des glimmenden Feuers erhellte das Gesicht der Gestalt und verlieh ihm einen außerirdischen, fast geisterhaften Ausdruck. Erst da erkannte Marla, dass es sich um einen Mann handelte, der auf der anderen Seite des Feuers auf dem Boden kauerte. Mit seinem durchdringenden Blick schien er direkt in Marlas Seele zu schauen.

Vor lauter Angst starrte sie zurück, ohne sich bewegen oder sprechen oder denken zu können. Es war, als sei sie vollkommen erstarrt.

Da ertönte ein lautes Zischen, und die Welt um sie herum fiel in absolute Dunkelheit.

Bevor Marla verstand, was geschehen war, fühlte sie einen starken Luftzug und wusste instinktiv, dass der Mann über sie hinweggesprungen und in die Dunkelheit zurückgekehrt war, aus der er eben gekommen war.

Kapitel 12

Als Marla am nächsten Morgen aufwachte, glaubte sie, dass es nur ein unheimlicher Traum gewesen war. Vorsichtig, wie um sicherzugehen, dass die angsteinflößenden Bilder der vergangenen Nacht mit dem ersten Licht verschwunden waren, öffnete sie die Augen. Sie sah nichts außer Wiese und Wald. Trotzdem blieb sie still liegen. Schließlich war es Jasons irritierte Stimme, die ihr den Mut gab, sich umzudrehen und genauer hinzuschauen.

„Wer um Himmels Willen hat meine Feuerstelle zertrampelt?", beschwerte er sich lauthals.

„Ich habe dein dummes Feuer nicht angerührt", murmelte Viv, ohne ihm Beachtung zu schenken. Sie lag noch immer gemütlich eingekuschelt in ihrem Schlafsack.

„Spiel nie mit Feuer, lautet mein Motto", meinte Eva verschlafen.

Das Feuer. Marla setzte sich abrupt auf und starrte auf die Stelle. Die Flusssteine, die Jason im Kreis um seine sorgsam angelegte Feuerstelle gebettet hatte, waren gleich neben seiner Schlafstätte in Unordnung gebracht worden. Die verkohlten Überreste der zuletzt aufgelegten Äste starrten ihr im fahlen Morgenlicht schwarz und armselig entgegen. Neben der kleinen Feuerstelle lag der Topf, in dem sie gestern Abend gekocht hatten. Er war umgestoßen.

Plötzlich verstand Marla.

„Es ist wirklich passiert", stammelte sie. „Er ist wirklich hier gewesen."

„Wer ist hier gewesen?", fragte Jason mit einem Stirnrunzeln.

„Der Mann", sagte Marla und war noch immer erstaunt.

„Ein Mann ist letzte Nacht im Dunkeln hier gewesen und hat das Feuer gelöscht. Ich dachte, ich hätte das alles bloß geträumt, aber es ist wahr."

„Unsinn, niemand war letzte Nacht hier", sagte Viv. „Das bildest du dir ein."

„Das tue ich nicht, Viv", widersprach Marla. „Ihr drei habt schon geschlafen, aber ich lag im Dunkeln wach und habe nachgedacht und gelauscht. Erst nahm ich an, es sei ein Bär, der sich da herumschlich, aber es war ein Mann. Der Schein der glühenden Kohlen hat sein Gesicht deutlich genug erhellt."

Nun starrten Viv und Eva sie erstaunt an.

„Warum hast du uns nicht geweckt?", fragte Eva.

„Ich konnte kein Wort herausbringen", versuchte Marla zu erklären. „Ich habe halb geschlafen. Ich konnte mich nicht bewegen, nicht sprechen. Alles was ich tun konnte war, daliegen und ihn anstarren. Es war beinahe, als sei ich in einer Art Trance gewesen."

„Hast du ihn erkannt?", wollte Jason wissen.

Viv und Eva sahen ihn missbilligend an.

„Bitte denk nach, bevor du etwas von dir gibst, okay?", meinte Viv.

„Wie hätte sie ihn erkennen sollen?", fragte Eva. „Erstens war es stockdunkel und zweitens kennen wir hier niemanden."

„Alles was ich gesehen habe, waren seine Augen", sagte Marla leise.

„Was ist dann passiert?", wollte Viv wissen, ohne auf ihr Gemurmel einzugehen.

„Mit einem Mal war alles dunkel, so als hätte jemand das Licht ausgeknipst. Einfach so", sagte Marla und schnippte mit den Fingern. „Es war unheimlich. Ich habe mich nicht getraut, mich zu bewegen. Ich dachte, der Mann wolle uns vielleicht ausrauben oder so, aber dann fühlte ich, wie er über mich hinwegsprang und in die Nacht verschwand. Trotzdem hatte ich noch Angst. Also habe ich meinen Schlafsack enger um mich gezogen und abgewartet."

Eva und Viv hingen an ihren Lippen. Marla sah sie an und wusste, dass sie mehr Einzelheiten hören wollten. Sie lächelte entschuldigend. „An mehr kann ich mich nicht erinnern. Ich muss beim Warten eingeschlafen sein. Ich bin eben erst aufgewacht, als ich Jason sprechen gehört habe."

„Nun", sagte Viv und setzte sich auf. „Ich frage mich, was das zu bedeuten hat."

Nachdem sie gefrühstückt hatten, sagte Marla den anderen, dass sie ein bisschen Zeit für sich brauchte. Sie wollte sehen, ob sie Anzeichen für die Präsenz von Alfred und James in der näheren Umgebung finden konnte. Sie sah an ihren Gesichtern, dass weder Viv noch Eva oder Jason wirklich begriffen, was sie zu spüren versuchte, dennoch ließen die drei sie gewähren. Also ergriff Marla, noch bevor die ersten Sonnenstrahlen die Bergwiese erreichten, die Tasche, in der sie das Tagebuch verwahrte, und machte sich auf den Weg.

Sie hatte nicht vor, sich weit von den anderen zu entfernen, denn sie war sich der Gefahren der Wildnis bewusst. Und da sie kein Gewehr hatte oder sich auf andere Weise schützen konnte, wollte sie das Lager nicht weiter als unbedingt notwendig aus den Augen lassen. Gleichzeitig aber spürte sie, dass sie einen gewissen persönlichen Freiraum benötigte und etwas Zeit, um ihre Gedanken zu ordnen.

Der Mann, der wie aus dem Nichts erschienen war und das Feuer gelöscht hatte, wie auch ihr tranceartiger Zustand waren nicht die einzigen Vorkommnisse der letzten Nacht gewesen. Marla hatte wieder diesen Traum von den Luchsen gehabt. An den Geschehnissen im Traum hatte sich nichts geändert. Alles war so gewesen wie zuvor. Aber

Marlas Kopfschmerzen hatten sich über Nacht nicht wirklich gebessert, und als sie am Morgen aufgewacht war, hatte sie feststellen müssen, dass der Druck in ihrem Hinterkopf sehr viel stärker geworden war.

Marla wusste aus Erfahrung, dass sie nichts weiter tun konnte, als darauf zu warten, dass die Schmerzen nachließen. Sie hatte ihre Freunde nicht damit belästigen wollen und wollte auch kein Mitleid. Die Schmerzen, obwohl sie nicht so stark waren wie an dem Morgen in Rock Creek, waren ein weiterer Grund dafür, warum Marla eine Weile allein sein wollte.

Nachdenklich ging sie weiter. Sie versuchte, ihre Gedanken zu ordnen, eine neue Perspektive zu finden und sich auf den Grund für ihr Hiersein zu konzentrieren. Doch es gelang ihr nicht. Jedes Mal, wenn sie versuchte, sich auf Alfred und James einzustimmen, sah sie lediglich die durchdringenden Augen des Fremden.

Sie achtete nicht wirklich darauf, wohin sie ging. Schließlich blieb sie stehen und sah sich um. Entsetzt bemerkte sie, dass sie sich nicht mehr in der Nähe des Lagers oder der Bergwiese befand, sondern mitten im Wald.

Als Marla endlich beschloss, kehrt zu machen und auf demselben Weg, auf dem sie gekommen war, zum Lager zurückzugehen, hatte sie sich so oft um die eigene Achse gedreht, dass sie nicht mehr wusste, aus welcher Richtung sie gekommen war.

„Ich habe mich in der Wildnis verlaufen", murmelte sie und die Angst beschlich sie. Wie hatte sie nur so unvorsichtig sein können?

Marla drückte ihre Tasche fest an sich, gerade so, als könne diese ihr helfen. Sie wollte um Hilfe schreien, doch ehe sie auch nur einen Laut herausbrachte, hörte sie etwas im Unterholz rascheln. Es kam ganz aus der Nähe. Marla erstarrte.

Es raschelte weiter. Seltsamerweise waren keine anderen Geräusche zu hören. Alles war still. Vollkommen still. Kein Vogel trillerte, es wehte nicht einmal eine Brise.

Marla starrte in die Richtung, aus der das Rascheln kam. Es hörte sich nun viel näher an.

Während sie dastand und zusah, begann das Unterholz, sich zu bewegen. Zuerst ganz wenig, dann unübersehbar. Einen Augenblick später erschien ein riesiger, fellbedeckter schwarzer Kopf in all dem Grün, gefolgt von noch größeren Schultern und einem enormen Körper. Es war ein gigantischer Schwarzbär.

Marla dachte, sie würde vor Angst ohnmächtig werden, denn mit einem Mal begann sich alles in ihrem Kopf zu drehen. Als sie wider Erwarten doch nicht ohnmächtig wurde, wollte sie um Hilfe rufen, aber sie brachte noch immer kein Wort heraus.

Der Bär hob den Kopf und schnupperte in der Luft. Dann blickte er sie geradewegs an.

Fieberhaft versuchte Marla, sich an den Vers zu erinnern, den Eva ihnen aus dem Touristenführer vorgelesen hatte, doch das rationale Denken schien sie verlassen zu haben.

Der Bär machte nun einen Schritt auf sie zu und Marla wich instinktiv zurück. Langsam und vorsichtig, ohne den Blick von dem Tier abzuwenden, ging sie weiter und weiter rückwärts. Erst als sie unmittelbar hinter sich etwas Hartes und Raues fühlte, erkannte sie, dass sie in eine Falle geraten war: sie stand mit dem Rücken gegen einen Baum.

Der Bär war jetzt nur wenige Meter von ihr entfernt und kam schnell näher. Natürlich hätte Marla sich hinter dem Baum verstecken oder auf ihn hinaufklettern können, aber der Gedanke kam ihr nicht. Sie stand einfach nur da, den Rücken gegen die raue Rinde der Kiefer gepresst, und starrte das Tier mit weit aufgerissenen Augen an.

Im nächsten Moment glaubte sie, eine Bewegung wahrzunehmen. Sie hatte lediglich den Anflug eines Schattens gesehen, der sich durch das Unterholz neben ihr schlich. Doch ehe sie darüber nachdenken konnte, durchbrach eine Art lauter Knall die Stille und schallte von den umliegenden Berghängen wider.

Der Knall schreckte Marla aus ihrer Panik auf und brachte sie in die Realität zurück. Mit einer flinken Bewegung sprang sie hinter der Kiefer in Deckung. Vorsichtig spähte sie dahinter hervor.

Der Bär hatte sich auf die Hinterbeine aufgerichtet und drehte sich in die Richtung, aus der das Geräusch gekommen war.

Ein zweites Mal ertönte das Knallen, diesmal ganz aus der Nähe.

Zu Marlas Erstaunen ließ sich das Tier abrupt auf alle viere nieder und lief davon. Sein dicker Körper wabbelte rhythmisch beim Laufen.

Marla wollte schon erleichtert aufatmen, als ein Mann zwischen den Bäumen hervortrat. Er hatte blaue Jeans und ein T-Shirt an. Darüber trug er eine karierte Jacke.

„Ist alles in Ordnung?", rief er und sah Marla, die noch immer halb hinter dem Baumstamm in Deckung war, recht besorgt an.

Marla war so perplex, dass sie nicht antworten konnte. Erst jetzt ging ihr auf, dass das laute Geräusch kein Knall, sondern ein Klatschen gewesen war. Der Mann hatte den Bär mit dem bloßen Klatschen seiner Hände verscheucht! Wie unglaublich das Marla auch erscheinen mochte, es dämmerte ihr, dass der Mann ihr mehr als wahrscheinlich das Leben gerettet hatte.

Während sie versuchte, ihre Gedanken zu sammeln, besah sie sich den Fremden näher. Er war durchschnittlich groß und schlank, wirkte auf sie aber dennoch athletisch und kräftig. Sein dunkelbraunes, beinahe schwarzes Haar war im Nacken zusammengebunden und fiel ihm bis weit auf den Rücken hinab. Sein Gesicht zeigte eine hohe Stirn, markante Wangenknochen, eine gerade Nase und dünne geschwungene Lippen. Und obwohl Marla ihm nie zuvor begegnet war, erschien ihr etwas an ihm seltsam vertraut.

„Ist alles in Ordnung?", wiederholte der Mann seine Frage.

Marla starrte ihn weiter an.

„Gute Dame, sind Sie taub?" Die tiefe, melodische Stimme des Fremden klang nun ein wenig gereizt und er beäugte sie zweifelnd.

Ein kalter Schauer lief Marla über den Rücken. Nun wusste sie, warum der Mann ihr bekannt vorkam. Es waren seine Augen. Sie hatte sie schon einmal gesehen: es waren die gleichen Augen, die sie in der Nacht, kurz bevor das Feuer erloschen war, angestarrt und beinahe zu Tode erschreckt hatten!

„Danke, dass Sie mich gerettet haben", stammelte sie.

„Sie sind nicht verletzt, nehme ich an?", meinte der Fremde und fügte schroff hinzu: „Was haben Sie sich nur dabei gedacht, hierherzukommen und die wilden Tiere zu erschrecken?"

„Die wilden Tiere zu erschrecken?", stammelte Marla und ihr Puls begann erneut zu rasen. Wie stand es damit, dass die wilden Tiere sie fast zu Tode erschreckt hatten? Laut hingegen konnte sie nur sagen: „Ich habe mich verlaufen. Ich hatte nicht vor, mich so weit von unserem Lager zu entfernen."

„Vom Lager?" Der Fremde schüttelte den Kopf und lachte verächtlich. „Ich hätte es mir denken sollen."

Marla streckte entrüstet das Kinn vor. Sie mochte es nicht, wenn man auf sie herabblickte. „Ich weiß, wer Sie sind", sagte sie mit ruhiger Stimme und kühlem Blick. „Sie sind letzte Nacht in unser Lager eingedrungen und haben unser Feuer gelöscht. Vielleicht möchten Sie mir das erklären? Sie haben dort nichts zu suchen gehabt."

„Dann waren Sie es also, die mich wie eine verängstigte Maus angestarrt hat", sagte der Mann. „Ich konnte nicht viel von Ihrem Gesicht erkennen. Sie haben sich in Ihrem Schlafsack versteckt."

„Nun ja ...", begann Marla, aber der Fremde fiel ihr ins Wort.

„Fakt ist, dass ich gerade unterwegs zu Ihrem Lager war, um mit Ihnen und Ihren Freunden ein Wörtchen zu reden, und zwar über das Entfachen eines Lagerfeuers trotz des Verbotes. Sie können mich gern begleiten." Er drehte sich um und ging davon.

Marla war über sein Verhalten so verärgert, dass sie vor Wut rot anlief. Wie konnte er nur so unhöflich sein, wo sie ihm gar nichts getan hatte? Sie würde lieber für immer in der Wildnis verschollen bleiben, als ihn zu begleiten!

Sie stand wutschnaubend da und lauschte. Sie konnte keine Schritte hören, nicht einmal das leiseste Knacken im Unterholz. Wie konnte sich jemand so geräuschlos bewegen?

Die völlige Stille sagte ihr, dass sie wieder allein und in der Wildnis verloren war.

„Hey, Mister, warten Sie auf mich!", rief sie und eilte dem Fremden nach. Doch er war bereits außer Sichtweite.

Marla war nicht weit gekommen, als der Mann plötzlich hinter einem Baum hervortrat. Marla hielt inne.

„Ich bin froh, dass Sie doch noch ein bisschen bei Sinnen sind", sagte er, und der Anflug eines Lächelns huschte über sein Gesicht. „Ich hatte schon befürchtet, der Bär hat Ihnen allen Verstand geraubt."

„Sie sind sehr unverschämt, wissen Sie das?", sagte Marla.

„Ich weiß. Und Sie haben sich verlaufen. Ich schlage vor, wir machen uns auf den Weg. Das ist übrigens ein hübscher Akzent. Woher stammen Sie?"

„Kopenhagen", sagte sie und setzte kühl hinzu: „Das ist in Dänemark."

„Der Gedanke wäre mir nie gekommen. Und haben Sie auch einen Namen?"

„Haben Sie einen?", konterte Marla und errötete gleichzeitig. Normalerweise war es nicht ihre Art, so aufsässig zu sein, aber dieser Fremde irritierte und verärgerte sie mehr, als es ihr lieb war.

Der Mann lachte amüsiert, und Marla musste sich eingestehen, dass ihr neuer Beschützer, wenn auch unverschämt, doch recht gutaussehend war.

„Ich heiße Jack Blood", stellte er sich in sehr formalem Ton vor. „Und mit wem habe ich das Vergnügen?"

„Marla. Marla Hansen", sagte sie und ärgerte sich über sich selbst, denn sie konnte ein Lächeln nicht unterdrücken. Schnell wandte sie sich ab.

„Blood. Das ist ein ungewöhnlicher Nachname. Woher stammt er?", fragte sie, nur um irgendetwas zu sagen, und hatte derweil alle Mühe, mit seinem Tempo mitzuhalten.

„Es ist ein indianischer Name", erklärte er, sichtlich überrascht über ihr Interesse. „Mein Vater ist Flathead Salish und meine Mutter Cheyenne."

„Sie sind Indianer?" Marla biss sich auf die Lippe, sobald ihr die Worte rausgerutscht waren. Sie wollte nicht dumm erscheinen, und wirklich, seinem Aussehen nach zu urteilen hätte sie von selbst darauf kommen können. Aber sie war noch nie einem Indianer begegnet, geschweige denn hatte sie mit einem gesprochen.

„Ich habe ein wenig über Ihr Volk und Ihre Kultur gelesen", sagte sie zögernd. „Ich lese sehr viel, wissen Sie", fügte sie schnell hinzu. „Ich bin Bibliothekarin."

„Bibliothekarin", sagte Jack. „Das erklärt einiges."

„Wie meinen Sie das?"

„Ich meine, dass Karrieremenschen oft dazu neigen, sich nicht an die Regeln zu halten, weil sie denken, dass sie nicht für sie gelten."

„Sind Sie immer derart beleidigend?", fragte Marla, geschockt über seinen Ton.

„Nein", sagte er mit nun erster Stimme, „nur wenn das Zuhause meiner Ahnen und die Wildnis, die ich liebe, in Gefahr sind, weil ein paar Grünschnäbel im trockensten Monat des Jahres ein Feuer machen und beinahe den gesamten Berg abbrennen."

Marla wollte gerade etwas Passendes erwidern, da verkündete Jack: „Und hier ist Ihr Lagerplatz auch schon. Scheinbar haben Ihre Freunde Sie noch nicht vermisst."

Marla sah überrascht auf. Sie waren gar nicht weit gekommen.

„Sie hatten sich eigentlich gar nicht verlaufen", erklärte Jack grinsend. „Sie waren bloß ein paar Meter tief im Wald. Typisch Stadtmensch."

Viv, Eva und Jason hatten sie nun bemerkt und kamen ihnen entgegen.

„Marla, ist alles in Ordnung?", frage Eva besorgt.

„Es geht mir gut", versicherte Marla ihr. „Ich hatte eine brenzlige Begegnung mit einem Bären, aber dieser Gentleman hier, Jack Blood heißt er, ist mir zu Hilfe gekommen. Mr Blood, dies sind meine Freunde: Vivienne Jackson, Eva LaRoque und Jason Carleton."

Marla bemerkte, dass Jason ungewöhnlich zurückhaltend war, als er Jack Blood begrüßte, und Eva schüchtern, so wie es ihre Art war, wenn sie neue Menschen traf. Vivs Miene hingegen verriet offen ihre Bewunderung.

„Wie, um alles in der Welt, hast du das angestellt?", flüsterte sie Marla beeindruckt zu. „Du machst dich auf, hier, wo es außer Bergen und Bäumen nichts gibt, und kommst mit diesem Bild von einem Mann wieder."

Marla konnte ihr Entzücken nicht teilen. „Warte, bis du hörst, was er zu sagen hat."

Viv wandte sich mit ihrem nettesten Lächeln an Jack. „Zelten Sie irgendwo in der Nähe, Mr Blood?"

„Mir gefällt es besser per Du. Nennt mich Jack", bat er, ohne auf ihre Freundlichkeit zu reagieren. „Und nein, ich zelte nicht. Ich lebe hier, wenigstens im Augenblick. Und das ist genau der Grund, warum ich heute Morgen hergekommen bin. Ich ..."

„Oh, du bist gekommen, um uns zu besuchen?", unterbrach Viv ihn. „Wie nett von dir!"

„Ich bin gekommen, um mit euch über euer Lagerfeuer zu sprechen", sagte Jack bestimmt.

Nun dämmerte es Jason. „Also warst du es, der mein Feuer letzte Nacht gelöscht und verwüstet hat", brummte er.

„Ja, das war ich. Hört zu, ihr könnt nicht einfach herkommen und überall, wo es euch passt, Feuer machen. Im Augenblick herrscht absolutes Feuerverbot und das aus gutem Grund. Seht ihr nicht, wie trocken hier alles ist?"

„Wir haben dir gesagt, dass du kein Feuer machen sollst, Jason", zischte Eva ärgerlich.

„Es war ja bloß ein ganz kleines Feuer", verteidigte Jason sich.

„Klein oder nicht, Feuer ist Feuer", beharrte Jack. „Und so, wie die Dinge im Augenblick liegen, reicht schon ein Funke aus, um den ganzen Berg in Flammen aufgehen zu lassen."

„Ich hatte alles völlig unter Kontrolle", erklärte Jason. „Und ich habe das Feuer zur Sicherheit gleich hier am Bach gemacht. Du hattest keinen Anlass, in unser Lager zu kommen."

„Tatsächlich?" Jacks Stimme hörte sich nun beinahe bedrohlich an. „Dann komm her und schau dir das an."

Er marschierte zu der Stelle, an der sie geschlafen hatten, und hockte sich neben dem Bach nieder, einige Schritte von der Feuerstelle entfernt. Marla, Viv und Eva folgten seiner Aufforderung sofort. Sein strenger Tonfall hatte seine Wirkung bei ihnen nicht verfehlt. Jason hingegen folgte ihm nur zögernd.

„Mach schon, Stadtmensch", donnerte Jack.

Jason beeilte sich.

„Schau dir mal die Wurzeln des Grases und der Büsche hier genau an", forderte Jack ihn auf und zeigte auf eine Stelle, an der der Bach die Uferböschung fortgespült und dabei einige Pflanzenwurzeln freigelegt hatte.

„Sie sind verbrannt", stellte Marla perplex fest.

„Ganz hier drüben? Das kann bestimmt nicht von unserem Feuer stammen ... oder?", sagte Eva und erschauerte.

„Es kann – und genau so ist es auch", sagte Jack. „Die Flammen entfachen die Graswurzeln, die neben eurer Feuerstelle wachsen, und dann sucht sich das Feuer unterirdisch einen Weg – bis hierher. Und zu jeder Zeit hätte es irgendwo in der Umgebung aufflackern können, weit entfernt von eurem *gut behüteten Feuer*. Versteht ihr jetzt, warum ich es letzte Nacht gelöscht habe und warum ich so ärgerlich bin?"

„Natürlich", sagte Marla. „Es tut uns schrecklich leid. Wir haben das nicht gewusst."

„Es ist immer das, was wir nicht wissen, das uns am meisten schadet", sagte Jack und sah sie flüchtig an. Und diesmal war sein Blick nicht stechend. Diesmal wirkten seine Augen geheimnisvoll, wie das Meer an einem grauen, nebligen Tag kurz vor dem Sturm.

Sein Blick war so intensiv, beinahe traurig, dass Marlas Hände und Knie zu zittern begannen. Unsicher machte sie einen Schritt rückwärts und stolperte über einen Stein. Es geschah so unerwartet, dass sie einen Sturz nicht verhindern konnte. Sie fiel zu Boden und stieß sich heftig den Ellbogen. Ihre Tasche sprang auf und der Inhalt purzelte auf das trockene Gras.

Bevor Viv, Eva oder Jason etwas sagen oder tun konnten, war Jack schon an ihrer Seite.

„Lass mich dir helfen", bat er.

„Es war meine eigene Schuld", sagte Marla mit einem schwachen Lächeln und versuchte, ihren schmerzenden Ellbogen zu ignorieren. „Es ist nichts passiert." Sie begann, ihre Dinge aus dem Gras aufzusammeln.

Alles war aus ihrer Tasche gefallen: Lippenpflegestift, Reisepass, Handy, einfach alles. Selbst das Tagebuch lag aufgeschlagen und mit geknickten Seiten im Gras. Die beiden alten Fotos daneben.

Marla griff als erstes nach dem Tagebuch und den Fotos, weil sie ihr am meisten bedeuteten. Doch Jack kam ihr zuvor. Er nahm die Fotos auf und wollte sie gerade zurück in das Tagebuch legen, als er genauer hinsah.

„Woher hast du dieses Foto?", fragte er erstaunt.

„Jemand hat es mir gegeben", sagte Marla vage. „Warum fragst du?"

Er starrte sie wie vom Donner gerührt an. Dann sagte er leise und mit sanfter Stimme: „Weil ich genau das gleiche Bild habe."

Kapitel 13

Sobald Jack dies ausgesprochen hatte, schoss ein stechender Schmerz durch Marlas Kopf. Es geschah so plötzlich und der Schmerz war so intensiv, dass Marla wie benommen war.

„Was soll das heißen, du hast das gleiche Bild?" Ihre Stimme war kaum mehr als ein Flüstern.

„Tja, das ist sehr merkwürdig", sagte Jack langsam und sah sie noch immer direkt an. „Entweder bist du in meine Hütte eingebrochen und hast mein Foto gestohlen, oder aber es existieren zwei identische Bilder."

Viv, Eva und Jason standen schweigend da. Was sie hörten, war einfach zu unglaublich.

„Ich bin nicht in deine Hütte eingebrochen", sagte Marla leise. „Jemand hat mir dieses Foto in Europa gegeben, gemeinsam mit dem anderen Bild und diesem Tagebuch." Sie hielt das in Leder gebundene Buch hoch. „Was ich nicht begreife ist, warum du ein identisches Foto in deiner Hütte hast."

Sie starrte ihn an, vergaß alles und jeden und forschte in seinem Gesicht nach einer Antwort. Aber je mehr sie ihn ansah, desto mehr zogen seine Augen sie in Bann. Diese geheimnisvollen grauen Augen erinnerten sie so sehr an … Ihr Herz kannte die Antwort, noch bevor Jack den Mund aufmachen und ihre Frage beantworten konnte.

„Du bist mit ihnen verwandt, hab ich recht?", flüsterte sie. „Alfred und James Copperwheat sind deine Verwandten."

„Woher weißt du das? Was wird hier gespielt?", fragte Jack, der sich plötzlich an das Gefühl erinnerte, beobachtet zu werden, das ihn am Vortag so beunruhigt hatte. Aber seine Stimme blieb ruhig.

„Deine Augen", sagte Marla perplex. „Sie sehen so aus, wie Alfred in seinem Tagebuch die Augen von James beschrieben hat, und sie gleichen denen von Geraldine, Alfreds Urenkeltochter. Ich hätte nie gedacht, dass ich diese Augen jemals wiedersehen würde."

„Du hast Alfred Copperwheats Tagebuch?", frage Jack bewegt. „Und du ... kennst seine Urenkelin? Und sie hat graue Augen, so wie ich?"

Marla nickte. „Haargenau wie deine", sagte sie. Und dann brachen die Worte in einem Schwall aus ihr heraus. „Vor ungefähr drei Wochen war ich bei Viv in Frankreich. Gemeinsam haben wir eine Pferderennbahn in der Nähe von Le Havre besucht. Du musst wissen, ich liebe Pferde. Dort habe ich Geraldine getroffen. Es war ein sehr heißer Tag und die Hitze machte ihr zu schaffen. Sie war ziemlich alt. Ich habe ihr einen Platz im Schatten gesucht und wir haben uns eine Weile unterhalten. Dann versicherte sie mir, dass es ihr wieder gut ginge, und sie gab mir zu verstehen, dass ich sie allein lassen sollte. Nachdem die Rennen vorbei waren, habe ich am Eingang auf Viv und Jason, die das Auto geholt haben, gewartet. Plötzlich kam ein starker Wind auf und mein Strohhut wehte mir vom Kopf. Ich drehte mich nach ihm um und sah Geraldine. Sie war auf dem Bürgersteig zusammengebrochen."

Marla hielt kurz inne, um sich zu sammeln. „Sie ist dort auf der Straße gestorben", fuhr sie mit stockender Stimme fort. „Ich habe neben ihr gekniet und ihre Hand gehalten, als es geschah."

Jack wurde blass. Er setzte sich ins Gras und starrte ins Leere. Nach einer Weile gelang es ihm zu sagen: „Und das Tagebuch?"

Marla hätte normalerweise nicht mit einem Fremden

über das Tagebuch gesprochen, aber sie fühlte, dass sie Jack vertrauen konnte – und das nicht nur, weil er mit Geraldine und den Copperwheat-Brüdern verwandt war. Daher sagte sie wahrheitsgemäß: „Geraldine hat es mir anvertraut, Augenblicke bevor sie starb. Ich habe erst später entdeckt, um was es sich handelt. Sie sagte mir nur, dass ich es mir nie wegnehmen lassen und es immer beschützen solle. Und dass das Buch sehr kraftvoll sei."

„Dann hat dich das Tagebuch hierher geführt?", fragte Jack leise.

„Ja. Ich versuche, mehr über Alfreds und James' Leben zu erfahren, indem ich ihrer Route nachgehe, so wie sie im Tagebuch beschrieben ist. Frag mich nicht, wonach genau ich suche, denn das kann ich dir nicht sagen. Es fühlte sich einfach richtig an. Und Viv und Eva, meine beiden besten Freundinnen, und Jason haben liebenswerterweise zugestimmt, mich zu begleiten."

„Den ganzen weiten Weg von Europa?"

„Den ganzen weiten Weg."

Nach längerem Schweigen sah Jack auf. Sein Blick war jetzt fest und klar. „Als Erstes möchte ich dir danken, dass du dich so freundlich um meine Verwandte Geraldine gekümmert hast und bei ihr geblieben bist, als sie ihre lange Reise angetreten hat. Nicht jeder hätte das für einen völlig fremden Menschen getan." Er legte eine kurze Pause ein. „James Copperwheat war mein Ururgroßvater. Er und Alfred sind der Armee beigetreten und haben England verlassen, um im Indischen Aufstand zu kämpfen. Sie sind nie in ihre Heimat zurückgekehrt, sondern nach Amerika ausgewandert. Hier hat James meine Ururgroßmutter, die Cheyenne-Indianerin Stands in the Wind, kennengelernt. Meine Familie kennt viele Geschichten von ihren Abenteuern, aber von der Existenz des Tagebuches hatte ich keine Ahnung."

„Bitte – bitte erzähl mir keine Einzelheiten", bat Marla

ihn. „Ich würde es vorziehen, wie bisher im Tagebuch zu lesen und diese Dinge selbst herauszufinden. Ich fühle, dass es sehr wichtig ist." Sie versuchte mit ruhiger Stimme zu sprechen, aber es gelang ihr nicht. Als Jack berichtete, dass er der Ururenkel von James Copperwheat war, hatte eine neue Welle von hämmernden Schmerzen ihren Kopf erfasst.

Schwindlig vor Schmerz starrte sie ihn an. Sie konnte es einfach nicht fassen, dass sie einen direkten Nachkommen von James Copperwheat vor sich hatte. Natürlich hatte sie mit Geraldine eine nahe Verwandte der Copperwheats kennengelernt. Aber damals hatte sie noch nichts über Alfreds und James' Leben gewusst. Dunkle Schleier begannen, ihr die Sicht zu nehmen und Jacks Gesicht auszublenden. Marla fühlte, wie ihre Knie nachgaben und sie zu schwanken begann. Sie versuchte, sich irgendwo festzuhalten, egal woran, aber da war nur Leere.

Marla kannte dieses Gefühl nur zu gut. Sie war schon oft in ihrem Leben ohnmächtig geworden und sie hasste es. Dann wurde ihr schwarz vor Augen und sie fühlte, wie sie im bodenlosen dunklen Nichts versank.

„Oh mein Gott, sie kippt um!", rief Viv geschockt und klammerte sich an Jasons Arm.

Eva hingegen hatte bereits erfasst, was geschah. Als Krankenschwester hatte sie dergleichen Tausende von Malen erlebt. Ohne zu überlegen sprang sie nach vorne, um ihre Freundin aufzufangen. Aber Marlas bewusstloser Körper wog schwer und zog sie nach unten.

„Warte, ich trage sie", sagte Jack und nahm Marla aus Evas Armen.

„Lass mich dir helfen", bot Jason an.

„Ist schon gut, ich hab sie", meinte Jack und legte Marla behutsam ins Gras.

„Wie du meinst", murmelte Jason und wandte sich ab.

„Ist so etwas schon öfter passiert?", wollte Jack wissen.

Viv brachte kein Wort heraus, aber Eva, die solche Situationen aus dem Krankenhaus gewohnt war, beantwortete seine Frage ruhig und sachlich.

„Unzählige Male", berichtete sie und wies ihn dann an: „Du musst ihren Kopf höher lagern."

Jack kam ihrer Anweisung sofort nach und hob Marlas Kopf in seinen Schoß.

„Es ist ihr Kopf", erklärte Eva, während sie sachte Marlas Wange tätschelte. „Sie hat dieses Problem seit ihrer Jugend. Damals ist sie auf einem vereisten Bürgersteig ausgerutscht und mit dem Hinterkopf auf die Pflastersteine aufgeschlagen. Seitdem suchen sie oft fürchterliche Kopfschmerzen heim. Die Ärzte können keine physische Ursache finden, daher versucht sie so gut es geht, damit zu leben."

„Ein Schlag auf den Hinterkopf, hm?", sagte Jack nachdenklich. „Gibt es irgendetwas anderes, das sich seit dem Unfall in ihr verändert hat?"

Viv und Eva wechselten erstaunte Blicke. Worauf wollte Jack hinaus? Was wusste er?

„Sie hat diese Träume", sagte Viv. „Und sie fühlt Dinge. Ich meine Dinge, die geschehen sind. Wenn sie irgendwo ist oder etwas berührt, etwas, mit dem eine Geschichte verbunden ist, kann sie spüren, was in der Vergangenheit mit dem Gegenstand oder an dem Ort geschehen ist."

„Und das passiert auch, wenn sie uns aus dem Tagebuch vorliest", fügte Eva hinzu. „Sie spricht die geschriebenen Worte laut aus, aber es scheint, als lese sie in Gedanken zwischen den Zeilen. Es ist, als erwachten die Dinge, die sie liest, in ihrem Kopf zum Leben. Es ist beinahe so, als könne sie sie sehen."

Marlas Augenlider flatterten, öffneten sich kurz und schlossen sich wieder.

Eva klopfte ihr erneut leicht auf die Wange.

„Marla, Marla, wach auf!", rief sie sachte.

Es dauerte einen Moment, aber schließlich öffnete Marla die Augen. Ihr Blick war noch ein wenig abwesend, aber sie konnte wieder sprechen.

„In meinem Kopf dreht sich alles", flüsterte sie.

„Sag nichts", ordnete Eva an. „Und beweg dich nicht. Lieg einfach einen Augenblick ganz still da, bis sich dein Kreislauf stabilisiert hat. Du bist ohnmächtig geworden, das ist alles."

Ihre Stimme war zugleich beruhigend und tröstend – Viv begriff zum ersten Mal, was für eine erfahrene und verständnisvolle Krankenschwester ihre Freundin war. Sie warf ihr einen bewundernden Blick zu.

„Ich möchte mich aufsetzen", sagte Marla, obwohl ihr noch immer ein wenig schwindlig war.

Jack half ihr. Erst da bemerkte sie, dass sie in seinem Schoß gelegen hatte. Verlegen wandte sie sich ab.

„Es tut mir leid, dass ich euch allen einen solchen Schrecken eingejagt habe", sagte sie mit vorsichtigem Seitenblick auf Jack.

„Du brauchst es nicht zu überspielen", sagte Eva lächelnd. „Wir haben es ihm gesagt."

„Oh", meinte Marla. Dann herrschte einen Augenblick lang Schweigen.

„Ich würde wirklich gern alles hören, von Anfang an", sagte Jack schließlich. „Warum kommt ihr nicht alle mit zu mir. Meine Hütte ist nicht groß, aber ihr hättet es dort sehr komfortabel, besonders wo es Marla nicht so gut geht."

Marla sah ihn forschend an und entdeckte einen Anflug von Sorge. „Es geht nicht nur um mich, richtig?", fragte sie ihn direkt. „Es gibt noch etwas anderes, das dir Sorgen bereitet."

Seine Antwort war ebenso direkt. „Ich spüre dass wir von hier fortgehen sollten. Etwas oder jemand ist in der Nähe. Wir sollten nicht hier sein."

Granbys Büro – am selben Tag

„Danville, warum müssen Sie mir immer schlechte Neuigkeiten bringen?", beschwerte Granby sich lauthals. „Warum schaffen Sie es nie, dass etwas klappt? Ich habe Ihnen eine einfache Aufgabe gegeben. Drei Frauen, einen idiotischen Mann und einen einzigen Indianer im Auge zu behalten, kann doch wirklich nicht so schwierig sein!"

„Normalerweise nicht, Sir", versuchte Danville sich zu verteidigen, „aber Sie müssen zugeben, dass die Sachlage etwas komplizierter als gewöhnlich ist."

„Ich sehe keinen Grund dafür", sagte Granby steif. „Sie haben ein Bodenteam vor Ort. Wie kann das die Spur verlieren? Und wie kann es angehen, dass unsere Leute diese verdammte Hütte, in die Blood sich zurückgezogen hat, nicht finden können? Seine Familie bezahlt Grundsteuern für das Grundstück. Es gibt eine Adresse."

„Keine Adresse, Sir, nur die Nummer des Landstückes", verbesserte Danville. „Und dieses bestimmte Stück Land befindet sich … in der Mitte von nirgendwo."

„Es ist in der Nähe von diesem Ort, Deer Lodge", sagte Granby verärgert. „Das kann doch nicht so schwer zu finden sein. Fragen Sie die Anwohner."

„Mac hat genau das getan. Aber wenn wir die ganze Sache ohne Aufsehen erledigen wollen, dann können wir nur bis zu einem bestimmten Punkt gehen, ohne dass jemand Verdacht schöpft."

„Was ist mit GPS? Das Team verfügt über die neueste technische Ausrüstung."

„Sie scheint dort draußen irgendwie nicht richtig zu funktionieren, Sir", gab Danville zu. „Es hat irgendetwas mit der Art des Gesteins zu tun. Mac arbeitet daran."

Granby sah auf und seine Miene war todernst. „Sie wissen, was los ist, falls Mac die Sache versaut. Ich verliere meinen Job, Sie verlieren Ihren Job, und keiner von uns wird je wieder einen anderen Job bekommen. Nirgends. Wir sind tot. Vielleicht sogar buchstäblich. Verstehen Sie das, Danville?"

„Ja, Sir."

„Dann stellen Sie sicher, dass die Sache klappt, verstanden? Falls nötig, fliegen Sie dorthin und bringen Sie es selbst in Ordnung. Sollten die vier Blood treffen ..."

„Ich weiß, Sir", sagte Danville.

„Dann verhindern Sie es. Stellen Sie sicher, dass es nie geschieht. Benutzen Sie welche Mittel auch immer, und sorgen Sie dafür, dass es keine Zeugen oder Spuren gibt."

„Sie können sich auf mich verlassen", versicherte Danville hastig und verließ das Büro.

Granby lehnte sich tief in Gedanken versunken in seinem Stuhl zurück. Wie hatte die Sache nur derart außer Kontrolle geraten können? Es hatte alles ganz einfach begonnen. Eine routinemäßige Überwachung. Die Leute, die unter Beobachtung standen, hatten nicht die geringste Ahnung, was vor sich ging. Einfacher konnte es nicht sein. Und jetzt? Eine Katastrophe! In ein paar Tagen würde er seinen Vorgesetzten den wöchentlichen Bericht vorlegen müssen. Was sollte er ihnen sagen?

Eine plötzliche Erkenntnis traf ihn. Er beugte sich vor und stützte sich mit den Ellbogen auf dem Tisch ab. Seine Miene war entspannter als in der ganzen letzten Stunde. Es gab nur eine einzige Lösung: Er würde es ihnen einfach nicht sagen. Wenn alles glattging, würde niemand es bemerken. Wenn es schiefging – nun ja, dann würde er so oder so tot sein.

★

Marla konnte noch immer nicht recht glauben, dass sie einen Verwandten von James Copperwheat getroffen hatten, und zunächst war es ihr gar nicht recht, ihr Lager zu verlassen und in Jacks Hütte umzusiedeln. Sie konnte jedoch nicht umhin zuzugeben, dass die unerwartete Wendung sie sehr faszinierte. Und Viv war so wild darauf, nicht mehr unter freiem Himmel schlafen zu müssen, dass Marla schließlich nachgegeben hatte und sie ihre Campingausrüstung und die Pferde zu Jacks Hütte gebracht hatten.

Jetzt versank die Sonne hinter den Bergspitzen, und endlich breitete sich Stille in der kleinen Blockhütte aus. Marla, Eva, Viv und Jack hatten die meiste Zeit über Geschichten ausgetauscht. Jack hatte ihnen von seiner unrechtmäßigen Verhaftung in Calgary berichtet, und Viv und Eva hatten Marla geholfen, Jack alle Einzelheiten von dem Treffen mit Geraldine zu erzählen. Und von der Entdeckung des Tagebuchs, von ihrem Entschluss, Alfreds und James' Reisen zu folgen, und von den bisherigen Geschehnissen in Kanada. Sie erzählten ihm auch, was sie bisher aus dem Tagebuch erfahren hatten, denn Marla wollte das Buch noch immer nicht aus der Hand geben. Es hatte nicht so sehr damit zu tun, dass sie Jack nicht vertraute, sondern vielmehr mit dem Versprechen, dass sie Geraldine gegeben hatte.

Sie alle hatten einen aufregenden und unterhaltsamen Tag verlebt, mit Ausnahme von Jason. Er war seit Jacks Auftauchen im Lager ungewöhnlich still und hielt sich auf Distanz. Wann immer Marla zu ihm hinüberblickte, hatte sie den Eindruck gehabt, als wolle er Jack abschätzen, als wolle er herausfinden, was für ein Typ Jack war, ohne dabei in seiner Nähe sein zu müssen. Selbst jetzt saß Jason abseits und beobachtete Jack und die Frauen, ohne sich an dem Gespräch zu beteiligen.

Marla musste grinsen, als sie seine Miene sah. Er war offensichtlich tief in Gedanken versunken, was nicht sehr oft vorkam. Normalerweise hielt Jason so große Stücke auf sich selbst und gab zu jedem Thema frei heraus einen Kommentar ab – meist ohne dazu aufgefordert worden zu sein – dass ihr seine Nachdenklichkeit beinahe albern vorkam. Aber es war deutlich zu sehen, dass Jason die Sache sehr ernst nahm. Die Konfrontation mit Jack, einem Mann, der so offensichtlich mit sich und seiner Umgebung im Einklang war und der so sichtbar anders war als Jason, der einem Cowboy-Image nacheiferte, hatte ihn scheinbar sehr verunsichert.

Jack war nicht nur äußerlich das komplette Gegenteil von Jason. Er war ruhig, besonnen und rücksichtsvoll, und er verfügte über ein breites Allgemeinwissen. Viv bewunderte ihn offen und selbst Eva konnte nicht verbergen, dass sie beeindruckt war.

Marla schüttelte kaum merklich den Kopf, ganz so als würde ihr dies helfen, ihre Gedanken zu ordnen. Nach dem vielen Gerede am Nachmittag, wollte sie jetzt eigentlich an gar nichts mehr denken. Sie war ein wenig heiser, erschöpft und sehnte sich nach etwas Ruhe. Daher sagte sie den anderen, sie wolle ein bisschen frische Luft schnappen, ging nach draußen und wanderte auf der Lichtung auf und ab.

Es dauerte nicht lange, da hörte sie, wie sich jemand näherte. Es waren weder Jasons schwerer Gang noch Vivs hastige oder Evas vorsichtige Schritte. Eigentlich hörte Marla nichts weiter als die gleichmäßigen Kaugeräusche der grasenden Pferde und die leichte Brise, die in den Kiefern spielte. Aber sie spürte, dass da jemand war, fühlte ein sanftes Flüstern in der Luft und wusste sofort, dass es sich nur um Jack handeln konnte.

„Störe ich dich sehr?“, fragte er, als er sie erreicht hatte.

„Nein, gar nicht“, erwiderte sie. „Ich musste nur weg von den vielen Menschen. Ich brauchte Raum, um nachzudenken, wenn du verstehst, was ich meine.“

„Ich verstehe sehr gut", sagte Jack und lachte leise.

„Was?"

„Nichts", erwiderte er. „Es ist nur lange her, dass ich gehört habe, wie jemand eine Gruppe von fünf *die vielen Menschen* nennt."

Marla sah ihn überrascht an. „Nun ja, für mich ist das eine ganze Menge", erklärte sie. „Normalerweise bin ich lieber allein."

„Mir geht es genauso", gab Jack zu.

Sie gingen eine Weile schweigend nebeneinander her. Die Stille der anbrechenden Nacht schlich von den umliegenden Bergen und den tiefgrünen Wäldern zu ihnen herüber und umhüllte sie.

Nach einer Weile sagte Jack: „Ich bin gekommen, um dir etwas zu zeigen. Es ist bis zu seinem Tode im Haus meines Großvaters gewesen. Die folgenden fünfundzwanzig Jahre befand es sich im Besitz meiner Mutter. Letztes Weihnachten hat sie es an mich weitergegeben. Ich nehme an, nun bin ich an der Reihe, um darauf aufzupassen." Er nahm ein kleines Stück Papier aus seiner Tasche und reichte es ihr.

„Oh, es ist dein Abzug von Alfreds und James' Porträt", rief Marla und besah sich die Fotografie genauer. „Die Bilder sind tatsächlich völlig identisch", meinte sie. Dann nahm sie Geraldines Foto aus dem Tagebuch, das sie wie immer in ihrer Tasche bei sich trug.

„Dies ist das andere Foto, das ich im Tagebuch gefunden habe. Es ist in England aufgenommen worden und zeigt Geraldine und Alfred, kurz bevor er starb. Geraldine war zwei Jahre alt. War sie nicht ein hübsches Mädchen?"

„Sehr hübsch", gab Jack zu und fügte nachdenklich hinzu: „Ist es nicht seltsam, wie ein Leben kommt und geht? Jeder von uns ist nur ein Schatten in der Geschichte dieser Welt." Er schüttelte den Kopf und lachte. „Entschuldige, ich philosophiere. Das kommt häufig vor, jedenfalls behauptet das meine Familie." Er hielt inne. „Ich möchte dich etwas fragen. Etwas Privates. Nun, wenigstens in meiner Kultur gilt es als privat, und normalerweise würde ich die Frage nicht stellen. Aber die – nennen wir sie *merkwürdigen* – Umstände veranlassen mich zu der Annahme, dass alles, was im Augenblick geschieht, von äußerster Wichtigkeit ist, wenn wir wirklich herausfinden wollen, was hier vor sich geht."

„Frag ruhig", sagte Marla. Sie war neugierig geworden.

„Vorhin, als du ohnmächtig geworden bist, haben Viv und Eva mir ein wenig über deine Kopfschmerzen erzählt. Sie sagten, du seist als Teenager ausgerutscht und gefallen."

„Das stimmt", sagte Marla. „Ich bin auf einem vereisten Bürgersteig ausgerutscht und habe mir eine ziemliche Gehirnerschütterung zugezogen. Die Ärzte haben meinen Kopf mehrere Male genauestens untersucht, und ihrer Ansicht nach, ist kein bleibender Schaden festzustellen. Aber seit dem Tag habe ich diese furchtbaren Schmerzen – es ist mehr ein Druck – an meiner Schädelbasis. Nicht andauernd natürlich, aber von Zeit zu Zeit. Man hat mir gesagt, dass Stress dafür verantwortlich ist, denn die Ärzte können keine physische Ursache finden."

„Und wie war es an dem Tag, als du Geraldine auf der Rennbahn getroffen hast?", fragte Jack. „Hattest du da diese Kopfschmerzen?"

Marla dachte einen Augenblick lang nach. „Ja, das hatte ich. Nun, eigentlich erst am Abend, nachdem Geraldine gestorben war. Die Schmerzen waren so intensiv, dass ich nicht einschlafen konnte. Da fiel mir das Buch ein, das Geraldine mir anvertraut hatte, und ich habe es mir genauer angesehen. Ich habe fast die ganze Nacht lang darin gelesen, und am darauffolgenden Morgen war ich so von der Geschichte gefesselt, dass ich beschloss, nach Amerika zu reisen."

„Und sind die Schmerzen seitdem wieder aufgetaucht?"
„Das sind sie", erwiderte Marla wahrheitsgemäß. „An dem ersten Morgen, den wir in Rock Creek verbracht haben, waren sie so schlimm, dass ich nicht aufstehen konnte. Die nächste Attacke überkam mich, als ich die Ruine der Hütte, in der Alfred und James gelebt haben, berührt habe. Auch gestern Abend hatte ich wieder Kopfschmerzen. Darum war ich noch wach, als du in unserem Lager aufgetaucht bist. Die Schmerzen waren selbst heute Morgen noch da, deshalb bin ich spazieren gegangen – und habe dich getroffen."
„Sehr interessant", murmelte Jack. Laut sagte er: „Viv und Eva haben einen Traum erwähnt. Was hat es damit auf sich?"
„Der Traum hat ungefähr zur gleichen Zeit begonnen wie die Kopfschmerzen", erklärte Marla. „Es ist kein furchteinflößender Traum, aber er kommt, wie die Schmerzen, ohne Vorwarnung und immer dann, wenn ich es am wenigsten erwarte. Und jedes Mal fühlt sich das Geträumte so realistisch an. Wenn ich aufwache, bin ich meist völlig aufgewühlt und in kalten Schweiß gebadet."
„Aufgewühlt, weil ...", hakte Jack nach.
„Weil ich nicht weiß, warum ich den Traum immer wieder träume, warum ich damit gequält werde."
Sie hatten die entlegenste Ecke der Lichtung erreicht und befanden sich nun weit außer Hörweite der anderen.
„Setzen wir uns einen Augenblick hin", schlug Jack vor und deutete auf den Stamm eines umgestürzten Baumes.
„In meinem Volk gelten Träume als sehr kraftvoll", begann Jack zu erklären. „Sie kommen aus der Geisterwelt zu uns, nicht um uns zu verärgern oder zu erschrecken, sondern weil die Geistwesen, die Ahnen, uns etwas zeigen oder mitteilen wollen, weil sie uns einen Hinweis darauf geben wollen, wie wir ein Problem lösen oder Ärger aus

dem Weg gehen können. Positiv oder negativ, Träume sind Geschenke und stellen eine besondere ... nennen wir es *Verbindung* zur Welt der Geister dar."

Marla dachte einen Augenblick über seine Worte nach. „Du meinst also, der Traum will mir etwas mitteilen. Aber was könnte das sein? Der Traum ergibt für mich überhaupt keinen Sinn."

„Träume sind sehr private Dinge", sagte Jack. „Und sie bedeuten dem am meisten, der sie träumt. Du musst verstehen, welche Botschaft die Geistwesen uns auch im Traum überbringen wollen, sie ist meist so verpackt, dass die Person, die träumt, es verstehen kann."

„Das heißt, dass wenn du und ich völlig unterschiedliche Träume haben, die Botschaft dennoch die gleiche sein könnte?"

„Theoretisch ja", stimmte Jack zu. „Das kommt daher, weil der Verstand eines jeden Menschen anders funktioniert und Dinge abruft, die wir persönlich erlebt haben. Doch nun zu deinem Traum. Ist er immer identisch?"

„Ja."

„Völlig identisch."

„Ja. Ich meine, nein." Marla war verwirrt. Jacks Art, die Dinge zu betrachten, unterschied sich sehr von allem, was ihr bisher begegnet war. Einem Traum so viel Bedeutung beizumessen, war nicht Teil ihrer Kultur oder Erziehung. Trotzdem fand sie es sehr faszinierend, besonders weil das Lesen im Tagebuch und die Geschichte von Alfred und James bereits einige, wenn auch nur kleine Veränderungen in ihr bewirkt hatten.

„Der Traum ist jahrelang völlig gleich geblieben", versuchte Marla zu erklären. „Aber neuerdings hat sich etwas verändert. Genaugenommen hat es sich verändert, seit ich hierher gekommen bin und den Eintragungen im Tagebuch folge." Als sie sah, dass er mehr erfahren wollte, sich jedoch aus Höflichkeit zurückhielt, sie nach Einzelheiten zu fragen, beschloss sie, Jack alles zu erzählen. Unter normalen Umständen hätte sie das nie getan, jetzt aber fühlte es sich ganz richtig an.

Also schloss sie die Augen und rief sich alle Einzelheiten des Traumes so gut es ging in Erinnerung. Sie erzählte Jack, wie sie auf dem felsigen Pfad den Berghang hinaufging, von der Wiese und von dem See, die von schneebedeckten Bergspitzen umgeben waren, und von den beiden Luchsen, die am Ufer entlanggingen und sie nie bedrohten, sondern sie jedes Mal mit diesen wundersamen Augen ansahen, die durch sie hindurch und bis tief in ihre Seele zu blicken schienen. Sie sprach davon, wie die Luchse ihr ein Zeichen zu geben schienen, und beschrieb ihr Gefühl, etwas Bestimmtes tun oder erreichen zu müssen, bevor sie dem Zeichen der Luchse folgen konnte. Und sie erzählte ihm von den hohen Felsen und der Erleichterung, die sie bei dem Anblick des Felsen empfunden hatte, weil sie tief im Innersten wusste, dass die Antwort zu allem irgendwo dort oben zu finden war.

Jack hörte aufmerksam zu und unterbrach sie nicht, ganz so, wie es bei seinem Volk üblich war. Wenn jemand sprach, dann warteten die anderen höflich, bis die Person geendet hatte, bevor der nächste Sprecher sich zu Wort meldete.

Nachdem Marla zu Ende gesprochen hatte, herrschte einen Moment lang Schweigen. Dann sagte Jack respektvoll: „Ich bin sehr froh und fühle mich geehrt, dass du mir von deinem Traum erzählt hast. Es ist immer ein Privileg, die innersten Gefühle und Gedanken eines Anderen teilen zu dürfen." Er hielt kurz inne und sah ihr direkt in die Augen. „Im Augenblick verstehe ich deinen Traum nicht mehr als du. Aber ich fühle, dass du nichts zu fürchten hast. Der Traum versucht dich zu leiten, versucht dir etwas zu verstehen zu geben, und ich bin mir sicher, dass es mit dem Tagebuch meiner Vorfahren zu tun hat. Darum tauchen deine Kopfschmerzen jetzt häufiger auf und darum verändert sich dein Traum. Ich weiß, es hilft dir nicht viel. Du bist noch immer verwirrt und verunsichert, ich kann es dir an den Augen ablesen. Aber selbst, wenn ich dir einen Tipp geben könnte, am Ende bist du und nur du es, die die Bedeutung des Traumes herausfinden und ihm folgen muss. Aber wenn du mich auf deine Suche mitkommen lassen würdest, dann könnte ich dir unterwegs vielleicht einige Dinge erklären, Dinge, die bei meinem Volk und in meiner Kultur ganz normal sind, nicht aber in deiner. Und diese Dinge könnten dir auf deinem Weg helfen."

Marla starrte ihn verwirrt an. Dann endlich dämmerte es ihr.

„Du willst dich mir anschließen? Mich und die anderen begleiten, während wir der Spur von Alfred und James folgen?", fragte sie entgeistert.

„Nur, wenn es dir nichts ausmacht", sagte Jack und wartete gespannt auf ihre Antwort.

„Natürlich macht es mir nichts aus. Immerhin sind Alfred und James deine Blutsverwandten. Da ist es nur allzu richtig, dass du dabei bist."

Jack lächelte erleichtert. „Eine letzte Frage: Hast du schon eine Idee, warum Geraldine dir gesagt hat, dass du das Tagebuch beschützen sollst?" Er sah sie forschend an.

Marla schüttelte den Kopf. „Deshalb habe ich beschlossen, hierherzukommen und Alfreds und James' Abenteuern zu folgen. Ich dachte, die Orte selbst aufzusuchen würde mir einen Hinweis darauf geben, was Geraldine gemeint haben könnte. Bisher habe ich allerdings keinen Schimmer."

„Das macht nichts. Ich bin mir sicher, alles wird sich zeigen, sobald die Zeit reif ist und …" Er hielt mitten im Satz inne. Sein Blick wanderte hinüber zum Waldrand, gerade so, als habe er dort etwas gesehen oder gehört.

Marla folgte seinem Blick, aber alles, was sie sah, war der dunkelgrüne, mauerhafte Schatten des Waldes.

„Jack, was ist …", begann sie, doch er fiel ihr ins Wort.

„Ich weiß, es ist viel verlangt", sagte er und half ihr auf. „Du hast eine kurze Nacht und einen aufregenden Tag hinter dir. Ich kann sehen, dass du erschöpft bist. Aber ich habe das starke Gefühl, dass wir zur Hütte zurückgehen und im Tagebuch weiterlesen sollten. Meinst du, du schaffst das?"

„Natürlich." Marlas Stimme war bestimmt, doch gleichzeitig lag ein seltsamer Ausdruck in ihren Augen. „Es hört sich komisch an, aber irgendwie habe ich dasselbe Gefühl."

Sie hatten die Hütte fast erreicht, als Marla auffiel, dass Jack nicht ein einziges Mal gefragt hatte, ob er das Tagebuch sehen, halten oder ansehen dürfe, obwohl er wusste, dass sie es bei sich trug. Es schien ihr, als habe er völlig akzeptiert, dass sie die Hüterin des Tagebuchs war, obwohl sie – im Gegensatz zu ihm – keine Blutverwandte der Copperwheats war.

Marla hatte nicht bemerkt, wie viel Zeit vergangen war, seit sie auf die Lichtung hinausgegangen war. Erst als sie die dunklen Umrisse ihrer schon ungeduldig wartenden Freunde vor dem noch dunkleren Umriss der offenen Hüttentür sah, erkannte sie, dass es beinahe Nacht geworden war.

Drinnen zündete Jack eine Kerosinlampe an und schürte das Feuer in dem kleinen Holzofen. Bald schon flackerten helle Flammen hinter der Glastür und eine gemütliche Wärme erfüllte den Raum.

„Ihr zwei habt euch ja viel zu erzählen gehabt", sagte Viv leise zu Marla, als sie einen Augenblick allein waren.

Marla errötete leicht, aber es gelang ihr, mit ruhiger Stimme zu antworten. „Jack hat mich nach den Kopfschmerzen und dem Traum gefragt, das ist alles."

„Ich wünschte beinahe, ich hätte auch irgendein Leiden", murmelte Viv gerade laut genug, um von Jason, der neben ihnen saß, gehört zu werden.

„Sollen wir anfangen?", fragte Jack.

„Wir sind startklar, nicht wahr?", sagte Viv und stieß Eva mit dem Ellbogen freundschaftlich in die Seite.

„Was? Oh, ja, wir können loslegen", sagte Eva gedankenversunken.

Marla warf ihrer Freundin einen besorgten Blick zu. Da war er wieder, dieser Schatten, der ihr nun schon einige Male aufgefallen war, obwohl Eva sich so sehr bemühte, ihn zu verheimlichen. Worüber machte sie sich nur solche Gedanken?

Gerade noch rechtzeitig bemerkte Marla, dass alle Blicke auf ihr ruhten: alle warteten darauf, dass sie zu lesen begann. Selbst Jason war so neugierig, dass er sich wieder zu ihnen gesellt hatte.

Marla setzte sich in den alten hölzernen Schaukelstuhl, der neben dem Ofen stand, und schlug das Tagebuch auf. Der goldene Schein der Kerosinlampe fiel auf die vergilbten Seiten und tauchte sie in weiches Licht, und die flackernden Schatten des Feuers tanzten fröhlich auf Marlas Gesicht.

Sie begann zu lesen. Die ersten Einträge waren nicht sehr lang. Wie üblich hatte Alfred die Reiseroute, diesmal von Rock Creek nach Deer Lodge sowie die Wetterverhältnisse festgehalten. Alles in allem nichts Aufregendes. Marla überflog die nächsten Eintragungen im Stillen, bis sie die Stelle fand, die ihr, kurz bevor sie Rock Creek verlassen hatten, ins Auge gesprungen war.

„Hier ist es", sagte sie. „Es ist auf den 1. September 1863 datiert und gekennzeichnet mit: *die Wildnis der Rocky Mountains, in der Nähe von Deer Lodge, Montana.*" Sie räusperte sich und las weiter.

„Eigentlich war es unser Plan gewesen, Rock Creek zu verlassen und nach Montana zu gehen und uns für eine Heimstätte eintragen zu lassen. Aber der Zufall wollte es anders. Wir hatte gerade die Grenze zu den Vereinigten Staaten überquert, als wir einen Mann trafen, der uns sagte, dass man in der südwestlichen Ecke von Montana Gold und Silber entdeckt hatte. Und wenn man ihm Glauben schenken konnte, war das Beste daran, dass bisher kaum jemand davon wusste. Ich habe keine Ahnung, wie es immer passiert, aber als James den Mann erzählen hörte, erschien wieder dieser Funke von Abenteuerlust in seinen Augen. Und ehe ich mich versah, hatten wir unsere Route abgeändert und befanden uns auf dem Weg nach Alder Gulch, wo das Gold angeblich gefunden worden war. James ist ausgesprochen geschickt darin, mich zu Dingen zu überreden, auf die ich allein nie gekommen wäre. Bis zu dem Zeitpunkt, als wir den Fremden trafen, hatte ich das Goldsuchen völlig abgeschrieben. Aber es tat so gut, den alten Glanz in James' Augen zu sehen, dass ich es nicht über mich gebracht habe, es ihm abzuschlagen.

Wir leben jetzt an einem schmalen Fluss in der Mitte von Nirgendwo, einige Dutzende Meilen von dem Ort Deer Lodge entfernt. James hat in unserem Namen einen Claim eintragen lassen, der eine lächerlich große Fläche Land beinhaltet. Er meint, dass wir den Claim in kleinen Stücken verkaufen können, sobald wir eine richtige Produktion am Laufen haben, und den Gewinn dazu benutzen können, unsere Ranch zu finanzieren. Vielleicht hat er recht. Im Ort wird von einer neuen Route gesprochen, die einen schnelleren und sichereren Weg zu den neuen Goldfeldern in Montana gewährleisten soll als der Bozeman Trail. Montana könnte vielleicht sogar Staatsgebiet der Vereinigten Staaten werden …"

Kapitel 14

„Was ist heute morgen mit dir los, Alfred?“, fragte James, während er das kleine Lagerfeuer schürte, über dem sie ihr Essen kochten.

Alfred steckte den Kopf aus dem muffigen Zelt.

„Ich habe nicht gut geschlafen“, erwiderte er kurz angebunden.

Es wurde gerade hell und dicker Tau lag auf dem Gras der Lichtung. Die Bergspitzen waren weiß vom frischgefallenen Schnee. Sie schienen die eiskalte Luft in die niedriger gelegenen Regionen zu drücken. Selbst der dichte Wald aus hohen Kiefern, Fichten und Tannen, der die Lichtung umgab, schützte an diesem Morgen nicht vor der Kälte. Der Herbst lag in der Luft.

„Hier ist Kaffee.“ James reichte seinem Bruder eine Blechtasse.

„Nein, danke“, lehnte Alfred ab. „Mir ist Tee noch immer lieber.“ Aber er setzte sich trotzdem auf den Baumstamm, den sie als Bank benutzten.

„Hast du wieder von Little Owl geträumt?“, fragte James und setzte sich zu ihm, eine Tasse mit heißem Kaffee in der Hand.

„Nicht letzte Nacht“, sagte Alfred sanft. „Ich wünschte, ich hätte. Wenn ich sie in meinen Träumen sehe, bin ich mit der Welt versöhnt.“ Er schüttelte lachend den Kopf. „Du musst mich für einfältig halten, dass ich so um eine Frau trauere.“

James sah ihn überrascht an. „Ich halte dich überhaupt nicht für einfältig. Ich beneide dich um die Liebe, die du in deinem Herzen trägst. Ich hoffe, eines Tages genauso viel

Glück zu haben und eine solche Liebe mit einer Frau teilen zu dürfen."

Alfred war perplex. Er hatte seinen Bruder anders eingeschätzt. Nie hätte er vermutet, dass James ernsthaft daran dachte, sich eines Tages irgendwo niederzulassen. Vielleicht hatte James' Rastlosigkeit am Ende gar nichts mit Gold zu tun, sondern mit dem Wunsch, die richtige Frau zu finden, mit der er sein Leben teilen konnte.

„Erinnerst du dich an Indien?", fragte Alfred aus dem Nichts und wechselte das Thema.

„Natürlich erinnere ich mich", sagte James überrascht. „Wie könnte ich es je vergessen?"

„Davon habe ich letzte Nacht geträumt – Indien."

Die beiden Brüder starrten ins flackernde Feuer, und beide dachten an all die Schrecken, die ihnen dort begegnet waren.

„Bis zum Ausbruch des Bürgerkrieges dachte ich, der Indische Aufstand sei das Schlimmste, was die Menschheit je hervorgebracht hat", sagte James leise. „Erinnerst du dich daran, was die *Sadhvi* uns gesagt hat?"

Alfred nickte. „Sie sagte, dass die East India Company die Menschen zu hoch besteuert und den Einheimischen keinen Respekt entgegenbringt. Und ich muss sagen, Steuern zahlen zu müssen, nur weil man auf den Straßen geht, und die Rajahs aus ihren Häusern zu jagen und ihren Besitz zu verkaufen, nur damit die britischen Lords dort einziehen können, das geht wirklich entschieden zu weit."

„Aber sie sagte auch, dass sich die Leute normalerweise nicht gewehrt hätten, obwohl sie so schlecht behandelt wurden. Erinnerst du dich? Sie sagte, dass es auf beiden Seiten Intrigen gegeben habe, die die Dinge aufgebauscht hätten, bis die Hölle losbrach."

„Und die Hölle ist dann ja auch ausgebrochen", sagte Alfred. „Zwanzigtausend Inder an Kanonen zu binden und sie in Stücke zu reißen oder einen Schlachter kommen zu lassen, der Hunderte von hilflosen englischen Frauen und Kindern niedermetzelt, die sich schutzsuchend in ein Warenhaus geflüchtet hatten, das kann niemand nachvollziehen. Es gab auf beiden Seiten Verrat, und warum? Damit ein paar auserwählte Leute ein Vermögen machen konnten, zuerst mit Handel und dann mit Waffen. Und wie in jedem Krieg waren es die Zivilisten, die Frauen und Kinder und alten Leute, die am meisten gelitten haben."

„Ich werde nie die Augen des kleinen Jungen vergessen, den ich vor den britischen Gewehren geschützt habe", sagte James nachdenklich. „Ich hätte nicht gedacht, dass all der Terror der Welt sich in den Augen eines Kindes widerspiegeln könnte – aber es ist möglich … war es an jenem Tag." Ein Schauer lief ihm über den Rücken, als er sich an den furchtbaren Augenblick erinnerte.

„Was du getan hast, war sehr mutig, James – dem Kind das Leben zu retten. Ich weiß nicht, ob ich es gewagt hätte, mich zwischen diesen verrückten Gefreiten Grayson und den Jungen zu werfen."

„Natürlich hättest du es getan", sagte James bestimmt. „Du bist viel mutiger, als du es zugeben magst." Er rieb sich die dicke Narbe am linken Oberarm und grinste. „Nun ja, Grayson hat an dem Tag etwas getroffen, nicht wahr? Meinen Arm."

„Das hat er", sagte Alfred ernst. „Und das Kind wäre tot, wenn du nicht gewesen wärst."

„Als wenn wir an dem Tag nicht schon genug Probleme gehabt hätten", erinnerte James sich. „Drei Schüsse – dann brach die Hölle los und ganz Kanpur verwandelte sich in ein Schlachtfeld. Für fast drei Wochen in der brennendheißen Sonne unter Belagerung. Ich hätte nicht gedacht, dass wir das überleben."

„Beinahe hätten wir es ja auch nicht überlebt", sagte Alfred. „Wenn der Junge nicht gewesen wäre … Ich weiß, du hast dir eine Kugel eingefangen, weil du ihn gerettet hast ... Gütiger Gott, ich weiß immer noch nicht, wie der kleine Kerl einfach so durch ein belagertes Dorf gehen konnte. Es ist ein Wunder, dass er überlebt hat."

„Es war ein Wunder. Wenn ich nicht aus dem Augenwinkel eine Bewegung wahrgenommen hätte ..."

„Die *Sadhvi* hat es ebenfalls gewusst", sagte Alfred. „Ich kann sie noch immer vor meinem inneren Auge sehen, wie sie dich angeblickt hat ... Stell dir nur den Zufall vor: Ihre Reise brachte sie genau in dem Augenblick nach Kanpur, in dem Grayson den Schuss abfeuerte und du dich in die Schusslinie warfst."

„Ich nenne es schon lange nicht mehr *Zufall*", sagte James. „Nicht, seit ich weiß, was anschließend geschehen ist." Er schenkte sich Kaffee nach. „Ich sehe sie noch immer so deutlich wie an dem Tag in Kanpur, als sie die staubige, verlassene Straße entlangging, genau zu der Stelle, an der ich blutend am Boden lag. Die Sonne war an diesem Tag so grell, dass mir die Augen wehtaten. Wer weiß, vielleicht hat der Schmerz mir auch einfach für einen Augenblick die Sicht verklärt ... Wie dem auch sei, ich musste ganz schön blinzeln, um mich zu vergewissern, dass ich nicht träumte. Es war, als sei sie aus dem Nichts auf der Straße aufgetaucht. Natürlich hatte ich von den *Sadhus*, den Heiligen Männern in Indien, gehört, die alle möglichen *Siddhis*, also magische und wundersame Dinge, vollbringen können. Aber ich hatte noch nie einen mit eigenen Augen gesehen – geschweige denn eine weibliche Heilige Person, eine *Sadhvi*." Er schüttelte den Kopf.

„Sie sah fast angsteinflößend aus", gab Alfred zu. „Ihr langes Haar zu Strängen verdreht, ihr Körper und ihr Gesicht mit Asche beschmiert, und sie hatte kaum ein Stück Kleidung an. Aber ich habe nie im Leben eine sanftere Stimme als ihre gehört."

„Ja, ihre Stimme reichte aus, um mich an Wunder glauben zu lassen", pflichtete James ihm bei. „Als sie meinen Arm berührte, hörte die Schusswunde sofort auf zu bluten und wehzutun, obwohl ich sie mir gerade erst zugezogen hatte. Und dann bist du gekommen, und wir alle haben in der Hütte Schutz gesucht."

„Und dort hat sie uns von dem Verrat und den Lügen erzählt, die vor sich gingen", fügte Alfred hinzu. „Wenn ich zurückdenke, scheint mir das Ganze beinahe unwirklich, ganz so, als sei dies alles nur ein verrückter Traum gewesen."

„Aber das war es nicht. Es war sehr real. Und ich bin so froh, dass wir ihrem Rat gefolgt sind." James' Stimme war ruhig, aber gleichzeitig voller Gefühle, als er weitersprach. „Ich werde ihre Worte nie vergessen: *du hast dem Kind das Leben gerettet, darum werde ich nun deines und das deines Bruders retten. Hört mir genau zu: Geht nicht mit den anderen, wenn sie morgen nach Satichaura Ghat aufbrechen. Ihr würdet es nicht überleben. Verschwindet heute noch von hier, wenn die Nacht am dunkelsten ist, und folgt dem Ganges nach Allahabad. Aber ihr müsst sehr vorsichtig sein. In der Nähe des Piers von Satichaura Ghat sind Lager der Rebellen, die eine Falle für eure Leute morgen vorbereiten.* Nun, sie hätte weder von dem Einen noch von dem Anderen wissen können: weder von der Aufgabe unserer Kompanie noch dem Versprechen eines sicheren Abzugs für alle englischen Frauen, Kinder und Soldaten in Kanpur zu den Booten, die in Satichaura Ghat auf sie warteten, um sie nach Allahabad zu bringen, oder der Falle, die am Morgen dort zuschnappen würde."

„Niemand kann sagen, wieso sie davon wusste. Du und ich wissen, dass sie erst wenige Minuten zuvor ins Dorf gekommen war." Alfred schüttelte den Kopf, konnte das Ganze nach all den Jahren noch immer nicht begreifen. „Es ist egal, wie oft wir darüber sprechen, wir kommen jedes

Mal zu dem selben Ergebnis."

„Ich habe schon immer gefühlt, dass es Menschen gibt, die eine besondere Gabe haben, eine besondere Verbindung zu Gott oder wie auch immer sie die höhere Gewalt nennen, an die sie glauben", sagte James. „Aber seit Kanpur glaube ich es aus vollem Herzen."

„Ich erinnere mich lebhaft, wie erschüttert ich war, als wir Tage später Allahabad erreichten und erfuhren, dass die *Sadhvi* mit ihrer Warnung recht gehabt hatte: Unser Regiment war am nächsten Morgen unter Beschuss geraten, sobald der Pier in Sicht kam. Jede Frau, jedes Kind und jeder Mann ist niedergemetzelt worden. Als Truppen nach Satichaura Ghat geschickt wurden, um herauszufinden, warum sich unsere Kompanie verspätet hatte, fanden sie lediglich vierzig leere Boote, die wie geisterhafte Schatten auf Passagiere warteten, die nie an Bord gehen würden. Sie alle lagen niedergemetzelt auf dem Pier."

„Vier Überlebende, mehr gab es nicht", sagte James. „Und selbst sie waren so schwer verwundet, dass sie dem Tod beinahe nicht entkommen wären." Er schüttelte den Kopf. „Nein, wären wir bei unserer Kompanie geblieben, dann wären wir mehr als wahrscheinlich an dem Tag gestorben."

„Nun aber sind wir Deserteure", merkte Alfred an.

„Besser Deserteure als Leichen", meinte James schulterzuckend.

„Vielleicht hätten wir den Major warnen sollen", sagte Alfred nachdenklich.

„Fang nicht wieder damit an. Du weißt genauso gut wie ich, dass uns niemand geglaubt hätte. Man hätte uns ins Gefängnis geworfen und wir wären mit den anderen umgekommen." James sah auf, direkt in die Augen seines Bruders. „Erinnere dich daran, was die *Sadhvi* uns gesagt hat: Es gab auf beiden Seiten Komplotte, geeignet, einen Krieg auszulösen. Die Kollaborateure hatten ihre eigene Agenda, und es hat sie nicht interessiert wer oder wie viele Menschen ihr Leben verlieren würden, um ihr Ziel zu erreichen." Er lachte, aber nicht ohne Bitterkeit. „Wenigstens kannst du bist ans Ende deiner Tage sagen, dass du recht gehabt hast, Alfred. Du hast immer gesagt, Patriotismus sei verrückt, und dass du nie vorgehabt hattest, der Armee beizutreten. Ich war es, der dich dazu überredet hat. Erst seitdem die *Sadhvi* mir die Augen geöffnet hat, weiß ich, wie blödsinnig diese ganze Kriegstreiberei wirklich ist. Und ich spreche nicht nur vom Indischen Aufstand. Alle Kriege. Wir sind an dem Tag gerettet worden, davor bewahrt worden, unsere Leben in einem rücksichtslosen Spiel zu verlieren, in dem ein paar kranke Funktionäre und Spekulanten – auf beiden Seiten – alle Fäden in den Händen halten."

„Die Warnung der *Sadhvi* hat uns gerettet", stimmte Alfred zu. „Wir können nie gutmachen, was sie für uns getan hat. Außer unsere zweite Chance zu nutzen, anderen zu helfen. Und uns künftig fernzuhalten von allem, was mit der Idee zu tun hat, *für sein Vaterland zu sterben.*"

„Es gibt etwas anderes, was ich aus der Warnung der *Sadhvi* gelernt habe", sagte James. „Und das ist, dass es wirklich so etwas gibt wie einen Gott oder Engel oder wie immer man es nennen möchte – irgendeine Kraft, die stärker und größer ist als wir alle, die uns beschützt und uns leitet, und die weiß, was kommt und wann es an der Zeit ist, sich in Sicherheit zu bringen. Und darum weiß ich nun, dass nichts durch Zufall geschieht – gut oder schlecht. Wir müssen akzeptieren, dass das, was geschieht, für einen größeren Zweck, ein viel größeres Ganzes geschieht, und dass wir lediglich kleinste Spieler auf einer riesigen Bühne sind."

★

Marla blickte auf. Ihre Hände hielten noch immer das Buch, aber da war wieder dieser seltsame, distanzierte Blick, wie jedes Mal, wenn sie sich völlig in einer Geschichte verloren hatte. Es fiel ihr nicht auf, dass Jack sie mit größtem Interesse beobachtete und auch nicht, dass Viv und Eva sie besorgt ansahen. Auch Jasons säuerlichen Blick bemerkte sie nicht.

„Es steckt so viel Wahrheit in ihren Worten“, sagte sie schließlich mit leiser, nachdenklicher Stimme. „All die schrecklichen Dinge, die passieren ... Keiner von uns ist in der Lage, sie zu ändern. Wir sind nicht am Drücker ...“

„Sollen wir weiterlesen?“, fragte Jason ungeduldig, denn ihm war nach etwas Abenteuerlicherem zumute. „Wir sollten herausfinden, was die Copperwheats hier draußen gemacht haben. Wir brauchen irgendeinen Anhaltspunkt, oder nicht?“

„Ich denke, wir sollten Marla etwas Ruhe gönnen“, warf Eva mit einem besorgten Seitenblick auf ihre Freundin ein. „Sie hat letzte Nacht nicht viel geschlafen – sie muss müde sein.“

Marla antwortete nicht. Sie war noch immer tief in ihre Gedanken versunken.

„Marla.“ Viv klopfte ihr leicht auf den Arm. „Marla.“

„Was ist los?“, fuhr Marla erschrocken auf. Sie sah sich im vom Feuerschein erhellten Raum um und es dauerte einen Augenblick, bis sie wusste, wo sie war. „Ich ... es tut mir leid“, stammelte sie. „Ich fürchte, ich bin eingenickt.“

Jack, der sie noch immer intensiv beobachtete, stand auf und hockte sich neben ihren Stuhl.

„Es braucht dir nicht leid zu tun“, sagte er sanft. „Du hast für heute genug gelesen. Wir werden morgen weitermachen. Leg dich hin und ruh dich aus.“ Er stand auf und wandte sich an die anderen. „Viv, Eva, würdet ihr Marla bitte mit ihrem Schlafsack helfen? Und dann, denke ich, legen wir uns alle besser hin.“

Jacks Aufforderung überraschte Viv und Eva, aber sie wollten seine Autorität nicht in Frage stellen und machten sich daher gleich an die Arbeit. Eva half Marla aus dem Schaukelstuhl, legte ihren Arm um sie und führte sie zur anderen Seite der Hütte, wo Viv eilig ihre Isomatten und Schlafsäcke auf dem Holzfußboden ausgebreitet hatte.

„Warum behandelt ihr mich wie ein Baby?", wollte Marla etwas ungehalten wissen, während sie in den Schlafsack schlüpfte. „Ich bin nicht krank."

„Das erzählst du besser Geronimo dort drüben", murmelte Jason, der sich schon hingelegt hatte, und zog sich die Decke über den Kopf. „Es scheint mir, als habe er plötzlich das Kommando übernommen." Er rollte sich zur Wand und verfiel in Schweigen.

„Vielleicht nimmt Jack das Ganze etwas zu ernst", flüsterte Eva Viv zu. „Immerhin reagiert Marla immer so, wenn sie im Tagebuch liest."

„Ich finde es wunderbar", erwiderte Viv ebenso leise. „Du kannst dich wirklich freuen, Marla. Ich wünschte, jemand würde mich derart verständnisvoll und lieb behandeln ... wie ein wahrer Gentleman."

Marla kuschelte sich in ihren Schlafsack und sagte nichts. Sie wusste nicht, was sie von alldem halten sollte. Natürlich benahm Jack sich wie ein wahrer Gentleman. Aber es war wirklich nichts Außergewöhnliches passiert – wenigstens nichts, das ihr nicht schon vorher passiert war. Warum also war er jetzt so besorgt um sie? Konnte es sein, dass ihn das Gelesene mehr berührt hatte, als er zugeben mochte? Immerhin waren James und Alfred seine direkten Vorfahren.

Marla hörte, wie Jack Feuerholz im Ofen nachlegte und die Luftzufuhr drosselte. Er war noch ein paar Minuten in der Hütte beschäftigt, dann legte auch er sich hin und blies die letzte Kerosinlampe aus.

Dunkelheit erfüllte die Hütte. Nur vom Feuer im Ofen ging ein weicher, warmer Schein aus.

Marla lag still da und lauschte den leisen Geräuschen der Nacht. Sie dachte an die Worte, die sie eben im Tagebuch gelesen hatte.

Es stimmt, dachte sie. *Das Leben eines jeden liegt in der Hand einer höheren Macht. Und es macht keinen Unterschied, wie wir diese Macht nennen.*

Es erstaunte sie, diese Ideen in dem Tagebuch eines Mannes zu lesen, der im 19. Jahrhundert in England aufgewachsen war. Denn den damals vorherrschenden Traditionen nach hätte er das Schicksal allein in Gottes Hände legen sollen. Aber das war nicht alles. Plötzlich wurde sich Marla der Wahrheit dieser Weltsicht bewusst. Alles war Teil eines Kreislaufs, der nicht durchbrochen werden konnte. Ein jeder wurde geboren, lebte und musste sterben. Es gab nichts, was dies ändern konnte. Und da gab es eine höhere Macht, die über Gesundheit und Erfolg, und auch über Leid und Verlust und Enttäuschungen wachte. Nichts – wie schrecklich oder großartig es auch sein mochte – geschah ohne Grund.

Dieser Gedanke erfüllte Marla mit Erleichterung, aber auch mit Traurigkeit. Ihr Herz wurde schwer.

In diesem Augenblick hörte sie, wie Viv an dem Reißverschluss ihres Schlafsackes hantierte und dabei etwas Unverständliches murmelte. Dann ertönte ein metallenes Geräusch, als sich der Reißverschluss endlich schloss, und Viv sagte leise: „Autsch!"

„Ist alles in Ordnung?", wollte Marla wissen.

„Ich habe mir den Fingernagel abgebrochen", erwiderte Viv verärgert.

Marla lachte leise im Dunkeln. Wie konnte einem das Herz schwer sein, wenn man mit so trivialen Problemen zu tun hatte?

Die ersten Sonnenstrahlen drangen durch das kleine Hüttenfenster, streichelten Marlas Gesicht und ließen sie im Schlaf lächeln. Eine Weile später wurde sie von etwas wach. Benommen sah Marla an die hölzerne Decke über ihr. Dann erinnerte sie sich: sie war in einer alten Blockhütte. In Jacks Blockhütte. Sie lag auf dem Boden und Viv und Eva schliefen neben ihr. Sie sah sich vorsichtshalber um. Ja, Viv und Eva lagen tatsächlich neben ihr und schliefen fest. Von Vivs anderer Seite war Jasons leises Schnarchen zu hören. Marla sah zu Jacks Bett hinüber, das direkt unter dem Fenster stand. Es war leer.

Zuerst war sie überrascht darüber, dann aber erkannte sie, dass es schon recht spät sein musste, wenn die Sonne bereits durchs Fenster schien. Was würde Jack nur von ihnen denken? Wahrscheinlich genau das, was er gedacht hatte, als sie sich am Tag zuvor im Wald getroffen hatten: *Stadtmenschen*.

Marla war froh darüber, in ihrer Kleidung geschlafen zu haben. Sie stand auf, griff nach ihrer Jacke und verließ die Hütte.

Draußen war die Luft frisch und kühl. Die Lichtung war bereits zur Hälfte vom Sonnenschein erfasst, und Marla hörte, wie ein Robin den neuen Tag begrüßte. Eine leichte Brise wehte von den Berggipfeln herüber und brachte den erdigen Geruch des Waldes und den süßen Duft von Wildblumen mit sich.

Marla ließ sich von der Sonne wärmen, schloss die Augen und atmete tief ein.

„Guten Morgen", sagte eine dunkle Stimme.

Die Worte ließen Marla zusammenfahren. Sie hatte niemanden kommen hören. Sie wandte sich um und erblickte Jack, der genau neben ihr stand.

„Ich wollte dich nicht erschrecken", sagte er entschuldigend.

„Oh, nein, es ist okay", sagte Marla und errötete. „Es ist meine Schuld. Ich habe geträumt."

„Hast du gut geschlafen?", fragte Jack und sah sie genauso seltsam und forschend an wie am vorigen Abend, als sie aus dem Tagebuch vorgelesen hatte.

Marla wollte gerade antworten, dass sie sehr gut geschlafen hatte, doch dann änderte sie ihre Meinung. Hatte sie gut geschlafen? Sie konnte es nicht sagen. Sie wusste lediglich, dass irgendetwas sie geweckt hatte; und etwas sagte ihr, dass es nicht bloß das Sonnenlicht gewesen war. Aber was sonst?

Sie sah auf und bemerkte, dass Jack sie mit großem Interesse beobachtete.

„Was ist los?", fragte er.

„Ich weiß es nicht. Irgendetwas stimmt nicht, aber ich kann nicht genau sagen, was es ist."

Sie dachte eine Weile darüber nach. Dann lief sie zurück in die Hütte. Einen Moment später war sie wieder an Jacks Seite. Ihr Gesicht war weiß wie eine Wand.

„Es ist verschwunden", flüsterte sie. „Das Tagebuch ist verschwunden."

„Es ist bemerkenswert", sagte Jack kopfschüttelnd.

„Hast du mich nicht gehört? Das Tagebuch ist verschwunden!", wiederholte Marla verzweifelt.

„Ich habe dich gehört", erwiderte Jack gelassen. „Reg dich nicht auf, das Tagebuch ist in Sicherheit. Ich habe es."

Marla starrte ihn mit großen Augen an. Dann wurde sie ärgerlich.

„Wie kannst du es wagen, mir das Tagebuch wegzunehmen? Gib es sofort zurück!"

Ihre Stimme klang so streng und ihre Miene war so ernst, dass Jack lächeln musste.

„Es handelt sich um ein Experiment", versuchte er sie zu beruhigen. „Ich wollte etwas Bestimmtes herausfinden und es ist mir gelungen. Es tut mir leid, dass ich dich in Aufregung versetzt habe. Warte hier."

Er ging zu einem Dickicht aus Beerenbüschen ganz in der Nähe, holte etwas darunter hervor und kam zu Marla zurück.

„Hier hast du das Tagebuch wieder. Ich habe nicht darin gelesen. Ich habe es nicht einmal aufgeschlagen. Ich hoffe, du verzeihst mir, dass ich es ausgeliehen habe."

Marla nahm das Buch und drückte es fest an sich. „Wirst du mir jetzt erklären, was es mit alledem auf sich hat, oder werden sich unsere Wege hier trennen? Ich bin nicht gern in der Gesellschaft von Dieben und Lügnern."

„Bitte glaube mir, wenn ich dir sage, dass ich nie etwas so Schlimmes getan hätte, wie dir das Tagebuch wegzunehmen, wenn es nicht absolut notwendig gewesen wäre", sagte Jack und sah sie beinahe bittend an.

„Dann sag mir, was hier gespielt wird", beharrte Marla kühl.

Jack seufzte und sie begriff, dass er es nicht gewohnt war, jemandem Erklärungen zu geben. Trotzdem ließ sie nicht locker, sondern sah ihn abwartend an.

„Gestern Abend, als du aufgehört hast, im Tagebuch zu lesen, habe ich mit eigenen Augen gesehen, was Viv und Eva mir bereits erzählt hatten: du hast die Gabe, ganz und gar in eine Geschichte einzutauchen. Während ich dich beobachtete, begriff ich, dass es mehr als das war: Du hast zwischen den Zeilen gelesen und das, was du gelesen hast, ist für dich lebendig geworden. Du bist dort gewesen, hast mit Alfred und James am Feuer gesessen, den Erzählungen ihrer Abenteuer in Indien zugehört, hast gesehen, was sie gesehen haben. Habe ich recht?"

Marla nickte, erstaunt darüber, dass jemand, der kaum mehr als ein Fremder war, so gut verstehen konnte, was in ihr vor sich ging.

„Die Verbindung, die du zu dem Tagebuch und seinem Inhalt hast, ist sehr stark", fuhr Jack fort. „Und ich wollte herausfinden, wie extrem diese Verbindung wirklich ist. Also habe ich das Tagebuch aus deinem direkten Umfeld entfernt, ohne dass du davon wusstest, und abgewartet."

„Gewartet? Worauf?"

„Darauf, ob du die Abwesenheit des Tagebuchs spüren würdest."

„Ob ich es spüren würde?" Marla war verwirrt.

„Ja, ob du es spüren würdest", wiederholte Jack. „Du musst Folgendes verstehen: Mein Volk ist sehr offen für spirituelle Kräfte. Sie sind Teil unserer Kultur. Und Menschen, die über besondere spirituelle Kräfte verfügen, werden mit großem Respekt behandelt. Nun, es gibt viele verschiedene Arten von spirituellen Kräften. Einige Leute haben die Gabe, mit den Seelen der Ahnen zu sprechen, und erwerben so die Weisheit, ihren Mitmenschen zu helfen. Andere sprechen mit den Geistern der Tiere und erhalten besondere Kräfte von ihnen oder eine erfolgreiche Jagd. Wieder andere verwandeln sich von Mensch zu Tier und wandeln zwischen unserer Welt und der Welt der Geister."

„Ich habe keine dieser Gaben", sagte Marla erstaunt, als er innehielt.

„Ich sagte, es gibt alle möglichen Arten", erwiderte Jack. „Du kannst mit Dingen, die du anfasst, Dingen, die du liest, mental Kontakt aufnehmen. Das, was du berührst oder was du liest, wird zu einem Teil von dir – selbst wenn sich der Gegenstand nicht in deinem unmittelbaren Besitz befindet. Das ist eine sehr besondere Gabe."

Marla war noch immer verwirrt. „Wenn ich Dinge berühre oder lese, ja, dann stimmt, was du sagst. Aber mit ihnen verbunden zu sein, wenn sie sich nicht in meinem unmittelbaren Besitz befinden … Das habe ich noch nie erlebt."

„Du bist eben aufgewacht, weil ich das Tagebuch aus der Hütte entfernt habe, oder nicht?"

„Bin ich das?"

Jack lächelte. „Es hat ungefähr drei Minuten gedauert, bis du bemerkt hast – selbst in tiefstem Schlaf –, dass etwas nicht stimmt, dass sich etwas verändert hat, und du bist aufgewacht. Du hast nicht gewusst, was genau dich geweckt hat und du warst nicht so aufgebracht, wie du es gewesen wärst, wenn das Buch wirklich in Gefahr gewesen wäre. Aber du hast unbewusst wahrgenommen, dass das Buch nicht mehr da war. Du bist nach draußen gegangen, bist dem Tagebuch instinktiv auf dem gleichen Weg gefolgt, auf dem es selbst kurz zuvor die Hütte verlassen hatte. Du kannst mir nicht weismachen, dass du keinen Zusammenhang siehst." Er sah sie derart triumphierend an, als hätte er gerade eine wichtige wissenschaftliche Entdeckung gemacht.

Marla starrte ihn erstaunt an. Gleichzeitig rief sie sich das seltsame Gefühl in Erinnerung, das sie gehabt hatte, als sie aufgewacht war. Und natürlich hatte Jack recht mit dem, was er über ihre Verbindung zu Dingen, die sie berührte oder las, gesagt hatte. Sie erinnerte sich lebhaft an den Blitz, der sie durchfahren hatte, als sie die Hand an die Wand der Hütte in Rock Creek legte und auch an die Gefühle, die sie überkamen, wenn sie im Tagebuch las oder wenn sie ihren besonderen Traum hatte.

„Ist das wahr …?", flüsterte sie.

Jack machte einen Schritt auf sie zu, legte seine Hand auf ihren Arm und sah ihr geradewegs in die Augen. „Du musst an dich selbst glauben, Marla, wenn du das Geheimnis, das das Tagebuch birgt, lüften willst."

Marla begegnete seinem Blick, ohne zu wissen, was sie darauf erwidern sollte.

In diesem Augenblick öffnete sich die Tür der Hütte und Eva trat heraus. „Guten Morgen!", rief sie und kam zu Marla und Jack herüber, offensichtlich ohne zu bemerken, dass sie ein wichtiges Gespräch unterbrach.

„Hab Vertrauen zu dir“, wiederholte Jack leise, „und in die Kraft der Geistwesen.“ Dann ließ er sie ohne ein weiteres Wort stehen.

Kapitel 15

„Ist etwas nicht in Ordnung?", fragte Eva.

„Nein, nein", beruhigte Marla sie und blickte Jack nach. „Schlafen Viv und Jason noch?"

Eva verdrehte die Augen. „Nein, sie sind wach, aber sie zanken sich schon wieder. Deshalb habe ich das Weite gesucht."

„Du Arme", lachte Marla. „Ich wäre auch geflüchtet."

Evas blickte nach Osten, und für eine Weile beobachtete sie, wie die Sonne über den Baumkronen aufstieg.

„Ist es nicht faszinierend, dass Alfred und James Copperwheat vor so vielen Jahrzehnten hier gesessen und den Sonnenaufgang angesehen haben, und die selben Bäume und die selbe Hütte?"

„Nicht die selbe Hütte", sagte Marla ohne zu zögern. „Die beiden haben nie in dieser Hütte gelebt."

„Wie meinst du das?", fragte Eva erstaunt. „Sagte Jack nicht, das Land und die Hütte seien seit James' Zeit im Besitz seiner Familie? Und du hast im Lager selbst gesagt, dass du die Anwesenheit von Alfred und James spüren kannst."

„Sie sind hier gewesen, und ich bin mir sicher, dass dies die Lichtung ist, auf der sie gesessen haben, als sie sich über ihre Abenteuer in Indien unterhielten", erklärte Marla ruhig. „Aber bei der Blockhütte kann es sich nicht um das ursprüngliche Gebäude handeln. James ist dort gewesen, aber Alfred nicht."

„Hat Jack dir das erzählt?"

Marla schüttelte den Kopf. „Ich weiß es einfach. Frag mich nicht, warum. Wir können Jack gern danach fragen, wenn du möchtest. Aber ich bin mir sicher, dass er mein Gefühl bestätigen wird."

Evas Gesicht zeigte deutlich ihre Verwirrung.

Marla lachte und legte ihren Arm um Evas Schulter. „Ich wünschte, du könntest dein Gesicht sehen. Es ist …" Sie brachte ihren Satz nicht zu Ende, sondern sah Eva fragend an.

„Was?"

„Nichts", sagte Marla und zog schnell ihren Arm zurück.

„Du schwindelst. Sag mir, was los ist", beharrte Eva.

Marla wandte den Kopf ab und sah zum Waldrand hinüber. Jacks Worte hallten in ihrem Kopf: *Du kannst dich komplett in einer Geschichte verlieren, zwischen den Zeilen lesen. Du kannst mental Verbindung zu Dingen aufnehmen, die du berührst* … Gerade eben hatte sie Eva berührt – und zum ersten Mal hatte sie eine mentale Verbindung zu ihr aufgenommen. Sie wusste nicht, wodurch dies ausgelöst worden war. Es war einfach geschehen. Und nun wusste sie mit Sicherheit, dass etwas in Evas Leben verkehrt lief. Sehr verkehrt.

Marla wollte Eva nicht erschrecken, und ebenso wenig wollte sie gerade jetzt das Privatleben ihrer Freundin diskutieren. Aber sie konnte anhand von Evas entschlossener Miene erkennen, dass sie ein Nein nicht so einfach akzeptieren würde.

Marla seufzte tief, dann wandte sie sich zu Eva um. „Warum erzählt du mir nicht, was mit Marcus los ist?"

Eva starrte sie mit großen Augen an. „Woher weißt du davon?"

Marla zuckte mit den Schultern. „Eben gerade, als ich dich berührt habe … ich kann es nicht erklären … ich weiß es einfach."

„Na gut, dann erzähle ich dir am besten alles", sagte Eva. „Ich habe lange genug versucht, alleine damit fertig zu werden. Es wird mir guttun, mich auszusprechen."

„Ist Marcus krank?", fragte Marla besorgt.

„Ich wünschte, es wäre so einfach", sagte Eva verbittert. „Damit könnte ich umgehen. Nein, es ist etwas viel Schlimmeres. Marcus trifft sich mit einer anderen Frau."

„Oh, nein", flüsterte Marla. Eva wählte ihre Worte immer sehr sorgsam und sie hätte nie einen bildhafteren Ausdruck gewählt, um ihre Lage zu beschreiben. Aber Marla wusste genau, was Eva meinte. „Bist du dir absolut sicher?"

„Oh, natürlich bin ich mir sicher!", brach es aus Eva heraus. „Zuerst war es nichts weiter als eine Vermutung. Er arbeitete abends lang, hatte auf einmal viele auswärtige Termine und Konferenzen wahrzunehmen, für die er über Nacht fortbleiben musste, und wenn er zu Hause war, war er abgelenkt und unaufmerksam. Dann fiel mir auf, dass größere Summen von seinem Konto verschwanden, für die ich keine Erklärung hatte. Als ich ihn fragte, wofür das Geld gebraucht worden war, sagte er mir, der Mercedes hätte überholt werden müssen. Ich verstehe wirklich nichts von Autos, aber glaube mir, am Mercedes gab es nicht so viel zu reparieren. Mein Gott, mit dem Geld, was gefehlt hat, hättest du beinahe einen nagelneuen kaufen können." Sie schwieg einen Augenblick, dann setzte sie hinzu: „Natürlich hat es geschmerzt, als er mir die Lügen auftischte und dachte, ich sei dumm genug, sie einfach zu schlucken. Aber ich habe nichts zu ihm gesagt. Ich wollte keinen Streit, wollte die Kinder nicht belasten. Doch dann fing er an, auch Felix und Anna zu vernachlässigen. Er kam nicht mehr zu Schul- und Sportveranstaltungen, sagte, er sei zu müde, um den Kindern zuzusehen. Nicht einmal ihre Geburtstage haben ihn interessiert. Da ist es mir zu viel geworden. Nach all den Monaten des Schweigens und Vertuschens, nur damit die Kinder nichts mitbekommen ... ich habe es einfach nicht mehr ausgehalten." Sie legte erneut eine Pause ein und kämpfte mit den aufsteigenden Tränen. „Eines Abends wartete ich auf ihn, und als er endlich kam, fragte ich ihn direkt, ob er sich mit einer anderen Frau trifft. Er gab es offen zu und zeigte sich gleichzeitig überrascht, dass ich mich darüber so aufregte. Seiner Ansicht nach hatte ich ihm sozusagen meine Erlaubnis gegeben, diese andere Frau zu sehen. Er wusste, ich hatte einen Verdacht, aber weil ich mich nie dazu geäußert hatte, meinte er tatsächlich, ich sei damit einverstanden gewesen." Sie stampfte wütend mit dem Fuß auf und funkelte Marla so ärgerlich an, dass Marla ihre sonst so liebe Freundin kaum wiedererkannte. „Er dachte, dass ich kochen und waschen und ihm den Haushalt führen, seine Kinder großziehen und meine Nächte allein verbringen würde, solange er nur alle Ausgaben deckt, während er derweil ein sorgloses Junggesellenleben führt, seine Zeit mit seiner Muse verbringt, durch Europa reist und ab und an, wann immer es in seinen Zeitplan passt, die Kinder und mich mit einem Besuch erfreut."

Marla wusste nicht, was sie sagen sollte. Sie wusste, wie wichtig ihrer Freundin die Familie war, dass Felix und Anna ihr Leben waren. Für sie würde sie alles tun. Aber sie wusste auch, wie ernst Eva ihr Eheversprechen nahm. Sie hatte Marcus geheiratet *bis dass der Tod sie schied*. Sie hatte ihre eigene Karriere aufgegeben, um sich um die Kinder zu kümmern und hatte Marcus jede Minute seines langen Werdegangs zunächst zum Doktor und dann zum Professor unterstützt. Wie verraten sie sich nun fühlen musste, wie schrecklich gedemütigt!

Weil ihr die Worte fehlten, nahm Marla Evas Hand und drückte sie fest.

„Will er eine Scheidung?", brachte sie schließlich heraus.

Ein sarkastisches Lächeln erschien auf Evas Miene. „Die Geschichte ist noch nicht zu Ende", sagte sie. „Vor ein paar Wochen hat diese Christie einen noch wohlhabenderen und einflussreicheren Mann als Marcus gefunden und meinen lieben Mann fallenlassen. Und rate mal was nun? Er kommt zu mir und sagt, es tue ihm leid. Sagt, er sei geblendet und schrecklich irregeführt gewesen und möchte, dass wir wieder eine richtige Familie sind." Sie lachte zynisch. „Die Kinder haben mich gefragt, warum ich so gemein zu Papa sei, warum ich ihn nicht im Hause haben wollte, wo er nun endlich wieder mehr Zeit hat und nicht mehr so viel im Krankenhaus sein muss. Ich habe Marcus' Affäre so gut vertuscht, dass nun ich es bin, die als die Ungerechte dasteht." Eva schüttelte den Kopf, ihre Miene war ausdruckslos. „Es ist ein solcher Schlamassel. Felix und Anna sind natürlich froh, ihren Vater wiederzuhaben. Aber ich weiß nicht, ob ich da mitmachen kann, wenn auch nur den Kindern zuliebe. Soll ich ihn zurücknehmen, nur um die Familie zusammenzuhalten? Und wie lange würde das gutgehen? Würde er nicht einfach wieder mit der nächstbesten Frau durchbrennen und mich erneut betrügen? Wie kann ich ihm je wieder vertrauen? Und wie soll ich wieder mit ihm zusammenleben, mein Bett mit ihm teilen, nach allem, was vorgefallen ist?" Sie sah Marla hilfesuchend an. „Als ich Marcus geheiratet habe, bin ich so glücklich gewesen", sagte sie mit sanfter Stimme. „Es war genau wie in einer dieser Geschichten von Jane Austen, die wir als Teenager so gern gelesen haben."

„Ich lese sie immer noch", sagte Marla beinahe entschuldigend.

Ihre Bemerkung veranlasste Eva lediglich, zu lächeln. „Warum kann das wahre Leben nicht wie eine dieser Geschichten sein und immer ein glückliches Ende haben? Oh, ich bin wahrscheinlich selbst schuld. Vielleicht hätte ich nach den Geburten der Kinder besser fit bleiben sollen. Vielleicht hätte ich mich attraktiver für Marcus machen sollen."

„Wovon redest du nur?“, fiel Marla ihr ins Wort. „Du *bist* fit. Du hast zwei Kinder geboren, dein Körper hat sich verändert. Das ist normal. Und daran hat Marcus genauso Anteil wie du. Felix und Anna sind schließlich auch seine Kinder. Er kann nicht erwarten, dass du für immer und ewig wie zwanzig aussiehst. Er sieht selbst nicht jünger aus, als er ist. Und wenn es zwischen euch Probleme gegeben haben sollte, dann hätte er es ansprechen und nicht einfach mit einer anderen Frau durchbrennen sollen!“

„Oh, Marla, ich bin so verwirrt und frustriert und verletzt. Ich will nichts mehr wissen und an nichts mehr denken. Ich musste einfach für eine Weile weg. Vielleicht wird sich etwas ergeben, das mir aus dieser verzwickten Lage hilft.“

„Jetzt verstehe ich, warum du bereit warst mitzukommen, als ich dir von dem Tagebuch erzählt habe. Ich hatte mich schon darüber gewundert. Normalerweise trennst du dich nicht mehr als ein paar Tage von Felix und Anna.“

„Ich vermisse sie schrecklich“, gab Eva zu. „Aber ich habe keinen anderen Weg gesehen.“

„Ich wünschte, ich könnte dir helfen.“ Marlas Stimme war voller Mitgefühl. „Ich wünschte, ich könnte dir sagen, was du tun sollst. Aber ich kann es nicht. Jeder ist der Herr über sein eigenes Leben. Es wäre falsch von mir, mich einzumischen.“ Sie drückte erneut Evas Hand. „Aber ich verspreche dir, dass ich immer für dich da sein werde, solltest du mich brauchen.“

„Das weiß ich“, sagte Eva und umarmte sie gerührt. „Ich fühle mich schon viel besser, einfach weil du mir zugehört hast.“

„Gern geschehen.“

Marlas blickte über die Lichtung. Die Sonne war nun über den Baumgipfeln zu sehen, der Morgen war vollends angebrochen.

„Was meinst du, sollen wir zurück zur Hütte gehen und frühstücken? Viv wird sich schon wundern, wo wir bleiben."

„Das wird sie nicht", sagte Eva und brachte ein Lächeln zustande. „Ich wette, sie zankt sich noch immer mit Jason."

Als sie die Hütte erreichten, zeigte sich, dass Eva recht hatte. Eva warf Marla einen was-hab-ich-dir-gesagt-Blick zu und ignorierte die beiden. Kurz darauf verschwand sie nach draußen.

Marlas Gedanken waren noch viel zu sehr mit den Dingen beschäftigt, die sie in der vergangenen Stunde herausgefunden hatte, als dass sie Vivs und Jasons Zankerei Bedeutung geschenkt hätte. Evas offene Worte hatten sie wirklich schockiert. Nie hätte sie vermutet, dass das Leben ihrer Freundin, das nach außen hin so perfekt schien, so grundlegend aus dem Gleichgewicht geraten war. Und sie gab sich selbst die Schuld dafür, nichts geahnt zu haben, während Evas Herz all die Zeit so sehr gelitten hatte. Zudem hatte Jacks Experiment sie verwirrt und auch verunsichert.

Während sie darüber nachdachte, was sie an diesem Morgen alles erfahren hatte, fand sich Marla plötzlich vor Viv wieder, die sie beiseite nahm.

„Wo seid ihr zwei nur so lange gewesen?", fragte Viv. „Jason und ich sind schon lange mit dem Frühstück fertig."

Marla, die nicht wusste, ob Eva damit einverstanden war, Viv in ihren Herzensschmerz einzuweihen und auch keine Lust hatte, die Sache in allen Einzelheiten zu besprechen, meinte ausweichend: „Oh, wir sind nur ein bisschen spazieren gegangen. Es ist ein so schöner Morgen."

„Warum schaut Eva dann so traurig aus?", hakte Viv nach. „Normalerweise ist sie immer so fröhlich."

„Sie vermisst ihre Kinder", erwiderte Marla wahrheitsgemäß. „Du weißt, wie ungern sie sich von ihnen trennt."

Viv verdrehte die Augen. „Ich frage mich, warum sie

überhaupt mitgekommen ist. Sie wusste doch, dass wir mindestens einen Monat fort sein würden."

Marla spürte, wie sie ärgerlich wurde. Manchmal war Viv wirklich gefühllos! Sie versuchte sich zu beruhigen.

„Wenn du selbst Kinder hättest, würdest du vielleicht anders darüber denken", sagte sie.

Jason lachte laut auf. „Viv und Kinder? Mein Gott, das würde ihr nie in den Sinn kommen! Eine Schwangerschaft würde ihre perfekte Figur ruinieren. Und glaubst du, sie würde wegen eines Babys ihren hochgeschätzten Schlaf aufgeben, vornehme Abendessen und vielleicht sogar ihren Job? Nein, das käme für sie nie in Frage."

„Was weißt du schon?", wandte sich Viv ärgerlich an Jason. „Versuch nur nicht, dir einzureden, mich zu kennen, wo du nicht einmal dich selbst kennst."

„Was sind wir empfindlich", sagte Jason spöttisch. „Sollte dein Charakter Tiefen haben, die mir bisher entgangen sind?"

Und damit fingen die beiden erneut an zu streiten.

Kopfschüttelnd wandte Marla sich ab und sah hinüber zum Holzofen, wo Jack hockte, mit einem Stock in den Kohlen herumstocherte und offensichtlich tief in Gedanken versunken war.

Als er spürte, dass sie ihn ansah, drehte er sich zu ihr um. Er bemerkte ihre Gereiztheit, lächelte verständnisvoll, stand auf und ging zu ihr.

„Ich glaube, es ist Zeit, im Tagebuch weiterzulesen", sagte er mit Seitenblick auf das streitende Paar. „Was meinst du?"

„Das wäre schön. Sobald Eva zurück ist, okay?", stimmte Marla zu. Sie war erleichtert über die Ablenkung. „Sollen wir nach draußen gehen?"

Jack sah sie fragend an. „Magst du die Hütte nicht?"

„Oh, das schon", erwiderte Marla schnell. Erst da bemerkte sie das Funkeln in seinen Augen und begriff die Anspielung. „Ich kann Alfred und James draußen besser spüren." Dann fügte sie aus Interesse hinzu: „Dies ist nicht die ursprüngliche Hütte, oder?"

Ein breites Lächeln erschien auf Jacks Gesicht. „Stimmt", sagte er. „Die Hütte, die Alfred und James gebaut haben, als sie zuerst hierherkamen, ist bei einem Waldbrand, der ein paar Jahre später in dieser Gegend gewütet hat, niedergebrannt. Die Hütte, in der wir uns jetzt befinden, ist von James und seiner Frau in den 1870er Jahren gebaut worden."

„James' Frau? Spricht du von Stands in the Wind?", fragte Marla neugierig.

Jack nickte. „Aber ich werde dir keine Einzelheiten erzählen, denn ich weiß, wie gern du diese Dinge beim Lesen selbst herausfindest." Er grinste sie neckend an.

„Du hast recht", lachte Marla. „Und ich kann es kaum abwarten weiterzulesen."

Die Tür öffnete sich und Eva kam herein.

„Ah, und hier ist Eva", sagte Marla. „Lasst uns draußen in der Sonne sitzen und anfangen."

„Was habt ihr vor?", fragte Eva und der Schatten war nun ganz von ihrem Gesicht verschwunden.

„Komm, wir lesen im Tagebuch weiter", erklärte Marla.

Kurz darauf hatten sie es sich vor der Hütte im von der Sonne verdorrten Gras und umringt von süß-duftenden Rudbeckia und ganzen Büschen von Sommerastern gemütlich gemacht. Die Luft war kühl, aber die Sonne schien von einem wolkenlosen Himmel. Marla vermutete, dass sie später, wenn die Sonne höher stand, an einen schattigeren Platz würden umziehen müssen. Für den Augenblick jedoch war es dort, wo sie saßen, sehr angenehm.

Marla strich mit der Hand über das hohe Gras und schloss die Augen. Es war so still hier draußen. Keine Geräusche waren zu hören, nur die Stimmen der Natur. Hummeln summten um die Wildblumen, Grillen zirpten, Robins und Chickadees zwitscherten, und eine sanfte Brise brachte die Äste der Kiefern zum Rauschen. Etwas weiter weg grasten die Pferde. Ab und an entwich ihnen ein entspanntes Schnauben, was die beruhigende Atmosphäre noch intensivierte. Eine wunderbare Sinfonie von Geräuschen umgab sie.

Irgendwo hoch über der Lichtung stieß ein Habicht einen langgezogenen, einsamen Schrei aus. Ihn zu hören, erweckte in Marla ein Verlangen, das sie hier in der Wildnis zum ersten Mal verspürt hatte. Sie hob den Kopf und beobachtete, wie der Vogel schwerelos und sorgenfrei am Himmel kreiste. Und ehe sie sich versah, hatten die Einsamkeit und die Ruhe der Wildnis einen Platz in ihrem Herzen und ihrer Seele besetzt.

Der Habicht entschwand hinter den Bergen, und Marla rief sich ins Gedächtnis zurück, warum sie hier draußen im Gras saßen. Sie zog das Tagebuch hervor, schlug es auf und blätterte darin.

„Ah, hier haben wir gestern mit dem Lesen aufgehört", sagte sie, und ihre Augen wanderten still über die Seiten. „Die nächsten Einträge sind sehr kurz und betreffen meist das Wetter, den Bau einiger Außengebäude, Flora und Fauna, das Goldwaschen und so weiter."

„Lies beim nächsten langen Eintrag weiter", schlug Jack vor.

Alle warteten gespannt, während Marla die Seiten überflog.

„Hier", sagte sie schließlich. „Vom Datum her ist es fast ein Jahr später als dort, wo wir gestern mit dem Lesen aufgehört haben, aber es ist der nächste lange Eintrag."

„Etwas muss geschehen sein", meinte Eva.

„Wo ist der Eintrag geschrieben worden?", fragte Viv. „Hier, oder sind Alfred und James erneut weitergezogen?"

„Nein, so weit ich sehen kann, leben Alfred und James

noch immer auf dieser Lichtung. Der Eintrag ist überschrieben mit *30. Juli 1864, Wildnis der Rocky Mountains, in der Nähe von Deer Lodge Montana.*"

„Kommt, lasst uns hören, was Alfred geschrieben hat", drängte Jason, der zum ersten Mal, seit sie Jack getroffen hatten, wirklich entspannt wirkte.

„Also gut, es geht los", sagte Marla und begann zu lesen. *„Nachdem wir nun seit über einem Jahr hier sind, bin ich es ziemlich satt. Der Minenbetrieb geht gut, auch wenn wir nicht so viel Gold aus dem Fluss waschen, wie wir bei unserer Ankunft erwartet hatten. Selbstverständlich ist das Goldvorkommen hier ausreichend, aber unsere Erträge sind nicht annähernd so üppig wie die von unserem Claim in Rock Creek. Ich bin bereit, unserem ursprünglichen Plan zu folgen und zur Prärie weiterzuziehen, um dort eine Ranch aufzubauen, und das habe ich James auch gesagt. Doch er hat nicht die geringsten Absichten weiterzuziehen. Ich hatte mir vorgenommen, vor Wintereinbruch erneut mit ihm darüber zu sprechen, aber als wir heute in der Stadt waren, haben sich bestimmte Dinge ereignet, die die Sache vielleicht schon jetzt zu meinen Gunsten wenden. Wenigstens haben sie James zum Nachdenken gebracht, zum Grübeln, und das ist immer ein guter Anfang …"*

★

„Gibt's etwas Neues?", rief James, als er Alfred die staubige Hauptstraße der kleinen Goldgräberstadt überqueren sah, ein triumphierendes Lächeln auf dem Gesicht.

„Ein Brief von Henrietta", berichtete Alfred, sobald er seinen Bruder erreicht hatte, und wich einem von Ochsen gezogenen Wagen aus, dessen Fahrer zu betrunken war, um aufzupassen, wohin er steuerte und ob er Passanten auf dem

Bürgersteig belästigte. Aber Passanten gab es eh nur wenige, und abgesehen von James und Alfred schien sich niemand an Verkehrsverstößen zu stören. Genaugenommen gab es niemanden, der sich um Verstöße welcher Art auch immer kümmerte.

„Du musst besser aufpassen. Wir sind hier nicht in Rock Creek", sagte James grinsend und zog seinen Bruder an die hölzerne Wand des Bankgebäudes, wo sie niemandem im Weg waren.

„Das habe ich bemerkt", kommentierte Alfred trocken. „Ich bin froh, dass wir nur ab und zu hierherkommen müssen, um Vorräte und die Post abzuholen. Um ehrlich zu sein, ich könnte auch darauf verzichten. Rock Creek war schlimm genug, aber im Vergleich zu dieser Ortschaft war es das reinste Paradies."

„Hier treiben sich allerlei raue Burschen herum, das stimmt", meinte James. „Und ich denke, es ist am besten, wenn wir Mutter und Henrietta nicht von den Lebensumständen in dieser Stadt berichten. Aber es könnte schlimmer sein."

„In welcher Hinsicht?", wollte Alfred in sarkastischem Ton wissen. „Ich kann mir keine andere Stadt vorstellen, die auf dieselbe Weise mit Dreck, Prostitution, Lügen und Betrug gesegnet ist. Die Leute hier zeigen mir, wer mit den Worten *Abschaum der Welt* wirklich gemeint ist. Schau sie dir nur an! Und sie behaupten, die Indianer seien die Wilden. Meiner Frau wäre es nie im Leben eingefallen, sich so aufzuführen. Ich weiß nicht, warum du hierbleiben willst."

„Auf unserem *Claim* ist es nett und ruhig", meinte James, aber er musste zugeben, dass Alfred recht hatte. Die schmale Hauptstraße war von vielen regenlosen Wochen in die reinste Staubwüste verwandelt worden. Es wimmelte nur so von Goldsuchern, die es offensichtlich nicht kümmerte, dass sie weder sich selbst noch ihre Kleidung wuschen. Und es kümmerte sie ebenfalls nicht, dass sie ihren Abfall einfach dort liegen ließen, wo er anfiel. Man konnte die Stadt aus einer Meile Entfernung riechen. Die Gebäude waren allesamt in Hast und nicht auf Dauer erbaut worden. Niemand hatte sich bemüht, eine Wasserwaage zu benutzen, und die schiefen, billig gebauten Häuser waren jedem, der etwas von Architektur verstand, ein Dorn im Auge.

Trotzdem hätte man über all dies hinwegsehen können, wenn die Menschen, die hier lebten, ein wenig freundlicher gewesen wären. Aber James musste zugeben, dass es nicht viel zu ihren Gunsten zu sagen gab. Die Leute waren nicht nur dreckig, sie waren zudem meist stockbetrunken. Eine Ausnahme bildeten hier lediglich die Händler, der Sheriff, der Bankbesitzer und der Postmeister. Aber diese verrichteten ihre eigene dreckige Arbeit. Die Händler verlangten Wucherpreise für die einfachsten Güter und Grundnahrungsmittel, und der Bankbesitzer riss sich mithilfe von hohen Zinssätzen für Darlehen, die er den Goldsuchern gewährte, um ihre Glücksspiele und ihre Zecherei zu finanzieren, geschickt viele *Claims* unter den Nagel.

James hatte einige Male an Frauen gedacht. Aber wo sollte man eine Frau finden, wenn es nicht eine einzige respektable alleinstehende Dame im Ort gab? Und die Prostituierten? Nun ja, sie sahen nicht besser gepflegt aus als die Goldsucher, und wollte man sich nicht allerlei unschöne und zumeist langwierige Krankheiten zuziehen, blieb man ihnen besser fern.

Es war recht bemerkenswert, dass es bei all dem Gestreite und Geraufe nicht mehr Verletzte gab. Tatsächlich war es die Trinkerei, die die meisten Zwischenfälle verhinderte. Männer, die sich in den Saloons oder draußen auf der staubigen Straße duellierten, während sie stockbetrunken waren, trafen den Gegner selten, selbst wenn er nur wenige Schritte entfernt war. Meistens also brauchte der Sheriff nur hingehen, den Betrunkenen den Pistolenkolben überziehen und sie ins Gefängnis werfen, bis sie wieder nüchtern waren. Und obwohl es viele zerbrochene Flaschen und Fenster gab und ebenso viele Schussverletzungen, beklagte man nur wenige Todesfälle.

„Wir sollten zur Hütte zurückkehren und dort die Ruhe genießen", meinte Alfred.

„Das geht im Augenblick nicht", erwiderte James. „Während du auf der Post warst, habe ich eine neue Bekanntschaft gemacht."

„Und mit wem, wenn ich fragen darf?", wollte Alfred spöttisch wissen.

James grinste. „Es ist nur ein armer Kerl, über den ich vor dem Saloon gestolpert bin. Er hat eine Pechsträhne und seit drei Tagen nichts gegessen. Ich habe ihm versprochen, ihm etwas Proviant zu besorgen. Die Mahlzeiten, die sie im Saloon verkaufen, kann niemand essen, nicht mal die Tiere. Ich war unterwegs zum Gemischtwarenladen, als ich dich kommen sah."

„Finanzierst du jetzt Trunkenbolde?"

„Er ist weder ein Goldgräber noch ein Trunkenbold", sagte James ernst. „Er ist Soldat, Deserteur."

„Ein Yankee-Soldat?"

„Nun, eigentlich ist er ein Halbblut. Er hat auf der Seite der Konföderierten gekämpft, um das Land seiner Ahnen zu verteidigen", erklärte James.

„Halbindianer, hm?"

„Ja, soweit ich es verstanden habe, Cherokee", sagte James. „War es falsch von mir, ihm meine Hilfe anzubieten?"

„Nein, natürlich nicht", sagte Alfred. „Lass uns gemeinsam zum Laden gehen und dann deinen neuen Freund von hier wegbringen, bevor jemand von seiner Vergangenheit erfährt."

Sie machten sich auf den Weg. Die verwitterten Planken

des hölzernen Bürgersteigs ließ ihre Schritte hohl klingen.

„Sag mir", meinte James beim Gehen, „was schreibt unsere kleine Schwester? Ist zu Hause alles in Ordnung? Hat Mutter zugestimmt, mit uns Verbindung aufzunehmen?"

„Es hat sich nichts geändert", berichtete Alfred seufzend. „Mutter und Vater wollen noch immer keinen Kontakt zu uns haben. Sie bleiben dabei, dass wir mit der Desertion den Familiennamen entehrt haben."

„Ich kann es ihnen nicht verübeln. Genaugenommen haben wir ja genau das getan." James' Stimme klang sachlich. „Und über eine so weite Distanz könnten wir ihnen nie alle Einzelheiten erklären."

„Henrietta geht es aber gut", fuhr Alfred fort. „Sie heiratet einen Pfarrer, einen gewissen William … nein, einen Colin Fields, glaube ich. Du liest den Brief besser selbst."

„Die kleine Henrietta heiratet?", rief James. „Da wäre ich gern dabei. Wann wird die Hochzeit stattfinden?"

„Am 5. Juli."

„Am 5. Juli? Aber das ist doch schon längst vorüber!", rief James. „Wie lange war dieser verflixte Brief unterwegs?"

Alfred besah sich den Umschlag und schüttelte erstaunt den Kopf. „Fast vier Monate. Er muss einige Umwege gemacht haben."

„Was schreibt sie sonst noch?"

„Scheinbar hat der Bürgerkrieg eine Finanzkrise in Europa ausgelöst", berichtete Alfred. „Laut Henrietta gelangt keine Baumwolle mehr von den Südstaaten nach England. Viele Fabriken arbeiten mit verkürzten Arbeitsstunden oder haben den Betrieb gänzlich eingestellt. Viele Leute haben ihren Arbeitsplatz verloren."

„Da kommt es ja gut zupass, dass die Vereinigten Staaten dieses Jahr ein neues Einwanderungsgesetz eingeführt haben", meinte James sarkastisch. „All die armen, arbeitslosen Menschen in Europa können hierher kommen und für die Männer einspringen, die im Süden kämpfen, oder sich der Armee anschließen."

„Du bist manchmal ganz schön abscheulich, weißt du das?", sagte Alfred grinsend.

„Ich weiß", meinte James. „Hat Henrietta noch etwas anderes geschrieben, etwas Erfreulicheres?"

„Oh, nichts von Bedeutung. In London ist im vergangenen Januar ein neuer Bahnhof eröffnet worden, Charing Cross Station. Es ist der letzte Schrei, so schreibt sie. Und im März gab es eine große Flut in Sheffield, bei der zweihundertundfünfzig Menschen umgekommen sind."

James grinste. „Wenn Henrietta abschließend von solchen Dingen schreibt, können wir davon ausgehen, dass in unserem engen Familien- und Freundeskreis alles in Ordnung ist."

Alfred lachte herzlich und zustimmend.

„Aber nun lass uns den Proviant für den glücklosen Soldaten holen", sagte James. „Und dann werde ich ihn dir vorstellen."

Eine Viertelstunde später überquerten Alfred und James die Straße und gingen, bepackt mit einer kleinen Holzkiste voller Vorräte, auf den Saloon zu.

„Wo ist er?", wollte Alfred wissen.

James sah sich suchend um. „Da drüben." Er deutete auf eine kleine Gasse, die zwischen dem Saloon und dem angrenzenden Gebäude verlief.

„Sieht aus, als habe er Gesellschaft", merkte Alfred an. „Und der andere Kerl sieht nicht gerade sehr freundlich aus."

„Mir scheint, mein neuer Bekannter braucht ein wenig Unterstützung. Lass uns mal nachfragen."

James' *neuer Bekannter* war eindeutig indianischer Abstammung und vielleicht Ende zwanzig. Sein schwarzes

Haar war vor einiger Zeit wohl für die Armee kurzgeschoren worden, und seine abenutzten Kleider waren kaum mehr als Fetzen. Er saß auf dem Boden und hatte den Rücken gegen die Wand des Saloons gelehnt. Sein Gesicht war aufgrund des Hungers hager und er sah sehr erschöpft aus. Vor ihm stand ein übergewichtiger Goldsucher, unrasiert und nach Alkohol stinkend. Er schwenkte eine halbleere Whiskeyflasche vor dem Mann hin und her und fluchte lauthals.

„Mach, dass du von hier verschwindest! Die Leute in dieser Stadt wollen keine stinkenden Indianer in ihrer Nähe haben!", grölte er mit schwankender Stimme und trat dem Cherokee hart mit dem Fuß in die Seite. „Dies ist eine saubere Stadt. Sauber und weiß!"

„Es ist genug, Mister", sagte Alfred und ging auf ihn zu.

„Oh, ein Naseweis, wie? Dir werde ich es zeigen!" Der Betrunkene griff nach seinem Revolver.

Ehe er ihn ziehen konnte, hatte James die Kiste mit den Vorräten auf dem Boden abgestellt und Alfred wortlos zur Seite geschoben. Seine Faust schoss vor und traf den Goldsucher hart unter dem Kinn. Der Mann sackte bewegungslos zusammen. Er war k.o.

„Alfred", beschwerte sich James. „Wie oft muss ich dir sagen, dass du dich nicht wie ein Gentleman benehmen darfst, wenn du es mit solchen Leuten zu tun hast? Sie verdienen es nicht und sie verstehen es nicht. Dies", er hielt seine Faust hoch, „oder das", er deutete auf sein Gewehr, „ist die einzige Sprache, die sie verstehen."

Der Cherokee sah James und Alfred plötzlich interessiert an und richtete sich langsam auf.

„Ich heiße Wood", sagte er mit der melodischen Stimme seines Volkes. „Edward Wood. Und ich stehe in eurer Schuld." Er streckte seine Hand aus.

„James Copperwheat", stellte James sich selbst vor und schüttelte dem Mann die Hand. „Und dies ist mein Bruder

Alfred. Hier", er reichte Wood ein Stück Brot, „wir haben etwas zu essen und Proviant gekauft. Es gehört dir."

Wood nahm das Brot und beäugte die Vorräte gierig. „Ich danke euch für das Brot", sagte er dann bestimmt. „Aber ich kann für den Rest nicht bezahlen, also kann ich ihn nicht annehmen."

James lächelte warmherzig. „Das hättest du mir sagen sollen, bevor ich die Sachen gekauft habe." Dann sagte er mit Nachdruck: „Im Ernst, nimm sie. Es wäre uns eine Ehre."

„Und da du nicht kräftig genug bist, um zu reisen", fügte Alfred hinzu, „möchten wir, dass du für ein paar Tage bei uns bleibst, um wieder zu Kräften zu kommen."

Wood schwieg einen Augenblick. „Ich weiß nicht, was ich sagen soll", stammelte er schließlich. „Ich dachte nicht, dass es auf dieser Welt noch so etwas wie Mitgefühl oder Güte gibt."

„Doch, gibt es", sagte James und war stolz auf seinen Bruder, weil er ein so großzügiges Angebot gemacht hatte.

Kapitel 16

Es war früher Abend, als Alfred, James und Wood endlich die Hütte in der Wildnis erreichten. Die Sonne war bereits untergegangen und von Westen her zogen ein paar Wolken auf. Sie luden die Vorräte ab, versorgten die Pferde und das Maultier und setzten sich dann für ein warmes Essen ans Lagerfeuer.

„Ich bin euch beiden sehr dankbar", sagte Wood und paffte die Pfeife, die James ihm anbot. „Mich einfach so auf der Straße aufzusammeln – einen Fremden –, mich mit nach Hause zu nehmen, mir etwas zu essen zu geben und euch um mich zu kümmern ..."

„Nicht der Rede wert", sagte James und legte einige Holzscheite aufs Feuer. „Das ist nichts."

„Das stimmt nicht", beharrte Wood. „Die meisten Männer hätten mich einfach dort liegen und verrotten lassen. Ein Indianer weniger. Wen kümmert's?" Er lächelte. „Ich hatte mein Leben schon abgeschrieben, aber jetzt fühle ich, dass es einen Schimmer Hoffnung gibt."

„Wir haben großen Respekt und starkes Mitgefühl für dein Volk", sagte James. „Alfreds Frau war Salish. Von ihr haben wir viel über die indianische Kultur und euren Glauben gelernt."

Wood schien angenehm überrascht, aber da weder Alfred noch James weiter darauf eingingen, fragte er nicht nach Einzelheiten.

„Willst du uns etwas von dir erzählen?", fragte Alfred, um das Thema zu wechseln, während er dampfende Schalen mit Elcheintopf austeilte. „Wie hat es dich ganz hierher verschlagen, wo du doch im Osten gekämpft hast?"

Wood nahm einen Löffel voll Eintopf und starrte in die tanzenden Flammen.

„Dieser ganze Krieg, Nord gegen Süd, Bruder gegen Bruder, ist purer Wahnsinn", begann er langsam zu erzählen. „Mein Volk, die Cherokee, wurden da lediglich hineingezogen, weil unser Zuhause, das Land unserer Vorfahren, von den Yankees bedroht wurde. Uns blieb keine Wahl. Wir mussten uns dem Süden anschließen und versuchen, die Yankees von unserem Land fernzuhalten, sonst wären wir von ihnen wer weiß wohin verjagt worden. Vielen anderen Stämmen der Cherokee war es bereits ebenso ergangen." Er hielt inne und schüttelte den Kopf. „Ihr seid so weit westlich hier, weit weg von all dem Irrsinn des Ostens. Ihr vergeudet bestimmt nicht viel Zeit mit Gedanken an den Krieg."

„Der Krieg ist der Grund dafür, warum wir in den Westen gezogen sind", erklärte Alfred. „James und ich haben bis zum Frühjahr 1860 in New York gelebt. Jeder, der recht bei Sinnen war, konnte sich an den Fingern abzählen, was da am Brodeln war. Also haben wir unsere Besitztümer zusammengepackt und sind nach Westen aufgebrochen."

„Denk nicht, dass wir feige sind", sagte James ernst. „Wir waren in der Armee, haben für England in Indien gekämpft und sind dem Tod nur knapp entkommen. Und wofür? Damit die Regierung mehr Steuern einnehmen kann? Damit ein paar reiche Leute noch reicher werden können? Alfred und ich haben während des Krieges in Indien schreckliche Dinge gesehen, grausame Dinge, zu unmenschlich, um sie zu beschreiben. Und wir haben damals beschlossen, dass wir uns nie wieder an so etwas beteiligen werden – nicht für unsere Regierung, nicht für unser Heimatland, für niemanden, es sei denn, um unsere eigene Familie zu beschützen."

„Ich weiß nichts über den Krieg in Indien, von dem ihr sprecht", sagte Wood. „Aber ich kann es euch an den Augen ablesen, dass die Grausamkeiten, die ihr gesehen habt, enorm gewesen sind. Solche Grausamkeiten passieren jetzt auch im Osten und ihr seid weise, dass ihr es vermeidet, darin verwickelt zu werden. Ich hingegen hatte keine Wahl. Ich habe für das Land meiner Vorfahren gekämpft, so sehr ich nur konnte. Aber New York ist die größte Stadt der Nation, eine Welt für sich. Wer könnte es mit einem solchen Gegner aufnehmen?"

Für einen Moment herrschte Stille.

„Die Ältesten haben uns vor diesem Krieg gewarnt. Sie sagten, er werde nicht nach klaren Regeln oder aus klaren Motiven geführt. Sie sagten, jeder, der sich auf die eine oder die andere Seite stelle, würde verlieren, weil es an beiden Fronten Komplotteure gäbe. Ein Bruder sollte niemals gegen seinen Bruder kämpfen. Aber wir erkannten auch, dass Männer, die nicht zögerten, ihre Brüder zu töten, noch weniger zögern würden, die wertlosen Indianer zu ermorden, die zwischen den kämpfenden Parteien standen."

„Also habt ihr gekämpft", stellte James ruhig fest.

„Ja, wir haben gekämpft", sagte Wood. „Und jede Nacht habe ich die schrecklichsten Alpträume von vor Schmerzen schreienden Männern – Männern, die von Kugeln und Kanonen zerrissen, von Säbeln zerfetzt werden. Ich habe jemanden sagen hören, der Teufel ziehe frei auf dieser Erde umher, seit der Krieg zwischen Nord und Süd ausgebrochen ist. Eine passendere Beschreibung habe ich seither nie wieder gehört. Aber manchmal denke ich, dass nicht einmal der Teufel so grausam wäre. Die Dinge, die ich gesehen habe, sind jedenfalls schlimmer, als ich es selbst dem Teufel zutraue."

James und Alfred wechselten wissende Blicke. Sie konnten nur zu gut nachvollziehen, was Wood sagte.

„In diesem Frühjahr wurde ich gefangen genommen und in ein Yankee-Gefängnis gesteckt", fuhr Wood fort. „Aber durch die täglich stattfindenden Kämpfe, allein in diesem

Jahr, gibt es nicht nur Zehntausende von toten Männern zu betrauern, sondern auch eine gewaltige Menge an Gefangenen zu versorgen. Zu viele. Also haben die Yankees sich etwas Neues ausgedacht. Jedem gefangengenommenen konföderierten Soldaten wird die Freiheit versprochen, falls er zustimmt, nach Westen zu gehen und für zwei Jahre gegen die Indianer zu kämpfen."

Alfred stockte der Atem. „Du hast dich doch nicht etwa dafür gemeldet, oder?", fragte er angewidert.

Wood sah ihm direkt in die Augen. „Nach Monaten in dem Yankee-Gefängnis hätte ich einen Pakt mit dem Teufel unterschrieben, nur um dort herauszukommen", erwiderte er.

„Aber dann bist du desertiert", sagte James.

„Ja, ich bin desertiert", sagte Wood. „Wie konnte ich daran teilhaben, Menschen umzubringen, nur weil sie für ihr Land, für ihre Freiheit kämpften? Hatte ich nicht gerade das Gleiche getan? Nein, als ich das Angebot der Yankees annahm, wusste ich, dass es nur zu dem Zweck war, bei erster Gelegenheit zu entkommen und meine eigene Freiheit wiederzuerlangen." Er seufzte. „Ich hatte all die Lügen gründlich satt. Lügen, die Menschen dazu brachten, einander zu hassen, in den Krieg zu ziehen und einander zu töten. Ein kleiner Streit hier, ein kleines Handgemenge dort, und der Norden war bereit, gegen den Süden zu kämpfen, um die Sklaven zu befreien, während der Süden all die jungen Männer in die Schusslinie schob, nur um sich die eigene Lebensqualität zu bewahren. Hier draußen werden Siedler von Indianern angegriffen. Die Regierung schickt Soldaten, um dem ein Ende zu setzen. Die Indianer wehren sich. Ganze Stämme werden ausgerottet und eine immer leerer werdende Prärie wartet auf neue Bewohner. Ich frage euch: Wer hat mit alldem angefangen und zu welchem Zweck?"

Alfred nickte. „In solchen Situationen gibt es immer jemanden, der davon profitiert. James und ich haben das in Indien ebenfalls auf sehr harte Art und Weise lernen müssen."

„Aber was ist geschehen, nachdem du desertiert bist?", hakte James nach.

„Ich habe mir gesagt, dass der Krieg früher oder später enden muss. Bis dahin, so dachte ich mir, könnte ich mich am Goldschürfen versuchen, Geld verdienen für einen neuen Anfang. Vor ein paar Wochen habe ich gehört, in Helena, Montana, sei Gold gefunden worden, und habe meine Chance ergriffen." Wood zuckte mit den Schultern. „Nun ja, es ist nicht so gut gelaufen, wie ich es mir erhofft hatte. Um Gold zu schürfen, braucht man Geld für eine Ausrüstung, was ich nicht hatte, nachdem ich von der Armee desertierte. Ich habe versucht, einen Job zu finden, aber niemand wollte mich einstellen. Ich kann meine indianische Abstammung nicht verheimlichen, und hier im Westen ist das nicht von Vorteil. Ich bin ausgeraubt worden – mein Pferd, meine Pistole und das bisschen Geld, das ich hatte, sind mir gestohlen worden. Ich bin, so weit ich konnte, zu Fuß weiter gegangen, bis dorthin, wo ihr mich gefunden habt."

„Und deine Familie?", fragte Alfreds mitfühlend.

„Ich habe keine Familie mehr", erwiderte Wood knapp.

„Hast du vor, in deine Heimat zurückzukehren?", wollte James wissen.

„Eines Tages vielleicht", sagte Wood, „wenn das Kämpfen vorüber ist. Im Augenblick will ich nur meinen Frieden haben."

*

„Es gibt einen kleinen Eintrag, der vom darauffolgenden Tag stammt", sagte Marla leise. „Und ich denke, dass er zu dem gehört, was wir gerade gelesen haben. Es heißt dort wie folgt: *James und ich habe uns gestern Abend besprochen und sind zu dem Entschluss gekommen, den Claim und die Hütte zu verlassen, um uns an der Rinderzucht zu versuchen, so wie wir es ursprünglich geplant hatten. Ich weiß nicht, welcher Teil von Woods Erzählung James derart schnell umgestimmt hat, aber ich bin froh und erleichtert, dass er endlich nachgegeben hat. Alles ist arrangiert. Wir überlassen Wood das Führen unseres Claims. Er wollte keine Gefälligkeit annehmen, also haben wir uns darauf geeinigt, dass er uns jeden Monat eine kleine Summe als Miete für die Hütte und die Ausrüstung schickt. Das Gold, das er aus dem Fluss wäscht, gehört ihm. James und ich hoffen, dass diese Abmachung es Wood ermöglichen wird neu anzufangen. Er scheint ein ehrlicher Mann und guter Arbeiter zu sein, und wir sind der Ansicht, dass er eine zweite Chance verdient.*"

„Sie gehen fort von hier?" Evas Ton verriet ihre Überraschung. Sie wandte sich an Jack. „Ich dachte, dieses Grundstück hat seitdem immer deiner Familie gehört."

„Und das hat es auch", erwiderte Jack. „So wie ich es verstehe, hat Wood das Land niemals offiziell besessen."

„Und wo sind Alfred und James gelandet?", fragte Viv. „Aber, oh, das muss warten, bis wir im Tagebuch weiterlesen, richtig, Marla?"

Marla nickte, aber sie dachte über das nach, was sie eben gelesen hatte.

„Ich finde Alfreds Beschreibung der Goldgräberstadt ziemlich überraschend", fuhr Viv fort. „Für mich war es schwer genug zu glauben, dass Rock Creek nach anfänglichen Schwierigkeiten eine recht ruhige Ortschaft geworden ist. Aber jetzt von all diesen betrunkenen Goldgräbern zu hören – da kann ich mir wirklich nicht vorstellen, dass es nicht mehr Todesfälle gegeben hat. Ich meine, schaut euch nur die Hollywood-Westernfilme an. Sie beschreiben die alten Goldgräberstädte und Cattle-Towns als verteufelte Orte, in denen in jeder zweiten Minute ein Duell oder ein Mord passiert. Verglichen mit Alfreds Beschreibung finde ich die Darstellung in den Filmen viel glaubhafter. Bei all den gesetzlosen, betrunkenen Männern erwartet man mehr Gewalt."

„Wir müssen einfach Alfreds Beschreibung als wahr hinnehmen", sagte Eva nachdenklich. „Immerhin ist er dort gewesen. Wir hingegen können darüber nur spekulieren."

„Ich habe eine Menge über den alten Westen gelesen", mischte sich Jason nun ein, „und daher kann ich sagen, dass Alfreds Beschreibung korrekt ist. All diese Schießschlachten in den Straßen sind eine Hollywooderfindung und nichts mehr als eine romantische Überhöhung, um der Epoche mehr Flair zu verleihen."

„Das hat sehr gut geklappt", sagte Eva. „Überall auf der Welt idealisieren Menschen heute das Wildwest-Image."

„Ja, schau nur dich selbst an, Jason", meinte Viv.

„Ich ignoriere diesen Kommentar", sagte Jason. „Aber es stimmt wirklich. Die Männer waren die meiste Zeit über so besoffen, und Revolver waren damals so ungenau, dass es einem Wunder gleichgekommen wäre, wenn sie es in ihrem Zustand tatsächlich geschafft hätten, jemanden zu treffen. Ich habe gelesen, dass Städte wie Dodge City und Tombstone recht sicher waren. Viel sicherer als die amerikanischen Städte heute. In den schlimmsten Jahren im 19. Jahrhundert gab es lediglich eine Handvoll Tote pro Jahr. Und schaut euch unsere heutige Situation an: in vielen Städten gibt es jeden Tag einen Mord."

„Das kann man kaum glauben", gab Eva zu. „All diese betrunkenen, bis an die Zähne bewaffneten Männer."

„Gerade weil sie bis an die Zähne bewaffnet waren, sind nicht mehr Schüsse gefallen", meinte Jason. „Damals war es allgemein bekannt, dass jedermann eine Schusswaffe bei sich trug. Also war man viel vorsichtiger, denn man wusste, dass der Gegenüber gegebenenfalls zurückschießen würde."

„Bist du der neue Sprecher der Waffenlobby?", merkte Viv spöttisch an.

„Ich unterbreche eine so spannende Unterhaltung nur ungern", sagte Jack, „aber Jason hat recht. Ich habe dasselbe gelesen."

Jason, überrascht von Jacks Unterstützung, warf Viv einen Blick zu, der so viel bedeutete wie manchmal-weiß-ich-auch-was und schien sehr mit sich zufrieden.

„Ich finde es bemerkenswert, dass Alfred und James die Dinge so klar gesehen haben", sagte Marla, die endlich in die Gegenwart zurückgekehrt war. „Die meisten von uns stolpern durchs Leben, ohne zwei und zwei zusammenzuzählen, obwohl wir die Fakten direkt vor der Nase haben. Und es dauert Jahre, manchmal sogar ein ganzes Leben, bis wir bestimmte Verhaltensmuster oder Wahrheiten erkennen. Alfred und James müssen zu ihrer Zeit sehr freidenkende Männer gewesen sein."

Jack lächelte, aber auf den Gesichtern der anderen las Marla Verwirrung. Daher versuchte sie zu erklären: „Nehmt zum Beispiel den Vorfall in Indien. Nicht jeder hätte den Worten und der Warnung der *Sadhvi* Glauben geschenkt, besonders damals nicht, als die meisten Weißen meinten, über allen anderen zu stehen. Aber Alfred und James haben ihr geglaubt und das hat ihnen das Leben gerettet." Sie hielt kurz inne, versuchte die richtigen Worte zu finden, um den anderen ihre Gedanken verständlich zu machen. „Alfred und James haben ihre Erfahrungen in Indien dazu genutzt, zu analysieren, was kurz vor und während des Bürgerkriegs in den Staaten vor sich ging. Sie haben Dinge verknüpft, haben erkannt, dass es in jedem Krieg Komplotte und Profiteure gibt. Mit anderen Worten, sie hinterfragten die Informationen, die ihnen gegeben wurden und bildeten sich unabhängig eine Meinung, die auf ihren eigenen Erfahrungen und ihrem Menschenverstand beruhte. Wie viele Menschen können das heutzutage von sich behaupten? Die meisten sehen sich die Nachrichten an und glauben alles, was ihnen dort erzählt wird. Sie versuchen gar nicht erst, tiefer zu graben und sich ein umfassenderes Bild zu verschaffen oder herauszufinden, ob das, was sie hören und sehen, wirklich Sinn macht. Sie folgen lediglich dem, was ihnen vorgelegt wird: hier sind die Bösen, und dort die Guten. Ende. Das ist ziemlich erschreckend, oder nicht?"

Viv, Eva und Jason starrten sie an, nicht unbedingt überzeugt, aber doch beeindruckt. Marla war oft so still und nachdenklich, und dann wunderten sie sich, was wohl gerade in ihrem Kopf vor sich ging. In Augenblicken wie diesen, wenn Marla plötzlich komplexe Gedanken entwickelte, wurde es ihnen etwas klarer. Oder wenigstens dachten sie das.

„Ich glaube, dass Alfred und James deswegen so offen gegenüber Indianern waren, weil sie nach ihren Erfahrungen mit der *Sadhvi* in Indien erkannt hatten, dass Ureinwohner überall auf der Welt besondere Gaben besitzen. Dass sie eine Verbindung zu der Welt der Geister haben, die den meisten zivilisierten Menschen durch ihre religiöse Erziehung oder die gesellschaftliche Entwicklung verlorengegangen ist. Alfred und James waren ebenfalls christlich erzogen worden, da bin ich mir sicher, das war damals so. Es ist daher um so überraschender, dass sie diese strikten Glaubensmuster beiseite legen und sich den Sichtweisen und Bräuchen anderer Völker öffnen konnten. Ich finde, das ist beachtenswert!"

Jack hatte ihr aufmerksam zugehört und sah sie mit offener Bewunderung an.

„Verspürst du im Augenblick diesen Druck in deinem Kopf?", fragte er sie unerwartet.

„Für einen Moment, als ich euch vorgelesen habe, ja", sagte Marla. „Aber jetzt ist er komplett verschwunden."

„Ich wollte nur ..." Jack brachte den Satz nicht zu Ende, sondern lauschte schweigend.

„Was ist los?", wollte Marla wissen.

„Ich dachte, ich hätte etwas gehört", sagte Jack, noch immer lauschend, und seine Stimme war seltsam leise.

Marlas Blick schweifte zu den grasenden Pferden hinüber. Sie hatten die Köpfe gehoben und die Ohren aufmerksam nach vorn gerichtet. Auch sie hatten etwas gehört.

Ein Schauer lief Marla über den Rücken und sie fühlte, wie ihre Hände kalt wurden. Sie saß starr da, das Tagebuch in ihrem Schoß. Sie wollte Jack gerade fragen, was hier vor sich ging, als die Pferde plötzlich begannen, zu schnauben und zu tänzeln.

„Jack?", fragte sie unsicher.

„Schaut nicht auf", warnte Jack sie. „Schenkt den Pferden keine Beachtung. Tut so, als hättet ihr nichts bemerkt. Redet einfach weiter und seht einander an."

Marla fühlte sich, als habe sie ein steifes Brett im Rücken. Sie versuchte, sich zu entspannen und normal zu verhalten, aber sie hatte das schreckliche Gefühl, dass es ihr nicht sehr gut gelang.

Eva, Viv und Jason machten sich nicht viel besser. Marla konnte ihre plötzliche Anspannung sehen, sie stand ihnen deutlich ins Gesicht geschrieben.

Marla fing an zu reden. Es war mehr eine Aneinanderreihung von unverständlichen Sätzen, aber sie sprach. Währenddessen beobachtete sie Jack aus dem Augenwinkel. Auf den ersten Blick schien er entspannt und ihr zugewandt. Doch Marla spürte, dass er jedes noch so kleine Detail ihrer Umgebung wahrnahm.

„Wir sind nicht allein", sagte er ruhig.

„Irgendein Tier?", fragte Jason.

„Nein, Menschen", erwiderte Jack. „Ich weiß nicht genau wie viele, aber es sind mindestens zwei."

Viv und Eva atmeten erleichtert auf und ein Lächeln erschien auf ihren Gesichtern.

„Es sind bestimmt irgendwelche Wanderer", sagte Viv, ohne viel darüber nachzudenken.

Jack schüttelte den Kopf. „Wanderer verstecken sich nicht hinter Bäumen. Wartet hier." Er stand auf, ging wie beiläufig zur Hütte und trat ein.

„Was hat das nun wieder zu bedeuten?", fragte Eva nervös.

„Ich habe keine Ahnung", sagte Marla. „Aber lasst uns tun, worum Jack uns gebeten hat und hier warten. Wir sollten auch das Gespräch in Gang halten. Und versucht, so entspannt wie möglich zu wirken."

Die Minuten verstrichen, aber Jack war nirgends zu sehen. Einmal vermeinte Marla, einen Schatten von der hinteren Hüttentür zum Waldrand rennen und dann zwischen den Bäumen verschwinden zu sehen, doch sie war sich nicht sicher.

„Ich sage euch, der Kerl ist abgehauen und wir sind hier wem auch immer ausgeliefert", murmelte Jason eine Weile später.

„Das hättest du wohl gern", zischte Viv. „Richtige Männer machen sich nicht beim ersten Anzeichen von Gefahr aus dem Staub. Und Jack ist ein richtiger Mann. Das kannst du natürlich nicht verstehen."

„Ich ...", begann Jason, aber Marla unterbrach ihn.

„Ich bin mir sicher, dass Jack versucht herauszufinden, wer sich dort draußen herumtreibt", sagte sie. „Vorhin dachte ich, ich hätte ihn auf die Bäume zulaufen sehen. Also hört um Gottes Willen auf zu streiten und haltet den Mund, bevor ihr noch alles verderbt!"

Weitere zehn Minuten verstrichen ohne jegliches Anzeichen von Jack. Viv, Eva und Jason wurden von Minute zu Minute nervöser. Auch Marla war angespannt, und sie konnte sich nicht erinnern, dass die Zeit jemals so langsam vergangen war. Aber sie hatte genug Vertrauen zu Jack, um zu wissen, dass er sie nie zurücklassen oder in Gefahr bringen würde.

Endlich tauchte Jack in der Hüttentür auf, ein paar Gläser mit Wasser in der Hand. Er kam locker auf sie zugeschlendert, als sei nichts passiert. Als er sie erreichte, hockte er sich neben sie, ein Lächeln auf dem Gesicht, und reichte Marla das eine und Eva das andere Glas. Doch als er zu sprechen begann, war seine Stimme sehr ernst.

„Wir werden beobachtet", berichtete er leise. „Vier Männer, zu Fuß. Zwei tragen eine zusätzliche Last."

„Was bedeutet *eine zusätzliche Last*?", fragte Eva beunruhigt.

„Ich wette, die haben Gewehre bei sich", meinte Jason mit leuchtenden Augen.

„Gewehre?" Eva wurde blass.

Jack nickte.

„Und sie beobachten *uns*?" Vivs Stimme zitterte leicht. „Warum sollte uns ...?"

„Ich weiß es nicht", sagte Jack. „Aber was auch immer der Grund dafür ist, hier sind wir nicht mehr sicher. Wir müssen von hier verschwinden."

„Verschwinden?", fragte Viv. „Wo diese Männer in der Nähe sind? Und wohin sollen wir gehen?"

Marla rang mit sich. Wie konnte sie sich am besten auf die neue Situation einstellen und ruhig und positiv bleiben? Sie stand langsam auf, klopfte sich die Grasreste von der Hose und sah ihre Freunde eindringlich an.

„Jack weiß, wovon er spricht", sagte sie. „Steht auf und folgt uns zur Hütte, und passt auf, dass ihr ungezwungen ausseht. Wir können den Rest unterwegs besprechen."

Marla und Jack führten die kleine Gruppe an. Viv, Eva und Jason folgten ihnen und versuchten den Eindruck zu erwecken, als genössen sie die Natur.

„Wer auch immer diese Männer sein mögen, sie sind nicht mehr unmittelbar in der Nähe", berichtete Jack ihnen.

„Warum verhalten wir uns dann so?", fragte Viv.

„Weil immerhin die Möglichkeit besteht, dass ich mich täusche", erwiderte Jack ruhig.

„Was schlägst du vor, Jack?", fragte Marla.

„Sobald wir die Hütte erreichen, holen Jason und ich die Pferde. In der Zwischenzeit packt ihr anderen die Sachen zusammen. Es darf nicht länger als fünf Minuten dauern. Alles, was nicht absolut notwendig ist, bleibt hier, verstanden?"

Die anderen nickten.

„Aber wir haben nur vier Pferde", sagte Marla. „Eines wird doppelte Last tragen müssen."

„Nein", korrigierte Jack sie, „denn ich werde nicht mit euch kommen."

„Aber ..."

„Ihr vier nehmt die Pferde und reitet zur Ranch zurück. Vergeudet dort keine Zeit. Gebt die Pferde ab, verabschiedet euch und fahrt ab. Ich habe meinen Wagen am Ende eines Forstweges geparkt, nicht weit bergab von hier. Ich werde schneller sein als ihr und in der Nähe der Ranch auf euch warten, irgendwo außer Sichtweite. Von dort aus werden wir zusammen weiterfahren."

Sie erreichten die Hütte.

Marla sah Jack direkt in die Augen. „Ist jemand hinter dir her? Ist das der Grund, warum die Männer uns beobachten?"

Jack erwiderte ihren Blick bestimmt. „Ich weiß es nicht. Das herauszufinden wird bis später warten müssen. Jetzt möchte ich erst mal, dass wir alle unbeschadet hier wegkommen. Also lasst uns keine weitere Zeit verschwenden. Wir sollten aufbrechen, so schnell es geht."

★

Granbys Büro – zur selben Zeit

„Warum habt ihr euren Posten verlassen, Mac?", Granbys Stimme donnerte ins Telefon. „Meine Anweisungen waren eindeutig."

„Sir, wir durften nicht riskieren, entdeckt zu werden. Ihre Pferde sind unruhig geworden und sie haben es bemerkt. Und dann haben unsere Geräte den Geist aufgegeben. Sie spinnen, seit wir in diese Berge gekommen sind. Wir mussten uns ganz einfach ein wenig weiter bergab zurückziehen. Aber es besteht nicht die geringste Chance, dass wir die fünf aus den Augen verlieren werden. Nicht hier oben. Sie brauchen sich keine Gedanken zu machen, Sir."

„Wenn ich so etwas höre, dann fange ich erst recht an, mir Sorgen zu machen", murmelte Granby. „Aber, du sagtest, sie hätten ein Buch. Was ist das für ein Buch?"

„Irgendein altes, abgegriffenes, Sir. In Leder eingebunden. Die Hansen trägt es in ihrer Handtasche mit sich herum."

„Und sie hat den anderen daraus vorgelesen?"

„Das ist korrekt, Sir. Draußen auf der Lichtung. Deshalb haben wir davon Wind bekommen. Wir konnten das Gelesene natürlich nicht verstehen, dafür waren sie zu weit weg. Und als die Ausrüstung endlich funktionsbereit war, sind die Pferde unruhig geworden. Mason meint, dass es die Frequenz gewesen ist. Wie auch immer, die Hansen hat eine lange Zeit aus dem Buch vorgelesen."

„Und Blood war bei ihnen", überlegte Granby laut.

„Das ist korrekt, Sir."

Einen Augenblick herrschte Schweigen.

„Wie lauten Ihre Anweisungen, Sir?", fragte Mac schließlich.

„Ich denke darüber nach, Mac, ich denke darüber nach."

Und das tat er. Ein alt aussehendes, in Leder gebundenes Buch, das die Hansen immer bei sich trug und aus dem sie den anderen vorlas. Offensichtlich war der Inhalt interessant genug, dass selbst Blood zuhörte. Natürlich konnte die ganze Sache, dass die Hansen und Blood sich getroffen hatten, noch immer reiner Zufall sein. Aber es war genauso möglich, dass das Buch mit der alten Mrs Copperwheat zu tun hatte und Informationen über ihren Urgroßvater und seinen Bruder enthielt – und darüber, was damals geschehen war. Derartige Informationen wären in der Tat extrem wertvoll und jeder, der es der Behörde übergeben konnte, würde mindestens ganz oben auf der Beförderungsliste stehen.

Ein Plan begann, in Granbys Kopf zu reifen, ein Plan, der seine Situation um einhundertundachtzig Grad wenden würde. Er würde nicht mehr der Mann sein, über den die ganze Behörde lachte und der gefeuert wurde, weil er ein unlösbares Problem nicht lösen konnte, sondern der, der die Erklärung zu einem Geheimnis gefunden hatte, das über einhundertundfünzig Jahre zurücklag.

„Sir?" fragte Mac behutsam. „Ihre Anweisungen?"

„Greift ein und holt mir das Buch, Mac", sagte Granby bestimmt. „Und kommt mir ja nicht ohne zurück."

Kapitel 17

Es war mitten am Nachmittag. Dunkle Wolken waren aufgezogen und verdeckten die Sonne. Ein frischer Wind wehte von den Berghängen herab und die Temperatur war stark gefallen. Marla, Viv, Eva und Jason bahnten sich ihren Weg durch die Wildnis zurück zur Tungsten Ranch, um die Pferde abzugeben, ihren Mietwagen zu holen und Jack zu treffen.

„Wir reiten seit Stunden. Sollten wir die Ranch nicht längst erreicht haben?“, fragte Eva, die sich gern wieder in Sicherheit wissen wollte. „Bist du sicher, dass dies der richtige Weg ist?“

Der Pfad war schmal und überwuchert, und sie mussten hintereinander reiten. Da Jason die Karte hatte, führte er die Gruppe an. Viv folgte ihm und hinter ihr kam Eva. Marla bildete das Schlusslicht und war froh darüber, denn so befand sie sich in gewisser Entfernung zu Viv und Jason, wenn sie ihre Wortgefechte austrugen.

Ohne anzuhalten nahm Jason die Landkarte aus seiner Hemdtasche, genau wie er es jedes Mal in den vergangenen zwei Stunden getan hatte, wenn Eva ihm dieselbe Frage gestellt hatte, und studierte sie aufmerksam.

„Ich bin mir sicher, dass wir hier richtig sind“, sagte er schließlich. „Bis zur Ranch kann es nicht mehr weit sein. Um den nächsten Felsvorsprung und dann sollten die Gebäude in Sicht kommen. Noch zwanzig Minuten und wir haben es geschafft.“

„So etwas solltest du nicht sagen, bis wir tatsächlich dort sind“, murmelte Viv hinter ihm.

Jason brachte sein Pferd zum Stehen und wandte sich so im Sattel um, dass er Viv direkt ansah.

„Gibt es nichts, was ich sagen oder tun kann, ohne mir einen Kommentar von dir einzufangen?“, fragte er verärgert. „Auf Eva oder Marla hast du es nie abgesehen, nicht mal auf diesen Jack, und den kennen wir erst seit etwas mehr als einem Tag.“

„Das kommt daher, dass Eva und Marla nachdenken, bevor sie etwas sagen“, erwiderte Viv scharfzüngig. „Und Jack ist ein echter Mann.“

„Ich bin ebenfalls ein Mann“, sagte Jason noch verärgerter. „Und doch bringt es dich nicht dazu, deine Zunge im Zaum zu halten.“

„Ich habe *echter Mann* gesagt“, zischte Viv.

„Oh, also bin ich jetzt ein Untermensch, oder wie?“

„Ach, vergiss es“, sagte Viv brummig. „Du willst mich einfach nicht verstehen.“

„Ganz im Gegenteil. Nun bin ich wirklich interessiert. Erklär es mir“, beharrte Jason.

„Können wir bitte weiterreiten“, rief Marla vom Ende des Zuges. „Es ist mir egal, ob ihr euch den gesamten restlichen Weg zur Ranch streitet, solange wir heute noch dort ankommen.“

Sie ritten weiter.

„Ich warte immer noch auf deine Antwort“, meinte Jason.

„Wenn du es wirklich wissen willst“, sagte Viv seufzend, „Jack besitzt Weltwissen und eine Menge richtig guter Eigenschaften. Er ist stark und kann streng sein, sogar ärgerlich, aber er würde seine Position niemals ausnutzen, besonders nicht gegenüber einem schwächeren Wesen. Er hat ein gewisses Gespür dafür, mit Leuten umzugehen, was ihn zu einem natürlichen Anführer macht. Und er ist sehr selbstsicher, aber auf eine dezente Art und Weise. Er gibt nie an.“

„Diese Beschreibung passt ebenfalls fast haargenau auf mich, weißt du“, erklärte Jason empört.

Viv schnaubte. „Auf dich? Du gibst vor, ein Mann zu sein. Jack ist einer. Frag Eva, sie mag ihn auch."

„Ich mische mich da nicht ein", sagte Eva sofort. „Ich habe genug von allen Männern und ihren Eskapaden. Ich will nur mein Handy wiederhaben und meine Kinder anrufen."

Obwohl sie verärgert war, erfasste Viv die Bedeutung dieses Satzes sofort.

„Was stimmt bei dir und Marcus nicht?", fragte sie unverblümt. „Und erzähl mir nicht, es sei nichts. Normalerweise sagst du nie etwas Negatives über ihn. Ist es eine andere Frau?"

Eva antwortete nicht, sondern sah geradeaus.

„Lass sie in Ruhe", sagte Marla. „Wir haben im Augenblick andere Probleme."

„Also ist es eine andere Frau", sagte Viv. „Mensch, ich hätte nicht gedacht, dass Marcus so etwas tun würde! Und wie kommt es, dass ich als Letzte davon erfahre?"

„Ich will nicht darüber sprechen, okay?", brauste Eva auf. „Und du bist nicht die Letzte, die davon erfährt. Marla hat es erst gestern herausgefunden und auch nur durch Zufall."

Viv schwieg einen Augenblick, aber sie konnte nicht lange still sein. Als sie erneut zu sprechen anfing, war es Marla, die im Mittelpunkt ihres Interesses stand.

„Ich weiß, dass Marla Jack mag", neckte Viv sie. „Sie ist schon lange in James Copperwheats stürmische graue Augen verliebt, das kann sie mir nicht verheimlichen, und Jacks Augen haben genau die gleiche Farbe. Und ich wage zu behaupten, dass er ebenfalls nicht abgeneigt ist."

„Ich wünschte, du würdest nicht über mich sprechen, als sei ich nicht anwesend", meinte Marla, bemüht ruhig zu bleiben. „Und ich wünschte, du würdest dir deinen eigenen Rat zu Herzen nehmen und nachdenken, bevor du etwas sagst. Wir sind alle ein wenig nervös wegen dem, was heute Morgen passiert ist, aber lasst uns nicht den Kopf verlieren.

Es ist okay, verängstigt und aufgewühlt zu sein, und ich weiß, dass du genau das bist, Viv. Ansonsten würdest du so etwas nie sagen, wenigstens nicht zu Eva und mir. Aber um Himmels Willen, lasst uns zur Ranch reiten und von hier wegkommen, okay?"

„Nun, ich reite nicht mehr vorne mit Viv", sagte Jason. „Ich habe genug von ihren blöden Bemerkungen. Ich gehe ans Ende."

Er wendete sein Pferd und ließ die anderen an ihm vorbeiziehen.

„Ich will auch nicht als Erste reiten", sagte Viv und lenkte ihr Pferd ebenfalls vom Pfad ab.

„Ich auch nicht", sagte Eva. „Wenn nun ein Puma von einem Baum springt oder so? Nein, ich will in der Mitte der Schlange bleiben, wo ich vorher war, und wo ich geschützt bin."

„Nun macht die Sache nicht schlimmer, als sie ist", meinte Marla. Sie war wütend auf sich selbst, weil sie Viv und Jason eingeladen hatte mitzukommen, und sie sich nun andauernd zankten und alles verdarben. „Ich reite vorn. Ihr könnt machen, was ihr wollt."

Sie ritt an Eva und Viv vorbei, ohne sich einmal nach ihnen umzudrehen.

„Jetzt hast du sie verärgert", hörte Marla Viv zu Jason sagen, und sie schüttelte schweigend den Kopf. Die beiden würden sich nie ändern. Sie blickte über die Schulter und starrte Viv ärgerlich an. „Übrigens habe ich es nicht auf einen Freund abgesehen, besonders nicht einen, der scheinbar bis in alle Ecken meiner Seele blicken kann, einen, der all meine Seiten sieht, und besonders all meine Fehler. Wenn ich je wieder einen Freund haben will, dann suche ich mir einen, der mehr ... *gezähmt* ist, wenn man es so ausdrücken will. Jack ist ein toller Kerl, aber er ist wild und zäh wie das Land, mit dem er so verbunden ist. Ich hingegen bin ein

Stadtmensch, weich und verwöhnt. Ich brauche etwas anderes. Und damit, meine liebe Viv, hat es sich."

„Du bist immer so ernst", maulte Viv.

„Du auch, meistens wenigstens", erwiderte Marla, noch immer verärgert. „Ich weiß nicht, was über dich gekommen ist. Du beschwerst dich über Jason, aber du verhältst dich selbst wie eine Idiotin, besonders wenn Jack in der Nähe ist. Ich bin hierhergekommen, weil mir etwas sehr am Herzen liegt: das Geheimnis des Tagebuchs. Wenn ihr abspringen wollt, tut euch keinen Zwang an. Ich kann allein weitermachen. Aber wenn ihr dabei bleiben wollt, dann müsst ihr euch zusammenreißen."

Ein bedrücktes Schweigen lag über der Gruppe, als sie ihren Weg durch die Wildnis fortsetzten.

Eine Weile später durchbrach ein dumpfes klopfendes Geräusch die Stille. Es hallte von den Felsen der umstehenden Berge wider und wurde mit jeder Sekunde lauter.

„Was ist das für ein Geräusch?", fragte Eva und blickte sich verunsichert um.

Sie brachten die Pferde zum Stehen und lauschten.

„Ich weiß es nicht", sagte Marla. „Was auch immer es sein mag, es verursacht eine Menge Krach."

„Es ist ein Helikopter!", rief Jason überrascht. „Dort oben!"

Die Blicke der Frauen folgten seiner ausgestreckten Hand. Am Himmel kam gerade ein großer weißer Helikopter zwischen den Baumwipfeln in Sicht.

„Der ist riesig", bemerkte Jason beeindruckt. „Scheint mir ein Modell zu sein, wie sie ihn für Rettungseinsätze benutzen."

„Ich hoffe, niemand hat sich verletzt", sagte Eva mitfühlend.

Und Marla setzte hinzu: „Ja, das hoffe ich auch."

Sie wollten schon weiterreiten, als die Pferde die Ohren

spitzten und begannen, aufgeregt ihre Köpfe auf und ab zu bewegen.

„Was ist nun los?", fragte Viv und ihre Stimme verriet ihre Beunruhigung.

„Seid still", meinte Jason. „Ich glaube, ich höre etwas."

Sie schwiegen sofort und lauschten. Ein Krachen und Knacksen ertönte aus dem Gebüsch vor ihnen. Die Pferde schnaubten aufgebracht und begannen zu tänzeln. Die vier Reiter hatten Mühe, sie unter Kontrolle zu halten.

„Oh, das gefällt mir gar nicht", flüsterte Eva. „Vielleicht sollten wir lieber absteigen."

„Wage das ja nicht", zischte Marla. „Am Boden stellen wir ein noch besseres Ziel dar für wen auch immer. Im Sattel haben wir wenigstens eine Chance." Sie versuchte ruhig zu bleiben. Sie wusste, die Stute würde ihre Besorgnis spüren und noch aufgeregter werden, wenn sie in Panik geriet. In Marlas Kopf jedoch begann sich alles zu drehen. Sie konnte nicht anders, als an die mysteriösen Männer denken, die sie beim Lesen des Tagebuchs beobachtet hatten und die der Grund für ihren überstürzten Aufbruch von Jacks Hütte gewesen waren. Bei all dem Gezanke unterwegs hatte Marla sie fast vergessen. Nun aber kehrten die Angespanntheit und die unterdrückte Angst mit voller Kraft zurück. Was, wenn diese Männer ihnen irgendwie gefolgt waren und ihnen nun auflauerten?

Der Gedanke allein reichte aus, um Marlas Hände zum Zittern und ihren Puls zum Rasen zu bringen. Instinktiv fühlte sie nach der Tasche, die sie sich über die Schulter gehängt hatte, und die das Tagebuch enthielt. Sie war noch immer an ihrem Platz. Sie sah zu ihren Freunden hinüber. Ihre Gesichter waren blass und ihre Blicke auf den Pfad vor ihnen gerichtet.

Das Knacken kam immer näher. Das Gebüsch am Wegrand begann sich wie wild zu bewegen. Die Pferde tänzelten rückwärts und schnaubten aufgebracht.

Marla konnte sich nicht bewegen. Sie hielt den Atem an und machte sich aufs Schlimmste gefasst.

Das Gebüsch teilte sich. Ein großer schwarzer Kopf erschien, gefolgt von einem enormen fellbedeckten Körper. Das Etwas marschierte in die Mitte des Pfades, wandte sich um und starrte ihnen entgegen.

„Oh, mein Gott!", flüsterte Eva. „Es ist ein Bär!"

Ein Bär! Etwas in Marlas Kopf machte Klick. Sie war bereits mit einem Bären zusammengestoßen, gestern Morgen, als sie Jack getroffen hatte. Sie hatte starr dagestanden, genau wie jetzt, und Jack hatte sie ausgelacht. Er hatte über sie gelacht, weil er gewusst hatte, wie man mit Bären umging. Und plötzlich erkannte Marla, was zu tun war.

„Fangt an zu schreien", befahl sie. „Seid aggressiv. Schmeißt etwas nach ihm. Egal was. Macht Krach."

Viv, Eva und Jason starrten sie an, aber Marla schenkte ihnen keine Beachtung. Sie begann zu schreien und die Arme zu schwenken und trieb ihr Pferd an, ein paar Schritte vorwärts zu machen.

Der Bär sah sie einen Augenblick lang erstaunt an. Dann rannte er, so schnell er konnte, in das Gebüsch auf der anderen Seite des Pfades und verschwand außer Sichtweite.

„Wie wusstest du …", begann Viv.

„Egal", sagte Jason. „Lasst uns von hier verschwinden, solange wir es können!"

„Okay", sagte Marla, noch immer halb überrascht, dass es ihnen gelungen war, den Bären zu vertreiben, und ließ ihr Pferd antraben.

Die anderen folgten dicht hinter ihr.

Marla wusste nicht, wie lange sie so getrabt waren. Sie war zu beschäftigt damit, sich an ihrem Pferd festzuhalten und nicht herunterzufallen. Dann endlich erreichten sie das Ende der Felsen und der Pfad wurde breiter. Der Wald lichtete sich und gab den Blick frei auf ein wunderschönes

Tal mit weitläufigen Bergwiesen und kleinen Wäldchen.

„Da ist die Ranch!", rief Eva mit einem erleichterten Seufzer. „Gott sei Dank, wir haben es geschafft."

★

Jack stieg den Berghang hinunter, ohne jemanden zu treffen oder etwas Ungewöhnliches zu erspähen. Sein Ford Crown Victoria parkte noch immer genau dort, wo er ihn Wochen vorher abgestellt hatte.

Dass der Wagen unberührt war, überraschte ihn nicht, denn er hatte ihn im Dickicht neben dem Forstweg geparkt, so das man ihn von der Straße aus kaum erkennen konnte. Wenn man nicht nach ihm suchte, war der Wagen praktisch unsichtbar.

Nun, sein Jagdgewehr in greifbarer Nähe neben sich auf dem Sitz, steuerte Jack den Wagen langsam bergab. Er folgte dem schmalen, überwucherten Forstweg, der ihn zurück zum Highway bringen würde. Jack war sorgsam darauf bedacht, den Schlaglöchern auf dem unbefestigten Weg auszuweichen. Es würde gerade noch fehlen, mit einer gebrochenen Wagenachse in der Wildnis festzusitzen, wo die anderen mit seiner Hilfe rechneten.

An jedem anderen Nachmittag hätte Jack die Fahrt sehr genossen, aber heute waren seine Gedanken nicht bei den einsamen Bergwiesen, den hochgewachsenen Kiefern und den Büschen mit reifen Beeren. Er dachte an die Ereignisse des Morgens und ließ dann Revue passieren, was sich in den vergangenen vierundzwanzig Stunden abgespielt hatte. Während er sich die verschiedenen Ereignisse ins Gedächtnis zurückrief – angefangen bei dem Gefühl, beobachtet zu werden über die Löschaktion im Lager von Marla und ihren Freunden bis hin zu seinem Treffen mit Marla und ihrer gemeinsamen Verbindung zu James und Alfred Copperwheat und schließlich der Entdeckung, dass sie tatsächlich beobachtet wurden – machte er sich in Gedanken Notizen zu einzelnen Fakten und Zusammenhängen, die, wie er glaubte, wichtig waren.

Er wurde von dem lauten Motorgeräusch eines Helikopters unterbrochen, der tief über ihn hinwegflog. Er konnte die Maschine nicht sehen, weil die Baumkronen sich über der Straße trafen und ein dichtes, grünes Dach bildeten, das nicht nur das Sonnenlicht fernhielt, sondern auch den Blick in den Himmel verdeckte.

Jack fluchte lautstark, nicht, weil seine Gedanken unterbrochen wurden, sondern weil Helikopter wie dieser oft viel zu tief über die Wildnis flogen und sich nicht darum scherten, dass sie dabei die Tiere störten und sie in panische Angst versetzten. Manchmal hatten die Helikopter Touristen an Bord, die Fotos von Bären, Elchen und Wapiti machen wollten. Andere Male transportierten die Piloten Jäger, die, obwohl das nicht erlaubt war, die Tiere mit dem lauten Motorgeräusch der tieffliegenden Helikopter aus ihren Verstecken scheuchten, um auf diese Weise leichter eine Trophäe zu erbeuten.

Jack dachte daran, dass sein Volk sich darum bemühte, in Harmonie mit der Natur und allen Lebewesen zu leben. Zu dieser Lebensweise gehörte auch ein großer Respekt vor jeder Art Schöpfung. Es war eine Haltung, die Jack in der modernen Gesellschaft allzu oft vermisste.

Und er dachte an die Abschiedsworte seiner Mutter: *Vergiss nicht, dass die Geister unserer Ahnen bei dir sein werden, um dich zu leiten und zu beschützen. Du entstammst einer langen Linie von spirituell sehr kraftvollen Menschen. Ich weiß, dass du mir bisher keinen Glauben geschenkt hast, wenn ich dir das gesagt habe, aber es ist die Wahrheit: diese Kraft ruht auch in dir. Lass sie erwachen, lausche und sieh, wohin sie dich führt.*

In den letzten Wochen hatte Jack versucht, genau das zu

tun: den Geistwesen zuzuhören und sich von ihnen leiten zu lassen. Und die Geister hatten ihn zu Marla geführt und damit auch zu einer extrem wichtigen Verbindung zu seinen Ahnen. Was genau es mit dem Tagebuch und den Ereignissen, die darin beschrieben wurden, auf sich hatte, und warum und auf welche Weise Marla in all dies verwickelt war, verstand er bisher noch nicht. Aber er spürte, dass er bald Antworten auf seine Fragen erhalten würde.

Im Moment galt es zunächst, dafür zu sorgen, dass seine neuen Freunde in Sicherheit waren. Und als er nun die verlassene Forststraße entlangfuhr, wurde ihm klar, dass er sich vielleicht besser nicht von ihnen hätte trennen sollen. Er wusste, dass Marla offen war für das Flüstern der Geistwesen, und dass sie unter normalen Umständen die Gegenwart von unerwünschten Gästen spüren würde. Aber vorhin, als er sie und die anderen zurück zur Ranch geschickt hatte, war Marla verwirrt und angespannt gewesen – beides völlig verständlich in der Situation, in der sie sich befand – aber im Notfall nicht sehr hilfreich.

Eva und Viv waren ebenfalls angeschlagen, und Jason war kein Mann, der in jeder Situation wusste, was zu tun war – besonders dann nicht, wenn Gewalt im Spiel war.

Warum Jack Gewalt erwartete, konnte er nicht sagen. Aber er war sich nun sicher, dass diese Männer schlimmere Absichten hatten, als er zunächst angenommen hatte. Und jeder konnte sich denken, wohin Marla, Eva, Viv und Jason gerade unterwegs waren. Außer der Ranch der Tungstens gab es im Umkreis von vielen Meilen keine andere Anlaufstelle.

Jack schlug mit der Faust aufs Lenkrad und fluchte lauthals.

„Ich hätte sie nicht allein lassen sollen", brauste er auf und drückte aufs Gaspedal. Je eher er zur Ranch kam, desto besser.

Eine halbe Stunde später hatte Jack das Ende des Forstweges erreicht. Der Highway lag direkt vor ihm, doch er zögerte. Normalerweise gab es keinen Zweifel, was zu tun war: Der Highway war der schnellste Weg, um zur anderen Seite des Berges zu kommen, dorthin, wo sich die Ranch der Tungstens befand. Aber den Highway zu nehmen bedeutete ebenfalls, sichtbar zu sein. Bisher hatte der Wald ihn perfekt verborgen gehalten, und Jack war sich nicht sicher, ob es eine gute Idee war, diesen Vorteil aufzugeben, nur um Zeit zu gewinnen.

Er entschied sich dagegen und setzte den Wagen zurück. Eine knappe Meile bergauf gabelte sich der Forstweg und verlief, vom dichten Wald vor neugierigen Augen geschützt, parallel zum Highway. Jack würde etwas länger brauchen, bis er die Ranch erreichte, aber es war besser, vorsichtig zu sein.

Während er fuhr, wanderten seine Gedanken unwillkürlich zu Marla und ihren Freundinnen. Er war es nicht gewohnt, dass sich weiße Frauen so ungezwungen und unvoreingenommen mit ihm unterhielten. Er war im ländlichen Montana aufgewachsen und hatte früh gelernt, dass die meisten Weißen auf Indianer herabsahen und sich normalerweise nicht auf Gespräche mit ihnen einließen. Sie mieden Kontakte, denn viele dachten noch immer, dass Indianer Wilde waren, dreckig, dumm und unzivilisiert. Väter und Brüder duldeten nicht, dass ihre Töchter oder Schwestern mit einem Indianer befreundet waren, egal ob weiblich oder männlich, und jeder, der sich darüber hinwegsetzte, wurde ebenfalls abgelehnt. Diese Einstellung hatte eine Art Apartheit geschaffen, die auch heute noch bestand. Natürlich gab es Ausnahmen, aber bisher hatte Jack nur wenige Menschen getroffen, die in dieser Hinsicht offen waren.

Daher war er recht überrascht gewesen, dass weder eine der drei Frauen noch Jason, der ihr Begleiter und sozusagen ihr Beschützer war, ihm gegenüber Anzeichen von Abneigung oder Skepsis gezeigt hatten. Ganz im Gegenteil. Sie hatten ihn als gleichwertig behandelt und so unbefangen und offen mit ihm gesprochen, wie er es bisher nicht erlebt hatte. Besonders Marla, mit der er sich recht vertraulich unterhalten hatte, hatte keinerlei Zurückhaltung gezeigt, ihm ihre Gefühle mitzuteilen oder Rat von ihm anzunehmen. Und Jack konnte nicht umhin, sich einzugestehen, dass es ihm gefiel. Zum ersten Mal seit langer Zeit hatte er wieder einmal das Empfinden, dass ein gegenseitiges Verständnis der beiden Kulturen doch möglich war.

Fünfundvierzig Minuten später hatte Jack die Ranch der Tungstens beinahe erreicht. Der Forstweg, auf dem er entlangfuhr, traf nur wenige hundert Meter vom Haupthaus der Ranch auf die Schotterstraße, die von Highway aus zur Deer Creek Ranch führte.

Jack hatte geplant, seinen Wagen am Ende des Forstweges im Gebüsch abzustellen, damit der Wagen für niemanden, der auf der Schotterstraße zur Ranch fuhr, sichtbar war. Den Rest des Weges wollte er zu Fuß zurückzulegen, und zwar nicht auf der Straße, sondern im Wald, wo ihn niemand sah. Er wollte die Umgebung auskundschaften und sicherstellen, dass für die anderen keine Gefahr bestand.

Doch ehe Jack die nächste Biegung der überwucherten Forststraße erreichte, zogen einige Weißwedelhirsche seine Aufmerksamkeit auf sich. Sie stürmten aus dem Gebüsch und überquerten den Weg mit so großen Sprüngen, dass etwas sie aufgescheucht haben musste.

Jack hielt den Wagen an und stellte den Motor ab. Instinktiv griff er nach seinem Jagdgewehr, das neben ihm auf dem Sitz lag. Er stieg aus dem Wagen und verschwand im Unterholz. Einen Augenblick später war er eins mit dem Wald geworden, eins mit dem Land. Für das ungeübte Auge war er vollkommen unsichtbar.

Er bewegte sich lautlos. Geschützt durch die nächste kleine Anhöhe spähte Jack auf das Stück Forstweg hinab, das sich hinter der Biegung befand. Ein schwarzer Suburban war ein Stück weit von der Stelle geparkt, an der der Forstweg in eine Schotterstraße mündete. Vier Männer standen neben dem Wagen. Zwei von ihnen trugen schwarze Anzüge, weiße Hemden und dunkle Sonnenbrillen. Ihr Haar war glatt zurückgekämmt. Die beiden anderen hatten Tarnanzüge an und hielten Präzisionsgewehre in der Hand. Ihr Auftreten, ihr Aussehen und die kurz geschorenen Haare erinnerten Jack stark an Söldner.

Jack pfiff kaum hörbar durch die Zähne. Es war die Straße, die zur Ranch der Tungstens führte, die die Männer beobachteten. Marla und die anderen würden auf dem Weg zurück in die Stadt mit ihrem Mietwagen genau hier vorbeikommen.

„Wie lange müssen wir hier wohl warten?“, hörte Jack einen der im Tarnanzug gekleideten Männer fragen.

„So lange wie nötig“, erwiderte ein anderer verärgert. „Du kennst die Anweisung.“

„Wir hätten einfach zugreifen und die Sache erledigen sollen, als sie noch oben bei der Berghütte waren. In der abgelegenen Ecke hätte sie für lange Zeit niemand gefunden. Das hier ist Kinderkram.“

„Der Boss will es so haben“, sagte einer der Typen im weißen Hemd, und es schwang etwas wie eine Warnung in seiner Stimme mit.

Die Männer schwiegen wieder, doch Jack hatte ohnehin genug gehört. Es gab keinen Zweifel, wer sich am Morgen im Wald bei der Lichtung herumgetrieben hatte. Es blieb die Frage, warum. Aber Jack hatte keine Zeit, darüber nachzudenken. Irgendwie musste er die Ranch erreichen und die anderen warnen, bevor sie sich auf den Weg in die Stadt machten.

Den Highway zu meiden und stattdessen den Forstweg zu nehmen hatte sich gelohnt. Ansonsten hätte Jack die Falle nie entdeckt. Doch der Umweg hatte ihn auch viel Zeit gekostet. Die anderen mussten die Ranch mittlerweile fast erreicht haben, und er würde den Rest des Weges zu Fuß zurücklegen müssen. Würde es ihm gelingen, seine Freunde rechtzeitig abzufangen?

Leise schlich Jack zurück durch den Wald, bis er außer Hörweite war. Dann schlug er einen großen Bogen um den schwarzen Suburban und die vier Männer und rannte, so schnell das Gelände es zuließ, auf die Deer Creek Ranch zu. Er musste es einfach schaffen, vor den anderen dort anzukommen.

Kapitel 18

Marla, Viv, Eva und Jason hatten sich der Ranch inzwischen so weit genähert, dass sie die Einzelheiten des Hofes ausmachen konnten. Der Weg war jetzt breiter und sie ritten in Zweierreihen.

„Ich bin so erleichtert, wieder bei den Tungstens zu sein", sagte Eva mit einem Seufzer. „Dieser Ausflug war einfach zu aufregend für mich. Ich bin froh, wenn ich wieder in unserem komfortablen Mietwagen sitzen und meine Kinder anrufen kann."

„Ich kann auch nicht behaupten, dass es mir leid tut, die Wildnis hinter mir zu lassen", sagte Viv. „Eine Nacht in einem weichen Motelbett wäre jetzt genau das Richtige für mich. Ich hoffe, Jack hat keine anderen Pläne."

„Jack, Jack. Ich höre nichts anderes als Jack", sagte Jason, der neben Marla ritt. „Er ist nicht der Boss hier. Und überhaupt, ich verstehe gar nicht, warum ihr zwei euch beschwert. Der Ausflug war doch super! Die Pferde, die famose Landschaft und sogar ein Abenteuer. Was kann man sich mehr wünschen?"

„Habt ihr alle die Männer vergessen, die sich heute Morgen bei der Hütte herumgetrieben haben?", brauste Marla auf. Sie hatte den Mund halten wollen, aber ihre Freunde so banal daherreden zu hören, als sei nichts passiert, ärgerte sie. „Begreift ihr nicht, dass die Lage vermutlich sehr ernst ist?"

„Wenn überhaupt, dann sind die Typen hinter Jack her. Vielleicht hat er seine Rechnungen nicht bezahlt", erklärte Jason leichthin. „Mit uns kann es nicht zu tun haben. Warum sollte es?"

„Oh, ich weiß nicht", sagte Marla sarkastisch. „Vielleicht weil ich ein wichtiges Tagebuch bei mir habe, ein Tagebuch, das sehr kraftvoll ist und das ich nicht aus den Händen geben soll?"

„Du glaubst doch nicht etwa all diesen Kram, oder?", erwiderte Jason.

„Doch, das tue ich", sagte Marla ernst. „Und noch etwas: Ich will, dass ihr drei nach Hause fliegt, sobald wir in die nächstgrößere Stadt kommen."

„Aber Marla, wir wollten dieses Abenteuer doch zusammen unternehmen!" Eva hörte sich beinahe gekränkt an.

„Ich weiß", sagte Marla und versuchte sie zu beruhigen. „Aber Pläne ändern sich. Ich habe ein wirklich ungutes Gefühl bei der ganzen Sache und ich will nicht, dass euch etwas zustößt."

Bevor jemand etwas erwidern konnte, spitzten die Pferde die Ohren und begannen erneut zu tänzeln.

„Mein Gott, was ist nun wieder los?", flüsterte Eva. „Und dabei haben wir die Ranch fast erreicht."

„Genug davon!", rief Viv. „Ich kriege heute Abend mein Motelbett!"

Bevor Marla etwas einwenden konnte, hatte Viv ihr Pferd zu einem schnellen Trab angetrieben. Die anderen drei Pferde folgten ihrem Beispiel, denn nun witterten sie ihren Stall.

Sie waren nicht mehr als ein paar Meter weit gekommen, als jemand plötzlich zwischen den Bäumen hervorsprang und in der Mitte des Pfades, genau vor den laufenden Pferden, landete. Er hielt seine Arme nach oben gestreckt und rührte sich nicht vom Fleck. Ein Zusammenstoß schien unausweichlich.

Marla klammerte sich an die Mähne ihres Pferdes, kniff die Augen zusammen und hielt sich so fest sie nur konnte. Sie hörte die anderen Pferde schnauben und Viv und Eva aufschreien. Dann begann ihre Stute zu schlittern und kam schließlich abrupt zum Stehen. Marla konnte gerade noch verhindern, dass sie in hohem Bogen über den Hals des Tieres flog. Dankbar, am Leben und unverletzt zu sein, lockerte sie mit rasendem Puls ihren Griff an der Mähne und öffnete die Augen.

„Jack!", rief sie überrascht aus, als sie erkannte, wer sich ihnen in den Weg gestellt hatte.

Vielleicht war ihre Stimme zu laut gewesen, oder zu hoch in ihrer Angst und Verwirrung. Was auch immer der Grund war, in dem Augenblick, als Marla aufschrie, bäumte sich ihr Pferd auf und warf sie rückwärts aus dem Sattel.

Der Sturz verschlug Marla den Atem. Für einen Moment hatte sie das Gefühl, keine Luft zu bekommen. Sie lag auf der hart getretenen Erde des Pfades, die Augen weit aufgerissen. Sie fühlte sich wie gelähmt.

„Marla!" Jack war augenblicklich an ihrer Seite, ergriff ihre Hand und strich ihr sanft über die Wange. „Marla, kannst du mich hören?"

Als sie seine Stimme vernahm, strömte wieder Leben in ihren Körper. Sie atmete tief ein und setzte sich vorsichtig auf.

„Ich habe Belle!", rief Jason und lenkte sein Pferd dorthin zurück, wo Marla gefallen war. Ihre Stute führte er hinter sich her.

„Ist Marla in Ordnung?", fragte Viv, während sie versuchte, ihr Pferd unter Kontrolle zu bekommen.

Eva ging auf Nummer sicher. Sie stieg ab und führte ihr Pferd zu Marla und Jack zurück.

„Das war sehr dumm von dir!", rief sie, als sie sie erreichte und starrte Jack ärgerlich an. „Wir hätten uns den Hals brechen können!" Sie kniete sich neben Marla. „Bleib liegen und beweg dich nicht. Wir müssen sicherstellen, dass du dir nichts gebrochen hast."

Marla tat wie befohlen und Eva tastete vorsichtig ihren Körper ab.

„Es tut mir wirklich leid", sagte Jack. „Aber es ging nicht anders. Ich musste euch noch vor der Ranch abfangen."

„Es ist nichts gebrochen", berichtete Eva im sachlichen Tonfall einer Krankenschwester. „Bist du auf den Kopf gefallen? Ist dir schwindlig?"

Marla zwang sich zu lächeln. „Ich bin hart auf dem Hinterteil gelandet, das ist alles. Ich werde eine Weile Acht geben müssen, wie ich sitze, und ich werde einen schönen blauen Fleck kriegen, aber ansonsten fehlt mir nichts."

„Du hast Glück gehabt", sagte Viv, noch immer geschockt.

Jack sah sie ungeduldig an und mischte sich schließlich ein.

„Ich bin auch froh, dass Marla nichts passiert ist", sagte er. „Aber ich habe schlechte Nachrichten. Ihr könnt nicht zur Ranch zurück."

Die anderen sahen ihn entgeistert an.

„Ein schwarzer Suburban ist an der Straße versteckt, um euch abzufangen", erklärte er schnell.

„Woher weißt du das?", wollte Jason wissen.

„Ich wäre ihnen auf meinem Weg hierher beinahe in die Arme gelaufen. Es sind vier Männer beim Wagen, zwei in schwarzen Geschäftsanzügen, zwei in Tarnkleidung. Alle sind bewaffnet. Ich glaube nicht, dass sie hier sind, um die Landschaft zu bewundern."

Eva wurde blass. „Gütiger Gott", flüsterte sie.

„Die Männer, die vorhin bei der Hütte gewesen sind", meinte Marla nachdenklich. Es war mehr eine Feststellung, als eine Frage.

Jack nickte. „Ich bin mir sicher, dass sie es sind. Oder jemand, der mit ihnen zusammenarbeitet."

„Selbst wenn", sagte Viv. „Wir wissen nicht mit Sicherheit, dass sie hinter uns her sind. Vielleicht wollen sie etwas von dir."

„Ich bin nicht derjenige, der etwas sehr Wertvolles in seiner Handtasche herumträgt", erwiderte Jack. Dann setze er in bittendem Ton hinzu und sah Marla dabei direkt an: „Ich sage die Wahrheit. Diese Männer sind nicht hinter mir oder hinter etwas her, das sich in meinem Besitz befindet. Dass du mit Alfred Copperwheats Tagebuch auf diesen Kontinent gekommen bist, hat etwas in Bewegung gebracht, etwas, von dem wir keinen Schimmer haben. Ich habe auf dem Weg hierher darüber nachgedacht. Es kann nur mit dem Tagebuch zu tun haben, mit etwas, was darin festgehalten ist. Erinnere dich, was Geraldine zu dir gesagt hat: das Tagebuch ist kraftvoll, und du sollst es nicht aus den Händen geben. Warum würde sie so etwas sagen?"

„Ja, warum wohl?", fragte Jason

„Es war eine Warnung", sagte Jack, sein Ton noch immer bittend. „Du musst mir glauben."

„Aber wie hätte jemand herausfinden können, dass Geraldine mir das Tagebuch anvertraut hat?", fragte Marla verwirrt. „Und wie hätte jemand herausfinden können, dass wir hier sind?"

„Schaust du nie Spionage-Filme an?", fragte Jack.

Viv lachte laut auf. „Du verschwendest deine Zeit! Du willst nicht wissen, was für Filme sie anschaut."

„Nun, du hast ein Handy und ein Laptop, das ans Internet angeschlossen ist, oder? Du surfst im Netz und hast eine Emailadresse?"

Marla nickte.

„Dann hast du die Antwort auf deine Fragen", sagte Jack. „Ich kann im Augenblick nicht weiter darauf eingehen. Wir müssen uns beeilen."

„Hast du einen Plan?", fragte Jason sachlich, als sei es sein tägliches Geschäft, beobachtet zu werden und mit professionellen Bösewichten konfrontiert zu werden.

„Ich nehme an, dass ihr all eure wichtigen Sachen bei euch habt?", fragte Jack. „Pässe, Geld, Flugtickets?"

Jason nickte. „Wir konnten die doch nicht einfach im Mietwagen liegen lassen."

„Ich bin froh, das zu hören", sagte Jack. „In diesem Fall schlage ich vor, dass wir zu meinen Wagen gehen. Ich habe ihn außer Sichtweite entlang einer Forststraße geparkt, gerade außer Hörweite der Kerle. Wenn wir vorsichtig sind, können wir ihn erreichen, ohne dass es jemand bemerkt, und so einen Vorsprung herausschlagen."

„Aber was wird aus dem Mietwagen und unserem restlichen Gepäck?" Vivs Stimme klang alarmiert, denn sie dachte an all die teuren Kleidungsstücke und Schönheitsprodukte in ihrem Gepäck.

Jack sah sie streng an. „Entweder lässt du es zurück oder es kostet dich dein Leben. Was ist dir wichtiger?"

Viv schluckte hart und schwieg.

„Ist es wirklich so ernst?", fragte Marla.

„Ja."

„Dann lasst uns tun, was Jack vorgeschlagen hat", bat Marla ihre Freunde. Und an Jack gewandt fragte sie: „Meinst du, sie wissen, wohin wir von hier aus unterwegs sind?"

„Nein", sagte Jack. „Aber sie haben enorme Mittel und Quellen zur Verfügung, das kann man klar an ihrer Ausrüstung erkennen. Und vorhin habe ich einen Helikopter gehört. Ich glaube nicht, dass ich gesehen worden bin, aber wir müssen sehr vorsichtig sein. Wir sollten so bald es geht einen anderen Wagen organisieren, damit man uns nicht so leicht folgen kann."

Marla erinnerte sich, auf dem Weg zur Ranch auch einen Helikopter gehört zu haben, und dachte über Jacks Worte nach.

„Aber wohin sollen wir gehen?", fragte sie und war nun

völlig überzeugt davon, dass Jack die Wahrheit sagte. „Sollen wir uns irgendwo verstecken? Und wie lange würde das gutgehen?"

„Wir werden uns nicht verstecken", sagte Jack bestimmt. „Wir werden weitermachen wie geplant: wir werden Alfreds und James' Reiseroute folgen."

„Aber wir wissen nicht, wohin sie von hier aus gegangen sind", sagte Marla. „Um das herauszufinden, müssen wir erst im Tagebuch weiterlesen."

„Ich weiß, wohin sie gegangen sind", sagte Jack. „Meine Mutter hat mir die Geschichte tausendmal erzählt. Sie sind dorthin gegangen, wo James seine Frau getroffen hat – nach Sand Creek, südöstlich von Denver, Colorado."

Kapitel 19

Mehrere Stunden später fuhren Marla, Viv, Eva, Jason und Jack auf dem Interstate 90 südöstlich in Richtung Denver. Es war still im Wagen, jeder hing seinen Gedanken nach.

Marla saß auf dem Rücksitz und sah aus dem Fenster. Sie beobachtete, wie die majestätischen Rockies langsam kleiner wurden und schließlich in hügelige Ausläufer übergingen. Die Strahlen der späten Nachmittagssonne tauchten die Hügelkuppen in goldenes Licht und die Täler erwachten durch die tanzenden bläulichen Schatten der nahenden Dämmerung zu neuem Leben.

Marla begrüßte die Wärme der Sonne auf ihren Wangen und fühlte sofort, wie sich ihre Stimmung besserte. Doch sie konnte nicht umhin, sich zum hundertsten Mal in den vergangenen Stunden zu fragen, wie sie in eine derart gefährliche Situation hatten geraten können.

Sie waren Jacks Vorschlag gefolgt, hatten ihre Pferde laufen lassen und ihre Sachen aus Sicherheitsgründen im Mietwagen zurückgelassen. Dann waren sie Jack durch den bergigen Wald zu der Stelle gefolgt, an der er seinen Wagen geparkt hatte. Marla erschauerte, als sie an den Marsch durch die Wildnis dachte. Außer Jack hatte sich keiner von ihnen je an jemandem oder an etwas vorbeigeschlichen, besonders nicht, um zu vermeiden, von bewaffneten Männern aufgespürt zu werden. Es war für sie alle ein traumatisches Erlebnis gewesen. Marlas Nerven waren so strapaziert, dass sie selbst jetzt, wo sie sich sicher im Auto befand, ein schmerzhaftes Pochen im Kopf und ein panisches Flackern im Herzen spürte.

Als sie Jacks Wagen erreicht hatten, fasste Marla den Entschluss, sich nie wieder auf ein solches Abenteuer einzulassen. Aber sie war sich zu dem Zeitpunkt nicht bewusst, dass die Gefahr noch längst nicht vorüber war. Und dass sie nicht vorüber sein würde, bis sie das Rätsel, das das Tagebuch verbarg, gelöst hatten.

Es war ihnen gelungen, den Männern, die ihnen auflauerten, zu entkommen, aber Jack hatte es für notwendig gehalten, den Wagen zu wechseln, so dass das Fahrzeug nicht auf ihren Namen zugelassen war. Daher hatten sie eine Bekannte von Jack aufgesucht, eine ältere Dame, die ihn seit seiner Jugend kannte, und die in einem winzigen Blockhaus außerhalb von Deer Lodge lebte.

Es war ein kurzes Treffen gewesen, denn Jack hatte sie zur Eile angehalten. Er hatte ihre Lage hastig beschrieben, ohne Einzelheiten preiszugeben, und um Loris Hilfe gebeten. Wenig später und ohne viele Fragen zu stellen hatte die Frau ihr Scheunentor geöffnet und Jacks Wagen darin versteckt. Dann hatte sie ihnen eines ihrer Autos zur Verfügung gestellt, einen älteren Jeep Cherokee, der in recht gutem Zustand war. Jack hatte Lori zum Abschied umarmt, dann hatten sie sich alle in den Jeep gequetscht und waren weitergefahren.

Jack hatte ausgerechnet, dass die Entfernung nach Sand Creek ungefähr 700 Meilen betrug und sie wiederholt daran erinnert, dass sie so schnell wie möglich dort ankommen sollten. Er saß momentan am Steuer, aber sie hatten abgemacht, dass Viv oder Jason ihn ablösen würden, sobald er zu müde wurde.

„Es kommt mir beinahe vor, als seien wir entführt worden", flüsterte Eva, die zwischen Marla und Viv auf dem Rücksitz des Jeeps saß, als Jack und Jason in ein Gespräch vertieft waren. „Ich meine, abgesehen davon, dass wir unsere Sachen nicht aus dem Mietwagen holen konnten, hat Jack uns auch dazu überredet, unsere Handys wegzuwerfen und uns verboten, unsere Familien und Freunde zu kontaktieren." Sie sah unglücklich zu Jack hinüber.

„Ich finde, es ist irgendwie aufregend", sagte Viv leise.

„Du hast vorhin, als wir durch den Wald geschlichen sind, nicht sehr begeistert ausgesehen", bemerkte Eva trocken. „Da warst du eher blass."

„Jack hat uns erklärt, wie einfach man zurückverfolgen kann, wann und wo Handys, Laptops und Kreditkarten benutzt wurden", meinte Marla beschwörend. „Sogar Anrufe von öffentlichen Telefonen oder Emails, die von einem Internetcafe aus gesendet werden, können zurückverfolgt werden, und es ist absolut notwendig, dass niemand von unserem momentanen Aufenthaltsort oder unserem Ziel erfährt."

„Und was ist mit meinen Kindern?", flüsterte Eva.

Marla sah ihre Freundin scharf an. „Wage es ja nicht! Wage es ja nicht, sie anzurufen oder ihnen eine Email zu schicken. Das könnte unser Ende bedeuten."

„Aber sie werden sich Sorgen machen."

„Sie werden sich eine Weile gedulden müssen", beharrte Marla. Doch als sie Evas trauriges Gesicht sah, legte sie eine Hand auf den Arm der Freundin und setzte tröstend hinzu: „Ich bin mir sicher, es wird nicht für lange sein."

Eva seufzte. „Aber mal im Ernst", sagte sie leise, „wir verlassen uns in dieser Sache ganz auf Jacks Wort. Er sagt, dass sich jemand bei der Lichtung herumgetrieben hat. Er sagt, dass uns jemand aufgelauert hat. Wir selbst haben nichts Verdächtiges gesehen." Sie sprach noch leiser und warf einen Seitenblick auf Jack. „Und wenn er uns nun nicht die Wahrheit erzählt? Was wissen wir schon von ihm?"

Marla lächelte sie nachsichtig an. „Du bist verängstigt, das ist alles. Und deshalb zweifelst du. Wirklich, ich sehe keinen Grund, warum wir Jack nicht vertrauen sollten."

„Du bist geblendet, weil du ihn magst", flüsterte Eva.

„Du schaust dir nicht die Fakten an."

„Das ist unfair, meinst du nicht?", sagte Marla. „Er ist uns gegenüber nichts als freundlich und hilfsbereit gewesen."

„Das sind die Schlimmsten", sagte Eva mit warnender Stimme, aber Marla und Viv lachten nur.

„Wenigstens sorgst du dich nicht mehr um die Pferde", neckte Viv sie. „Ich fand es recht lustig, dass du meintest, sie würden den Weg zurück zur Ranch nicht finden, wo sie den Stall bereits sehen konnten."

Eva zog eine Grimasse und verfiel in Schweigen.

Auch vorn im Wagen verstummte jetzt das Gespräch.

„Wo wir nun alle Zeit hatten, uns etwas zu beruhigen", sagte Jack über die Schulter, „meinst du, du könntest uns etwas mehr aus dem Tagebuch vorlesen, Marla?" Er sah sie durch den Rückspiegel entschuldigend an. „Ich möchte dich nicht drängen, aber ich spüre, dass wir nicht mehr viel Zeit haben, wenn wir der Sache auf den Grund kommen wollen. Und mir fällt kein anderer Ort ein als das Tagebuch, um nach Antworten zu suchen."

Marla erwiderte seinen Blick und hielt den Augenkontakt. Sie war müde und nervös und verspürte nicht die geringste Lust laut vorzulesen. Doch sie sah, dass die anderen Jacks Überlegung teilten. Und vielleicht würde es ihr selbst helfen, auf andere Gedanken zu kommen, wenn sie für eine Weile in James' und Alfreds Welt eintauchte.

„Das ist eine gute Idee", sagte sie, holte das Tagebuch aus ihrer Handtasche und blätterte es durch, bis sie die Seite fand, auf der sie am Morgen zu lesen aufgehört hatte.

„Der nächste Eintrag ist kurz, aber er ist überschrieben mit *circa zwanzig Meilen östlich von Denver, Colorado*", sagte sie und überflog die nächsten Zeilen. „Ich denke, der Eintrag könnte interessant sein, also fange ich damit an. Er ist datiert auf den 24. Oktober, 1864." Sie räusperte sich und begann zu lesen.

„Als wir vor einigen Wochen nach Denver kamen, war die Situation dort schlimmer, als wir es uns vorgestellt hatten. Wir hatten gehört, dass die endlose Welle von Siedlern, die in das Land der Indianer zogen, bei den verschiedenen Stämmen einen Aufstand ausgelöst hatten. Bisher hatten sich die Cheyenne, Arapaho und die friedliebenden Siedler verständigen können. Aber nun hat es während des Sommers Übergriffe und Zusammenstöße zwischen Weißen und Indianern gegeben. Es begann mit Attacken des freiwilligen Regiments des Colorado Territory auf die Indianerlager. Im Gegenzug wurden mehrere Male ganze Siedlerfamilien auf abgelegenen Ranches ermordet. Die Stimmung ist sehr angespannt. Die meisten Weißen sind hier generell einer Meinung: sie wollen, dass die Indianer – und zwar Männer, Frauen und Kinder – ausgelöscht werden und das möglichst bald. Sogar die lokale Zeitung, die, so haben wir gehört, zuerst noch zwischen friedliebenden und feindlich gesinnten Indianern unterschieden hat, beginnt nun die Auslöschung dieses – ich zitiere – liderlichen, vagabundierenden, brutalen und undankbaren Volkes *zu befürworten.*

James und ich sind unentschlossen, wohin wir von hier aus weiterziehen sollen. Aber eines steht fest: wir müssen weiterziehen. Die Indianerfeindlichkeit ist auf dem Höhepunkt angelangt, und die Miliz unter Führung von Colonel Chivington besteht aus nichts weiter als glücklosen Goldgräbern, arbeitsunwilligen Cowboys und anderem Gesindel, das es allein aufs Kämpfen abgesehen hat. Eine Eskalation scheint unvermeidbar, und James und ich sind uns einig, dass wir nicht daran beteiligt sein wollen.“

Marla blickte auf. „Das ist alles. Der Eintrag endet hier.“

„Ich verstehe das nicht“, sagte Eva. „Warum herrscht dort eine solche Unruhe? Warum kommen so viele Siedler nach Colorado und warum bemüht sich die Armee nicht um Frieden?“

„Alles hat im November 1858 angefangen", erklärte Jack, ohne seinen Blick von der Straße zu lösen. „Damals hat man in den Rocky Mountains in Colorado Gold gefunden. Das hat einen riesigen Goldrausch ausgelöst, den sogenannten *Pike's Peak Gold Rush*. Massen von Menschen sind über das Colorado Territory hereingebrochen, wie Wellen über den Meeresstrand – genau in das Gebiet der Cheyenne und Arapaho."

Marla nickte. „Ich glaube, ich habe davon gehört."

„Das Problem war", fuhr Jack fort, „dass die US-Regierung im Jahr 1851 mit dem Vertrag von Fort Laramie das Land zwischen dem North Platte River und dem Arkansas River und östlich von den Rocky Mountains bis zum westlichen Kansas den Cheyenne und Arapaho zugestanden hatte."

„Wo genau liegt dieses Gebiet?", wollte Marla wissen.

„Es handelt sich um einen riesigen Landstrich, der das heutige Wyoming, den Südwesten von Nebraska, fast den gesamten Osten von Colorado und den größten Teil von West-Kansas umfasst", erklärte Jack.

„Das ist ein enormes Gebiet", stimmte Jason zu.

„Viel zu groß für die paar Indianer, die es bewohnten", fuhr Jack sarkastisch fort. „Also haben die Vertreter der Bundesstaaten die Bundesregierung unter Druck gesetzt, damit sie das Gebiet der Indianer im Colorado Territory abändern. Und so wurde in den frühen 1860ern ein neues Abkommen unterzeichnet, in dem den Indianern das meiste Land, das ihnen mit dem Laramie-Vertrag zugestanden worden war, abgesprochen wurde. Das neue Reservat umfasste lediglich ein Drittel des ursprünglichen Landes und beschränkte sich auf das östliche Colorado zwischen dem Arkansas River und Sand Creek."

„Wie kommt es, dass die Indianer einem solchen Abkommen zugestimmt haben?", fragte Viv überrascht. „Wie konnten sie ihr Land einfach so abgeben?"

„Ich glaube nicht, dass sie es freiwillig getan haben", sagte Marla leise. „Was würdest du tun, wenn die US-Regierung dein Haus haben wollen würde? Würdest du versuchen, es mit ihr aufzunehmen?"

„Nun, sie könnten mir doch nicht einfach so mein Haus wegnehmen", sagte Viv. „Ich meine, als Staatsbürgerin habe ich schließlich Rechte."

Jack lachte verbitterte auf. „Das glaubst du. Wie dem auch sei, die Indianer wurden nicht wie Bürger behandelt. Sie hatten keinerlei Rechte. Unterzeichneten sie die Abkommen nicht, die man ihnen anbot, wurden sie als Rebellen eingestuft und angegriffen. Viele der alten Häuptlinge dachten, es sei besser, eine friedliche Lösung zu finden, als das Leben ihrer Frauen und Kinder aufs Spiel zu setzen – besonders, weil sie spürten, dass ein solcher Kampf nicht gewonnen werden konnte. Aber es gab auch viele Häuptlinge, die das Unterzeichnen der Abkommen für falsch hielten, die die Unterzeichner als schwach abstempelten und die Meinung vertraten, dass niemand das Recht hatte, das Land ihrer Ahnen zu überschreiben. Diese Krieger spalteten sich von den Stämmen ab und formten eigene Gruppen. Sie waren entschlossen zu kämpfen und für ihre Freiheit zu sterben." Jack schüttelte traurig den Kopf. „Es waren schlimme Zeiten für alle Stämme, nicht nur in Colorado. Pocken und andere Epidemien, die die weißen Einwanderer eingeschleppt hatten, hatten die Indianer bereits stark dezimiert, und das Auflösen der Stammesverbände schwächte ihre soziale Struktur noch weiter."

„Also sind die Übergriffe und Zusammenstöße in 1864 in Colorado eskaliert, so wie James und Alfred es befürchtet haben?", fragte Marla.

„Leider, ja", sagte Jack. „Colonel Chivington und der territoriale Gouverneur, Evans, sind von Anfang an sehr hart mit den Cheyenne und Arapaho umgegangen. Chivington hat bereits zu Beginn des Jahres 1864 angefangen, Indianerlager zu überfallen und zu zerstören. Wie Alfred schreibt, gingen die Übergriffe während des Sommers 1864 weiter. Im Herbst haben sich beide Parteien außerhalb von Denver getroffen. Es wurde kein Abkommen unterzeichnet, aber die Cheyenne und Arapaho verstanden das Ergebnis der Gespräche so, dass man es als Friedenserklärung ansehen und ihnen Zuflucht gewähren würde, wenn sie sich bei einem Armeeposten meldeten und in dessen Nähe ihr Lager aufschlugen."

„Aber wie konnte dann ...?", begann Eva, doch Jack unterbrach sie.

„Ich denke, das sollten wir im Tagebuch lesen", sagte er verbittert. „Ich bin mir sicher, Alfred hat zumindest einige der damaligen Ereignisse aufgezeichnet."

„Ich verstehe nicht, warum die reguläre Armee nicht in Colorado präsent war", wunderte sich Jason. „Alfred schrieb von Miliz. Ich denke, die reguläre Armee hätte den Indianern mehr Respekt entgegengebracht und sie nicht grundlos angegriffen."

Jack lachte laut auf und seine Stimme hatte einen herausfordernden Tonfall. „Glaubst du wirklich, dass eine Armee, die nicht davor Halt gemacht hat, die eigene Bevölkerung in einem Bürgerkrieg zu töten – der Süden war voller Brüder, oder nicht? –, dass eine solche Armee den Indianern freundlicher gesinnt gewesen wäre als die Miliz?"

Jason erwiderte nichts.

„Ich nehme an, dass das damals der Grund für die Anwesenheit der Miliz gewesen ist?" meinte Marla. „Die Armee hat im Osten gegen den Süden gekämpft?"

„Das stimmt", sagte Jack. „Und die Miliz wurde von Reverend John Milton Chivington, einem religiösen Fanatiker, Politiker, und leidenschaftlichen Indianerhasser angeführt. Er drängte auf einen Krieg ohne Gnade, selbst gegen Kinder. Er war berühmt für seinen Satz: *Aus Nissen werden Läuse.*"

Bei diesen Worten sträubten sich Marla die Haare, kalte Schauer jagten über ihren Rücken.

„Aus Nissen werden Läuse?", wiederholte sie mit stockender Stimme. „Wie kann jemand nur ... Wie ...?"

„Ich weiß es nicht", sagte Jack leise und warf ihr einen kurzen Blick zu. „Es ist unmenschlich, so etwas nur zu denken. Aber Chivington meinte jede Nuance seiner Aussage ernst."

Marla schluckte hart. „Jetzt habe ich beinahe Angst weiterzulesen", gab sie zu.

„Ich verstehe deine Bedenken", sagte Jack. „Und ich fürchte, sie sind berechtigt. Aber wir können jetzt nicht aufhören." Er sah sie bittend an.

„Wie kommt es, dass du soviel über all dies weißt?", fragte Jason in der Hoffnung, das Gespräch auf etwas Unverfänglicheres umzulenken.

„Wenn die eigene Familie involviert ist, nehmen historische Ereignisse eine komplett neue Bedeutung an", sagte Jack sanft. „Mein Großvater hat meiner Mutter oft dic Geschichte seiner Familie erzählt. Und meine Mutter hat sie mir erzählt. Die Lieblingsgeschichten meines Großvaters handelten von meinem Ururgroßvater James und seiner Frau Stands in the Wind, deren Leben von den Ereignissen des Jahres 1864 im Colorado Territory stark berührt und verändert worden sind."

„Dann lese ich jetzt weiter", sagte Marla. Sie versuchte, das Zittern ihrer Stimme zu unterdrücken, aber es gelang ihr nicht. Eine schreckliche Vorahnung hatte sich in ihr Herz geschlichen und ließ ihr das Blut in den Adern gefrieren. Sie vermochte kaum zu sprechen.

„20. Dezember 1864, Fredericksons Ranch, Colorado

Territory", las sie leise, nachdem sie sich zweimal geräuspert hatte. „*Die Ereignisse der vergangenen zwei Wochen haben mich vollkommen gelähmt. Ich habe versucht, mit meinem Leben weiterzumachen, habe versucht zu vergessen. Aber egal welche Tageszeit es ist, meine Gedanken schweifen zurück. Ich will nicht darüber schreiben, nicht einmal daran denken, aber tief in meinem Innersten weiß ich, dass ich es tun muss. Ich muss mit dem, was ich gesehen habe, ins Reine kommen, und ich spüre, dass es mir helfen wird, das Erlebte in Worte zu fassen und niederzuschreiben.*

Am besten fange ich am Anfang an.

Nachdem wir ein paar Wochen in Denver gewesen waren, haben James und ich Lars Frederickson, einen reichen Rancher, kennengelernt. Er war in die Stadt gekommen, um seinen Anwalt zu treffen. Wir sprachen über die Suche nach einer Ranch, und als Frederickson hörte, dass James und ich in der englischen Armee gewesen sind, bat er uns, ihn zu seiner Ranch zurückzubegleiten. Es hatte in den vergangenen Monaten einige Angriffe auf abgelegene Ranches gegeben und ein Reiter allein auf der Prärie stellte ein leichtes Ziel dar. Er wollte uns bezahlen und als wir dies ablehnten, bot er an, uns im Gegenzug zu zeigen, wo in der Gegend sich das beste Ranchland befand. James und ich hatten bereits beschlossen, nicht im Colorado Territory zu bleiben, denn wir wollen keinen Anteil daran haben, Land von den Indianern zu stehlen. Aber Frederickson ist ein ehrlicher und gütiger Mann und war ernsthaft um das Wohlergehen seiner Familie besorgt, die er auf der Ranch hatte zurücklassen müssen. Also stimmten James und ich zu, mit ihm zu reiten, damit er heil auf seiner Ranch ankam. Anschließend würden wir für den Winter nach Süden weiterreiten. Die Tage waren bereits frostig und die Nächte kalt, aber wir dachten, ein paar Wochen Umweg würden kaum einen Unterschied machen. Doch Fredericksons Geschäftsangelegenheiten in Denver nahmen mehr Zeit in Anspruch als erwartet und es dauerte bis Ende November, bis wir endlich gen Osten zur Prärie aufbrachen. Wir hielten kurz am Fort Lyon an und ritten dann von dort aus gen Norden."

★

In der Dämmerung des neuen Tages erstreckte sich schweigend die frostige Prärie, über der ein erster Hauch von Schnee lag.

„Meinst du, die Cheyenne werden uns Probleme machen, Frederickson?", fragte James und schenkte sich eine Tasse heißen Kaffee ein.

Eine dünne Dampfsäule stieg von der Tasse in die frische, leicht salzige Morgenluft auf, aber fast sofort begann sie umherzutanzen und wurde alsbald von der steifen Brise, die über die Prärie fegte, in alle Richtungen davon geblasen. Die Sonne war noch nicht aufgegangen, doch am Horizont schimmerte bereits ein dünnes, vielversprechendes Band aus glühendem Gold. Alfred, James und Lars Frederickson hockten dicht am Lagerfeuer und wärmten ihre steifen, kalten Glieder.

„Würde ich Probleme mit den Indianern befürchten, hätte ich kein Feuer gemacht", sagte Frederickson in entspanntem Ton und trank einen Schluck Kaffee. „Ihr müsst wissen, ich habe eine Vereinbarung mit Black Kettle, einem der Häuptlinge der Cheyenne. Black Kettle ist ein friedliebender, ehrenhafter Mann, der nie sein Wort bricht. Seit ich vor über fünfzehn Jahren mein Land von den Cheyenne gekauft habe, hat es nie Ärger gegeben – bis zu diesem Frühjahr. Aber Black Kettle und die anderen friedlichen Häuptlinge hatten nichts mit den Übergriffen zu tun. Das waren abtrünnige Krieger, wütend über die Attacken der Miliz auf die Indianerlager."

„Wir haben davon gehört, als wir in Denver ankamen", meinte Alfred.

„Ihr wisst, was der Major in Fort Lyon gesagt hat", fuhr Frederickson fort. „Black Kettle und seine Gruppe von Cheyenne, zusammen mit einigen Arapaho, haben einen Friedensvertrag unterzeichnet. Ihnen wurde gesagt, sie sollen in der Nähe von Fort Lyon ihr Lager aufschlagen, dann würden sie als freundlich gesinnt angesehen werden. Und das hat Black Kettle getan. Wir haben also von den Indianern nichts zu befürchten."

„Das stimmt", sagte James. „Der Major hat uns erzählt, dass Häuptling Black Kettle und seine Leute sich beim Fort gemeldet und nun gut vierzig Meilen nördlich davon ihr Lager aufgeschlagen haben. Wenn wir unseren Kurs beibehalten, werden wir ihnen somit mehr als wahrscheinlich begegnen."

„Das liegt in meiner Absicht", erklärte Frederickson lächelnd und rückte seinen hageren Körper näher ans Feuer. „Ich würde Häuptling Black Kettle gern meine Aufwartung machen. Es ist lange her, seit ich ihn gesehen habe."

„Was hältst du von diesem Colonel Chivington, den wir im Fort getroffen haben?", fragte Alfred. „Ich habe nicht alles gehört, was er zum Major gesagt hat, aber es hatte den Anschein, als habe Chivington vorgehabt, die Indianer anzugreifen."

„Leider hast du recht", sagte Frederickson. „Der Major hat es mir selbst erzählt. Aber er hat mir versichert, er habe Colonel Chivington eindeutig klar gemacht, dass Häuptling Black Kettle und seine Leute sich bereits ergeben haben und keine Bedrohung darstellen. Und glücklicherweise sind Chivington und seine Männer dann ja vor drei Tagen vom Fort aus nach Westen geritten."

„Ich hoffe, Chivington hat seinen Kurs beibehalten und ist nach Denver zurückgekehrt", meinte James nachdenklich und rieb sich die Narbe am Oberarm, die ihm heute Morgen aufgrund der Kälte wieder einmal zu schaffen machte. „Etwas in Chivingtons Blick hat mir ganz und gar nicht gefallen – es schien keinerlei Mitgefühl oder Menschenverstand darin zu sein." Er schüttelte den Kopf. „Er ist mit Sicherheit niemand, dem ich im Kampf gegenüberstehen möchte. Er ist offensichtlich sehr kaltblütig."

„Das Gefühl habe ich auch", stimmte Alfred zu. „Wie er mich angesehen hat, als er an mir vorbeigegangen ist ... als sei er wahnsinnig. Ich habe so etwas schon öfter gesehen. Manche Männer macht das Kämpfen einfach verrückt. Es ist, als verließe sie jegliche Menschlichkeit."

Sie schwiegen eine Weile. Dann sagte Frederickson: „Lasst uns aufbrechen. Wir können Black Kettles Lager am Mittag erreichen, dort übernachten und morgen früh zu meiner Ranch weiterreiten."

Sie hatten kaum ihre Decken aufgerollt und ihre wenigen Habseligkeiten zusammengepackt, als ein dumpfes Geräusch, gleich einem entfernten Donnern, die Stille des frühen Morgens störte.

Überrascht schauten die Männer auf, gerade so, als erwarteten sie Gewitterwolken zu sehen. Aber das war aufgrund der Jahreszeit unmöglich. Zudem war der Himmel klar.

Beunruhigt stiegen Alfred und James auf die kleine Anhöhe, die neben ihrem Lagerplatz aus der Prärie aufragte. Frederickson folgte ihnen. Doch außer der endlosen Weite von goldgelben Gräsern, die sich wie Wellen im Wind wogten, war nichts zu sehen.

Die Männer standen still und lauschten. Wieder ertönte das donnerartige Geräusch, gefolgt von einem weiteren und noch einem, fast wie einem bestimmten Muster folgend.

Alfreds Gesicht war wie versteinert und auch James war blass geworden. Sie kannten dieses Geräusch nur zu gut. Sie hatten es nur nicht sofort zuordnen können, weil sie es hier auf der einsamen Prärie nicht erwartet hatten.

„Kanonenfeuer." Alfreds Stimme klang hohl.

James nickte. „Nicht weit von hier, vielleicht zwanzig Meilen … Richtung Norden."

„Kanonenfeuer nördlich von hier?", wiederholte Frederickson verdutzt. „Sand Creek liegt in der Richtung. Dort hat Häuptling Black Kettle mit seinen Leuten das Lager aufgeschlagen."

„Es könnte Chivington sein", sagte Alfred nachdenklich.

„Das stimmt", meinte James. „Er und seine Männer haben Fort Lyon vor drei Tagen verlassen. Und mit den Haubitzen, die sie mit sich ziehen, und den Versorgungswagen können sie nicht mehr als zehn oder fünfzehn Meilen am Tag zurücklegen."

„Damit müssten sie jetzt ungefähr vierzig Meilen von Fort Lyon entfernt sein", kalkulierte Alfred.

„Immer langsam", sagte Frederickson. „Chivington ist mit seinen Männern doch nach Westen abgezogen, zurück nach Denver, nachdem der Major ihm gesagt hat, dass von Häuptling Black Kettle und seinen Männern keine Probleme zu erwarten seien."

James kratzte sich am Kopf. „Das stimmt. Aber natürlich hätte ein Mann wie Chivington, dem der Teufel im Nacken sitzt, seine Richtung ändern können, sobald er außer Sichtweite des Forts war."

Frederickson wurde blass. „Die Cheyenne anzugreifen, aus Verstocktheit, obwohl sie einen Friedensvertrag mit dem Major in Fort Lyon unterzeichnet haben, das wäre …"

„Es ist möglich", sagte Alfred. „Außerdem hat der Major nicht erwähnt, dass sich ein anderes Regiment in der Gegend aufhält."

„Dann sollten wir uns beeilen und nachsehen, was los ist", sagte Frederickson. Er sprang auf sein Pferd, aber James hielt ihn zurück.

„Nicht so schnell! Wir wissen nicht, was vor sich geht. Möglicherweise schlagen die Cheyenne Chivington und seine Männer in die Flucht. Dann werden sie nicht zweimal darüber nachdenken, drei weitere Weiße zu töten, die zufällig vorbeikommen, um nachzusehen, was los ist, richtig? Und sollte Chivington die Oberhand haben, nun ja, lass es mich so sagen: würdest du gern eintausend blutdurstigen Soldaten erklären, warum du dich auf der Prärie herumtreibst und genau auf das Indianerlager zusteuerst? Denk nach, Frederickson!"

„James hat recht", sagte Alfred. „Wir sollten auf jeden Fall nachsehen, was gespielt wird. Aber wir müssen vorsichtig sein, sonst kommen wir am Ende noch um." Er dachte einen Moment nach. „Es wäre weise, sich dem Sand Creek zu nähern, ohne von den beiden Parteien gesehen zu werden. Wie gut kennst du dich hier aus, Frederickson?"

Der Rancher schluckte hart und versuchte ruhig zu bleiben. „Gut genug. Wenn wir diesem Fluss folgen", er deutete auf den breiten Bach, neben dem sie gelagert hatten, „könnten wir zu der Stelle gelangen, an der Häuptling Black Kettle sein Lager aufgeschlagen hat, und würden gleichzeitig für jeden, der auf der Prärie reitet, unsichtbar sein. Der Fluss schlängelt sich fast den gesamten Weg durch diese Senke."

Alfred und James stiegen auf ihre Pferde und Frederickson übernahm die Führung. Der Rancher veranschlagte die Entfernung bis zum Lager von Häuptling Black Kettle in Vogelfluglinie auf ungefähr 10 oder 15 Meilen. Aber da sie dem Fluss folgten, würde es länger dauern. Was immer die Entfernung sein mochte, es war zu weit, um die Pferde galoppieren zu lassen. Das Beste, was sie tun konnten, war, in einen schnellen Trab zu verfallen und zwischendurch langsamer zu reiten. Auf diese Weise konnten sie eine lange Strecke zurücklegen, ohne dass die Pferde zu stark ermüdeten.

Die Stunden zogen sich dahin. Die drei Männer sprachen kaum ein Wort. Jeder war in seine Gedanken vertieft und behielt gleichzeitig alles im Auge, was auf eine Gefahr hindeuten könnte.

Das entfernte Donnern der feuernden Kanonen war zunächst lauter geworden, hatte dann jedoch nachgelassen. Jetzt hatten sie lediglich die Erinnerung an das schreckliche Geräusch in ihren Köpfen und die Vermutungen, die sich daraus ergaben.

Keiner der drei konnte sagen, wie lange sie schon unterwegs waren. Aber als Frederickson die Hand hob und ihnen bedeutete anzuhalten, stand die Sonne bereits tief. Es war längst Nachmittag geworden.

„Wir sollten die Stelle jetzt fast erreicht haben“, sagte er leise.

„Dann werden Alfred und ich auf die Anhöhe klettern und nachsehen, ob wir etwas erspähen können“, meinte James.

„Ich werde mit euch kommen“, beharrte Frederickson.

Die drei ließen ihre Pferde zurück und schlichen vorsichtig die Anhöhe hinauf. Dort, versteckt im hohen Gras, blickten sie sich um.

„Da drüben, gen Südwesten“, sagte Alfred. „Es sieht mir nach Chivington und seinen Männern aus.“

„Und sie sind in keiner großen Eile“, merkte James an. „Das heißt, dass sie sich nicht im Rückzug befinden.“

„Ja, sie lassen sich Zeit“, stimmte Alfred mit trauriger Stimme zu. „Es ist leicht zu erraten, wer diese Schlacht gewonnen hat.“

„Sollten wir nicht nach Überlebenden suchen?“ Fredericksons Stimme schwankte.

„Ja, aber wir müssen sehr vorsichtig sein“, erwiderte James. „Ich glaube nicht, dass die Cheyenne einen Weißen im Augenblick freudig begrüßen werden."

Sie gingen zu ihren Pferden zurück und setzten ihren Weg mit größter Vorsicht fort. Es war nicht einzuschätzen, wie die Cheyenne so kurz nach einem Angriff der Miliz darauf reagieren würden, dass sich drei Männer so dicht bei ihrem Lager aufhielten – freundlich gesinnt oder nicht.

Es schien eine Ewigkeit zu dauern, bis sie ihr Ziel endlich erreichten. Langsam und vorsichtig erklommen die drei Reiter eine weitere Anhöhe, dann lagen Sand Creek und das Lager der Cheyenne vor ihnen.

Weder Alfred noch James oder Frederickson waren auf das gefasst, was sie nun sahen. Sie hatten ein Schlachtfeld erwartet, ja – aber dies war viel schlimmer. Es war ein Bild absoluter Vernichtung. Selbst aus der Ferne war genug zu erkennen, um den drei Männern eine tiefe, klaffende Wunde ins Herz zu schneiden.

Kapitel 20

Alfred, James und Frederickson schritten durch die verkohlten Überreste des Lagers. Wohin sie auch blickten, sahen sie Tod und Verwüstung. Tod und Verwüstung von so brutaler Art, dass nicht einmal Alfred und James mit ihrer jahrelangen Erfahrung in der Armee und ihrem Einsatz in Indien sich daran erinnern konnten, etwas Derartiges zuvor gesehen zu haben. Das Lager war vollständig zerstört, aber nicht nur der Schnee war vom Blutvergießen rotgefärbt. Selbst das Heulen des Windes schien Zeugnis von dem Verbrechen abzulegen. Tod und Grauen hatte alles durchdrungen – die Erde unter ihren Füßen, die Luft, die sie einatmeten. Sie hatten einen Fluch auf dieses Land gelegt, der nie gebannt werden konnte.

Frederickson stand zwischen den Leichen, starrte sie an, geschockt. Er konnte sich nicht bewegen.

„So viele", murmelte er wieder und wieder. „So viele."

Alfred und James wussten, dass sie keine Zeit zu verlieren hatten. Sie suchten das Lager nach Überlebenden ab, doch es verlangte ihnen jedes Gran Willenskraft ab, sich nicht umzudrehen und vor dem Gräuel davonzulaufen.

Die Soldaten hatten jeden, der ihnen über den Weg gekommen war, abgeschlachtet: Frauen, Kinder, alte Leute. Annähernd 150 Menschen mussten dort liegen, ermordet. Chivington und seine Männer hatten kein Leben verschont. Diejenigen, die Glück gehabt hatten, waren erschossen worden. Den anderen hatte man mit den Gewehrkolben die Köpfe eingeschlagen. James und Alfred sahen Säuglinge, nicht älter als ein paar Monate, mit zerschmetterten Köpfen, aus denen das Gehirn quoll. Sie lagen tot neben ihren ermordeten Müttern. Die meisten Frauen, selbst Schwangere, waren brutal von Messern aufgeschlitzt, und ihre Innereien, einschließlich ungeborener Babys, über den Lagerplatz verstreut worden.

Aber die Soldaten hatten dort nicht Halt gemacht. Sie hatten außerdem jeden skalpiert, selbst die Kinder, und den Leichen jegliche Wertgegenstände abgenommen. Wo sie Schmuck nicht leicht abnehmen konnten, hatten die Soldaten einfach Finger oder Hände von den Körpern abgetrennt.

Alle Leichname hatte man im wahrsten Sinne des Wortes verstümmelt. Man hatte sie nicht nur skalpiert und aufgeschlitzt, den meisten hatte man die Ohren, Nasen und Genitalien abgeschnitten, und vielen Frauen und Mädchen fehlten die Brüste.

„Gott, steh uns allen bei", flüsterte Alfred erschüttert, während er hilflos zwischen den Toten umherschritt und dabei vor seinem inneren Auge seine verstorbene Frau sah und sich an ihr Lächeln, ihre Güte und ihre Weisheit erinnerte. Little Owl hätte heute hier liegen können.

„Diese verfluchten Bastarde!", stieß James aus und richtete sich langsam von dem Leichnam eines kleinen Mädchens auf, das gerade in seinen Armen gestorben war.

„Frauen, Kinder und Alte", sagte Alfred und seine Stimme versagte. „Fast keine Krieger."

„Dies war keine Schlacht", sagte James nüchtern. „Es war ein Massaker. Chivington und seine Männer haben diese Menschen wie Tiere abgeschlachtet. Sie hatten von Anfang an keine Chance."

„Aber wo, glaubst du, sind die Krieger?", fragte Alfred besorgt.

„Vielleicht sind sie auf der Jagd", sagte James. „Vergiss nicht, dass die Cheyenne glaubten, in Frieden mit dem Weißen Mann zu leben und unter dem Schutz von Fort Lyon zu stehen."

„Nun, wenn das der Fall ist, dann sollten wir von hier verschwinden. Ich möchte nicht derjenige sein, den die Krieger bei ihrer Rückkehr zwischen ihren toten Frauen und Kindern vorfinden."

„Du hast recht", sagte James. „Wir sollten gehen, und zwar sofort. Hey, Frederickson! Wir machen uns besser auf den Weg!"

Der Rancher antwortete weder noch bewegte er sich. Alfred und James gingen zu ihm.

„Frederickson." James rüttelte den Mann leicht an der Schulter. „Wir gehen besser. Und sag, wie weit ist es noch bis zu deiner Ranch? Ich schlage vor, deine Familie für eine Weile in die Stadt umzusiedeln. Die Cheyenne werden sich für dieses Blutbad rächen, daran besteht kein Zweifel. Und wenn sie es tun, dann willst du nicht in der Nähe sein."

Sie schwangen sich in die Sättel und überquerten den Sand Creek. Die Pferde waren unruhig und nur schwer unter Kontrolle zu halten. Sie witterten Blut und Tod. Ihre Ohren spielten nervös im Wind und das Weiße in ihren Augen war zu sehen. Erst als die Männer das gegenüberliegende Ufer erreichten, beruhigten sie sich etwas.

„Du gibst die Richtung vor, Frederickson", sagte Alfred und hielt sein Pferd zurück, damit der Rancher an ihm vorbeireiten und die Führung übernehmen konnte. James bildete das Schlusslicht.

Sie hatten die Böschung an der Nordseite des Flusses beinahe erklommen, als ein schwaches, aber unüberhörbares Geräusch die Todesstille durchbrach. Es war der Schrei eines Babys.

„Wartet!", rief James den anderen zu. Er wandte sein Pferd um und ritt in die Richtung, aus der der Schrei gekommen war. Achtsam ließ er seinen Blick über die Uferböschung schweifen. „Hier drüben!", rief er einen Augenblick später. „Ich glaube, ich habe einen Überlebenden gefunden!"

„Pass auf!", warnte Alfred und ritt zu ihm. Aber James war bereits von seinem Pferd gesprungen und kletterte die Böschung hinunter.

Ein kurzes Stück abwärts fand er eine junge Cheyenne, kaum älter als ein Teenager, die ein winziges Baby an sich drückte. Um sich vor den Soldaten zu verstecken, hatte sie sich und das Baby mit bloßen Händen halb in die Uferböschung eingegraben. Ein Busch bot spärliche Extra-Deckung. Das feingeschnittene, ovale Gesicht der Frau, ihre langen geflochtenen Zöpfe, ihr weiches Kleid aus Hirschleder und ihre kleinen Hände waren mit Erde und Sand beschmiert, aber es war unverkennbar, dass sie sehr schön war.

Die junge Frau starrte James an. In ihren dunkelbraunen Augen stand Todesangst und ihr Brustkorb hob und senkte sich schnell, doch sie rührte sich nicht. Erst jetzt bemerkte James, dass ihre glatte hohe Stirn trotz der Kälte von Schweiß benetzt war, und er erkannte, dass sie verwundet sein musste.

Er ließ seine Augen über den Körper der Frau gleiten, versuchte, ihren Zustand einzuschätzen, konnte jedoch auf den ersten Blick keine Verletzung feststellen. Einem Instinkt folgend schob er das Baby ein wenig zur Seite. Der Anblick ließ ihn nach Luft schnappen. In der Taille der Frau befand sich eine klaffende Wunde. Sie blutete noch immer recht stark.

Schnell nahm James sein Halstuch ab und presste es fest auf die Wunde.

„Frederickson!", rief er dem Rancher zu, ohne den Blick von der Frau zu nehmen. „Du sprichst Cheyenne, oder? Komm schnell her!"

Der Rancher stellte keine Fragen. Er hangelte sich über den Rand der Böschung und kletterte zu der Stelle hinab, an der James kniete.

Ehe er etwas sagen konnte, ordnete James an: „Wir haben

nicht viel Zeit. Ich will, dass du ihr sagst, dass wir Freunde sind, und dass wir ihr und dem Kind helfen wollen. Sie braucht keine Angst zu haben. Kannst du das tun?"

„Ja", erwiderte der Rancher sachlich und übersetzte James Worte in die Cheyennesprache.

„Jetzt sag ihr, wie wir heißen", sagte James, sobald Frederickson geendet hatte. „Frag sie, ob sie stark genug ist, um transportiert zu werden. Wir müssen uns um ihre Wunde kümmern, aber nicht hier. Dort oben." Er deutete die Böschung hinauf, wo Alfred mit den Pferden stand. Dann wartete er, dass Frederickson übersetzte.

Nachdem sie Frederickson angehört hatte, sprach die junge Frau kurz in Cheyenne. Ihre Stimme war kaum mehr als ein Flüstern, und der Rancher musste sich zu ihr hinunterbeugen, um sie zu verstehen.

„Sie sagt, sie dankt dir für dein Angebot, aber sie wird hier warten, bis ihre Leute kommen und sie holen", erklärte Frederickson.

„Was?", fuhr James auf. „Sie wird sterben! Sag ihr, dass sie sich von uns helfen lassen muss!"

„Die Cheyenne sind ein sehr stolzes Volk", sagte der Rancher. „Nach allem, was sie gerade erlebt hat, kannst du es ihr nicht verdenken, dass sie uns nicht über den Weg traut."

James holte tief Luft und schüttelte den Kopf. „Nein, natürlich kann ich es ihr nicht verübeln." Er fing den Blick der jungen Frau auf und hielt den Augenkontakt, während er mit Frederickson sprach. „Sag ihr, wenn nicht ihretwegen, dann soll sie uns des Kindes wegen helfen lassen. Es wird in dieser Kälte nicht lange überleben, wenn sich niemand kümmert. Sag ihr das", bat er und sah die Frau bittend an.

Sie hörte schweigend zu, während Frederickson James' Worte übersetzte. Halbwegs durch die Erklärung senkte sie den Blick und James schöpfte neue Hoffnung. Er würde sie nicht ohne ihre Erlaubnis aus ihrem Versteck nehmen, aber er hoffte inständig, dass sie ihr Einverständnis geben würde. Er wusste nicht warum, aber etwas war besonders an dieser Frau. Er musste ganz einfach versuchen, ihr Leben zu retten. Aus irgendeinem Grund war es wichtig. Sehr wichtig.

Die junge Frau sah James eine kleine Ewigkeit lang an. Dann sprach sie erneut, und ein schwaches Lächeln erschien auf ihrem Gesicht.

„Ich kann es nicht glauben", sagte Frederickson.

„Was? Was ist los?"

„Sie sagt, sie heißt Hestaneoo'e, *Stands in the Wind*. Sie sagt, dass deine Augen die eines ehrenhaften Mannes sind und du weise Worte sprichst. Sie wird sich von dir helfen lassen, des Kindes wegen."

James sah sie zufrieden an und erwiderte ihr Lächeln.

„Sag ihr, dass wir sie und das Kind von hier wegbringen müssen", sagte James. „Sag ihr, dass wir uns um sie kümmern werden, bis es ihr wieder gut geht. Dann werden wir sie zu ihrem Stamm zurückbringen."

„Einen Moment mal", sagte Frederickson. „Ihr zu helfen, ist eine Sache, sie mitzunehmen eine andere. Was, wenn ihre Leute Wind davon bekommen und uns folgen, um sie zurückzuholen? Sie könnten übersehen, dass wir die Guten sind. Und überhaupt, wohin willst du sie bringen?"

„Zu deiner Ranch natürlich. Sie liegt am nächsten", erwiderte James kühl.

„Meiner Ranch?"

„Nur bis sie kräftig genug ist, um zu reisen", sagte James. „Und nun sag ihr, worum ich dich gebeten habe."

„Das wird uns in Schwierigkeiten bringen", murmelte Frederickson, aber er übersetzte James' Worte.

Ehe er geendet hatte, hatte James das Baby bereits aus Stands in the Winds Armen genommen und es vorsichtig an Frederickson weitergereicht.

„Du musst uns hochziehen!", rief er Alfred zu. „Beeil dich!"

Ein paar Minuten später lag Stands in the Wind auf James' Decke. Alfred besah sich ihre Wunde.

„Sie braucht so schnell es geht einen Arzt", sagte er.

„Wird sie es bis zur Ranch schaffen?"

„Mit etwas Glück, ja", sagte Alfred und verband die Wunde provisorisch mit einem Hemd. „Sie scheint stark zu sein. Aber ich fürchte um das Baby. Es braucht dringend Nahrung, und Stands in the Wind ist nicht in der Lage, es zu stillen. Nicht in ihrem Zustand."

„Dann beeilen wir uns besser." James holte eine weitere Decke, und gemeinsam wickelten sie die junge Frau darin ein.

„Ich werde Stands in the Wind vor mir in den Sattel setzen", erklärte James. „Sie hat nicht genug Kraft, um allein zu reiten."

„Dann werde ich das Baby nehmen", bot Alfred an.

Frederickson wickelte das Kind in eine ihrer Decken und reichte es Alfred, der bereits im Sattel saß. Alfred drückte das Baby vorsichtig an sich und schloss seine warme Jacke um das Kind.

James stieg ebenfalls auf sein Pferd. Stands in the Wind saß seitlich vor ihm im Sattel und James legte seinen freien Arm um sie und hielt sie fest. Dann ritten sie los, auf Fredericksons Ranch zu.

Fredericksons Ranch stellte sich als sehr viel größer heraus, als Alfred und James es sich vorgestellt hatten. Tatsächlich handelte es sich fast um ein kleines Fort. Palisadenwände und ein breites stabiles Holztor hielten ungebetene Gäste fern. Im Inneren der Palisaden waren das Haupthaus, Baracken, Stallungen und Vorratsschuppen gut geschützt und konnten im Notfall einer mehrwöchigen Belagerung standhalten.

Alfred und James waren von der großen Anzahl der bewaffneten Ranchhelfer überrascht. Sie wunderten sich, warum Fredrickson allein nach Denver geritten war, wenn er so viele Männer auf Abruf zur Verfügung hatte. Als sie ihn danach fragten, sagte Fredrickson nur, dass er nicht gern vorgab wichtiger zu sein, als er war. Trotz der ernsten Lage mussten Alfred und James lächeln. Es musste für einen Mann von Fredericksons Kaliber nicht einfach gewesen sein, einzugestehen, dass er Verstärkung brauchte, um sicher zu seiner Ranch zurückzukehren.

„Mr Fredrickson, was um alles in der Welt ist passiert?", ertönte eine schrille Stimme vom Eingang des Haupthauses und eine kleine, aber sehr resolut wirkende Frau von ungefähr fünfundvierzig kam auf sie zugerannt.

„Chivington und seine Männer haben heute Morgen Häuptling Black Kettles Lager am Sand Creek angegriffen", erklärte Frederickson mit stockender Stimme. „Es war alles vorbei, als wir dort eintrafen. Sie haben alle niedergemetzelt. Es ist zu schrecklich gewesen, ich kann jetzt nicht darüber sprechen. Aber wir haben diese junge Frau und ihr Kind gefunden. Die beiden sind dem Massaker entkommen, aber die Frau ist schwer verletzt und jemand muss sich um das Kind kümmern. Ich weiß, es könnte uns Probleme einbringen, dass wir die beiden hierhergebracht haben, doch wir konnten sie nicht einfach da draußen sterben lassen. Was denken Sie, Mrs Frederickson?"

„Natürlich, es war richtig von Ihnen, sie hierherzubringen, Mr Frederickson", sagte Mrs Frederickson und wandte sich an James. „Wollen Sie sie nicht hereinbringen?"

„Danke, Ma'am. Das ist sehr nett von Ihnen." Ohne seine Hände von Stands in the Wind zu nehmen, glitt James zu Boden. Dann hob er die junge Frau sachte vom Pferd und in seine Arme und folgte Mrs Frederickson ins Haus. Alfred war an seiner Seite, das Baby im Arm.

„Louisa, zeig Mr ...?"

„Copperwheat, James Copperwheat“, stellte James sich vor. „Und dies ist mein Bruder Alfred.“

Das Baby begann zu schreien.

„Louisa, Liebes, zeig Mr Copperwheat, wo das Gästezimmer ist, ja? Und Sie“, wandte sie sich an Alfred, „Sie überlassen die Pflege des Babys besser mir.“ Und mit einer schnellen, liebevollen Bewegung hatte sie das Kind aus Alfreds Armen genommen und in ihre eigenen geschlossen. „Oh, du musst hungrig sein, Liebes. Aber mach dir keine Sorgen, ich werde dir im Handumdrehen etwas zubereiten.“ Sie eilte in Richtung Küche davon, aber nicht bevor sie ihrem Mann über die Schulter zurief: „Du holst besser Betsy, damit sie sich die Verletzung der jungen Frau ansieht. Keiner weiß Kranke besser zu versorgen als sie.“

James hörte kaum, was vor sich ging, denn er folgte Louisa, die er für Mr und Mrs Fredericksons Tochter hielt, die Treppe hinauf.

„Legen Sie sie auf das Bett dort, Mr Copperwheat“, sagte Louisa. „Betsy wird gleich kommen und sich um sie kümmern. Er hat es nicht gesagt, aber ich weiß, dass mein Vater sie in diesem Moment aus dem Garten holt.“

„Danke.“

James legte Stands in the Wind auf das weiche Bett und strich ihr behutsam eine Haarsträhne aus dem Gesicht. Der lange Ritt hatte ihren Zustand verschlimmert und sie war vom Fieber schweißnass.

James wartete ungeduldig darauf, dass sie versorgt wurde. Er wollte wissen, ob sie überleben würde. Er versuchte sich zu beruhigen und sich abzulenken, indem er mit Stands in the Wind sprach. Dabei wusste er, dass sie ihn nicht verstand.

Eine kurze Weile später sagte eine schroffe Stimme: „Sie warten besser draußen“, und eine hagere alte Frau, das lange weiße Haar zu einem strengen Knoten gebunden und das

Gesicht so faltig, dass es wie ein welker Apfel aussah, schob ihn resolut zur Seite.

James wollte ihr sagen, was er von ihren Manieren hielt, aber die alte Frau hatte sich bereits über Stands in the Wind gebeugt und inspizierte ihre Wunde, ohne ihm weitere Beachtung zu schenken.

„Schusswunde", sagte sie und schüttelte den Kopf. „Böse Sache, so etwas. Aber ich habe Schlimmeres gesehen."

James lächelte. Betsy mochte eine ungehobelte alte Frau sein, aber als sie die Wunde untersuchte, waren ihre Handgriffe so sanft und gleichzeitig so sicher gewesen, dass James wusste, Stands in the Wind war bei ihr in guten Händen.

Er wartete scheinbar eine Ewigkeit vor dem Zimmer. Nach einer Weile gesellte sich Alfred zu ihm und gemeinsam warteten sie im Flur. Keiner von ihnen sagte etwas. Es gab keinen Anlass. Beide Männer wussten genau, was in dem Kopf des anderen vor sich ging. Ob sie es wollten oder nicht, sie dachten an Sand Creek und das grausame Gemetzel, das sich dort zugetragen hatte.

Betsy steckte ein paar Mal den Kopf zur Tür hinaus und rief Mrs Frederickson und ihrer Tochter, die sich unten um das Baby kümmerten, Anweisungen zu. Es machte James beinahe verrückt.

„Wird sie durchkommen?", fragte er jedes Mal. Und jedes Mal erwiderte Betsy: „Kann ich noch nicht sagen."

Der neue Tag brach an, und James und Alfred saßen noch immer vor der Tür des Gästezimmers. Sie hatten sich abwechselnd etwas zu essen geholt, aber abgelehnt, anderswo zu warten. James, weil er Stands in the Wind nicht allein lassen wollte und Alfred aus Loyalität zu seinem Bruder.

Als sich die Tür erneut öffnete, trat Betsy zu ihnen. Sie war müde und zerzaust, hatte aber die Arme resolut in die Seiten gestemmt.

James sah sie hoffnungsvoll an.

„Sie wird es schaffen“, berichtete Betsy. „Diese Indianer sind zäh. Aber sie ist unruhig, als suche sie nach etwas. Ich glaube, es ist das Kleine. Ich werde Mrs Frederickson sagen, dass sie das Kind zu ihr bringen soll.“

„Ich danke Ihnen, Betsy“, sagte James erleichtert und schüttelte der Frau die Hand. „Haben Sie herzlichen Dank.“ Und an Alfred gewandt meinte er: „Hast du das gehört? Sie wird durchkommen!“

Aber Stands in the Winds Genesung schritt nicht so zügig voran, wie James gehofft hatte. Ihr Fieber, wenngleich nicht so stark wie zuvor, hielt fast eine Woche lang an und schwächte sie sehr. Es dauerte eine weitere Woche, ehe sie wieder etwas Kraft geschöpft hatte, und eine weitere, bevor James es wagte, sie nach dem schrecklichen Morgen am Sand Creek zu fragen.

Während dieser Zeit waren Frederickson und seine Familie mehr als gastfreundlich gewesen. Sie hatten James und Alfred willkommen geheißen, ihr Zuhause mit ihnen geteilt und sich um Stands in the Wind und ihr Baby gekümmert, als seien sie Verwandte. James war sich sicher, dass es mittlerweile allen aufgefallen sein musste, dass er mehr für Stands in the Wind empfand als nur für eine junge Frau, deren Leben zu retten er geholfen hatte. Aber niemand sprach ihn je darauf an oder tuschelte hinter seinem Rücken darüber. Niemand mischte sich in seine Angelegenheiten ein und dafür war James sehr dankbar – vor allem, weil er selbst nicht genau wusste, was er von seinen Gefühlen halten sollte.

Während Stands in the Winds Genesung wachte James tagein, tagaus an ihrer Seite. Er saß neben ihrem Bett, studierte ihr Gesicht und kümmerte sich um ihre kleine Tochter. Die ganze Zeit über versuchte er, sich seine Gefühle für die junge Frau zu erklären. Er kannte sie nicht wirklich, hatte noch nicht einmal richtig mit ihr gesprochen. Dann war da noch die Sache mit dem Vater ihres Kindes. Und der Umstand, dass sie eine Cheyenne war. James sprach nicht einmal ihre Sprache. Wie konnte er da an eine Beziehung mit ihr denken?

Aber welche Gründe auch immer er erfand, um von der jungen Frau fernzubleiben, sein Herz kam ihm in die Quere. Etwas war besonders an Stands in the Wind, das war James klar. Etwas, das viel tiefer ging als ihre Schönheit. Selbst, als sie dem Tod so nahe gewesen war, hatte sie ein besonderer Schein umgeben, etwas Geheimnisvolles, das ihn gefesselt hatte.

Als James an diesem Morgen neben Stands in the Winds Bett saß, klopfte jemand an die Tür. James sah auf, froh darüber, dass er in seinem Grübeln unterbrochen wurde.

Es war Alfred.

„Ich habe Mr Frederickson bei mir, James", erklärte er. „Er ist bereit, wann immer du es bist."

„Kommt herein, kommt herein", sagte James und schob das Baby in seinen anderen Arm. Seine Miene war nun ernst. Während der vergangenen zwei Wochen hatte er ein paar Worte in Cheyenne gelernt und Stands in the Wind ein wenig Englisch. Aber für die Fragen, die er ihr heute stellen wollte, brauchte er einen Dolmetscher.

Das Sand Creek-Massaker war bald in aller Munde gewesen und so auch die verschiedensten Versionen darüber, was sich wirklich zugetragen hatte. Einige von Fredericksons Männern waren inzwischen in Denver gewesen, und es waren auch einige Besucher zur Ranch gekommen. Alle hatten detailliert berichtet, was sie in der Stadt gehört hatten. Soweit James und Alfred es ausmachen konnten, hatten Chivingtons Männer am Abend vor dem geplanten Überfall stark getrunken. Sie waren siegessicher. Am nächsten Morgen hatte es nicht vieler Worte von Chivington bedurft, um die Männer auf das Lager mit den hilflosen Frauen und Kindern zu hetzen. Zwei Offiziere von Chivingtons Regiment hatten sich an dem unglücksvollen Morgen geweigert, seine Befehle auszuführen, doch es gab nichts, was sie hätten tun können, um eintausend betrunkene, blutrünstige Männer aufzuhalten.

Die widerwärtigsten Neuigkeiten jedoch betrafen das Verhalten von Chivington in den Tagen, die auf das Massaker folgten. Es war sowohl von Fredericksons Männern als auch von seinen Freunden beobachtet worden, wie der Colonel in Denver auf einer Bühne erschienen war und eine erfreute Zuschauermenge stolz mit Kriegsgeschichten über Sand Creek unterhalten hatte. Er hatte geprahlt, wie er tapfer einer riesigen Schar von Cheyenne-Kriegern gegenübergestanden und diese besiegt hatte. Wiederholt erzählte er den Zuhörern, dass aus *Nissen Läuse werden* und versicherte ihnen, dass er nicht einen dieser *dreckigen Indianer* hatte entkommen lassen, ganz gleich welcher Größe oder welchen Geschlechts. Als Beweis für seine *heroische* Tat hatte er der Audienz einhundert Skalpe gezeigt – die Schamhaare von Frauen eingeschlossen.

Fredericksons Freunde waren so schockiert und angewidert gewesen, dass sie das Gebäude sofort verlassen hatten, aber die meisten Einwohner von Denver schienen erfreut über Chivingtons *Erfolg,* die Indianer *ausgemerzt* zu haben.

James hätte es nie über sich gebracht, Stands in the Wind von Chivingtons widerwärtiger Ausstellung zu berichten, aber da sie eine Augenzeugin war, war er fest entschlossen herauszufinden, was sie zu sagen hatte.

James wandte sich also an Stands in the Wind, die lächelnd im Bett saß, und begann zu sprechen. Er hielt hin und wieder inne, damit Frederickson der jungen Frau seine Worte übersetzen konnte, und wartete dann geduldig darauf, dass Frederickson ihm ihre Antworten erklärte.

„Ich weiß, wie schwer es für dich sein muss, darüber zu

sprechen, was an dem Morgen, an dem du verwundet worden bist, am Sand Creek geschehen ist", übersetzte Frederickson James' Worte. „Aber ich flehe dich an, mir zu sagen, was du gesehen hast."

Stands in the Wind starrte zunächst Frederickson an, dann James, und schüttelte entschlossen den Kopf.

„Ich will nicht darüber sprechen."

„Es wäre sehr wichtig für mich", sagte James sanft. „Bitte."

Die junge Frau starrte einen langen Augenblick auf ihre Hände. Schließlich sagte sie: „Ich werde dir sagen, was ich weiß."

Ihr Blick wanderte nach draußen, irgendwo in die weite Ferne, und sie begann leise zu sprechen. Frederickson übersetzte ihre Worte für James und Alfred.

„Häuptling Black Kettle hat unsere Leute nach Fort Lyon geführt, um Frieden mit dem weißen Mann zu schließen. Er sagte, es gäbe keinen anderen Weg, um unsere Frauen und Kinder zu retten und unsere Zukunft zu sichern. Der Offizier im Fort hat unsere Ankunft dort anerkannt und uns weitergeschickt, um ein Lager aufzuschlagen.

Black Kettle und die anderen Häuptlinge führten unsere Leute zum Sand Creek. Unser Lager dort war groß mit vielen Zelten, und wir brauchten Nahrung für die Kinder und Alten. Da die Regierungsvertreter des weißen Mannes uns Frieden versprochen hatten, sind unsere Krieger kurz darauf zur Büffeljagd aufgebrochen. Es waren nur wenige Männer im Lager, vielleicht sechsmal die Finger an einer Hand. Die meisten von ihnen waren entweder zu alt oder zu jung um zu jagen. Der Rest waren Frauen und Kinder."

Ihr Blick kehrte ins Zimmer zurück und sie sah nun direkt in James' Augen.

„Die Soldaten kamen bei Morgengrauen und eröffneten sofort das Feuer. Häuptling Black Kettle hatte als Zeichen des Friedens seit dem Tag, an dem wir das Lager am Sand Creek aufgeschlagen hatten, die Fahne des weißen Mannes über seinem Zelt gehisst. Als die Soldaten angriffen, hisste er auch eine weiße Flagge. Einige Weiße hatten ihm gesagt, dies bedeutete, dass man sich ergab. Aber die Soldaten kümmerten sich um keine der beiden Fahnen. Sie stürmten das Lager von allen Seiten. Sie hatten vier ihrer Monster aus Eisen dabei, die Feuer spucken und große Eisenkugeln abfeuern."

„Kanonen", sagte James.

„Ja, Kanonen", sagte Stands in the Wind mit bitterer Stimme und zusammengepressten Lippen. „Von Panik erfasst nahm ich mein Kind und begann zu rennen, so wie jeder andere. Es war ein natürlicher Instinkt. Die Soldaten schossen auf alles, was sich bewegte, und die meisten unserer Leute kamen nicht weit.

Die wenigen Krieger, die im Lager waren, taten ihr Bestes, die Soldaten aufzuhalten, so dass wenigstens einige unserer Leute es schafften, über den Fluss zu entkommen. Die Soldaten waren unseren Kriegern überlegen wie die Sterne im Himmel dem Mond, aber unsere Krieger wichen nicht zurück. Sie waren stolz darauf, ihr Leben für ihr Volk zu geben." Stands in the Wind streckte den Rücken noch mehr als sonst und hob stolz das Kinn, als sie über das ehrenhafte Verhalten der Krieger sprach. Dann fuhr sie fort: „Ich habe gesehen, wie einige versuchten, zu Pferd den Fluss hinauf zu entkommen. Andere flohen zu Fuß entlang des Sand Creek und scharrten mit bloßen Händen Kuhlen in den Sand der Uferböschung, um sich vor den Soldaten zu verstecken."

„So wie du es getan hast", stellte James fest, seine Stimme voll Mitgefühl.

„Ja", sagte Stands in the Wind leise, und ihr stiegen Tränen in die Augen. „Die Soldaten feuerten Kanonen auf hilflose Frauen und Kinder, die flussaufwärts flüchteten. Ich fühlte, wie die Erde von dem Kanonenaufschlag bebte. Dann donnerten Truppen zu Pferd an meinem Versteck vorbei und schossen Frauen und Kinder, die versuchten, sich in Sicherheit zu bringen, wie Hasen nieder. Ich konnte ihre Schreie hören." Sie hielt erneut inne und kämpfte damit, ruhig genug zu bleiben, um weitersprechen zu können.

„Schreie des Grauens und des Schmerzes, Todesschreie schienen aus allen Richtungen zu kommen. Es war mehr, als mein Herz ertragen konnte. Ich wollte meinen Leuten helfen, wollte die Soldaten davon abhalten, sie zu quälen. Doch ich konnte es nicht. Ich war schwach und verwundet und ich musste mein Kind beschützen. Aber der Gedanke an das Leiden, das meine Familie und meine Freunde durchstehen mussten, brachte mich beinahe um den Verstand. Ich hörte ihre Schreie, fühlte ihre Angst – ich wusste, ich würde sie nie wieder sehen."

James legte seine Hand auf Stands in the Winds Arm in der Hoffnung, ihr die Kraft zu geben, weiterzusprechen.

„Als das Donnern der Kanonen und die Gewehrschüsse endlich verstummten", beendete die junge Frau ihren Bericht, „roch ich Rauch und wusste, dass die Soldaten das Lager niederbrannten."

„Was ist mit deinem Ehemann?", fragte James. „War er mit den anderen zur Büffeljagd? Sollen wir versuchen, ihn ausfindig zu machen?"

Stands in the Wind sah erneut auf ihre Hände, dann schüttelte sie den Kopf. „Ich danke dir für deine Sorge, aber mein Mann ist vor vier Monaten gestorben – bevor sein Kind geboren wurde."

„Danke, dass du mir das alles erzählt hast", sagte James und strich ihr sachte über den Arm. „Vielleicht solltest du dich eine Weile ausruhen. Soll ich das Baby mit nach unten nehmen?"

Die junge Frau sah zu ihm auf und lächelte, dankbar für

seine Fürsorge. „Lass meine Tochter hier. Es macht mir das Herz leichter, sie anzusehen."

James, Alfred und Frederickson verließen das Zimmer und zogen die Tür leise hinter sich ins Schloss.

„Was nun?", fragte Alfred, als sie im Flur standen.

„Du hast gesehen, was die Soldaten am Sand Creek angerichtet haben. Stands in the Wind hat nicht nur ihren Mann und ihre Familie verloren, sondern muss dazu mit der Erinnerung an diesen schrecklichen Tag leben, bis für sie die Zeit gekommen ist, diese Welt zu verlassen." James holte tief Luft und sah die anderen ruhig an. „Ich werde mich um sie kümmern. Um sie und das Kind."

„James, weißt du, was du sagst?", flüsterte Frederickson.

„Das tue ich."

Kapitel 21

Marla ließ das Buch sinken. Schweigen breitete sich im Jeep aus.

„Mir wird schlecht", flüsterte Viv schließlich und unterbrach die schreckliche Stille. „Wie können Menschen einander nur so etwas antun? Es ist kein Wunder, dass Amerika ein solches Höllenloch ist. Nach allem, was den Indianern angetan worden ist und besonders, wo wir nun aus erster Hand über Sand Creek erfahren haben, bin ich mir sicher, das der gesamte Kontinent verflucht ist."

Niemand widersprach, nicht einmal Jason. Er starrte aus dem Fenster, die Lippen so fest zusammengepresst, dass sie kaum mehr als eine weiße Linie darstellten.

„Diese Soldaten ...", Eva musste sich räuspern, um ihren Satz zu Ende zu bringen, „das waren keine Menschen; das waren nicht einmal Tiere. Ich weiß nicht, was sie waren. Selbst ein Stein hat mehr Mitgefühl als diese Männer es an dem Tag am Sand Creek gezeigt haben. Krieg ist Krieg. Aber unbewaffnete Frauen, Kinder und alte Menschen niederzumetzeln und zu verstümmeln – das ist widerwärtig."

„Es passiert Frauen, Kindern und alten Menschen noch heute, in jeder Minute eines jeden Tages. Überall auf der Welt." Jacks tiefe Stimme klang unnatürlich laut.

„Ist wirklich jedes Familienmitglied von Stands in the Wind an dem Tag ums Leben gekommen?", fragte Eva. „Hat niemand überlebt?"

„Es gab einige Überlebende", erwiderte Jack. „Aber niemand aus Stands in the Winds Familie. James hat damals die Cheyenne kontaktiert und nachgeforscht, jedoch ohne Erfolg."

„Was ist aus den anderen Überlebenden geworden?", wollte Viv wissen.

„Einige haben sich in die Uferböschung eingegraben und dort versteckt, genau wie Stands in the Wind es getan hat. Andere sind flussaufwärts geflüchtet und haben die bitterkalte Nacht auf der offenen Prärie verbracht. Die meisten waren verwundet. Trotz ihrer Verletzungen sind sie mehrmals zurück zum Lager gegangen, um nach Überlebenden zu suchen." Jacks Hände klammerten sich fester ans Steuer. „Man kann sich kaum vorstellen, wie sie sich gefühlt haben müssen, als sie die leblosen Körper ihrer Lieben, von den Soldaten verstümmelt, in den niedergebrannten Ruinen ihrer Tipis gefunden haben." Er schüttelte heftig den Kopf, als versuche er seine Gedanken von dem Grauen des Massakers loszureißen. „Am nächsten Morgen sind die Überlebenden zum Quellgebiet des Smoky Hill Rivers gezogen und haben sich den Cheyenne angeschlossen, die dort ihr Lager hatten."

„Und was ist aus Chivington geworden?", fragte Jason. „Ich hoffe, er hat für seine Taten bezahlt."

„Auf die gleiche Weise, wie es heute geschieht, wenn es um Politik geht. Es gab eine offizielle Untersuchung. Aber das einzige, was Chivington wirklich ertragen musste, war das Ende seiner politischen Karriere. Und ich glaube nicht" setzte er sarkastisch hinzu, „dass das Land sehr darunter gelitten hat."

„Aber es hat doch Augenzeugen gegeben", mischte sich Viv ein.

„Sicher", stimmte Jack ruhig zu. „Sogar die zwei Offiziere, die sich an dem Morgen weigerten, Chivingtons Befehl, das Lager anzugreifen, auszuführen. Sie sagten aus, dass die meisten von Chivingtons Männern völlig betrunken gewesen waren und bestätigten deren brutales Verhalten." Er zuckte mit den Schultern. „Im Osten war man außer sich, als man von dem Sand Creek-Massaker erfuhr. Aber in Colorado waren die meisten Leute der Ansicht, Chivington sei ein Held, der sie von einer Pest befreit hatte, deren Ausrottung längst überfällig gewesen war."

Einen Augenblick lang herrschte erneut Schweigen. Dann wandte Eva sich an Marla.

„Was hältst du von alledem? Du hast noch gar nichts dazu gesagt."

„Lass sie eine Weile in Ruhe", sagte Jack sanft. „Marlas Seele hat gerade das Massaker am Sand Creek miterlebt und das ist keine Kleinigkeit." Er sah Marla durch den Rückspiegel an. „Warum ruhst du dich nicht eine Weile aus?"

Jack hatte recht. Wie immer, wenn sie aus dem Tagebuch vorlas, war es für Marla auch diesmal, als sei sie wirklich dort gewesen, am Sand Creek. Tatsächlich war sie so in die Geschichte eingetaucht, dass es eine Weile dauerte, bis sie dessen gewahr wurde, dass die Erinnerungen, die im Tagebuch niedergeschrieben waren, nicht ihre eigenen waren. Jetzt fühlte sie sich einfach nur erschöpft. Trotzdem, sie waren aus einem bestimmten Grund hier, und sie konnte schlecht einfach mittendrin ein Nickerchen machen. Oder doch?

„Wie lange dauert es noch, bis wir Sand Creek erreichen?", fragte sie, und ihre Hände zitterten vor Erschöpfung.

Jack lächelte. „Noch Stunden. Ich werde dich rechtzeitig wecken, keine Sorge."

Marla zögerte, dann lenkte sie ein: „Also gut, ein paar Minuten. Ich muss zugeben, ich bin ein wenig müde." Das war natürlich komplett untertrieben, aber sie wollte nicht, dass die anderen sich um sie sorgten.

Marla legte das Tagebuch zurück an seinen Platz und drückte die Tasche fest an sich. Dann lehnte sie sich in dem staubigen Lederimitatsitz zurück, den Kopf halb an Vivs Schulter gelehnt, und schloss die Augen.

„Nur ein paar Minuten“, murmelte sie zu sich selbst.

Für eine Weile konnte Marla an nichts anderes denken, als an die grausamen Ereignisse, über die sie gerade gelesen hatte, und der schlimme Gedanke, dass sie nie wieder zur Ruhe kommen würde, erfasste sie. Aber nach einem kurzen Augenblick der Rastlosigkeit schaltete ihr Körper einfach ab und zwang sie auf diese Weise, sich auszuruhen, ob sie es nun wollte oder nicht. Sie war am Ende ihrer Kräfte und litt zudem noch immer unter dem Schmerz, den sie sich zugezogen hatte, als sie am Morgen vom Pferd gefallen war.

Das konstante Dröhnen des Jeeps und die leisen Stimmen ihrer Freunde entfernten sich immer mehr, und schließlich sank Marla in einen tiefen, traumlosen Schlaf.

Scheinbar eine Ewigkeit später wurde ihr Schlummer von einem leisen Murmeln unterbrochen. Es wurde lauter und lauter und holte sie aus den Tiefen ihres wohligen, friedlichen Schlafs zurück in die Gegenwart.

„Marla“, sagte eine tiefe, freundliche Stimme. „Marla, wach auf.“ Dann rüttelte jemand sie sanft an der Schulter.

Verschlafen öffnete Marla die Augen. Ein grelles Licht schien direkt auf ihr Gesicht. Sie blinzelte, wandte den Kopf und entdeckte Jack, der in der offenen Wagentür lehnte, sein Gesicht ganz nahe an ihrem. Er lächelte sie entschuldigend an.

„Es tut mir leid, dich zu wecken“, sagte er und strich ihr sachte das lange Haar aus dem Gesicht.

Marlas Herz machte einen Sprung und sie spürte, dass sie errötete. Überrascht von den besonderen Gefühlen, die Jacks unerwartete Nähe in ihr auslösten, setzte sie sich abrupt auf und räusperte sich.

„Ist etwas geschehen?“, brachte sie stockend heraus.

„Es tut mir leid, dich zu wecken“, wiederholte Jack. „Wir mussten anhalten, um zu tanken, und Jason und die Mädels haben beschlossen, unterdessen etwas zu essen. Ich dachte, es wäre gut, wenn wir uns bei der Gelegenheit etwas die Beine vertreten würden. Wir sind seit Stunden ohne Unterbrechung gefahren."

Marla sah sich um und bemerkte, dass es draußen stockdunkel war. Das Licht, das auf sie fiel, stammte von einer riesigen Neonröhre am Tankstellengebäude. Sie musste viel länger geschlafen haben, als die beabsichtigten wenigen Minuten.

„Du bist mir nicht böse, dass ich dich geweckt habe, oder?", fragte Jack sanft und ihre Blicke trafen sich.

Für einen Moment sah Marla nur seine Augen, diese Augen, die die Farbe des Meeres an einem stürmischen Tag hatten, und sie schien sich in ihren Tiefen zu verlieren. Fast sofort rief sie sich zur Ordnung. Was dachte sie sich nur? Sie musste das Geheimnis des Tagebuchs lösen. Männer hatten ihnen aufgelauert, hatten sie gefangen nehmen wollen, vielleicht sogar Schlimmeres. Jetzt war wirklich nicht die Zeit für romantische Gefühle. Und überhaupt, Jack war einfach nur freundlich.

Sie schluckte und zwang sich zu einem leichtherzigen Lächeln, als sei nichts vorgefallen.

„Nein", sagte sie und hoffte, dass ihre Stimme unverfänglich klang. „Nein, ich bin nicht böse. Es wird mir gut tun, mir ein wenig die Beine zu vertreten. Wo sind die anderen?", setzte sie hinzu, um etwas Zeit zu gewinnen und sich zu sammeln.

„Sie sind schon in das kleine Restaurant gegangen, das zur Tankstelle gehört", erwiderte Jack. „Ich habe ihnen gesagt, ich würde mit dir nachkommen, sobald ich mit dem Tanken fertig bin."

„Oh, danke, dass du mich solange wie möglich hast schlafen lasen", stotterte Marla. „Ich kann es nicht fassen, dass ich von dem Stop, dem Aussteigen und von allem anderen nicht aufgewacht bin."

Jack schob seinen schlanken Körper von der Wagentür fort und richtete sich grinsend auf. „Du hast sehr tief geschlafen. Ich hatte ziemliche Probleme, dich aufzuwecken."

Marla musste lächeln und diesmal war es ehrlich. „Ich habe ein paar unruhige Nächte hinter mir. Ich nehme an, der Schlaf hat mich einfach ausgeknockt."

Jacks Miene wurde ernst. „In den vergangenen Tagen und Wochen ist für dich viel geschehen. Es überrascht mich nicht, dass du müde bist. In jeder anderen Situation hätte ich dich nicht geweckt. Aber so wie die Dinge liegen, wollte ich dich nicht allein im Wagen lassen."

„Du hast recht", sagte sie, noch immer etwas benommen, und bemühte sich, aus dem Wagen zu steigen.

„Hier", sagte Jack und ergriff ihren Arm. „Lass mich dir helfen."

„Ich bin keine alte Frau, weißt du", lachte Marla.

Jack sah sie bedeutungsvoll an. „Das habe ich bemerkt."

Während Marla in Gedanken nach einem anderen Gesprächsthema suchte, ging die Tür des kleinen Restaurants auf. Ohrenbetäubende Countrymusik und das laute Gejohle einer großen Menschenmenge dröhnten in die Nacht hinaus. Ein paar betrunkene Männer kamen aus dem heruntergekommenen Gebäude und verschwanden in der Dunkelheit. Erst jetzt bemerkte Marla Dutzende von Autos, die vor dem Restaurant geparkt waren.

„Viv und Eva sind nicht etwa dort reingegangen, oder?", fragte sie zögernd.

„Das sind sie", sagte Jack. „Es ist der einzige Ort im Umkreis, wo man etwas zu essen bekommen kann. Wir haben gefragt."

„Ich glaube, ich habe keinen Hunger", sagte Marla und wandte sich wieder dem Jeep zu.

„Du hast doch nicht etwa Angst vor den Einheimischen?", neckte Jack sie.

„Angst habe ich nicht", sagte Marla. „Aber ich verabscheue Lärm. Außerdem ich bezweifle ich, dass ich einen Happen herunterkriegen kann, solange mir eine Möchtegern-Dolly Parton ins Ohr kreischt und ich von Betrunkenen umringt bin. Sag Eva und Viv, sie sollen mir irgendetwas zu essen mitbringen, wenn sie rauskommen. Sie wissen, was ich mag."

Jack sah in ihr ernstes, entschlossenes Gesicht und brach in lautes Gelächter aus.

„Ich verstehe nicht, was daran so witzig ist", sagte Marla ein wenig verletzt.

„Vergiss es", grinste Jack. „Nun gut, wenn du nicht dort reingehen willst, dann werde ich es auch nicht tun."

„Aber du musst hungrig sein."

„Das bin ich, aber wie gesagt, ich werde dich nicht allein hier draußen lassen."

„Aber es ist nicht richtig, dass du leidest, nur wegen mir", begann Marla. Da öffnete sich die Tür des Restaurants ein weiteres Mal, und erneut war die Nachtluft vom Lärm der feiernden Leute erfüllt.

Marla wandte sich zur Tür um, verärgert über die Störung. Im nächsten Augenblick jedoch sagte sie überrascht: „Ist das nicht Jason?"

Jack folgte ihrem Blick. „Ja. Und sieh, da kommen auch Viv und Eva. Ich frage mich, was los ist."

Jason ging direkt auf Marla und Jack zu, seine Miene missmutig und verbissen im grellem Licht der Tankstelle. Viv und Eva folgten dicht hinter ihm und sprachen leise auf ihn ein, anscheinend ohne Erfolg.

„Was ist los?", wollte Jack wissen, als die drei den Jeep erreichten.

„Frag *sie*", sagte Jason kurzangebunden und ließ sich auf den Vordersitz fallen.

„Viv, Eva? Was ist los?", fragte Marla.

„Ich habe das sogenannte *Singen* durchgehen lassen", sagte Eva. „Aber es gibt bestimmte Dinge, die ich wirklich nicht ausstehen kann, besonders nicht beim Essen."

„Sie haben einen Wettbewerb für Frauen angezettelt: *Wer sieht im nassen T-Shirt ‚am besten' aus* ... gerade als unser Essen kam", erklärte Viv der erstaunten Marla. „Und ein Typ am nächsten Tisch hat den Fehler gemacht, mir zu raten, dabei mitzumachen."

„Oh", sagte Jack und warf Jason über die Schulter einen flüchtigen Blick zu. „Und ich nehme an, davon abgesehen, dass du dich beleidigt gefühlt hast, fand es jemand anders auch nicht lustig, habe ich recht?"

„Nicht nur er", sagte Eva. „Ich habe auch nicht darüber gelacht. Aber wenigstens habe ich nicht versucht, den Mann, der die blöde Bemerkung gemacht hat, k.o. zu schlagen." Sie hob ihre Arme vor Wut und ließ sie hilflos sinken. „Jason sollte auf uns aufpassen, damit wir dort drinnen nicht in Schwierigkeiten geraten und etwas essen können – trotz des fragwürdigen Charakters dieses Etablissements. Stattdessen fängt er beinahe eine Prügelei an, die wir nur verhindern konnten, weil wir ihn zur Tür hinausgeschoben haben – ohne von unserem Essen auch nur zu kosten."

Marla sah von einem zum anderen. Eva war offensichtlich sehr verärgert. Jason saß mit finsterer Miene auf dem Beifahrersitz des Jeeps und blickte starr geradeaus. Nur Viv, von der Marla angenommen hätte, dass sie sicher sehr wütend über Jasons neuestes Fehlverhalten sein würde, gab sich überraschend ruhig und gefasst. Sie schien weder verärgert zu sein noch stritt sie sich wie sonst üblich mit ihm. Stattdessen lag der Anflug eines Lächelns auf ihrem Gesicht.

„Wir können in dem kleinen Tankstellenladen etwas zu essen kaufen", sagte Viv zu Marlas großer Überraschung. „Ich gehe nicht noch einmal in das Restaurant."

„Also gut", sagte Jack. „Wir haben keine Zeit zu streiten. Ihr Frauen besorgt, was immer ihr wollt, im Tankstellenladen. Ich werde euch vorsichtshalber begleiten. Jason, du bewachst den Jeep, bis wir zurück sind."

★

Granbys Büro – zur selben Zeit

„Warum haben wir immer noch keine Spur von ihnen gefunden, Danville?", fragte Granby und marschierte im Büro auf und ab. Er war verstimmter als je zuvor. „Es sind Stunden vergangen, seit unser Team sie bei dieser verfluchten Ranch aus den Augen verloren hat. Und Sie haben gesagt, es sei eine gemachte Sache!"

„Sie müssen irgendwie Wind davon bekommen haben, dass unsere Männer ihnen auflauern", sagte Danville. „Ich weiß nicht wie, aber es gibt keine andere Erklärung. Sie haben das Mietauto und all ihre Sachen, selbst ihre Handys und Laptops, auf der Ranch zurückgelassen. Und keiner von ihnen hat bisher seine Kreditkarte benutzt. Deshalb haben wir sie noch nicht gefunden."

„Was ist mit den Telefonleitungen?", wollte Granby wissen.

„Sie haben nicht versucht, ihre Familien zu kontaktieren, weder hier noch in Europa."

„Und Sie haben eine Suchmeldung für Bloods Wagen rausgegeben?"

„Sofort, Sir, aber ohne Erfolg", berichtete Danville. „Und wenn es mir erlaubt ist, Sir, möchte ich anmerken, dass ich vermute, sie haben den Wagen gewechselt."

Granby hielt inne und drehte sich zu Danville um. „Und darf ich fragen, woher dieses Gefühl stammt? Ist da etwas, worüber ich Bescheid wissen sollte?"

Danvilles errötete leicht. „Nun, Sir", begann er langsam, „es ist das, was ich an ihrer Stelle getan hätte."

„Interessant", erwiderte Granby. „Aber wenn Blood tatsächlich den Wagen gewechselt hat, dann bedeutet es zweierlei: Erstens, dass er etwas vermutet und zweitens, dass er es war, der diese Hansen und ihre Freunde gewarnt hat. Haben Sie an diese Möglichkeit gedacht?"

„Das habe ich, Sir."

„Und wie kommt es, dass er die Hansen und die anderen warnen konnte, wo doch unsere Bodenmannschaft berichtet hat, dass sie die Hütte getrennt und in völlig verschiedene Richtungen verlassen haben und unser Team die einzige Straße zur Ranch blockiert hat? Wie erklären Sie sich das?"

„Nachdem er seinen Wagen erreicht hatte, gab es zahlreiche Forstwege, die Blood hätte nehmen können. Die Berge sind voll davon und er kennt sich in der Gegend aus. Deshalb haben wir den Helikopter eingesetzt."

„Ja, der Helikopter", wiederholte Granby sarkastisch. „Das war sehr unauffällig, da bin ich mir sicher." Er begann erneut auf und ab zu gehen. „Nun, wenn sie tatsächlich die Wagen gewechselt haben, dann müssen sie Bloods Wagen irgendwo stehengelassen haben. Und wenn ich *sie* sage, dann meine ich *sie*, denn ich denke, wir dürfen nun mit Sicherheit davon ausgehen, dass Blood und diese Hansen und ihre Freunde sich irgendwo getroffen haben und jetzt gemeinsam unterwegs sind. Bloods Wagen muss also irgendwo sein und muss gefunden werden. Vielleicht können wir dann herausfinden, mit welchem Wagen sie nun unterwegs sind und die lokalen Behörden einschalten, damit sie uns bei der Suche helfen. Setzen Sie sofort ein paar Männer an die Sache, verstanden, Danville?"

„Ja, Sir."

„Und noch etwas, Danville."

„Ja, Sir?“

„Bringen Sie Mac und sein Team so schnell es geht nach Colorado.“ Granby ließ sich in seinen Stuhl fallen.

„Noch heute Abend, Sir?“, fragte Danville überrascht.

„Ja, noch heute Abend“, donnerte Granby. „Warum fragen Sie?“

„Ich wundere mich nur, Sir“, sagte Danville. „Warum nach Colorado?“

„Weil es abgesehen von der Hütte der Bloods der einzig andere Ort ist, den ich kenne, der einen direkten Bezug zu den Copperwheat-Brüdern hat“, erklärte Granby verstimmt.

Danville ging ohne ein weiteres Wort zur Tür, öffnete sie, und drehte sich dann, einer plötzlichen Eingabe folgend, noch einmal zu seinem Vorgesetzten um.

„Wohin genau in Colorado soll ich das Team schicken, Sir?“

„Zur Gedenkstätte von Sand Creek natürlich“, stieß Granby aus, als sei es ganz offensichtlich.

„Natürlich“, sagte Danville und zog schnell die Tür hinter sich zu.

*

Es war sehr früh am Morgen, so früh, dass das Land noch ganz in der Dunkelheit versunken war. Marla, Viv, Eva, Jason und Jack fuhren noch immer im Auto und waren nun ungefähr einhundertfünfzig Meilen von ihrem Zielort entfernt.

Jack hatte bis lange nach Mitternacht am Steuer gesessen, dann war er zu müde geworden, um weiterzufahren. Jason wäre an der Reihe gewesen, aber seine Stimmung hatte sich nicht gebessert und er hatte sich schlichtweg geweigert. Also fuhr Viv nun. Jason saß schweigend neben ihr und starrte in die Nacht hinaus. Jack hatte Vivs Platz auf der Rückbank neben Marla und Eva eingenommen.

Eine Weile lang hatte Viv sich bemüht, das Gespräch in Gang zu halten, aber niemandem war nach Unterhaltung zumute.

Marla hatte auf das Stück Straße gestarrt, das die Scheinwerfer vor ihnen erhellten und war einigermaßen aufgewühlt, weil ihre und Jacks Schulter sich berührten. Aber das gleichmäßige Brummen des Motors, die Dunkelheit und das Schweigen hatten sie schließlich überwältigt, und sie war eingenickt, den Kopf an Jacks Schulter gelehnt.

Ehe Marla sich versah, träumte sie. Es war der gleiche Traum wie immer. Sie stieg den Berghang hoch, den felsigen Pfad entlang, bis sie die Bergwiese mit dem See erreichte, der von schneebedeckten Gipfeln umgeben war. Dort stand sie und sah für eine Weile zu, wie die beiden riesigen Luchse am Seeufer auf sie zu kamen. Wie immer machten sie ihr keine Angst, sondern sahen sie mit diesen seltsamen Augen an, die direkt durch sie hindurch zu blicken schienen, bis tief in ihre Seele. Und wie sonst bedeuteten die Luchse ihr, ihnen zu folgen. Wie jedes Mal wollte Marla nun genau das tun. Dann meinte sie wieder, zuvor etwas Bestimmtes tun oder erreichen zu müssen, ehe sie sich den Luchsen anschließen konnte.

Marla sah sich um, bis ihr Blick an den hohen Felsen hängenblieb, die sich vom Seeufer aus in den Himmel erstreckten. Ein seltsames Gefühl der Erleichterung setzte ein, und plötzlich wusste sie, dass die Antwort zu alldem irgendwo dort oben zwischen den Felsen zu finden war. Langsam ging Marla auf die Felsen zu. Es war als wüssten ihre Füße genau, wohin sie gingen, so als seien sie schon einmal dort gewesen. Aber für Marla war dies alles neu. Sie folgte einem unsichtbaren Pfad am felsigen Seeufer und entfernte sich weiter und weiter von den beiden Luchsen.

Schon bald türmten sich die Felsen vor ihr auf. Sie schienen unbezwingbar. Doch erneut fanden Marlas Füße einen Weg, unsichtbar für ihre Augen, der sie hierhin und dorthin führte, höher und höher in die Berge hinauf und dann tiefer und tiefer in ein Labyrinth aus Felsen.

Das sandfarbene Gestein reflektierte die Sonnenstrahlen und schuf ein fantastisches Spiel aus Schatten und Licht. Marla hielt inne. Vor ihr befand sich eine Felswand und darin versteckt der Eingang zu einer verborgenen Höhle. Ohne zu zögern bückte sich Marla und trat in die Dunkelheit.

Die Luft in der Höhle war kühl und es war dort sehr still. Alle Geräusche von draußen schienen zu verebben, selbst das Singen der Vögel. Nur ein vages Dröhnen war zu hören.

Als ihre Augen sich an die Dunkelheit gewöhnt hatten, konnte Marla mehr von der Höhle erkennen. Die Wände und der Boden waren aus solidem Gestein. Der Boden schien wie blankgefegt. Der Fels dort schien sehr glatt und eben und wies mehrere flache Kuhlen auf.

Und plötzlich wusste Marla, wo sie war und was sie gefunden hatte.

„Das Lager der Luchse!", rief sie erstaunt und so laut aus, dass sie darüber erschrak.

Marla riss die Augen auf, doch sie wagte nicht, sich zu bewegen. Das Dröhnen war noch immer wahrnehmbar, aber es hörte sich nun anders an. Um sie herum war alles dunkel bis auf das schwache Leuchten eines gedimmten Lichtes, dessen Quelle sich irgendwo vor ihr befand. Dies war nicht die Höhle in den Klippen! Wo aber war sie dann?

Mit einem Mal bemerkte Marla, dass ihr Kopf an etwas lehnte, etwas Festes, aber gleichzeitig Weiches.

„Du hast wieder geträumt", sagte eine dunkle Stimme.

Jetzt erinnerte sie sich: Sie war mit Viv, Eva, Jason und Jack im Jeep unterwegs zur Gedenkstätte von Sand Creek.

Sie saß neben Jack auf dem Rücksitz und er war es, der zu ihr gesprochen hatte. Und das, woran ihr Kopf sich lehnte, war Jacks Schulter!

Sie richtete sich so schnell auf, dass sie sich den Kopf am Fenster stieß.

„Autsch", sagt sie und hielt sich die Schläfe. Es tat ihr so weh, dass ihr schwindlig davon wurde. Gleichzeitig wusste sie, dass das Schwindelgefühl nicht allein von dem Stoß am Fenster kam, sondern vielmehr von dem kraftvollen Traum, aus dem sie gerade erwacht war.

„Marla, ist alles in Ordnung?", fragte Eva sanft. „Du hast im Schlaf gerufen."

„Es ist alles in Ordnung", sagte Marla langsam und rieb sich den schmerzenden Kopf. „Ich habe etwas gerufen? – Ja, das stimmt! Ich habe es gefunden!" Ihre Stimme klang nun sehr aufgeregt. „In meinem Traum ... die Sache, die ich immer gespürt habe, dass ich sie erledigen muss, bevor ich mit den Luchsen mitgehen kann – ich habe herausgefunden, was es ist!"

„Was?", fragte Eva gespannt.

„Das Lager. Ich habe den Weg zum Lager der Luchse gefunden!", berichtete Marla. „Oh, dort war es wundervoll! Vollkommene Stille! Es war, als ... als könne man alles, was die Menschheit je getan hat, von diesem versteckten Ort in den Felsen aus verfolgen. Als könne man alles beobachten, ohne gesehen zu werden, ohne sich einmischen zu müssen, und doch genau wissen, was vor sich geht. Es war sehr beeindruckend."

„Und dann?", fragte Viv.

„Ich rief: das Lager der Luchse! Und bin aufgewacht."

Jason zeigte sich unberührt. „Ist das alles?"

„Ja, das ist alles", erwiderte Marla.

„Magst du uns den ganzen Traum erzählen, besonders die Stellen, an denen sich etwas verändert hat oder die diesmal neu waren?", fragte Jack ruhig. „Es könnte sehr wichtig sein."

Marla schaute ihn im Dunkel des Wageninneren an und war sich beinahe sicher, dass er innerlich nicht so ruhig war, wie seine Stimme es ihnen weiß machen wollte. Aber warum? Was war so besonders daran, dass sie das Lager der Luchse gefunden hatte? Es stimmte, im Traum hatte sie es als etwas sehr Bedeutendes empfunden, aber nun vermochte sie sich ihr Gefühl nicht zu erklären.

„Ja, gern", stimmte sie Jacks Bitte zu und berichtete so ausführlich es ging darüber, was sie im Traum gesehen, gefühlt und getan hatte.

Nachdem sie geendet hatte, sagte eine Weile lang niemand ein Wort und Marla kam sich etwas dumm vor. Warum nur hatte sie im Schlaf rufen und alle davon wissen lassen müssen?

Aber dann begann zu ihrer Erleichterung Jack zu sprechen.

„Wie ich Marla bereits gesagt habe", wandte er sich zunächst an Viv, Eva und Jason, die nicht dabei gewesen waren, als er und Marla vor der Hütte über ihren Traum gesprochen hatten, „sind Träume sehr private Dinge, deren Bedeutung für den, der sie träumt, am deutlichsten ist. Die Träume von anderen zu interpretieren, ist bedenklich. Bei meinem Volk sind Träume und Visionen jedoch von höchster Wichtigkeit. Sie leiten und führen einen Menschen bei seiner Suche nach Nahrung, bei der Jagd, wenn wichtige Entscheidungen zu treffen sind und helfen dabei, Verbindung mit den Ahnen aufzunehmen. Träume und Visionen helfen, eine Situation oder ein Problem zu klären, und bei uns lernt jedes Kind, mit ihnen umzugehen. Sie lernen von den Ältesten, wie man bestimmt, was die Träume einem aufzeigen wollen, wie man bestimmte Zeichen deutet. Nun, ich sage euch all das, weil ich möchte, dass ihr versteht, was ich Marla jetzt erkläre." Er hielt kurz inne. „Du weißt eine Menge, Marla, doch es gibt bestimmte Dinge, die du ganz einfach nicht wissen kannst, weil sie nicht Teil deiner Erziehung gewesen sind. Ich kann dir nicht helfen, deinen Traum zu deuten, aber vielleicht können einige Aspekte meiner Kultur hilfreich sein."

„Einen Augenblick mal", unterbrach Jason ihn. „Eben erst hast du gesagt, dass Träume normalerweise nur für den, der sie träumt, etwas bedeuten. Sollte Marla dann nicht in der Lage sein, mit dem, was sie bereits weiß, das Geträumte zu deuten?"

„Das stimmt", sagte Jack. „Aber wie ich ebenfalls sagte, ist Marla nie richtig angelernt worden, um herauszufinden, was ihre Träume bedeuten. Vielleicht gibt es ihr den Anstoß, den sie braucht, um den Traum zu entschlüsseln, wenn sie die Sache von einem anderen Standpunkt aus betrachtet."

„Ich verstehe immer noch nicht, warum Marlas Traum gerade jetzt so wichtig ist", sagte Viv. „Marla hat ihn seit Jahren. Im Augenblick halt nur öfter als sonst. Das ist alles."

„Unsere Seele ist die Hüterin vieler Geheimnisse", erklärte Jack nachsichtig. „Niemand weiß, was dort verborgen liegt oder zu welchem Zeitpunkt die tiefsten Rätsel an die Oberfläche kommen müssen. Offenbar ist Marlas Traum von den Luchsen und ihrem Lager gerade jetzt sehr wichtig, und deshalb hat sie ihn derzeit so häufig. Mein Volk würde sagen, dass es sich bei dem Traum um eine Botschaft aus der Welt der Geister handelt. Und solche Botschaften sollte man nicht ignorieren, denn sie versuchen uns Menschen zu helfen."

„Ich bin mir nicht einmal sicher, wie ein Luchs genau aussieht", gab Eva zu.

„Luchse gehören zur Gattung der Katzen", erklärte Marla, ehe Jack antworten konnte. „Sie haben lange Beine und große, gepolsterte Pfoten, mit denen sie sehr trittsicher auf Schnee und Eis sind. Ihre Körper sind kräftig und kompakt und ihre Schwänze kurz. Sie haben schwarze Fellbüschel an den Ohrenspitzen und ihre Gesichter sind von einer Art Bart gesäumt."

„Oh, jetzt weiß ich", sagte Eva. „Mit den Kindern habe ich welche im Zoo gesehen. Sie haben große, grüngelbe Augen und einen sehr markanten Gang, sehr lässig, und sie tragen ihre Köpfe ... na, irgendwie nach unten gesenkt."

„Genau", sagte Marla. „Luchse haben auch ein sehr gutes Seh- und Hörvermögen. Sie können eine Maus aus einem Abstand von fünfzig Metern hören. Und sie können bis zu sieben Meter weit springen. Luchse sind Einzelgänger. Es ist schwer, sie zu sehen, denn sie ähneln Schatten. Sie sehen und beobachten, ohne selbst gesehen zu werden."

„Ich bin beeindruckt", sagte Jack.

„Wow", sagte Viv. „Woher weißt du das alles?"

Marla lachte. „Luchse tauchen seit Jahren in meinen Träumen auf. Ich könnte sie im Schlaf beschreiben. Und da ich sie so regelmäßig treffe, habe ich viel über sie gelesen. Fakt ist, dass Luchse sehr faszinierend sind, und mit der Zeit sind sie zu meinem Lieblingstier geworden."

„Hast du auch über die spirituellen Fähigkeiten des Luchses gelesen?", hakte Jack nach.

„Spirituelle Fähigkeiten? Nein", gab Marla zu.

„Dann lass mich dir davon erzählen." Jacks Stimme war noch immer sehr sanft. „Mein Volk glaubt, dass jedes Tier über bestimmte spirituelle Fähigkeiten verfügt, und dass ein Mensch sich diese Kräfte zu eigen machen kann, wenn er Verbindung zu dem Tier aufnimmt."

„Zum Beispiel indem man bei der Jagd einen Wolfspelz trägt, um listig und ein guter Jäger zu sein, wie der Wolf es ist", warf Jason ein.

„Stimmt", sagte Jack.

„Woher weißt du über solche Dinge Bescheid?", fragte Viv überrascht. „Das gehört nicht zum Cowboy-Sein."

„Nun, ich schaue nun mal viele Western-Filme", sagte Jason mit gewichtiger Miene und fügte hinzu: „Sie sind nicht alle so schlimm, wie du annimmst."

„Hmmm", war alles, was Viv erwiderte.

„Die spirituellen Fähigkeiten vieler Tiere werden uns klarer", fuhr Jack unbeirrt fort, „wenn wir uns ihre physischen Attribute genauer ansehen. Der Luchs ist ein geduldiger Jäger und schweigender Beobachter, weshalb ihm spirituelle Qualitäten wie Toleranz, Verständnis und Gelassenheit zugeschrieben werden. Seine Farbe, Größe und Schläue erlaubt es dem Luchs, sich geschickt an sein Umfeld anzupassen. Somit gelingt es ihm – vom spirituellen Standpunkt aus gesehen – unbeobachtet zwischen den Welten zu wandeln, sich sozusagen auf seinem Weg die ganze Zeit über im Hintergrund zu halten. Das gute Sehvermögen des Luchses erlaubt ihm, durch feste Materie, Objekte, Wände und Böden hindurch zu schauen – alles natürlich im spirituellen Sinn. Überlegt nur, wie viele Geheimnisse ein Tier mit solch außergewöhnlichen spirituellen Fähigkeiten unbemerkt beobachten und aufnehmen könnte. In der Tat glaubt mein Volk, dass der Luchs viele wundersame Geheimnisse kennt, die entweder von Zeit und Raum verdeckt oder aber der Welt völlig verloren gegangen sind. Der Luchs ist der stille Hüter von Geheimnissen und von allem Versteckten und Unsichtbaren. Das Fell des Luchses gleicht einem Mantel, der unsichtbar macht. Und während der Luchs unbemerkt von anderen Wesen durch die Welten wandert, trifft er die eine und andere Person und erlöst sie, indem er etwas von seinem verborgenen Wissen an sie abgibt."

„Ich hatte keine Ahnung ...", sagte Marla mit großen Augen.

„Ich finde es ganz unglaublich, dass dein Volk diese spirituellen Fähigkeiten identifiziert hat, ganz einfach, weil es die physischen Attribute des Luchses studiert hat", staunte Viv.

„Und doch, so wie Jack es beschreibt, macht es für mich Sinn", sagte Eva. „Ich muss allerdings zugeben, dass ich selbst kein bisschen darauf gekommen wäre."

„Ja, das ist, als würde man versuchen, sich die Sternenbilder einzuprägen", warf Jason in dem für ihn üblichen Ton ein. „Gott weiß, warum der, der sie benannt hat, ihnen diese Namen gegeben hat. So sehr ich mich auch bemühe, ich kann Leier, Bären oder Jäger mit Schwert und Bogen nicht im Nachthimmel ausmachen. Nur jede Menge funkelnder Sterne, das ist alles."

„Danke für den Hinweis, Jason", sagte Viv mit ihrem süßesten Lächeln. „Aber wir haben schon immer gewusst, dass du nicht das kleinste bisschen Vorstellungskraft besitzt."

Kapitel 22

„Das muss die Ausfahrt sein", sagte Viv und deutete auf die Schotterstraße, die in Richtung Norden vom Interstate wegführte. „Auf dem Schild steht *Sand Creek Massacre National Historic Site* und ein Pfeil deutet in die Richtung."

„Vielleicht sollten wir warten, bis es hell wird", schlug Eva vor. „Bei Nacht sieht es hier draußen gespenstisch aus."

Jason, der Viv vor einer Weile mit dem Fahren abgelöst hatte, meinte lässig: „Ach was, hier ist nichts gespenstisch, das bildest du dir ein. Alles, was es hier gibt, ist die flache, leere Prärie. Nicht einmal ein Kojote könnte sich hier verstecken, selbst wenn er es wollte." Aber während er das sagte, klammerte er sich merklich ein wenig fester ans Lenkrad.

„Marla, was meinst du?", fragte Viv und überging, wie so oft in den vergangenen Tagen, Jasons Kommentar. „Sollen wir hier irgendwo parken und ein bisschen schlafen, bevor wir weiterfahren? Es ist deine Entscheidung."

Marla wägte die Optionen ab.

„Natürlich wäre es schön, den Ort bei Tageslicht zu sehen", sagte sie dann, „aber im Moment macht es wirklich keinen Unterschied. Alles, was ich mir erhoffe, ist, mit eigenen Füßen auf dem Ort zu stehen und seine Vergangenheit zu spüren. Und mit ein bisschen Glück erhalte ich vielleicht einen Hinweis. Was meinst du? Sollen wir warten oder weiterfahren?" Sie wandte sich an Jack, der noch immer neben ihr auf dem Rücksitz des Jeeps saß.

Er sah auf seine Armbanduhr.

„Ich glaube, wir sollten weiterfahren", sagte er. „Es wird

bald hell werden, und je eher wir die Sache hinter uns bringen, desto besser."

„Rechnest du mit Problemen?", wollte Marla wissen.

„Ich rechne eigentlich überall, wo ich hingehe, mit Problemen", erwiderte er in lässigem Ton, aber er starrte in die sie umgebende Dunkelheit und auf das, was sie verborgen halten könnte.

Schweigend fuhren sie weiter.

Marlas Nervosität wuchs mit jedem Meter, den sich der Wagen weiter fortbewegte. Wurde es draußen bereits heller, oder bildete sie es sich nur ein? Sie spähte forschend aus dem Seitenfenster. Ja, es war ganz bestimmt nicht mehr stockfinster, lediglich dunkelgrau. Marla holte tief Luft und versuchte, sich zu entspannen. Sie wusste, es würde eine qualvolle Erfahrung für sie werden, den Ort des Sand Creek Massakers zu betreten. Normalerweise vermied sie es, sich körperlichen Schmerzen bewusst auszusetzen, aber dieses Mal hatte sie keine Wahl. Sie musste herausfinden, was es mit dem Tagebuch auf sich hatte, und dazu musste sie jedem Hinweis folgen, der sich ihr bot.

Als sie das Ende der Straße erreichten und den Jeep parkten, zeigte sich das erste schwache Licht der Morgendämmerung. Vor ihnen lag eine Landschaft von enormer Weite.

„Das Land und der Horizont scheinen hier endlos zu sein", sagte Jason, während er die neue Umgebung bewunderte. „Ich habe so etwas vorher noch nie gesehen."

„Erinnert ihr euch, wie Alfred schrieb, die Prärie sei wie die sachte rollenden Wellen des Meeres", sann Viv laut. „Er hat wirklich recht gehabt."

„Ich kann mir nicht vorstellen, jemals hier zu leben", sagte Eva. „Hier ist so viel Platz, so viel Raum. Es ist wirklich, als sei man auf dem Meer vom Kurs abgekommen und ganz allein. Es ist angsteinflößend. Ich weiß nicht einmal, ob ich aus dem Wagen aussteigen möchte."

Marla schenkte ihren Bedenken keine Beachtung. Ihre Gedanken kreisten um das, was vor ihr lag. Sie griff nach der Tasche mit dem Tagebuch und stieg aus dem Wagen. Eine stete Brise wehte und trotz der frühen Stunde war die Luft recht warm. Der Wind zerzauste Marlas Haar und zog an ihrer Kleidung. Sie nahm ein Haargummi aus ihrer Hosentasche und band ihr langes blondes Haar im Nacken zusammen. Währenddessen bewunderte sie die Landschaft.

Jack stieg ebenfalls aus und stellte sich zu ihr.

„Du bist schon einmal hier gewesen, nicht wahr?“, stellte Marla fest.

„Ja, mit meinen Großeltern. Aber das liegt eine ganze Weile zurück. Es war, bevor man diesen Ort zur nationalen Gedenkstätte erklärt hat.“

„Ist er das nicht schon seit langer Zeit?“, wunderte Marla sich.

„Nein, erst seit 2007.“

„Aber das ist Wahnsinn!“, rief Marla aus. „Das sind …“, sie rechnete schnell nach, „… das sind einhundertunddreiundvierzig Jahre, nachdem das Massaker stattgefunden hat.“

Jack zuckte mit den Schultern.

„Besser spät als gar nicht“, meinte er und setzte dann, halb fragend, halb besorgt hinzu: „Bist du bereit?“

„So bereit, wie es geht. Was ist mit den anderen?“

„Kommt ihr mit?“, rief Jack über die Schulter.

„Geht ruhig allein“, sagte Viv. „Eva ist wirklich verängstigt und will im Wagen bleiben, aber nicht allein. Jason und ich werden ihr Gesellschaft leisten.“

„Bist du sicher?“

„Ja, ihr zwei geht los. Wir warten hier auf euch.“

Jack wandte sich an Marla. „Nur wir zwei.“

Sie kamen zu dem quadratischen Monument aus Granit. Ein Metallschild mit einer Inschrift war an einer der Seiten angebracht. Im frühen Morgenlicht war es deutlich zu erkennen. Doch Marla interessierte sich nicht dafür. Sie war auf etwas anderes konzentriert. Daher blieben sie nicht beim Monument, sondern gingen langsam weiter.

Die Brise wehte über das sonnenvergilbte Gras und die wenigen kleinwüchsigen Büsche. Und in welche Richtung Marla auch sah, es gab nur die unendliche Prärie, die sich vor ihnen erstreckte, so weit das Auge reichte.

In Gedanken rief Marla sich die Landschaft der Rocky Mountains in Montana ins Gedächtnis zurück. Der Anblick dort war atemberaubend gewesen. Trotzdem waren die enorme Leere hier draußen, die spärliche Vegetation mit dem langen Gras, über das der stetige Wind strich, von ganz eigener Schönheit. Marla war fasziniert.

Als sie sich an dem Anblick sattgesehen und sich alle Einzelheiten eingeprägt hatte, schloss Marla die Augen und versuchte, den Ort zu spüren. Doch so sehr sie sich auch bemühte, sie spürte lediglich Leere – als habe nichts je dieses Stück Land berührt, weder Tier noch Mensch.

Jack beobachtete sie aufmerksam, seine Miene war angespannt und besorgt.

„Nun?"

Marla schüttelte den Kopf.

„Nichts", sagte sie ungläubig, aber auch ein wenig erleichtert. „Es ist, als habe jemand dieses Land von jeglicher Erinnerung reingewaschen."

Jack wägte ihre Worte einen Moment lang ab. Dann forderte er sie auf: „Berühr den Boden."

Marla sah ihn erstaunt an. Dann weiteten sich ihre Augen und sie verstand.

„Die Erinnerungen sind so desaströs, dass sie eins geworden sind mit dem Land, Teil der Erde, die Zeuge der Ereignisse gewesen ist", flüsterte sie.

„Ich habe gehört, dass so etwas manchmal geschieht, wenn die Vergangenheit eines Ortes zu extrem ist – in positiver oder negativer Hinsicht", sagte Jack. „Es ist dann, als würde die Erde sich wie eine Hülle um die Erinnerungen legen, um sie vor der Welt zu verbergen. Zum Schutz der Wesen, die in Zukunft dort leben."

Marla nickte.

„Ich kann das nachvollziehen", sagte sie. „Erinnerungen, die sehr schlimm oder sehr schön sind, können das Leben derjenigen, die nicht unmittelbar daran mitgewirkt haben, in Trauer oder Verwirrung stürzen. Nicht nur Zerstörung kann ein Fluch sein – auch die reine Glückseligkeit kann es sein."

Beunruhigt darüber, was sie wohl spüren würde, ging Marla in die Hocke und legte beide Hände behutsam auf die staubige Erde.

Sobald ihre Finger die Erde berührten, kehrte der schmerzende Druck an ihrer Schädelbasis mit gewaltiger Intensität zurück. Gleichzeitig strömte eine enorme Flut von Erinnerungen durch ihren Körper. Bilder tauchten so plötzlich vor ihrem inneren Auge auf, dass sich in Marlas Kopf alles zu drehen begann und ihr schwindlig wurde. Und die Bilder, die sie in sich aufnahm, waren widerwärtig, grausam. Sie sah, wie Soldaten über ein friedliches Indianerlager hereinbrachen, seine Bewohner hetzten und Frauen, Kinder und alte Leute auf brutalste Art niedermetzelten. Kanonenkugeln rissen Tipis und Menschen in Stücke. Soldaten skalpierten halbtote Kinder und schlugen ihnen mit Gewehrkolben die Köpfe ein. Sie schnitten noch lebenden Frauen und Männern die Genitalien ab. Überall war Blut. Und über allem hörte Marla die Schreie. Schreie des Entsetzens und der Angst, Schreie aus unvorstellbaren Schmerzen und durch unvorstellbare Folter, die ihr das Blut in den Adern gefrieren ließen.

Es war zu viel. Marla wollte nichts mehr sehen oder hören. Sie wollte fortrennen von diesem Ort, fort von dem

Schmerz und dem Leid, und nie zurückkehren. Ja, die Erde hatte die Erinnerungen dieses Ortes verborgen – aus gutem Grund. Solche Qualen, solche Grausamkeiten ... es war mehr, als eine Seele ertragen konnte – genau wie Stands in the Wind es gesagt hatte.

Marla fühlte, wie sich ihr Körper aufbäumte. Es war der Versuch, ihre Seele vor dem irreparablen Schaden zu schützen, den das Gesehene auslösen würde. Marla versuchte, die Hände vom Boden zu lösen, aber ihre Kraft reichte nicht mehr aus.

Für einen Augenblick dachte Marla, sie würde sterben. Sie fühlte, wie ihr Bewusstsein mehr und mehr aufgesogen wurde von dem Grauen der Erinnerung, und der Druck in ihrem Kopf war unerträglich. Da ergriffen zwei starke Hände sie an den Schultern und zogen sie auf die Beine.

„Marla!" Jack schüttelte sie, viel stärker, als er es beabsichtigt hatte. „Marla, es ist vorbei, hörst du?"

Sie sah ihn benommen an und konnte nichts erwidern. Doch Jack konnte in ihren Augen lesen, was mit ihr in diesem Moment geschah.

Es war dieses stumme Einverständnis, das Marla das letzte bisschen Selbstbeherrschung nahm. Ihr Körper bebte, dann brach sie in heftiges Schluchzen aus.

Jack zog sie in seine Arme und hielt sie fest. Leise redete er auf sie ein. Marla wusste nicht, was seine Worte bedeuteten, denn es waren Worte in Cheyenne. Aber ihre Seele verstand. Beruhigend und tröstend wie Balsam breiteten sich seine Worte scheinbar überall dorthin aus, wo es schmerzte.

Sie wusste nicht, wie lange sie so dagestanden hatten, Jacks Arme fest um sie geschlungen und seine leisen Worte dicht an ihrem Ohr. Es mochten Minuten oder Sekunden gewesen sein. Sie wollte etwas sagen, da bedeutete Jack ihr plötzlich, still zu sein.

„Was ...?", begann sie.

„Schhhhh.“ Jack verharrte bewegungslos, aber Marla fühlte, wie sich sein Körper anspannte. Er hatte etwas gehört.

„Wir sind nicht allein“, flüsterte er. „Vielleicht drei oder vier.“

„Viv?“

„Nein, Fremde.“

„Wo?“ Marlas Schwindelgefühl setzte erneut ein und sie fühlte sich vollkommen hilflos. Ihr Gesicht war fest an Jacks Brust gedrückt, und sie konnte weder nach links noch nach rechts sehen.

„Das ist egal“, sagte Jack leise. „Wenn ich es dir sage, dann rennst du zum Jeep und sagst Jason, er soll losfahren.“

„Und du?“ Marlas Herz klopfte laut, und sie fühlte ihre Hände kalt und klamm werden.

„Mach dir um mich keine Sorgen“, erwiderte Jack bestimmt.

Sie war zu verängstigt und geschwächt, um mit ihm zu streiten. Und dazu war auch keine Zeit, denn nun raunte er: „Lauf!“ Er ließ sie los und stieß sie von sich. Gleichzeitig wirbelte er herum.

Marla rannte so schnell sie konnte und ohne sich umzuschauen auf den Wagen zu. Die Prärie vor ihr sah genauso aus wie zuvor: leer. Außer dem Jeep, der in einiger Entfernung geparkt war, konnte Marla absolut nichts weiter sehen als Büsche und Gras. Aber ihre Angst trieb sie an weiterzurennen.

Sie steuerte auf den Wagen zu und machte dabei wilde Gesten. Doch Viv und Jason, die neben dem Jeep standen, schienen sie nicht zu bemerken.

„Ins Auto, schnell!“, schrie Marla außer Atem.

Die beiden drehten sich ruckartig um. Marla sah ihr Erstaunen, doch sie rührten sich nicht.

„Ins Auto!“, schrie sie erneut.

Nun sah sie, wie Jason aufgeregt auf etwas hinter ihr deutete. Marla wagte jedoch nicht, sich umzudrehen und ihr Tempo zu verlangsamen. Nun begann auch Viv, aufgeregt zu deuten und zu rufen.

Ehe Marla ihre Worte ausmachen konnte, sprang jemand sie von der Seite her an und warf sie um. Sie prallte so hart auf dem Boden auf, dass ihr für eine Sekunde die Luft wegblieb. Als sie wieder Atem schöpfte konnte, begriff sie, dass der Angreifer – ein großer Mann in Tarnkleidung – versuchte, ihr die Tasche mit dem Tagebuch zu entreißen. Sofort gingen ihr Geraldine Copperwheats warnende Worte durch den Kopf: *Beschütze das Tagebuch. Lass es dir von niemandem nehmen. Es ist sehr kraftvoll.*

Marla wusste nicht, woher sie kamen oder dass solche Gefühle überhaupt in ihr schlummerten, aber wie eine Mutter, der man versuchte, ihr Kind wegzunehmen, verwandelte Marla sich in dem Augenblick, in dem der Fremde versuchte, ihr das Tagebuch zu entreißen, von einer Maus in einen Tiger. Ihre Angst verwandelte sich in rasende Wut, die ihr ungeahnte Kraft gab. Sie drückte die Tasche fest an sich und begann, wild nach allen Seiten und nach allem, was ihr in die Quere kam, zu treten.

Sie wusste nicht wie, aber es gelang ihr, dem Mann zu entkommen. Vielleicht hatten ihr Widerstand und ihre Wut ihn überrumpelt, vielleicht war einer ihrer Tritte an der richtigen Stelle gelandet. Alles, was Marla wusste, war, dass sie sich plötzlich aus dem Griff des Fremden befreien konnte. Sie raffte sich auf und rannte auf den Jeep zu.

Zu ihrer Überraschung befand sich der Wagen nun viel näher. Er kam auf sie zugefahren! Viv hing aus dem Seitenfenster.

„Marla, steig ein!“, schrie sie. „Steig ein!“

Als der Jeep Marla erreichte, verlangsamte sich sein Tempo erheblich, aber er hielt nicht an. Die hintere Tür ging auf, und Eva zog Marla in den Wagen. Sobald sie in Sicherheit war, beschleunigte der Jeep erneut.

„Macht die Fenster zu und verschließt die Türen!", befahl Jason den drei Frauen, und so etwas wie freudige Erregung schwang in seiner Stimme mit.

Marla lag noch immer benommen auf dem Rücksitz. Sie hatte nur einen Gedanken: „Was ist mit Jack? Wo ist Jack?"

„Keine Angst, ich hab alles im Griff", sagte Jason ruhiger, als Marla ihn je zuvor hatte sprechen hören und steuerte den Jeep in halsbrecherischem Tempo über die holprige Prärie.

Marla setzte sich auf und klammerte sich an den Vordersitz, um nicht im Wagen hin und her geschleudert zu werden. Mit einem Mal trat Jason hart auf die Bremse. Der Wagen schleuderte scharf um die eigene Achse und hinterließ tiefe Spuren in der Erde.

„Wow!", rief Jason triumphierend und beschleunigte erneut.

Marla spähte aus dem Fenster. Zunächst sah sie nur Büsche und Gras. Einen Moment später jedoch entdeckte sie etwas Großes, das vor ihnen auf dem Boden lag.

„Jack!"

„Macht euch bereit, ihn reinzuziehen!", schrie Jason.

Im selben Augenblick schlug etwas auf den Jeep auf, etwas, das ein sauberes Loch in Kotflügel und Motorhaube hinterließ.

„Schießt man auf uns?" Marla konnte es nicht fassen.

„Sieht so aus!", lautete Jasons kurze Antwort.

„Oh, mein Gott!", flüsterte Eva und kauerte sich zwischen den Sitzen auf den Boden.

„Jacks Gewehr", murmelte Marla und fing an, unter dem Sitz fieberhaft danach zu suchen. Sie wurde fündig, zog es hervor, und lud es durch.

„Bist du verrückt?", rief Eva. „Du weißt doch gar nicht, wie man mit dem Ding umgeht!"

„Sei still", zischte Marla und konzentrierte sich auf das, was draußen vor sich ging.

Sie hatten Jack nun fast erreicht und Jason verlangsamte den Jeep.

„Er bewegt sich!", rief Marla. „Aber ich glaube, er ist verwundet. Du musst anhalten und ihm die Möglichkeit geben, einzusteigen, Jason. Ich werde ihm Feuerschutz geben."

Jason starrte Marla mit großen Augen durch den Rückspiegel an, aber sie hatten keine Zeit zum Diskutieren. Er stoppte so nah bei Jack wie möglich, und Marla riss die hintere Wagentür auf.

„Komm schon, Jack!", rief sie und begann im gleichen Augenblick auf die umstehenden Büsche zu feuern. Sie dachte weder nach, noch zielte sie. Sie ließ es einfach geschehen.

Jack kroch auf allen Vieren auf sie zu und hievte sich neben Marla auf die Rückbank. Sie zog die Tür zu und Jason raste davon. Eine riesige Staubwolke wirbelte hinter ihnen auf und verbarg den Wagen vor den Verfolgern.

„Ich kann nicht fassen, was ihr zwei gerade getan habt", sagte Viv, doch ihr bewundernder Blick galt ausschließlich Jason.

„Was nun?", fragte dieser gespannt und ignorierte ihren Kommentar.

Jack, die Hand auf eine Wunde in seiner linken Schulter gepresst, wandte sich um und spähte aus dem Rückfenster.

„Niemand zu sehen. Aber man wird uns folgen, da bin ich mir sicher. Wie voll ist der Tank?"

Jason sah auf die Anzeige. „Halb voll, und dann haben wir noch den Reservekanister."

„Dann fahr einfach weiter", meinte Jack. „Es wird ihnen schwerer fallen, uns zu finden, wenn wir in Bewegung bleiben."

„Welche Richtung?", wollte Jason wissen.

„Nach Westen, zurück in die Berge", sagte Jack. „Dort haben wir bessere Chancen. Und bleib den Hauptstraßen fern."

„Das verstehe ich nicht", sagte Marla. „Warum folgt man uns nicht? Die müssen doch irgendeine Art Fahrzeug haben."

„Ich weiß es nicht", sagte Jack. „Keine Ahnung, was in deren Köpfen vor sich geht. Sicher ist, dass sie hinter dem Tagebuch her sind."

„Aber warum?", fragte Marla verzagt. „Wir haben schon soviel darin gelesen und sind auf absolut nichts gestoßen, was diesen Irrsinn rechtfertigen würde!"

„Es muss etwas drin stehen", sagte Jack ruhig. „Es *muss*. Wir haben es bloß noch nicht gefunden. Wir müssen weiterlesen."

„Und was, wenn wir nichts finden?", wollte Marla wissen.

„Dann werden wir es erneut lesen, solange, bis wir etwas finden", sagte Jack mit schmerzverzerrtem Gesicht. Er hielt sich noch immer die verwundete Schulter. „Es steht etwas in dem Tagebuch, etwas von großer Wichtigkeit. Ansonsten wären diese Typen nicht so versessen darauf."

„Ich lese erst weiter, wenn deine Schulter versorgt ist", sagte Marla entschlossen.

„Es ist nicht schlimm", meinte Jack betont gleichgültig.

„Das werden wir Eva entscheiden lassen", erwiderte Marla. „Sie ist Krankenschwester, weißt du."

„Wirklich, Jack", stimmte Viv ihr zu. „Du solltest Eva einen Blick darauf werfen lassen. Es hilft uns nicht, wenn du eine Infektion bekommst."

„Irgendwo hier sollte ein Erste-Hilfe-Kasten sein", sagte Jason, während Eva und Marla die Plätze wechselten, damit Eva neben Jack sitzen konnte.

Als habe er erst jetzt bemerkt, dass Jason ebenfalls im Wagen war, wandte Jack sich nun an ihn.

„Danke, Kumpel. Du hast Marla und mir eben das Leben gerettet. Nicht auszudenken, was passiert wäre, wenn du nicht so schnell reagiert hättest."

Jason errötete.

„Vergiss es", meinte er, aber sein Tonfall ließ deutlich erkennen, dass er seine Vorbehalte aufgegeben hatte.

„Hier ist der Erste-Hilfe-Kasten", sagte Viv und reichte Eva ein kleines Metallköfferchen.

„Na, dann wollen wir mal sehen." Eva begann vorsichtig, Jacks blutgetränktes Hemd zu entfernen. „Oh, Jack, du hast Glück gehabt! Die Kugel ist glatt durchgegangen", stellte sie erleichtert fest. „Aber du hast eine Menge Blut verloren."

„Ich habe schon Schlimmeres gesehen", meinte Jack leichthin. Dann setzte er mit einem Seitenblick auf Evas besorgtes Gesicht hinzu: „Verbinde es einfach. Ich werde es überleben. Übrigens, wie geht es deinem Kopf, Marla?"

Marla hörte auf, ihre Schläfe zu reiben und zwang sich zu lächeln. „Oh, der Schmerz ist fast verschwunden", schwindelte sie. Ihr Kopf dröhnte noch immer wie verrückt, aber verglichen mit Jacks Verletzung war es sicher harmlos.

„Das waren dieselben Männer, die uns bei der Tungsten Ranch aufgelauert haben, richtig?", fragte Jason.

„Ich fürchte ja", erwiderte Jack.

„Wie viele waren es?", wollte Marla wissen. „Ich habe nur den einen gesehen, der mich angegriffen hat."

„Ich habe vier gezählt", sagte Viv. „Alle im Militär-Look."

„Ich auch", meinte Jack. „Zwei von ihnen konnte ich k.o. schlagen, dem anderen hat Marla Beine gemacht. Der vierte war schneller als ich und hat mir zum Dank dieses nette Souvenir verpasst." Er deutete auf seine Schussverletzung.

„Das waren keine Amateure", sagte Jason. „Das Tagebuch muss tatsächlich sehr wichtig sein."

„Ich beginne zu verstehen, warum Mrs Copperwheat

mich gewarnt hat", sagte Marla nüchtern. „Die ganze Sache scheint viel bedeutender zu sein, als ich gedacht habe."

„Was genau hast du denn erwartet?", fragte Viv.

„Ich weiß es nicht. Ein altes Familiengeheimnis oder einen verlorengegangenen Schatz. Nie hätte ich gedacht, dass jemand wegen des Tagebuchs professionelle Killer auf uns hetzen würde – sonst hätte ich Eva und dich nie gebeten mitzukommen."

„Um mich scheinst du nicht besonders besorgt zu sein", merkte Jason an.

„Du hast dich freiwillig gemeldet, erinnerst du dich?", meinte Marla. „Also muss ich wegen dir kein schlechtes Gewissen haben. Aber Viv und Eva – sie habe ich überredet mitzukommen. Ich bin verantwortlich." Sie holte tief Luft. „Ich möchte, dass ihr drei sofort zurück nach Hause fliegt. Ich könnte es mir nie verzeihen, wenn einem von euch etwas zustoßen sollte."

„Es tut mir leid", sagte Jack, „aber dafür ist es nun zu spät. Das Schlimmste, was wir jetzt tun könnten, ist, getrennte Wege zu gehen."

„Und was sollen wir deiner Meinung nach machen?", fragte Eva und sicherte den Verband an Jacks Schulter mit Klebeband. „Man hat uns hier draußen, mitten im Nichts, gefunden. Es wird ihnen wieder gelingen. Sie sind uns wahrscheinlich bereits auf der Spur."

„Wir brauchen einen anderen Wagen", erklärte Jack ruhig. „Das wird uns ein wenig Zeit verschaffen. Dann verstecken wir uns irgendwo, bis wir herausgefunden haben, warum das Tagebuch so wichtig ist."

„Und wie sollen wir an dieses neue Gefährt kommen?", fragte Viv. „Wir können kaum zu einem Händler gehen, ihm eine Kreditkarte und einen Ausweis zeigen und ein Auto kaufen. Diese Typen würden das auf der Stelle herausfinden."

„Keine Angst, ihr habt Jason dabei", sagte Jason und streckte wichtig die Brust heraus. „Überlasst es mir."

Eineinhalb Stunden später saßen Marla, Viv, Eva, Jason und Jack in einem sehr alten Ford Pick-up-Truck, der interessante Rostmuster an den Kotflügeln und Türen hatte, und fuhren auf dem Interstate in Richtung Montana.

„Unglaublich, wie du den Rancher dazu überredet hast, die Wagen zu tauschen", meinte Viv und warf Jason, der den alten Pick-up steuerte, bewundernde Blicke zu.

„Ja, nicht zu fassen, dass er dir diese Geschichte abgekauft hat", meinte Eva. *„Wir müssten Marla wegen einer Kopfverletzung ins Krankenhaus fahren und der Jeep würde es nicht schaffen.* Das ist total verrückt!"

„Ach, der Mann hat einfach einen guten Tausch gewittert, das ist alles", meinte Jason. „Der Jeep ist neuer als dieses alte Ding, und viel mehr wert, selbst wenn er ein paar geringfügige Reparaturen benötigt."

Jack grinste breit. Er hatte es genossen, Jasons Taktik zu beobachten. Mit einem Mal hatte er verstanden, warum so viele Weiße die Indianer dazu hatten überreden können, ihnen ein Stück ihres Landes zu verkaufen.

„Wie auch immer Jason es angestellt hat", sagte Marla, „es hält uns diese militanten Typen eine Weile vom Hals."

„Marla hat recht", sagte Jack. „Zeit ist für uns im Augenblick das Allerwichtigste. Daher schlage ich vor, dass wir nun versuchen, so viel wie möglich aus dem Tagebuch zu erfahren."

„In Ordnung", sagte Marla und nahm das abgenutzte, in Leder eingeschlagene Buch aus ihrer Tasche. Sie schlug es an der Stelle auf, wo sie zu lesen aufgehört hatte. „Ich überfliege den Text und schaue mal, was ich finden kann."

Sie begann zu lesen.

„Der nächste Eintrag lautet: *27. März 1865, Frederick-*

sons Ranch. Es scheint als haben James und Alfred vergeblich nach überlebenden Familienmitgliedern von Stands in the Wind gesucht." Sie blätterte weiter.

„James heiratet Stands in the Wind am 20. April 1865 auf Fredericksons Ranch", berichtete sie. „Die nächsten Einträge handeln vom Wetter und so weiter." Wieder blätterte Marla ein paar Seiten weiter.

„Oh, hört euch das an: James' und Stands in the Winds erstes Kind ist am 12. Februar 1866 zur Welt gekommen. Ein kleines Mädchen. Sie haben es Anne genannt, rufen es aber mit seinem Cheyenne-Namen, *Star Woman.*"

„Star Woman war meine Urgroßmutter", sagte Jack lächelnd.

„Ich möchte nicht herzlos erscheinen", warf Viv ein, „und ich freue mich sehr für die beiden – aber das ist nicht die Art von Information, nach der wir suchen."

„Du hast recht", sagte Marla. „Entschuldigt. Mal sehen, was Alfred sonst noch schreibt." Sie überflog die nächsten Seiten. „Dies hier könnte relevant sein: 10. August 1866. Alfred, James und Stands in the Wind verlassen gemeinsam mit den beiden Kindern Fredericksons Ranch und ziehen zurück auf ihren *Claim* in Montana. Es scheint, als habe der Mann, der sich um den *Claim* gekümmert hat, genug vom Goldwaschen und ihnen per Brief mitgeteilt, dass er noch vor Wintereinbruch nach Kalifornien weiterziehen würde."

„Okay, also sind Alfred und James im Herbst 1866 auf das Stück Land zurückgekehrt, auf dem wir gewesen sind und das noch immer Jacks Familie gehört", sagte Jason, um die Sache richtig zu verstehen.

„Das stimmt", sagte Jack. „Ich weiß das ebenfalls aus den Geschichten, die mein Großvater meiner Mutter erzählt hat."

Marla blätterte weiter.

„Es scheint, als seien James und Stands in the Wind sehr

zufrieden mit ihrem Leben in der Wildnis", berichtete sie. „Dort draußen wurde es akzeptiert, dass James eine indianische Frau hat, und sie und ihre Kinder – sie bekamen in den folgenden Jahren noch einige weitere – wurden in Frieden gelassen. Alfred jedoch scheint noch immer unter dem Verlust seiner Frau zu leiden. Seine Einträge werden immer pessimistischer, und es hat den Anschein, als habe ihn alle Lebenslust verlassen." Sie sah auf. „Er ist depressiv geworden, scheinbar vor allem, weil er die glückliche Familie seines Bruders täglich um sich hatte."

Alle Blicke richteten sich auf Jack, aber er zuckte nur mit den Schultern.

„Ich kenne nicht viel mehr von Alfred als sein Foto", erklärte er. „Meine Mutter erwähnt ihn nur selten, daher nehme ich an, dass auch sie nur wenig über ihn weiß. James muss selten über ihn gesprochen haben. Wie das kommt, versteh' ich nicht, denn nach allem was Alfred bisher geschrieben hat, standen sich die Brüder sehr nahe."

„Vielleicht erklärt es dieser Eintrag ein wenig", sagte Marla. „Er stammt vom 6. Juli 1868 und wurde in der Hütte von Jacks Familie aufgezeichnet. Alfred schreibt, dass ihn der Tod seiner geliebten Little Owl, obwohl er nun mehrere Jahre zurückliegt, noch immer so sehr quäle, dass er das Gefühl habe, auf diesem Kontinent kein Lebensglück finden zu können." Sie sah auf, die Augen weit vor Erstaunen. „Alfred hat sich dazu entschlossen, seinen Anteil Gold zu nehmen, nach England zurückzukehren und dort ein Geschäft aufzumachen. Er will versuchen, noch einmal neu anzufangen."

„Also gehen die beiden unzertrennlichen Brüder getrennte Wege", stellte Viv mit sanfter Stimme fest. Die Geschichte berührte sie offensichtlich sehr.

„Ja", sagte Marla traurig. Doch dann erinnerte sie sich an etwas. „Oh, wartet einen Augenblick! Sie blätterte zurück zum Anfang des Tagebuchs und nahm die beiden Fotos heraus – das eine, das die zweijährige Geraldine mit ihrem Großvater Alfred zeigte, und das andere, auf dem Alfred und James abgebildet waren.

„Hier ist es. Die Beschriftung besagt, dass das Foto von Alfred und James an irgendeinem Tag – das genaue Datum kann ich nicht entziffern – im August 1868 in einem Fotoatelier irgendwo in Montana aufgenommen worden ist", sagte Marla triumphierend. „Alfred und James haben die Aufnahme aufgrund der bevorstehenden Trennung machen lassen! Sie haben zwei Abzüge bestellt: einen für Alfred, den er mit nach England genommen hat, und einen für James – zur Erinnerung."

Tränen glänzten in Marlas Augen, als sie an das Dilemma dachte, vor dem die beiden Brüder gestanden haben mussten. Der eine konnte nicht in Amerika bleiben, weil er ein gebrochenes Herz hatte; der andere konnte Amerika nicht verlassen, weil es keinen anderen Ort auf der Welt gab, an dem er und seine Familie hätten in Frieden leben können. Daher blieb ihnen nur eine einzige Möglichkeit, das Problem zu lösen: Zum ersten Mal in ihrem Leben mussten sie getrennte Wege gehen – in vollem Bewusstsein darüber, dass sie sich höchstwahrscheinlich nie wiedersehen würden.

Jacks Miene verriet seine Gefühle nicht, doch Marla war sich sicher, dass all dies auch für ihn neu war und ihn in gleicher Weise anrührte wie sie – vielleicht sogar noch mehr.

Sie hatte jedoch nicht die Gelegenheit, ihn danach zu fragen, weil Jason sich in diesem Moment laut räusperte.

„Ich möchte nicht unsensibel erscheinen", sagte er. „Aber so tragisch die Trennung für Alfred und James auch gewesen sein mag, ich denke nicht, dass es das ist, wonach wir suchen. Sollten wir also nicht weiterlesen?"

„Jason hat recht", sagte Jack mit seltsam heiserer Stimme und er vermied jeglichen Blickkontakt mit Marla. „Bitte lies weiter. Die Zeit läuft uns davon."

„Ja, natürlich. Entschuldigt", sagte Marla und versuchte, sich auf den Text zu konzentrieren. Sie überflog die nächsten paar Seiten und blätterte dann zu der Stelle zurück, an der sie zuvor mit dem Lesen aufgehört hatte.

„Es gibt nur noch einen Eintrag, ehe Alfred nach England aufbricht", erklärte sie. „Er ist recht lang, hört sich jedoch vielversprechend an. Ich werde ihn laut vorlesen." Sie holte tief Luft und begann: *„19. August 1868, Wildnis der Rocky Mountains in der Nähe von Deer Lodge, Montana. Dies wird mein letzter Eintrag sein, bevor ich meine Reise in die alte Heimat antrete. Ich habe nicht vorgehabt, mehr zu schreiben, bis ich weit weg von hier bin. Der Gedanke, James, Stands in the Wind und meine wunderbaren Nichten und meinen süßen Neffen zu verlassen, schmerzt mich zu sehr. Aber etwas Besonderes ist vorgefallen, das mich gezwungen hat, meine Meinung zu ändern.*

Stands in the Wind ist heute Morgen zu mir gekommen und hat mich gebeten, etwas für sie aufzuschreiben – etwas, das nicht in Vergessenheit geraten soll, das aber gleichzeitig so wichtig ist, dass nicht jeder davon erfahren darf. Im Gegenteil, Stands in the Wind hat mir versichert, dass es tatsächlich sehr gefährlich sein würde, sollte die Information in die falschen Hände gelangen. Trotzdem hat sie darauf bestanden, dass ich die richtige Person sei, es niederzuschreiben. Und ich soll das Wissen über bestimmte Vorkommnisse mit mir nach Europa nehmen. Dort soll es geheim gehalten werden, bis die Zeit gekommen ist, das Wissen weiterzugeben.

Zunächst wollte ich das nicht tun, vor allem, weil James nichts davon wusste. Er ging davon aus, Stands in the Wind wünschte, dass ich die Geschichte ihrer Familie niederschrieb. Aber da sie mich so eindringlich darum bat, habe ich schließlich nachgegeben. Also haben wir uns an meinem vorletzten Abend in Montana, nachdem die Kinder eingeschlafen waren, vor der Hütte am Feuer zusammengesetzt. Meine Schwägerin sprach sehr langsam und deutlich, ganz so, als wolle sie sicherstellen, dass ich nicht ein einziges Wort oder Detail übersehe oder missverstehe. Und je mehr sie sprach, desto klarer wurde mir, warum …"

Kapitel 23

„Warum bittest du mich, dies für dich aufzuschreiben?", fragte Alfred freundlich und setzte sich zu Stands in the Wind auf den Baumstamm, der neben der Feuerstelle lag und als Bank diente. „Warum bittest du nicht James? Er ist dein Ehemann."

„Du wirst es verstehen, wenn ich geendet habe", sagte Stands in the Wind in dem einfachen Englisch, das sie mit der Zeit erlernt hatte. Der Schein des Lagerfeuers warf geheimnisvolle Schatten auf ihr feingeschnittenes Gesicht, als sie fortfuhr. „Es ist sehr wichtig, dass die Worte, die ich dir sage, vor allen geheim gehalten werden, besonders vor Washington. Ich weiß, ich kann dir vertrauen, und ich weiß, das Geheimnis wird bei dir in England sicher sein."

„Warum willst du das Geheimnis mit mir teilen, wenn niemand davon erfahren darf?", fragte Alfred und stocherte mit einem langen Stock in den brennenden Holzscheiten herum. „Wäre es nicht besser, es für dich zu behalten?"

Stands in the Wind schüttelte entschlossen den Kopf.

„Das Geheimnis darf nicht mit mir begraben werden. Außerdem ist es bei meinem Volk üblich, dass es für alles einen Zeugen gibt. Du wirst dieser Zeuge sein."

„Also gut", stimmte Alfred zu. „Wenn es dir so wichtig ist, dann werde ich der Zeuge sein."

„Und du versprichst, alles genau so aufzuschreiben, wie ich es dir sage?"

„Ich verspreche es."

„Und du wirst es niemandem zeigen?"

„Niemandem."

„Und du wirst die Worte mit deinem Leben beschützen?"

Alfred lächelte. Stands in the Wind benutzte immer derart ausdrucksstarke Sätze, wenn sie sprach; genau wie die meisten Indianer, die er getroffen hatte – seine geliebte Frau Little Owl eingeschlossen.

„Ich werde sie mit meinem Leben beschützen", versicherte er ihr.

„Gut."

Lange Zeit starrte Stands in the Wind schweigend in die Flammen. Dann begann sie langsam zu sprechen.

„Meine Mutter war eine Indianerin, aber nicht Cheyenne. Sie kam von sehr weit weg, aus einem Land, das deine Leute heute Kalifornien nennen. Sie war eine sehr kraftvolle Medizinfrau, die ihr Leben damit verbrachte, anderen zu helfen.

Vor vielen Jahren erhielt sie eine Botschaft von den Geistwesen. Sie forderten sie auf, zu einer bestimmten Höhle zu gehen, sich dort in eine Kuhle zu setzen und auf eine Vision zu warten. Acht Wochen lang saß sie in der Höhle. Acht Wochen ohne Nahrung oder Wasser. Du glaubst vielleicht, das sei unmöglich, aber sie war eine sehr starke, sehr wissende Medizinfrau. Alles war gut.

Meine Mutter hatte die Hoffnung fast aufgegeben, als die Geistwesen endlich zu ihr sprachen und sie mit weisem Wissen segneten, mit dem sie ihrem Volk helfen konnte. Ihr Volk, musst du wissen, war von den Weißen vertrieben worden. Es hatte alles verloren. Es war schwach und am Verhungern, und es gab scheinbar keinen Ausweg." Sie hielt inne, sammelte ihre Gedanken.

Alfreds Neugier war erwacht. Er wusste aus eigener Erfahrung mit den heiligen Leuten in Indien, dass es gesegnete Männer und Frauen gab, die fähig waren, Dinge zu tun, die normalen Menschen unmöglich erschienen. Daher lachte er nicht, als Stands in the Wind ihm sagte, ihre Mutter habe acht Wochen lang ohne Wasser und Nahrung in einer Höhle gesessen. Ganz im Gegenteil, er war fasziniert.

„Die Geister zeigten meiner Mutter eine besondere Zeremonie“, fuhr Stands in the Wind fort. „Eine Zeremonie, die die Welt der Menschen und die Welt der Geister in einer neuen Welt zusammenbringen kann. Die Zeremonie ermöglicht es, in diese neue Welt zu reisen. Es ist ein Weg, um aus dieser Welt zu einem Ort zu gelangen, an dem Gier und Leiden nicht existieren; alle Wesen leben dort in Harmonie zusammen.“

Alfred starrte sie mit offenem Mund an.

„Heißt das, dass deine Mutter eine Zeremonie kannte, mit der man unsere Welt verlassen und zu einem anderen Ort reisen konnte?“

„Ja“, sagte Stands in the Wind in dem ihr eigenen sanften Tonfall.

„Das ist nichts weniger als Magie!“, meinte Alfred verblüfft.

Stands in the Wind lächelte.

„Die kalifornischen Indianer, von denen meine Mutter abstammt, wussten viel über sogenannte *Magie*.“

„Hat die Zeremonie wirklich funktioniert?“, fragte Alfred gespannt. „Hat sie sie überhaupt je ausgeführt?“

„Das hat sie“, sagte Stands in the Wind ruhig. „Mit ihrem Stamm in Kalifornien. Unglücklicherweise und ohne ihr Wissen hat die Armee sie dabei beobachtet. Die Soldaten wussten natürlich nicht, was vor sich ging, und sie haben der Zeremonie selbst keine Beachtung geschenkt. Aber sie wurden Zeugen, wie ein ganzes Dorf in etwas, was für sie wie das Nichts aussah, verschwand.“

„Was ist dann passiert?“

„Meine Mutter kehrte aus der anderen Welt zurück, um noch mehr Menschen unseres Volkes zu helfen. Sie wusste nicht, dass die Soldaten ihr Verschwinden beobachtet hatten. Eines Tages, an einem anderen Ort, erkannte einer der Soldaten sie wieder. Meine Mutter wurde zum Verhör festgehalten. Sie konnte entkommen, aber die Soldaten hatten ihrem Häuptling im Osten bereits berichtet, was sie damals gesehen hatten. Meine Mutter wusste, dass sie, wenn sie überleben wollte, Kalifornien verlassen musste. Also wanderte sie nach Osten, bis sie bei den Cheyenne ein neues Zuhause fand. Dort heiratete sie meinen Vater, brachte mich auf die Welt und alles ging gut bis zu dem unheilvollen Tag, an dem Häuptling Black Kettle beschloss, uns nach Fort Lyon zu führen und unsere Kapitulation zu signalisieren."

„Wie meinst du das?", hakte Alfred nach.

„Als die weise Medizinfrau, die sie war, wusste meine Mutter, dass es das Ende ihres Volkes sein würde, auf einem Reservat unter den Gesetzen des weißen Mannes leben zu müssen. Daher sprach sie mit Häuptling Black Kettle darüber, die Zeremonie abzuhalten und den Stamm in eine Welt zu führen, in der sie alle in Frieden leben konnten. Die Zeremonie sollte im Lager am Sand Creek stattfinden. Aber als sie Fort Lyon erreichten, wurde meine Mutter von einem der Soldaten erkannt. Sie sah, dass keiner der anderen Soldaten ihm Glauben schenkte, als er meinte, sie zu kennen – du weißt, für die meisten Weißen sieht ein Indianer aus wie der andere. Sie dachten, er irrt sich. Doch meine Mutter war gewarnt. Sie drängte Häuptling Black Kettle, mit der Zeremonie möglichst bald nach ihrer Ankunft am Sand Creek zu beginnen. Black Kettle jedoch sah keinen Grund für eine solche Eile und schickte die Krieger auf die Jagd. Die Zeremonie war noch in der Vorbereitung, als Chivington und seine Männer angriffen."

„Deine Mutter wollte Black Kettles Leute in Sicherheit bringen und sie zu dieser anderen Welt führen?" Alfred war so erstaunt, dass er kaum sprechen konnte. „All die Leben, die an dem Tag am Sand Creek zerstört wurden, hätten möglicherweise gerettet werden können?"

„Ja. Wenn meine Mutter nur einen Tag mehr Zeit gehabt

hätte, dann hätten Chivington und seine Männer nichts als leere Prärie am Sand Creek vorgefunden."

Einen Augenblick herrschte Stille.

„Und deine Mutter?", fragte Alfred sanft.

„Sie ist an dem schrecklichen Morgen am Sand Creek umgekommen."

„Und die Zeremonie und mit ihr das Tor zu dieser anderen Welt sind für immer verloren", stellte Alfred nüchtern fest.

Stands in the Wind suchte seinen Augenkontakt und sah ihn forschend an, beinahe so als versuche sie, herauszufinden, ob sie ihm auch wirklich vertrauen könne.

„Nein", sagte sie schließlich. „Die Zeremonie lebt in mir weiter."

Alfred starrte sie an. War das möglich?

„Warum hältst du es dann geheim?", fragte Alfred verwirrt. „Warum benutzt du dein Wissen nicht, um anderen zu helfen? So viele Menschen auf dieser Welt leiden."

Stands in the Wind lächelte über seine Worte.

„Verstehst du das nicht, nach dem, was ich dir eben erzählt habe?", fragte sie sanft. „Meine Mutter hat versucht zu helfen, aber der richtige Zeitpunkt war noch nicht gekommen. Ist es noch immer nicht. Deshalb will ich, dass du es aufschreibst."

„Das werde ich", sagte Alfred. „Aber was nützt es Menschen, zu wissen, dass jemand einen Weg aus diesem Wahnsinn, in dem wir leben, gefunden hat, wenn diese Person ihr Wissen nicht teilt?"

„Du missverstehst mich", sagte Stands in the Wind. „Ich will nicht, dass du meine Geschichte oder die meiner Mutter aufschreibst. Was ich von dir möchte, ist, dass du die genauen Anweisungen, wie die Zeremonie abzuhalten ist, in deinem Buch festhältst."

Alfred sah sie mit offenem Mund an.

„Ich glaube, dass ist keine gute Idee", sagte er eine Weile später. „Wenn ich nun einen Fehler mache? Wenn nun das Tagebuch in die falschen Hände gerät?"

Wieder lächelte Stands in the Wind nachgiebig.

„Du wirst keinen Fehler machen", sagte sie. „Das entspricht nicht deinem Charakter. Und ich weiß, dass du das Tagebuch mit deinem Leben beschützen wirst – bis der Tag kommt, an dem die Zeremonie wieder ins Leben gerufen werden muss."

Alfred schüttelte den Kopf.

Stands in the Wind berührte sanft seinen Arm. „Mach dir keine Sorgen", sagte sie. „Es ist die Aufgabe, die Great Spirit dir zugeteilt hat. Es ist das, wozu du berufen bist. Du wirst uns nicht enttäuschen ..."

*

Marla hielt inne. Sie sah die anderen an, ihr Gesicht war blass.

„Auf den nächsten Seiten ist der genaue Ablauf der Zeremonie beschrieben", flüsterte sie heiser.

Für eine Weile waren sie alle sprachlos.

„Wenigstens wissen wir jetzt, warum Mrs Copperwheat das Tagebuch geheimgehalten hat", unterbrach Jason die Stille.

„Und warum sie dich gewarnt hat", fügte Viv hinzu.

„Alles macht jetzt Sinn", sagte Jack. Er war sehr aufgeregt.

„Tut es das?", warf Eva ein. „Ich finde das alles ziemlich beängstigend. Vielleicht wäre es am besten, wenn wir das Tagebuch den Behörden übergeben würden. Dann können die sich darum kümmern."

„Eva, du weißt nicht, was du sagst", meinte Jack. „Die

Regierung würde ein wertvolles Medium wie das Tagebuch zerstören, ohne weiter darüber nachzudenken, oder es für eigene Zwecke benutzen. Wenn ich es mir recht überlege, sind die Typen von vorhin wahrscheinlich von der Regierung angeheuert worden, um uns anzugreifen."

„Nun mach mal halblang, Jack", sagte Eva. „Warum sollte die Regierung so etwas tun?"

Jack lachte.

„Mir fallen Hunderte von Gründen ein", sagte er. „Aber lass uns hiermit anfangen: Was, wenn nun Tausende oder Hunderttausende von Menschen an der Zeremonie teilnehmen und wirklich in eine andere Welt überwechseln, in der es schön und friedlich ist und niemand sich Sorgen zu machen braucht? Das Geld, das der Regierung allein an Steuern durch die Hände schlüpfen würde, wäre Grund genug, dem Einhalt zu gebieten. Und denk an all die Profite, die verloren gehen würden. Niemand würde mehr all den Kram kaufen, von dem man uns glauben macht, dass wir ihn unbedingt brauchen. Niemand würde sich mehr einer Armee anschließen und in den Krieg ziehen. Niemand würde sich mehr einschüchtern lassen. Alles, weil man nicht mehr ohne Ausweg in dieser Welt festsitzt, sondern einen Zufluchtsort hat, den man aufsuchen kann, wann immer es einem passt. Sind das nicht genug Gründe?"

„Genug für mich", warf Jason ein. „Zu den Behörden zu gehen, ist absolut nicht drin. Aber was bleibt uns übrig? Wir können schließlich nicht ewig vor diesen Typen wegrennen."

„Uns bleibt nur eines", erwiderte Jack. „Wir müssen die Zeremonie selbst durchführen und sehen, ob sie wirklich funktioniert." Er zuckte mit den Schultern. „Sollte es klappen, dann sehen wir weiter."

„Aber Jack", meinte Marla zweifelnd. „Eine so kraftvolle Zeremonie durchzuführen, dafür braucht man mehr als nur die Anleitung. Stands in the Winds Mutter war eine bedeutende Medizinfrau, und wie ich es zwischen den Zeilen gelesen und verstanden habe, hat sie wenigstens einige ihrer Fähigkeiten an ihre Tochter vererbt. Keiner von uns ist für etwas Derartiges qualifiziert."

Jack sah sie beinahe irritiert an. Seine Gedanken rasten, denn er versuchte, in Windeseile eine Vielzahl von Informationen zu einem Ganzen zusammenzufügen. Er war in Gedanken bereits viel weiter als Marla und schüttelte ungeduldig den Kopf.

„Das siehst du falsch", erklärte er. „Es stimmt, Stands in the Winds Mutter war eine kraftvolle Medizinfrau. Aber die wichtigste Fähigkeit, die jede Medizinfrau und jeder Medizinmann besitzen, ist die Gabe, mit den Geistwesen Kontakt aufzunehmen. Die Fähigkeit, sich selbst in einen mentalen Zustand zu versetzen, der für normale Menschen nicht erreichbar ist. Und wir haben jemanden unter uns, der das kann."

Marla hing an jedem seiner Worte. „Wen?"

„Dich", erwiderte Jack, ohne den Blickkontakt zu brechen.

„Mich? Mach keine Witze!"

„Ganz und gar nicht", erwiderte Jack. „Ich meine es sehr ernst."

„Ich komme da nicht mit", warf Jason ein.

Jack sah von einem verständnislosen Gesicht zum anderen.

„Ihr seht die Verbindung zwischen all dem nicht?", fragte er überrascht.

Niemand antwortete, sie starrten ihn alle einfach nur an.

„Nun, da wir noch fahren, nutze ich besser die Zeit und fange ganz am Anfang an, damit es euch klar wird", sagte Jack.

„Das ist wohl besser", meinte Viv trocken.

„So viel muss berücksichtigt werden, ich weiß nicht, ob ich für euch alles zusammenfügen kann. Aber ich werde es versuchen", sagte Jack und legte eine kurze Pause ein, ehe er fortfuhr.

„Alles geschieht aus einem bestimmten Grund. Diesen Satz höre ich, seit meiner Kindheit. Es ist die wichtigste Weisheit bei meinem Volk. Erinnert ihr euch, als Alfred und James in Indien die *Sadhvi* getroffen haben? Dieses Treffen hat einiges ausgelöst. Es hat den beiden bewusst gemacht, welche enormen Kräfte *Sadhus* und *Sadhvis* besitzen und dass nicht alles nur Hokuspokus ist. Eine derartige Erkenntnis war zu der damaligen Zeit eher ungewöhnlich, aber es bereitete sie auf das vor, was sie in Nordamerika erwartete. Als sie hier die Indianer trafen, hatten Alfred und James keine Probleme, sich ihrer Denkweise, zumindest was spirituelle Dinge angeht, anzupassen. Und zwar dank der vorausgegangenen Erlebnisse mit der *Sadhvi* in Indien.

Aber die Begegnung mit der *Sadhvi* und ihre Warnung hatten noch etwas anderes zur Folge. Der zeitliche Verlauf bestimmter Ereignisse änderte sich. Seht, wenn wir die geschichtlichen Abläufe betrachten, dann wären Alfred und James mehr als wahrscheinlich an dem Morgen in Kanpur umgekommen. Der Warnung der *Sadhvi* zu folgen hat ihnen das Leben gerettet, und der Augenblick ihres Todes hat sich auf einen späteren Zeitpunkt verschoben. Nun, so etwas geschieht nicht einfach so – es bedarf immer eines Austausches, damit die Dinge wieder ins Gleichgewicht kommen. Alfred und James fiel eine neue Aufgabe zu, eine sehr wichtige Aufgabe. Sie kamen nach Nordamerika; James, um Stands in the Wind zu retten und sie zu beschützen und Alfred, um die Zeremonie aufzuschreiben und mit nach England zu nehmen, wo sie der Menschheit nicht verloren gehen würde."

Jack hielt inne und blickte in die Runde, um zu sehen, ob

die anderen verstanden. Aber außer Marla, die vage nickte, schienen alle noch im Unklaren.

„Da nichts je durch Zufall geschieht", fuhr Jack fort, „war es also auch kein Zufall, dass Marla vor Jahren auf der vereisten Straße ausgerutscht ist und sich den Kopf gestoßen hat. Es öffnete eine Tür für sie, die sich sonst nie geöffnet hätte. Die Kopfschmerzen, der Druck in ihrem Kopf und der wiederkehrende Traum sind physische Beweise für den Wandel, der sich in ihr vollzogen hat – aber mehr dazu später.

Das Treffen mit Geraldine und die Inbesitznahme des Tagebuchs waren ebenfalls kein Zufall. Geraldine wusste, wie wichtig das Tagebuch ist und beschützte es seit dem Tod ihres Vaters.

All diese Faktoren veränderten Marla, ließen sie offener für Schwingungen andere Menschen werden. Als Geraldine dich traf, Marla, spürte sie deinen Zugang zum Metaphysischen und wusste, dass sie dir das Tagebuch anvertrauen konnte."

Er hielt erneut inne, dachte nach.

„Wisst ihr, was die Zirbeldrüse ist?"

„Sicher", sagte Marla. „Es ist eine Drüse im menschlichen Gehirn."

„Um exakt zu sein", setzte Eva hinzu, froh, ein wenig Wissen aus ihrer medizinischen Ausbildung einbringen zu können, „handelt es sich um die Drüse, die sich genau in der Mitte des Gehirns befindet. Sie sondert in erster Linie das Hormon Melatonin ab. Melatonin ist zum Beispiel für den Schlaf-Wach-Rhythmus und das Einsetzen der Pubertät verantwortlich und hilft, den Körper vor Schädigung von sogenannten freien Radikalen zu schützen, die für ein schnelleres Altern von Körper und Haut verantworlich sind."

„Ich bin beeindruckt", sagte Jack. „Nun, für mein Volk ist die Zirbeldrüse hauptsächlich aufgrund ihrer spirituellen Kräfte wichtig."

„Du meinst, weil sie zum Beispiel mit dem Dritten Auge und dem Kronenchakra in Verbindung steht?", fragte Viv.

„Was zum Teufel ist ein *Chakra*?", wollte Jason wissen.

„Ein *Chakra* ist ein Energiezentrum des feinstofflichen Körpers", erklärte Viv. „Der Mensch hat normalerweise eine ganze Menge davon – bei dir bin ich mir darüber allerdings nicht sicher. Prana – das ist Lebensenergie – dringt durch sieben primäre Energiezentren – die Chakren – in den Körper ein. Jedes Chakra ist einer bestimmten endokrinen Drüse zugeordnet und den damit zusammenhängenden mentalen, emotionalen oder spirituellen Aufgaben. Das Dritte Auge und das Kronenchakra hängen beide mit der Zirbeldrüse zusammen und werden daher mit unserer energetischen Verbindung zum Geist und mit Spiritualität in Zusammenhang gebracht. Gleichzeitig ist die Zirbeldrüse die innere biologische Uhr unseres Körpers. Für Yogis ist sie ein Tor zu unserem Inneren oder Höheren Selbst, und Physiker nennen sie die Brücke zu zwischendimensionalen Erlebnissen."

„Danke, das hat mir die ganze Sache viel klarer gemacht", sagte Jason sarkastisch. „Du hättest genauso gut chinesisch sprechen können, Viv. Ich habe kein Wort verstanden."

„Lass mich es versuchen", bot Jack an. „Descartes, ein Philosoph aus dem siebzehnten Jahrhundert, beschreibt die Zirbeldrüse als den primären Sitz der Seele, die Brücke zwischen Intellekt und Körper. Für Ureinwohner auf der ganzen Welt ist die Zirbeldrüse aus genau diesem Grund sehr wichtig. Die Hormone, die sie absondert, verhalten sich wie eine Art bewusstseinserweiternde Droge. Man weiß inzwischen aus Untersuchungen, dass die Zirbeldrüse während der Geburt und beim Sterbeprozess oder todesähnlichen Erlebnissen ein drogenartiges Hormon ausschüttet. Früher wussten die Menschen lediglich, dass der menschliche Geist während dieser besonderen Momente im Leben leichter in andere Dimensionen vordringen kann – bei der Geburt in die Welt, in der wir uns jetzt befinden, und beim Tod in die Welt der Ahnen. Mit anderen Worten, die Zirbeldrüse reguliert unseren Bewusstseinszustand: aufwachen, schlafen, träumen, Visionen. Ureinwohner auf der ganzen Welt nutzten dieses Wissen für zeremonielle Zwecke. Sie stimulieren mit bestimmten Kräutern ihre Zirbeldrüsen, um sich in diesen besonderen Bewusstseinszustand zu versetzen, der es ihrem Geist erlaubt, auf die Reise zu gehen und mit der Welt der Ahnen in Verbindung zu treten."

„Mir gefällt die Vorstellung, dass die Zirbeldrüse der Sitz der Seele ist", sagte Marla. „Ich habe einmal gelesen, dass die Zirbeldrüse die erste Drüse ist, die sich beim Embryo ausbildet und dass sie bereits drei Wochen nach der Empfängnis deutlich zu erkennen ist. Mir gefällt der Gedanke, dass unsere Seele bereits in unseren Körper einzieht, bevor dieser wirklich zu wachsen begonnen hat."

„Das ist erstaunlich, oder?", sagte Jack. „Die Zirbeldrüse des modernen Menschen hat die Größe einer Erbse. Aber es wird angenommen, dass sie einst die Größe eines 25 Cent Stückes hatte und aktiver genutzt wurde, als wir es heute tun. Denkt nur an die Neandertaler. Sie hatten eine sehr ausgeprägte Stirn und waren möglicherweise sehr viel weiter entwickelt im Hinblick auf das Ausleben bestimmter Bewusstseinszustände, als wir es heute sind. Wenn man darüber nachdenkt, stellt man fest, dass es im Laufe der Geschichte viele Kopfverformungen gegeben hat. Australische Aborigines, Maya, bestimmte nordamerikanische Völker wie die Chinookan-Stämme des Nordwestens und die Choctaw im Südwesten, die Hunnen, die Ägypter sowie Völker in Sibirien, Peru und Mexiko – sie alle sind dafür bekannt, dass sie ihre Köpfe durch Abbinden oder andere Methoden systematisch flach, länglich, konisch oder rund geformt haben.

Warum? Wusstet ihr, dass Merkmale wie Umgänglichkeit, Güte und soziales Verantwortungsbewusstsein zu den Charakterzügen zählen, von denen man annimmt, dass sie in dem Bereich des menschlichen Gehirns ausgebildet werden, der gleich hinter der hohen Stirn des modernen Homo Sapiens liegt? Ich vermute, dass diese Menschen freundlicher zu sich und zu anderen waren und dazu eher im Gleichgewicht mit der Natur und der Geisterwelt gelebt haben als wir heute."

„Das klingt alles sehr interessant", bemerkte Eva. „Aber ich verstehe noch nicht, was das mit Stands in the Winds Mutter und der Zeremonie zu tun haben soll."

„Ich versuche, die Wichtigkeit und die Rolle der Zirbeldrüse zu erklären", erwiderte Jack. „Habt ihr je von Bigfoot oder Yeti oder Sasquatch gehört? Nun, sie alle haben etwas gemeinsam, sie ..."

„Sag mir bloß nicht, dass du an so etwas glaubst", stöhnte Jason. „Das sind doch Geschichten für Kinder."

„Nicht bei meinem Volk", sagte Jack ruhig. „Ich weiß, dass Weiße nicht an die Existenz dieser Wesen glauben und sich darüber lustig machen. Aber mein Volk kennt viele Geschichten, die von diesen behaarten, riesigen, menschenähnlichen Wesen handeln, und hat großen Respekt vor ihnen. Sasquatch ist übrigens ein indianisches Wort, das genau das bedeutet: haariger Riese. Aber was ich über den Sasquatch, Yeti und Bigfoot sagen wollte, ist Folgendes: sie alle sollen einen konischen Schädel haben, ähnlich wie es von den alten Völkern überliefert ist, von denen ich eben gesprochen habe. Für mein Volk ist der Sasquatch ein sehr mystisches und spirituelles Wesen, das in einer anderen Dimension lebt und unsere Welt nur hin und wieder aufsucht, wenn sich besondere Türen öffnen. Das würde erklären, warum nie Überreste eines Sasquatches in unserer Welt gefunden worden sind. Und wenn wir nun an das denken, was wir eben über die Zirbeldrüse und das Gehirn gehört haben, meint ihr nicht, dass an den Vorstellungen meines Volkes etwas dran sein könnte?"

„Ich glaube, ich verstehe deinen Ansatzpunkt", meinte Viv vage.

Jack sah Jason und Eva an.

„Ihr versteht es noch immer nicht, oder?" Er sah Marla an, die gedankenversunken und still neben ihm saß. „Wie steht es mit dir, Marla?"

„Irgendwie scheint meine Seele es viel besser zu verstehen als mein Intellekt", meinte sie. „Ich glaube, ich weiß, worauf du hinaus willst, aber ich kann es nicht in Worte fassen."

„Versuch es bitte", bat Jack.

Marla holte tief Atem. Sie spürte, Jack wollte, dass sie die Antwort selbst fand, aber es erschien ihr nahezu unmöglich.

„Also gut", begann sie. „Ich verstehe vollkommen, was du meintest, als du sagtest, nichts geschieht durch Zufall. Die Verbindungen dort sind mir alle klar. Aber mir den Kopf verletzt zu haben ..."

„Ja?" Jack sah sie ermutigend an.

„Was du eben gesagt hast, würde bedeuten, dass mein Ausrutschen auf dem Eis vor all den Jahren, die daraus resultierenden Kopfschmerzen, die Träume und Visionen, dass sie alle mit dem Tagebuch in Verbindung stehen und mit allem, was wir in den vergangenen Tagen herausgefunden haben", schlussfolgerte Marla. „Dass alles auf eine Art und Weise miteinander verbunden ist, die viel kraftvoller ist, als wir es uns vorstellen können; dass uns Dinge passieren, weil sie uns irgendwann in der Zukunft von Nutzen oder für uns von Wichtigkeit sein werden."

„Das ist genau das, was ich gemeint habe", sagte Jack. „Alles – und ich meine alles – ist miteinander verbunden. Das heißt, jeder von uns, in diesem Moment, ist mit jeder anderen Person auf dieser Welt, jedem Tier, jeder Pflanze, jedem Stein verbunden. Was wir ihnen antun, tun wir uns selbst an. Was ihnen zustößt, stößt – in gewissem Sinne – auch uns zu."

„Also sind meine Kopfschmerzen und Träume keine Krankheit, sondern ..."

„Ein Geschenk", beendete Jack den Satz für sie. „Als du damals ausgerutscht bist, hat sich etwas in deinem Kopf verändert."

Marla zögerte, dann sagte sie: „Du glaubst, dass es meine Zirbeldrüse irgendwie dahingehend beeinflusst hat, anders zu funktionieren, und ich darum diese Träume habe und all diese Dinge spüren kann, stimmt's?"

Jack nickte.

Marla wusste nicht, was sie sagen sollte. Sie fühlte sich vollkommen überwältigt und irgendwie benommen. Sie brauchte Zeit, Zeit, um über alles nachzudenken. Also blickte sie aus dem Fenster und beobachtete, wie die Landschaft draußen vorbeiflog.

Es war früh am Nachmittag und die Sonne stand hoch am Himmel. Sie hatten Colorado Springs hinter sich gelassen und befanden sich wieder in den Ausläufern der Rocky Mountains.

„Jack, was meinst du, sollen wir nun, da wir wieder in den Bergen sind, irgendwo von der Hauptstraße abbiegen?", wollte Jason eine Weile später wissen. Die Frage zeigte, dass für ihn alles wieder beim Alten war. Er war nicht in der Lage, Dinge zu begreifen, die er nicht sehen oder anfassen konnte, und er war froh, einen Punkt gefunden zu haben, der vom Thema ablenkte. „Viv hat sich die Karte angesehen und meint, dass dieses ganze Gebiet hier National Forest sein müsste. Wir könnten abtauchen, ohne verdächtig zu wirken. Es wäre schön, für eine Weile aus dem Wagen auszusteigen."

„Okay, wann und wo immer du eine gute Stelle findest", sagte Jack und spähte aus dem Fenster. „Aber lass uns erst bei dem kleinen Laden dort drüben anhalten und Vorräte einkaufen. Es ist nicht absehbar, wie lange wir untertauchen müssen."

„Meinst du, es ist klug, hier anzuhalten?" Vivs Stimme klang besorgt.

„Es geht nicht anders", sagte Jack. „Ohne Lebensmittel und Wasser kommen wir nicht weiter."

Kapitel 24

Granbys Büro – eine halbe Stunde später

„Mr Granby, Sir, es gibt gute Neuigkeiten!" Danville stürmte außer Atem ins Büro. Die letzten zehn Minuten hatte er vergeblich versucht, Granby per Telefon zu erreichen, war aber nicht durchgekommen. Die Angelegenheit war jedoch zu dringend und verlangte sofortige Aufmerksamkeit.

Granby saß an seinem Schreibtisch, den Kopf auf die Hände gestützt und starrte an die der Tür gegenüberliegende Wand. Als er Danville hereinkommen hörte, wandte er sich langsam zu ihm um.

„Was gibt es jetzt wieder, Danville?" Granbys Stimme klang müde und desinteressiert. „Ist wieder etwas schiefgegangen und Sie haben vergessen, es mir zu sagen?"

„Nein, Sir", sagte Danville zögernd und sah sich seinen Vorgesetzten dabei genauer an. „Geht ... geht es Ihnen gut, Sir?"

„Geht es mir gut?" Granby lachte sarkastisch. „Natürlich geht es mir *nicht* gut. Warum denken Sie, dass es mir gut gehen sollte? Sie haben mir seit Tagen nichts als katastrophale Neuigkeiten gebracht, und nun sind die Bemühungen des Bodenteams ein Desaster! Die Männer, die Sie ausgesucht haben, haben die einfache Aufgabe, fünf Amateure in den Hinterhalt zu locken, vermasselt und sie dann auf der verdammten flachen Prärie, wo es keinen Ort zum Verstecken gibt, aus den Augen verloren!"

„Bei allem Respekt, Sir", sagte Danville und schluckte. „Die Prärie ist keineswegs flach und es ist recht einfach ..."

„Sie werden nicht bezahlt, um mir Märchen zu erzählen, Danville!", explodierte Granby. „Ich bin derjenige, der Märchen erzählt! Diese Marla Hansen und ihre Freunde stellen eine ernsthafte Bedrohung für die nationale Sicherheit dar, und Sie lassen sie sich durch die Finger gehen, wann immer wir ihnen nahe genug kommen, um dem Problem ein Ende zu setzen!" Granbys Faust donnerte wütend auf den Schreibtisch. „Und das, nachdem ich Ihnen gesagt habe, was es für uns beide bedeutet, wenn wir sie, und noch wichtiger, die Informationen, die sie bei sich tragen, nicht erwischen. Wie können Sie mir das antun?"

Danvilles Hände zitterten, aber er zwang sich, seinen Mann zu stehen.

„Meinen Sie nicht, es ist an der Zeit, mir zu sagen, worum es hier wirklich geht?", fragte er so bestimmt, wie möglich. Den Blick fest auf seinen Vorgesetzten gerichtet wartete er ab.

Granby holte tief Luft und stieß laut den Atem aus.

„Also gut", sagte er. „Es verhält sich folgendermaßen: Irgendwann in den 1840ern hat die Armee versucht, in Kalifornien eine große Gruppe von indianischen Widerständlern zu unterwerfen. Sie beobachteten das in den Bergen gelegene Indianerlager mehrere Tage lang und versuchten zu entscheiden, was die beste Art und Weise sei, anzugreifen, ohne dabei alle Männer zu verlieren. Währenddessen gingen die Indianer, ohne zu wissen, dass sie beobachtet wurden, ihrem Alltag nach. Die Armee-Scouts berichteten nichts Ungewöhnliches, lediglich dass die Indianer irgendeine Art Zeremonie vollzogen. Der befehlshabende Offizier dachte, es sei eine gute Gelegenheit für einen Überraschungsangriff, während die Indianer mit ihrem religiösen Kram beschäftigt waren. Aber als die Truppen das Lager erreichten, waren sie es, die überrascht waren."

Danville wusste nicht, worauf Granby hinaus wollte, dachte aber, dass es sicherer sei, mitzuspielen. Irgendwie schien sein Vorgesetzter heute sehr grantig zu sein, noch mehr als sonst, und Danville hatte nicht vor, einen von Granbys Wutausbrüchen zu erleben.

„Inwiefern waren sie überrascht, Sir?“, fragte er höflich.

Granby beugte sich über seinen Schreibtisch und sah ihn scharf an.

„Die Indianer sind vor ihren Augen verschwunden.“

„Sie sind verschwunden? Sie meinen wohl, sie sind erschossen worden“, versuchte Danville leicht verwirrt klarzustellen.

„Nein, ich meine nicht, *erschossen*“, polterte Granby. „Ich meine *verschwunden*. Vielleicht verstehen Sie es besser so: Im einen Augenblick waren die Indianer im Lager und im nächsten waren sie verschwunden.“

Danville starrte ihn mit offenem Mund an.

„Magie?“, flüsterte er.

„Irgendein Hokuspokus, das steht fest“, sagte Granby. „Wie auch immer, das ist nicht alles. Wenigstens einer der Indianer, eine *heilige Frau* oder *Medizinfrau* oder wie immer Sie es nennen wollen, ist wieder aufgetaucht. Sie ist erkannt und gefangengenommen worden, konnte aber auf wundersame Weise entkommen. Einige Jahre später meinte ein Offizier, sie drüben in Colorado gesehen zu haben. Beide Vorfälle sind Washington gemeldet worden und, wie Sie sich vorstellen können, hat es die Politiker ziemlich aufgeregt. Ich meine, es kann es ja nicht angehen, dass Indianer überall einfach so verschwinden und dann wieder auftauchen?“

„Ich nehme an, das ist nicht gut“, erwiderte Danville vage.

„Natürlich nicht!“, schimpfte Granby. „Wenn Indianer es können, dann dauert es nicht lange, bis andere davon etwas mitbekommen und es ihnen nachmachen. Wissen Sie, was das für unsere Gesellschaft bedeuten würde? Kriminelle, die im Nichts verschwinden und den Gesetzen entkommen. Aber, was noch schlimmer ist, unzufriedene Steuerzahler und potentielle Konsumenten, die spurlos verschwinden – können Sie sich die Verluste in Steuern und Wirtschaft vorstellen? Leute könnten sich unserer Kontrolle entziehen. Die Regierung kann die Bürger nur durch die Präsenz eines konstanten Angstfaktors beherrschen. Die Möglichkeit, dass Menschen einfach so verschwinden und nach … nun ja, wohin auch immer, übersiedeln, würde den Untergang unserer Gesellschaft bedeuten, das Ende der Macht, die die Regierung über die Bürger hat."

„Das stellt tatsächlich ein Problem dar, Sir", gab Danville zu. „Aber was hat das alles mit Marla Hansen zu tun?"

„Diese indianische Heilige aus Kalifornien, die in Colorado wieder aufgetaucht ist, nun, wir haben herausgefunden, dass sie in den Stamm der Cheyenne eingeheiratet und eine Tochter bekommen hat. Die Heilige Frau wurde während des Sand Creek-Massakers getötet …"

Danville nickte, denn nun endlich verstand er, warum Granby das Bodenteam scheinbar aus Lust und Laune nach Sand Creek geschickt hatte.

„… aber da war noch immer ihre Tochter. Sie hätte etwas wissen können. Wie auch immer, für eine Weile sah es so aus, als sei das Mädchen verschwunden, denn sie war weder unter den Opfern noch unter den Überlebenden. Einige Jahre später jedoch erhielten wir Berichte, dass sie in Montana lebte und mit einem Weißen verheiratet war. Aber da kein anderer Stamm als verschwunden gemeldet worden war und die Tochter der Medizinfrau nie irgendwelchen Ärger gemacht hat, beschloss die Regierung, die ganze Affäre vorerst abzuhaken …"

„… aber die Sache gleichzeitig im Auge zu behalten – zur Sicherheit", beendete Danville den Satz.

„Das ist richtig. Und alles war in Ordnung, bis Geraldine Copperwheat vor einigen Wochen in Frankreich gestorben ist und Marla Hansen mit einem alten Buch mit unbekanntem Inhalt hier auftauchte."

„Ich nehme an, der Weiße, der die Tochter der Medizinfrau geheiratet hat, ist einer der Copperwheat-Brüder gewesen, die sie vormals erwähnt haben?“

„Ja. James“, sagte Granby. „Und der ist der Ururgroßvater von Jack Blood, dem die Hansen und ihre Freunde *rein zufällig* in Montana begegnet sind.“

„Sie denken, ein Zufall wäre zu weit hergeholt?“

„Darauf können Sie wetten“, sagte Granby.

„Nun, Sir, ich muss sagen, ich stimme Ihnen zu. Und ich freue mich nun umso mehr, Ihnen sagen zu können, dass wir ihre Spur gefunden haben. Das ist der Grund, warum ich hier bin.“

Granby sprang von seinem Stuhl auf.

„Wo? Wie?“

„Ein Telefonanruf zu Familienangehörigen in Europa“, berichtete Danville triumphierend. „Smithy hat ihn abgefangen. Der Anruf stammte von einem öffentlichen Telefon in einem winzigen Hinterwäldlerdorf östlich von Colorado Springs.“

„Danville, Sie sind der Beste!“ Granbys Stimmung hatte sich komplett gewandelt. „Und dieses Mal werde ich mich selbst um die Angelegenheit kümmern. Besorgen Sie mir einen Helikopter.“

*

„Wie weit hast du vor zu fahren?“, fragte Jason, der mit Jack den Platz gewechselt hatte. „Wir haben seit mindestens zwanzig Meilen nichts als Bäume gesehen.“

„Je tiefer wir in der Wildnis sind und je weiter entfernt von jedem Haus und jeder Ortschaft, um so besser“, sagte Jack, während er das Auto vorsichtig über die schmale Schotterstraße steuerte.

„Ich bin froh, dass wir wieder in den Bergen sind“, sagte

Viv und betrachtete lächelnd die mit Kiefern und Fichten bewachsenen Berghänge, die sich um sie herum in den Himmel erstreckten. „Ich fühle mich hier viel sicherer."

„Ich hoffe, man spürt uns nicht auf, bevor wir herausgefunden haben, wonach wir suchen", sagte Marla gedankenversunken.

„Uns aufspüren?", rief Jason aus. „Wie sollte man uns hier aufspüren? Diese Typen haben keinen Schimmer, wohin wir gefahren sind und wo wir uns jetzt befinden."

Eva sagte nichts. Sie starrte lediglich ausdruckslos aus dem Fenster.

„Eva, stimmt etwas nicht?", erkundigte Marla sich, als sie das Schweigen ihrer Freundin bemerkte.

„Oh, nein, es ist alles in Ordnung", versicherte Eva hastig. „Ich bin nur ein wenig müde."

„Mach dir keine Sorgen", sagte Marla. „Alles wird gut werden. Ich verspreche es dir."

„Ich mache mir keine Sorgen", sagte Eva steif.

Marla lächelte. „Doch, das tust du. Du machst dir immer Sorgen. Du kannst nicht anders, es liegt dir im Blut."

Sie fuhren weiter und sprachen über dies und das, als Marla plötzlich ausrief: „Stopp! Halt den Wagen an!"

Jack trat sofort auf die Bremse.

„Was ist los?", fragte er beunruhigt.

„Da drüben, der Berghang mit dem Pfad, der sich dort hochschlängelt", rief Marla. „Ich kenne ihn!"

„Wie kann das sein?", meinte Viv. „Du bist noch nie hier gewesen."

Alle Blicke ruhten auf Marla. Jack sah sie ebenfalls an, jedoch nicht überrascht. Sein Blick war ruhig, und er sagte kein Wort. Marla wusste, dass er auf ihre Antwort wartete, dass er darauf wartete, obwohl er ahnte, was sie sagen würde – aber er wollte es aus ihrem Munde hören.

„Ich bin schon oft hier gewesen", sagte sie daher klar und

deutlich. „In meinen Träumen."

„In deinen Träumen?", wiederholte Jason und lachte. „Großartig. Ich hatte schon befürchtet, du meinst es ernst und willst, dass wir hier aussteigen, hier im Nichts."

„Ich meinte, was ich sagte", beharrte Marla. „Ich kenne diesen Ort aus meinen Träumen. Ich bin dem Pfad dort drüben schon Dutzende von Malen den Berg hinauf gefolgt. Es ist mir jetzt alles klar. Wir müssen dem Pfad folgen, müssen der Route folgen, die ich in meinen Träumen genommen habe."

„Aber warum?" Viv war perplex. „Haben wir nicht schon genug Probleme?"

Marla sah sie bestimmt an. „Wir werden unsere Antworten finden, wenn wir dem Pfad folgen", erklärte sie. „Ich weiß es einfach. Dieser Pfad wird uns genau ins Zentrum von allem führen – direkt zum Lager der Luchse. Dort werden wir unsere Antworten finden. Dort werden wir sicher sein."

„Ich weiß nicht recht, Marla", begann Eva. „Die Gegend scheint mir sehr wild und wir wissen nicht mit Sicherheit, dass ..."

„Ich weiß es mit Sicherheit", bestand Marla. „Glaub mir."

Für einen Augenblick sagte niemand etwas.

„Meinst du wirklich, dass wir dort oben eine Antwort finden werden?", fragte Viv und spähte skeptisch auf den bewaldeten Berghang. „Meinst du wirklich, wir können es schaffen, auf den Berg zu klettern?"

„Ja, das meine ich. Und ich würde keinen von euch auffordern, mit mir zu kommen, wenn diese Kerle nicht hinter uns her wären. Ich hätte keinen Augenblick Ruhe, wenn ich euch hier zurücklassen würde. Ich würde mich ständig fragen, ob es euch gut geht."

„Wir werden alle gehen", entschied Jack. „Es ist zu wichtig. Marla hat diesen Ort in ihren Träumen gesehen. Es ist ein Zeichen und wir müssen ihm folgen. So ist es Brauch bei meinem Volk."

„Nun, wir sind nicht alle Indianer", stellte Jason fest. „Und wir sind uns nicht sicher, ob ..."

„Willst du in Sicherheit sein?", fragte Jack.

„Natürlich will ich in Sicherheit sein", sagte Jason irritiert.

„Gut, dann haben wir keinen Grund zu streiten. Ihr habt dieses Abenteuer gemeinsam mit Marla begonnen, ich habe mich euch angeschlossen. Wir sind ein Team. Wir werden es gemeinsam zu Ende bringen."

Jack steuerte den Wagen von der Straße und fuhr, so dicht es ging, an den Pfad heran. Dort parkte er und stieg aus.

„Lasst uns aufbrechen", forderte er die anderen auf.

„Warte! Was ist mit deinem Gewehr?", fragte Jason, während er aus dem Wagen kletterte. „Sollten wir das nicht besser mitnehmen, zum Schutz, meine ich?"

Jack schüttelte den Kopf. „Wo wir hingehen, brauchen wir keine Waffen."

„Und wohin genau gehen wir?", wollte Viv wissen.

„Wir begeben uns auf eine *spirit journey*, auf eine Reise in die Geisterwelt", erklärte Jack ohne Umschweife. „Und bevor ich es vergesse: Unsere Schuhe lassen wir auch hier zurück."

„Was?" Jason war nun wütend. „Sieh dir den Pfad an, Jack. Ich habe noch nie einen so rauen und steinigen Weg gesehen. Uns werden in kürzester Zeit die Füße bluten."

„Warum wartest du es nicht ab?", schlug Jack vor. „Und noch etwas: keine lauten Stimmen, bitte. Wir wollen die Geistwesen nicht verärgern."

„Das kann nicht dein Ernst sein", fing Jason erneut an.

„Bitte, Jason", unterbrach ihn Marla, die nun ebenfalls ausgestiegen war. „Bitte sei ruhig. Sieh dich um. Horch. Dies ist kein gewöhnlicher Ort. Kannst du es nicht spüren? Kannst du es nicht hören?“

Jason sah sie an, als sei sie verrückt geworden. Aber Viv und Eva taten, wozu Marla sie aufgefordert hatte: Sie sahen genau hin und hörten genau zu.

„Etwas *ist* hier anders“, sagte Viv einen Augenblick später. „Ich kann nicht genau sagen, was, aber irgendetwas ist anders.“

„Es ist so still hier“, flüsterte Eva. „Nicht einmal ein Vogel singt. Es ist beinahe angsteinflößend.“

„Hier gibt es nichts, was einem von euch etwas antun würde“, sagte Jack und lächelte gutmütig. „Habt nur Vertrauen und folgt Marla, und alles wird gut werden.“

„Schön“, sagte Jason und sah sich unbehaglich um. „Bringen wir es hinter uns.“

„Ja, lasst uns losgehen“, stimmten Viv und Eva mit bebenden Stimmen zu.

„Danke“, sagte Marla und strahlte ihre Freunde an. Dann wandte sie sich an Jack. „Soll ich die Führung übernehmen?“

„Das wäre wohl das Beste“, erwiderte Jack und lächelte ihr ermutigend und auch ein wenig stolz zu. Er war stolz, weil sie diesen Ort gefunden hatte und dabei war, ihrem Traum zu folgen.

Vorsichtig betrat Marla den kargen Pfad. Sie hatte erwartet, dass die Steine und das scharfkantige Geröll ihren Füßen wehtun würden. Aber zu ihrem grenzenlosen Erstaunen, fühlte sie keinerlei Schmerz. Im Gegenteil, es fühlte sich an, als ginge sie auf einem weichen Federbett. Erstaunt blickte sie nach unten. Der Pfad war noch immer derselbe, steinig und uneben, und scharfe Ecken und Kanten lauerten überall. Normalerweise wären für diesen Pfad Wanderschuhe nötig gewesen. Und doch ging Marla darauf barfuß und so leicht und weich wie auf einem Teppich. Und das war nicht alles. Als sie hinter sich sah, stellte Marla fest, dass ihre Füße keinerlei Spuren hinterließen. Loses Geröll hatte sich nicht bewegt, kein Kieselstein war verrutscht, es gab auf den staubigen Flächen keinen einzigen Fußabdruck.

Als sie zu ihren Freunden sah, war Marla klar, dass auch sie bemerkt hatten, was vor sich ging. Viv, Eva und Jason schienen ein wenig besorgt, aber in Jacks Gesicht stand pure Freude, ganz so, als habe ihm jemand ein unerwartetes Geschenk gemacht.

„Du hast mehr Glück, als dir bewusst ist", sagte Jack sanft zu Marla. „Die Geistwesen haben dir eine Tür geöffnet, uns allen, damit wir uns vollkommen geschützt bewegen können. Das hier ist wirklich ein sehr besonderer Ort und wir dürfen ihn betreten. Um unseren Respekt zu erweisen, sollten wir uns so leise und unauffällig wie möglich verhalten. Wir sollten nur flüstern."

Ermutigt durch seine Worte ging Marla weiter. Sie folgten dem Pfad höher und höher bergauf – genauso wie sie es schon so oft im Traum getan hatte.

Es kam ihr seltsam vor, durch eine solche Stille zu wandern, in der nicht einmal die Stimme eines Vogels zu hören war. Und es war noch merkwürdiger, dass sie den steilen Berghang ohne jede Anstrengung erklomm. Marla fühlte sich sorgenlos und gleichzeitig in völligem Frieden mit sich selbst. Und je weiter sie ging, desto intensiver wurde das Gefühl.

Darüber hatte sie auch jegliches Zeitgefühl verloren. Sie vermochte nicht zu sagen, wie lange sie dem Pfad schon bergauf folgten. Aber die Bäume lichteten sich. Schließlich verlor der Pfad seine Steigung und der Wald öffnete sich auf eine große Hochgebirgswiese. In der Mitte lag ein See, dessen türkisfarbenes Wasser wie ein Spiegel im Sonnenlicht glitzerte.

Marla sah sich vorsichtig um, denn in ihrer Vorstellung hätten die Luchse am Seeufer entlanglaufen müssen, wie sie es in ihrem Traum taten. Doch die Luchse waren nirgends zu sehen.

Die anderen holten sie ein und sammelten sich um sie.

„Ist dies der Ort, den du im Traum besuchst?", fragte Eva sanft und zugleich beeindruckt. Ihr Blick war auf die raue und doch imposante Landschaft gerichtet.

„Es ist wunderschön", flüsterte Viv und berührte sachte Marlas Arm.

„Wow, du kommst im Traum hierher? Du brauchst nie wieder für einen Urlaub bezahlen!" Dieser Kommentar stammte natürlich von Jason.

„Sieht es haargenau so aus wie in deinem Traum?", fragte Jack und stellte sich neben sie.

„Nicht ganz, aber fast", erwiderte Marla und studierte die Einzelheiten. „Dort drüben, wo diese grasbewachsenen Hügel sind, waren in meinem Traum hohe Felsen."

„Die Felsen, in denen du das Lager der Luchse gefunden hast", stellte Jack leise fest.

„Ja", sagte Marla. „Die Felsen sind jetzt nicht hier, aber ich bin mir absolut sicher, dass sich der Ort, den wir suchen, bei den Hügeln dort befindet. Ich spüre es. Dorthin müssen wir gehen."

Kapitel 25

Zwanzig Minuten später erreichten Marla, Jack, Viv, Eva und Jason das südliche Seeufer und erklommen den höchsten der grasbewachsenen Hügel.

„Es ist merkwürdig, hier oben diese Art von Erhebungen vorzufinden", sagte Jason und hielt an, um Atem zu schöpfen.

„Wie meinst du das?", wollte Marla wissen.

„Nun, findest du nicht, dass sie irgendwie nicht ins Bild passen? Ich meine, wir sind hier hoch oben in den Rockies, und ich persönlich hatte spärliche Vegetation, viele Steine und vielleicht ein Hochplateau erwartet. Und all das ist hier, das stimmt. Aber es gibt auch diese rundlichen, mit saftigem Gras bewachsenen Hügel. Und die erinnern mich eher an Irland als an Colorado. Findest du das nicht merkwürdig?"

„Nicht wirklich", sagte Marla. „Als ich Eva einmal in der Schweiz besucht habe, haben wir die Alpen erkundet. Dort haben wir alle möglichen hochgelegenen Bergwiesen gesehen, sehr ähnlich wie diese."

„Nun ja, die Natur macht, was sie will, nehme ich an", murmelte Jason, war aber keineswegs überzeugt.

Als sie die Kuppe der Anhöhe erreicht hatten, hielten sie an.

„Schaut nur", sagte Eva überrascht. „Dort drüben, der seltsam geformte Felsbrocken."

„Lasst ihn uns genauer ansehen!", rief Marla und eilte voraus.

Sie hielt direkt neben dem Stein an und inspizierte ihn, ohne ihn jedoch zu berühren. Der verwitterte graue Steinblock hatte ungefähr die Größe eines Esszimmertisches. In seiner Oberfläche gab es mehrere rundliche Dellen, die ein wenig an flache Schüsseln erinnerten.

„Was könnte das sein?", fragte Eva, die sie eingeholt hatte. „Es sieht nicht so aus, als seien sie von Natur aus im Stein."

„Bestimmt nicht", sagte Marla leise, und mit einem Mal fühlten sich ihre Hände klamm und zittrig an. „Ich erkenne diesen Block wieder."

„Bist du dir sicher?" Jack stand nun neben ihr und warf ihr einen kurzen Seitenblick zu.

Marla nickte. „Absolut. Ich habe ihn in meinem Traum gesehen. Dort befand er sich in der Mitte des Luchsbaus, umgeben von Steinwänden, tief im Inneren der Felsen. Die Umgebung ist jetzt anders, aber der Steinblock ist derselbe."

Jack schaute sich genauer um.

„Nun, ich denke, wir haben das Lager der Luchse gefunden", sagte er schließlich. „Nach allem, was Marla uns erzählt hat, bin ich mir sicher, dass der Felsblock die Stelle kennzeichnet. Es ist egal, ob er sich in einer Höhle oder auf einem Hügel befindet. Es ist der Block selbst, der wichtig ist."

„Warum hat er diese merkwürdigen Dellen in der Oberfläche?", fragte Jason.

„Ich habe schon ähnliche Steinblöcke gesehen", erklärte Jack.

„Ich auch", stimmte Eva zu. „In einem Fernsehbericht über die Indianer des Südwestens. Sie benutzten Steine, um auf flachen Gesteinsblöcken Getreide zu mahlen. Das jahrelange kontinuierliche Mahlen hat die Blöcke abgenutzt, bis sie flache Dellen aufwiesen, so wie diese hier."

„Dann müssen hier einst Menschen gelebt haben", schlussfolgerte Viv.

„Was? Hier oben?", meinte Jason zweifelnd und blickte auf das felsige Seeufer und die spärliche Vegetation.

„Warum nicht?", sagte Marla. „Überall auf der Welt leben Menschen an hochgelegenen Orten. Nimm zum Beispiel die Ureinwohner Perus in den Anden oder die Tibeter. Was das Wetter anbelangt, nun, das Klima verändert sich. Es heißt, dass die Sahara einst ein grünes Paradies gewesen sei. Das Gleiche mag auf diesen Ort zutreffen. Wer weiß?"

„Und was machen wir nun?", wollte Jason wissen.

„Wir werden die Zeremonie durchführen", sagte Marla und vergewisserte sich mit einem Seitenblick bei Jack. „Genau wie wir es uns vorgenommen haben, richtig?"

„Ganz genau", sagte Jack.

„Wie fangen wir die Sache an?" Viv versuchte, ihre Stimme normal klingen zu lassen, aber Marla erkannte an der Art, wie sie mit dem Reißverschluss ihrer Jacke spielte, dass sie sehr nervös war.

„Wir folgen der Anleitung", sagte Eva lächelnd. „Genau wie man dem Rezept in einem Kochbuch folgt."

„Eva hat recht", sagte Marla. „Alles, was wir wissen müssen, steht im Tagebuch." Sie holte das alte abgenutzte Buch aus ihrer Tasche und schlug es auf.

„Warte", sagte Jack. „Als allererstes müssen wir ein Feuer machen. Mein Volk führt nie eine Zeremonie ohne Feuer durch. Wir werden es gleich hier entzünden", fügte er hinzu und deutete auf den Steinblock vor ihnen. „In der größten Delle. So werden wir denen, die einmal hier gelebt haben und vor uns hier gewesen sind, unseren Respekt erweisen."

Unter Jacks Anleitung sammelten sie Zweige und Moos zum Anfeuern und abgebrochene Stöcke und Äste als Brennmaterial. Vorsichtig legte Jack zuerst die Zweige und das Moos in die Delle und darüber einige größere Stöcke. Er holte sein Feuerzeug aus der Tasche und entzündete den Haufen. Einige Augenblicke später stiegen dünne Rauchsäulen in den Himmel auf, dann flackerten auch schon die ersten

Flammen. Bald darauf brannte das kleine Feuer gut, und Jack legte mehr Holz nach, um es in Gang zu halten.

Auf Jacks Zeichen hin begann Marla laut vorzulesen, so dass sie alle der im Tagebuch niedergeschriebenen Anleitung folgen konnten. So wurde die Zeremonie durch die einfachen, aber kraftvollen Worte, die Stands in the Wind Alfred anvertraut hatte, zum Leben erweckt.

Als Marla zu Ende vorgelesen hatte, dachte sie, dass die Zeremonie nicht funktioniert hatte, denn alles schien unverändert.

Sie standen bewegungslos da und starrten schweigend in die tanzenden Flammen. Doch dann überkam Marla plötzlich ein seltsames Gefühl und sie erschauerte. Etwas war geschehen.

Vorsichtig sah sie sich um. Es war absolut nichts Ungewöhnliches zu entdecken. Oder doch? Auf den ersten Blick … aber nein, das konnte nicht sein. Und doch schien es Marla, dass sich die Landschaft irgendwie verändert hatte. Nein, nicht die Landschaft hatte sich verändert, es war die Vegetation. Zu ihrer Linken sah sie nun einen Haufen hoher Pflanzen, der vorher nicht dort gewesen war, und der sie sehr an Zuckermais erinnerte. Aber wie konnte Zuckermais hoch oben in den Bergen von Colorado wachsen? Das war unmöglich!

Marla blinzelte, aber die Pflanzen blieben, wo sie waren. Sie schluckte. Viv, Eva, und Jason hatten scheinbar noch nichts bemerkt, doch Marla erkannte, dass zumindest Jack sich der Veränderung bewusst war. Seine Augen verrieten ihn. Sie fing seinen Blick auf. Er lächelte sie an, und gab ihr somit zu verstehen, dass sie sich nicht zu fürchten brauchte.

Marla holte tief Luft und wagte einen weiteren vorsichtigen Blick in die Umgebung. Da bemerkte sie einen Schatten, der von der anderen Seite des Feuers auf sie zugeschlichen kam. Sie erstarrte. Die Gestalt war aufgrund des Rauchs verschwommen, aber die Art, wie sie sich bewegte, kam ihr seltsam bekannt vor.

„Der Luchs", flüsterte Marla heiser.

*

„Ich brauche Fakten, Danville", donnerte Granby, während er auf eine Art und Weise durch den Wald stapfte, als seien alle Bäume Feinde.

„Es tut mir leid, Sir. Aber die Männer können keine Spur von ihnen entdecken", gab Danville zu. „Die Hansen und ihre Freunde scheinen sich in Luft aufgelöst zu haben."

„Das ist unmöglich!", brüllte Granby. „Wir haben ihren Anruf zu dem Hinterwäldlerort zurückverfolgt, und sie sind dort gesehen worden. Der Ladenbesitzer hat sich an sie erinnert und sie uns bis aufs i-Tüpfelchen beschrieben. Er hat sogar gesehen, in welche Richtung sie weitergefahren sind. Unsere Männer haben die Reifenspuren auf der Schotterstraße gefunden und wir konnten ihnen leicht bis zu der Stelle folgen, an der sie den Wagen geparkt haben. Und nun wollen Sie mir weismachen, dass wir ihre Fährte verloren haben?"

„Es ist lediglich eine Frage der Zeit, Sir", versuchte Danville seinen Vorgesetzten zu beruhigen. „Die Männer sind ausgeschwärmt und suchen die gesamte Gegend gründlich ab. Ein Helikopter kreist über der Gegend. Wir werden sie finden, keine Sorge."

„Ich mache mir aber Sorgen", murrte Granby. „Außerdem glaube ich, dass die Männer auf der vollkommen falschen Fährte sind. Sie sollten dort drüben suchen." Er deutete auf einen steilen Berghang.

„Wieso denken Sie das?", fragte Danville überrascht. „Es gibt keinen Hinweis darauf, dass sie dorthin gegangen sind."

„Nennen Sie es einen sechsten Sinn, wenn Sie wollen", sagte Granby, und seine Augen funkelten gefährlich. „Ich mache diesen Job lange genug, um zu wissen, wovon ich spreche. Sie und der Rest, nun ja, Sie sind Grünschnäbel!"

Danville biss sich auf die Unterlippe. Er war gekränkt, aber er versuchte nicht, sich zu verteidigen.

„Was schlagen Sie vor, Sir?", fragte er so ruhig wie möglich.

„Sie bleiben hier", befahl Granby entschlossen. „Ich werde die fünf alleine finden." Damit drehte er sich um und stapfte durch die Wildnis davon.

„Aber Sir", rief Danville ihm nach, „Sie können doch nicht alleine dort hinaufgehen!"

„Versuchen Sie, mich davon abzuhalten!", rief Granby ihm über die Schulter zu und verschwand zwischen einigen dichtstehenden Fichten.

Granby wanderte bergauf und behielt dabei den Pfad und die Umgebung genau im Auge. Aber so sehr er sich auch umsah – er entdeckte nicht die geringste Spur, weder von Marla Hansen noch von Jack Blood oder von sonstwem.

Schließlich hielt er inne und kratzte sich nachdenklich am Kopf. Seine Leute hatten diesen Berghang bereits abgesucht. Er hätte wenigstens deren Fußspuren finden müssen. Aber es gab keine. Überhaupt war alles seltsam verändert. Er konnte auch den Helikopter nicht mehr hören, der über dem Berg kreiste. Selbst Vögel waren nicht mehr zu hören. Und seine Schritte fühlten sich ebenfalls anders an, leichter irgendwie und kraftvoller.

Verwundert schaute Granby sich um. Er konnte nichts Verdächtiges entdecken, aber er war sich sicher, dass irgendetwas nicht stimmte. Er beschloss herauszufinden, was es war.

Ein paar Mal unternahm Granby den Versuch, Danville seinen Standort zu übermitteln, aber sein Funkgerät funktionierte nicht mehr. Ein seltsames Gefühl überkam ihn. Er nahm seine Pistole in die Hand, nur um auf Nummer sicher zu gehen. Dann setzte er seinen Weg bergauf fort. Inzwischen war er geradezu besessen von der Idee, dass er irgendwo hier oben das finden würde, wonach er suchte. Er konnte es förmlich spüren.

Granby hatte den Berghang nun soweit erklommen, dass sich die Bäume lichteten und die Landschaft immer karger wurde. Er wollte eben eine grasbewachsene Anhöhe erklimmen, als er auf einem losen Felsbrocken ausrutschte.

Einen schrecklichen Augenblick lang dachte Granby, er würde die Kontrolle über seinen Körper verlieren und den Berg hinunterrutschen. Er ruderte wild mit den Armen durch die Luft und suchte instinktiv Halt. Dabei ließ er seine Pistole fallen. Glücklicherweise fand er schnell das Gleichgewicht wieder.

Granby atmete kräftig durch, um sein wild pochendes Herz zu beruhigen. Und dann hörte er es: Stimmen – ganz in der Nähe.

Verwirrt tastete Granby seine Jacke nach der Pistole ab und erinnerte sich dann, dass er sie beim Stolpern verloren hatte. Verärgert kroch er auf allen Vieren umher und suchte den Boden ab. Ohne die Waffe würde er gegen die fünf keine Chance haben.

Die Pistole war unter einen dichtwüchsigen Busch gerutscht. Erleichtert nahm Granby sie auf und steckte sie in den hinteren Hosenbund. Dann kletterte er vorsichtig weiter bergauf, sehr darauf bedacht, den Schutz der Kiefern nicht zu verlassen.

Die Stimmen wurden lauter. Aber da war noch etwas anderes, etwas, das er nicht erwartet hatte: es roch nach Lagerfeuer.

Er erreichte die Kuppe der Anhöhe, und sein Herz schlug vor Triumph höher: Keine fünf Meter von ihm entfernt standen die Menschen, die er gesucht hatte! Hansen, Blood und die anderen drei hatten sich um ein Feuer versammelt, das sie auf irgendeinem großen Steinblock entzündet hatten. Sie starrten in die Flammen, wie unter Hypnose. Sein sechster Sinn hatte ihn nicht getrogen, sondern ihn direkt dorthin geführt, wo er hatte sein wollen. Er, Granby, war cleverer als all die anderen gewesen. Danville und sein Team von Versagern würden grün vor Eifersucht sein!

Mit einem Mal begannen Hansen und die anderen, sich zu rühren. Das war Granbys Chance. Er durfte sie nicht vertun!

Instinktiv zog er seine Pistole hervor und sprang wie eine Katze auf die Person zu, die ihm am nächsten stand – Jack Blood. Aber in genau dem Augenblick bewegte sich Jack. Alles was Granby zu fassen bekam, war Jacks Bein. Er klammerte sich daran fest.

„Sie sind verhaftet!", rief Granby. Dann verschwamm das Bild vor seinen Augen und alles schien sich zu verändern.

*

Marla hatte nicht erwartet, den Luchs zu treffen. Aber es überraschte sie auch nicht, ihn zu sehen.

„Es ist der Luchs", flüsterte sie erneut und ging langsam auf ihn zu.

Jack, Viv, Eva und Jason starrten das Tier erstaunt an, und für einen Augenblick galt ihre Aufmerksamkeit allein der großpfotigen Katze.

Jack war der Erste, der sich besann.

„Marla, warte!", rief er und machte einen Schritt nach vorn, um sie zurückzuhalten.

Marla drehte sich gerade rechtzeitig zu ihm um, um zu sehen, wie eine große Gestalt scheinbar aus dem Nichts durch die Luft gesprungen kam, direkt auf Jack zu.

„Pass auf!", rief sie erschrocken.

Ihr Ruf kam so überraschend für Jack, dass er nicht gleich reagierte, sondern einen weiteren Schritt auf Marla zu machte. Doch das half ihm nicht. Die Gestalt bekam sein Bein zu fassen, klammerte sich daran fest, als hinge ihr Leben davon ab, und versuchte Jack zu Fall zu bringen.

Der plötzliche Ruck brachte Jack dann auch aus dem Gleichgewicht und er taumelte perplex zu Boden.

„Oh, mein Gott!“, rief Viv. „Es ist einer von diesen Typen!“

„Keine Angst, ich werde dich beschützen!“, rief Jason heldenhaft und schob sich so vor Viv, dass er sie mit seinem Körper abschirmte.

Viv starrte ihn an, erstaunt über seine selbstlose Tat, zögerte aber nicht, den angebotenen Schutz in Anspruch zu nehmen. Sie spähte hinter seinem Rücken hervor, die Hände an seine Arme geklammert, und beobachtete Jack und den Fremden aus sicherer Entfernung.

„Wie hat er uns nur gefunden?“, fragte Eva ängstlich und trat, ohne eine Einladung abzuwarten, näher an Jason heran.

Inzwischen rangen Jack und Granby verbissen am Boden.

„Mach ihn fertig, Jack!“, rief Jason und hielt seine Arme schützend um Viv.

„Hilf ihm, Jason!“, forderte Viv ihn auf. Sie stieß ihn von sich, auf die kämpfenden Männer zu.

Marla verfolgte die Situation entsetzt, unentschlossen, was zu tun war. Sie sah, wie Jason in einem halbherzigen Versuch, Jack zu helfen, vorwärts stolperte, jedoch schnell aufgab. Der grauhaarige Fremde boxte Jack hart in den Magen und Jack sackte zu Boden. Er rappelte sich wieder auf, aber es war unübersehbar, dass er Hilfe brauchte.

Fieberhaft sah Marla sich um. Die Pistole des Fremden war ihm aus der Hand geflogen, als er sich an Jack geklammert hatte. Wo war sie nur gelandet? Sie sah sich suchend um und entdeckte die Waffe ganz in der Nähe im Gras. Sie sprang zu der Stelle hinüber, ohne den Fremden dabei auch nur für eine Sekunde aus den Augen zu lassen. Schnell nahm sie die Pistole auf und richtete sie auf den Angreifer.

„Hände hoch und keine Bewegung oder ich puste dich in die nächste Welt, Fremder." Marlas Stimme war erstaunlich ruhig und über den Lärm der kämpfenden Männer klar und deutlich zu hören.

Der Fremde blickte sie abschätzend an. Dann ließ er Jack los und hob zögernd die Hände.

Viv, Eva und Jason starrten Marla voller Bewunderung an.

Jack packte den Angreifer und zog ihn grob auf die Füße.

„Wie hast du uns gefunden?", zischte er und schüttelte den Mann unsanft. „Wie viele deiner Sorte treiben sich noch dort draußen herum, hm? Sag schon!"

„Ich … ich bin allein", brachte der Fremde heraus.

„Jason, such den Kerl nach Waffen ab, während ich ihn festhalte", ordnete Jack an. „Ihr anderen bleibt, wo ihr seid."

Jason kam zu ihm, und unter Marlas Feuerschutz suchte er den Fremden ab.

„Er ist sauber", erklärte er einen Moment später und trat zurück.

„Wie heißt du?", wollte Jack verärgert wissen.

„Granby."

„Nun, Granby", sagte Jack, „ich frage dich noch einmal: Wie hast du uns gefunden?"

„Es war reiner Zufall", sagte Granby ruhig, aber sein Blick suchte in allen Richtungen nach einem Ausweg. „Ich bin einfach über euch gestolpert. Es ist niemand sonst bei mir."

„Du musst unseren Aufenthaltsort ungefähr gekannt haben, so dass du wusstest, wo du nach uns suchen musst", sagte Jack. „Niemand hätte erraten können, dass wir hierher kommen würden."

„Das stimmt", sagte Granby im gleichen ausdruckslosen

Tonfall wie zuvor. „Wir haben euren Anruf zurückverfolgt. Ihr hättet nicht das Telefon benutzen sollen."

„Aber das haben wir auch nicht ..." Jacks Stimme verlief sich. Langsam wandte er sich zu den anderen um. „Okay, wer ist es gewesen?" Er sah von einem zum anderen. Dann sagte er leise: „Du, Eva, nicht wahr?"

Eva senkte den Kopf und nickte.

„Oh, Eva, wie konntest du nur?", rief Viv entsetzt. „Da hättest du ja gleich persönlich zu diesen Typen gehen und uns anschwärzen können!"

Eva begann zu weinen.

„Ich musste es ganz einfach tun, versteht du das nicht? Ich hatte Angst, meine Familie nicht wiederzusehen! Ich musste ganz einfach ein letztes Mal mit ihnen sprechen." Sie sah auf, ihr Blick nun finster und auf Viv fixiert. „Natürlich würdest du das nicht verstehen. Du weißt ja nicht einmal was Liebe ist! Du schwebst über innigen Versprechen. Du spielst nur mit den Gefühlen anderer."

Marla ging zu Eva und legte besänftigend die Hand auf ihren Arm. Granby ließ sie dabei jedoch keineswegs aus den Augen. Sie hielt die Pistole noch immer auf ihn gerichtet.

„Ich verstehe dich", sagte sie. „Und wir können jetzt nichts mehr daran ändern. Was geschehen ist, ist geschehen." Sie wandte sich an Jack. „Was sollen wir jetzt machen? Meinst du, wir haben die Zeremonie korrekt ausgeführt?"

„Aha!", rief Granby wie besessen. „Also existiert die Zeremonie tatsächlich!"

„Also das ist es, worauf du und deine Leute es abgesehen haben", sagte Jack. „Für wen arbeitest du?"

„Was macht das für einen Unterschied?", fragte Granby. „Die Behörde, für die ich arbeite, ist streng geheim. Ihr könntet nie etwas beweisen."

„Also ist es die Regierung", sagte Jack verächtlich. „Ich habe es die ganze Zeit über gewusst. Aber was ist es, das ..."

„Jack", unterbrach Marla ihn. „Etwas Seltsames geht hier vor sich."

„Was, Marla?", Jack sah sich aufmerksam um.

„Die Vegetation", sagte Marla leise. „Sie verändert sich! Ich habe es bemerkt, kurz bevor dieser Typ aufgetaucht ist, habe es aber nicht glauben wollen. Doch jetzt ... sieh dir die Bäume an und die Büsche. Das sind nicht die Kiefern, die noch vor einer Minute hier gestanden haben. Und dort drüben wächst Zuckermais. In den Rocky Mountains sollte doch keinen Mais wachsen, oder?"

Marla erkannte an den verwunderten Gesichtern ihrer Freunde, als diese sich nun ebenfalls umschauten, dass sie es sich nicht eingebildet hatte. Selbst Granby staunte.

Dann blieb Marlas Blick an etwas hängen, das sie einen Schritt zurücktreten ließ.

„Was ist los?", flüsterte Viv.

Marla konnte ihr nicht antworten. Sie deutete auf den großen Felsblock, auf dem sie das Feuer entzündet hatten, und ihr Gesicht war vor Schreck wie versteinert.

„Menschen ...", stammelte sie. „Frauen, die arbeiten. Dort auf dem Felsblock. Sie mahlen ... Mais ..."

Je genauer Marla hinsah, desto deutlicher waren die Gestalten der arbeitenden Frauen zu erkennen. Es war, als habe sich etwas verschoben, als habe sich der Blick in eine andere Dimension geöffnet – wie in einem 3D-Bild, wo Dinge plötzlich auftauchten, wenn man es im Licht drehte.

„Seht genauer hin", flüsterte sie, und im selben Augenblick hörte sie, wie den anderen der Atem stockte. Sie sahen die Frauen nun auch.

Marla erinnerte sich an den Luchs. Sie hatte das Tier völlig vergessen. Als sie nun zu der Stelle sah, an der sie den Luchs vor ein paar Minuten gesehen hatte, bemerkte sie, dass er sich die ganze Zeit über nicht vom Fleck gerührt hatte.

Die gelb-grünen Augen der Katze waren auf Marla gerichtet. Langsam und ohne den Blickkontakt zu lösen senkte das Tier den Kopf und begann, auf sie zuzugehen.

Instinktiv tat Marla jedes Mal, wenn der Luchs einen Schritt vorwärts machte, einen Schritt zurück. Sie hatte die beiden riesigen Luchse viele Male im Traum getroffen, aber dies war vollkommen anders. Etwas Forderndes lag in der Körpersprache des Luchses – etwas, das beinahe menschlich wirkte.

„Hab keine Angst", sagte Jack mit beruhigender Stimme. „Frag ihn, was du für ihn tun kannst."

Marla sah Jack an. Meinte er das ernst? Dann holte sie tief Luft und wandte sich in bemüht ruhigem Ton an den Luchs.

„Was kann ich für dich tun?"

Etwas, das sehr nach einem Lächeln aussah, erschien auf dem Gesicht des Tieres. Dann begann sein Körper, sich zu verzerren, sich in die Höhe und seitwärts zu strecken, und das Tier nahm eine vollkommen andere Gestalt an.

Marla hörte, wie Eva vor Schreck der Atem stockte. Sie konnte das Gesicht ihrer Freundin nicht sehen, aber sie stellte sich vor, dass es genauso ängstlich und panisch aussah, wie sie, Marla, sich innerlich fühlte. Sie wollte zu Jack laufen und sich hinter ihm verstecken und es ihm überlassen, mit dem seltsamen Wesen zu sprechen. Aber sie schaffte es nicht. Sie war wie versteinert.

Der Luchs blieb stehen, doch die Verwandlung hielt an. Während er weiter in die Höhe schoss, gab es einen kurzen Augenblick, in dem er fast transparent wirkte. Durch die nun nebelhafte Gestalt konnte Marla die Büsche und Bäume, die sich hinter dem Körper des Wesens befanden, deutlich erkennen.

Als das Wesen seine endgültige Form angenommen hatte, wurde die Gestalt klarer und begann sich zu materialisieren – so wenigstens erschien es Marla. Mit jeder verstreichenden Sekunde wurde die Gestalt realer.

„Das ist unmöglich", hörte Marla Viv flüstern.

„Wow", lautete Jasons Kommentar.

Eva sagte nichts, und Marla konnte es ihr nicht verdenken. Sie selbst war vollkommen sprachlos.

„Ich grüße dich, Wise One", sagte Jack und Marla fühlte, wie er sie anstieß.

Sie blinzelte in der Hoffnung, dass sie sich dies alles nur einbildete, doch als sie wieder hinsah, war das Wesen noch immer da. Der samtpfotige Luchs mit den stechenden gelbgrünen Augen hatte sich in eine wunderschöne junge Indianerin verwandelt.

Marla erinnerte sich an Jacks Aufforderung. „Auch ich grüße dich, Wise One", stammelte sie perplex, aber sie konnte ihre Verwirrung und ihren Schock nicht verbergen.

Die junge Frau lächelte gutmütig.

„Ich bin froh, dass ihr gekommen seid", sagte sie mit einer Stimme, so sanft wie die eines Singvogels. „Wir haben auf euch gewartet."

Kapitel 26

Marla starrte die Frau an. Sie war zu verwirrt und erstaunt, um zu begreifen, was soeben geschehen war. Ihr Blick flog von der Indianerin zu den anderen Frauen, die neben dem Steinblock knieten und den Mais mahlten, und von dort zu dem Feld mit Zuckermais. All diese Bilder, noch vor einem Augenblick verschwommen und nebelhaft, waren nun klar und deutlich erkennbar. Ein Schauer jagte über Marlas Rücken.

Ein warmer Wind wehte den Berghang hinab, viel zu warm für die Rockies, selbst im August. Und die Gerüche – auch sie schienen seltsam verändert. Das würzige Aroma von Kiefernadeln hing noch immer in der Luft, aber es war nun mit einem süßen, blumigen Duft vermischt, den Marla nicht zuordnen konnte. Es war nur ein Hauch, doch sehr beruhigend und tröstend, und er ergänzte den wilden Geruch des Waldes in Harmonie.

Marla bemerkte, dass die neue Atmosphäre, obwohl sie sich so plötzlich eingestellt hatte, nun auch auf die anderen übersprang. Vivs und Evas Mienen waren nicht mehr angespannt und Jason hatte wieder seine gewöhnliche Cowboy-Haltung eingenommen. Selbst Granby stand wie vom Donner gerührt, und sein Ärger hatte sich zu einem tiefen Staunen gewandelt, das keinen Platz für Hass oder Vergeltung ließ; er stand ruhig und beobachtend da.

Marla sah Jack an. Er schien völlig im Einklang mit der Situation.

„Träume ich?", fragte sie, als ihr Blick zu der weisen Frau zurückkehrte. Sie kniff Jack in die Hand, ganz so, als wolle sie sicherstellen, dass er auch wirklich da war.

„Nur weil du jetzt Dinge siehst, die du zuvor nicht zu sehen vermochtest, heißt es noch lange nicht, dass du träumst", erwiderte die Indianerin sanft. „Und selbst wenn es ein Traum wäre, warum sollten die Dinge, die du siehst, fühlst und hörst weniger wert oder wahr sein?"

„Sind wir in einer anderen Welt, einer anderen Dimension?" fragte Marla, noch immer verwirrt. „Wir haben eine Zeremonie abgehalten, als Granby hier auftauchte. Haben wir Erfolg gehabt?"

Die Indianerin lächelte erneut.

„Du hast viele Fragen, das kann ich verstehen. Lass es mich so ausdrücken: Die Zeremonie, die ihr durchgeführt habt, hat in der Vergangenheit tatsächlich Menschen in Zeiten großer Gefahr oder Not entrückt von ... nun, lass es uns *eurer Welt* nennen, und sie in Sicherheit gebracht. Aber das ist nicht der einzige Zweck der Zeremonie. Es geht vor allem darum, Menschen zu einem neuen Bewusstsein zu verhelfen."

Marla sah Jack, Viv, Eva und Jason an, doch keiner von ihnen schien die Worte der Frau erläutern zu wollen. Sie standen einfach schweigend da, ihre Blicke auf Marla gerichtet, und warteten darauf, was sie als nächstes sagen würde.

Marla holte tief Luft und räusperte sich.

„Um welches neue Bewusstsein handelt es sich?", fragte sie schüchtern.

„Das Bewusstsein, dass alles miteinander verbunden ist. Die verschiedenen Welten oder Ebenen, wenn man sie so nennen möchte, und die verschiedenen Zeiten sind alle miteinander verwoben und können nicht voneinander getrennt werden. Ihr habt keine andere Welt betreten, ihr habt lediglich euer Bewusstsein an etwas angepasst, das immer hier war."

Marla dachte eine Weile über die Worte der Indianerin nach, bevor sie antwortete.

„Du meinst, du und die Frauen, die dort auf dem Block mahlen, der Mais und die süßen Düfte sind immer hier, wir sind nur nicht in der Lage gewesen, sie zu sehen?"

„Genau", erwiderte die weise Frau. „Es hat nur mit deiner Wahrnehmung zu tun. Wenn dein Bewusstsein es zulässt, kannst du all die verschiedenen Zeiten und Welten wahrnehmen – von der Schöpfung bis in alle Ewigkeit."

„Dann existiert also nicht wirklich ein Tor zu einer Welt, in der Menschen in Sicherheit leben können, fern von aller Gefahr und allem Schmerz", schlussfolgerte Marla enttäuscht.

„Ich habe einmal den gleichen Fehler gemacht wie du jetzt", sagte die Indianerin in ihrer sanften Art. „Ich dachte einst, dass ich mein Volk in eine andere Welt führen könnte, fort von allem Hass und aller Gefahr, die der weiße Mann mit sich brachte. Aber es hat nichts genützt. Als ich meinen Irrtum erkannte, kehrte ich zurück. Doch es hat viele Jahre gedauert, bis ich begriffen habe, worin mein Fehler lag."

Marlas Augen weiteten sich überrascht, als sie die Bedeutung dieser Worte in Gänze erfasste.

„Du bist die mächtige heilige Frau aus Kalifornien", flüsterte sie voller Respekt. „Du bist Stands in the Winds Mutter. *Du* bist *Lynx*."

Die Indianerin nickte leicht mit dem Kopf.

Viv, Eva und Jason raunten erstaunt und Granbys Augen weiteten sich noch mehr. Nur Jack schien nicht überrascht. Er stand schweigend neben Marla und lächelte wissend.

Ohne der allgemeinen Verwunderung Beachtung zu schenken, fuhr Lynx fort: „Jeder weiß in seinem Herzen, was richtig und wahr ist, mein Kind. Es gibt kein Entkommen in eine andere Welt – das habe ich schließlich erkannt. Es ist eure Welt, die Welt, die ihr Realität nennt, in die wir all das bringen müssen, was gut ist. All die guten Geister, all den Frieden, die Harmonie und das Gleichgewicht, die wir in der Welt der

Ahnen erleben – all das müssen wir in eure Welt bringen, damit die Tragödien für alle Menschen ein Ende haben. Es ist an der Zeit, dass die Geistwesen in eure Welt kommen."

„Aber wie?", fragte Marla. „Wie soll das gehen?"

„Wie ging es hier?", erwiderte Lynx ruhig.

Marla grübelte. „Nun, mit Hilfe der Zeremonie, nehme ich an."

„Ganz richtig", sagte Lynx. „Zeremonien wie die, die mir gegeben worden ist, und die ihr nachgeahmt habt, sind vor langer Zeit von Ureinwohnern überall auf der Welt durchgeführt worden. Diese Zeremonien sind, wie ihr heute festgestellt habt, sehr kraftvoll. Das ist der Grund, warum Menschen angegriffen wurden, wann immer und wo immer auf der Welt solche Zeremonien stattgefunden haben. Und es erklärt die Angst der Eroberer, die am Ende dazu geführt hat, dass die Spiritualität der Ureinwohner zerstört und ins Verborgene verdrängt wurde."

„In den Untergrund", murmelte Marla. „Genau wie der Bau der Luchse in meinem Traum und die Höhle, in der dir die Zeremonie vor so vielen Jahrzehnten anvertraut worden ist."

Lynx nickte erneut.

„Das ist alles sehr schön – und theoretisch", unterbrach Eva zaghaft. „Aber man wird uns nie damit durchkommen lassen. Ich meine, nehmt Granby zum Beispiel. Er arbeitet für die Regierung und hat es sich zum Lebensziel gemacht, uns zu vernichten. Wie es aussieht, kann es uns passieren, dass wir in dem Augenblick, in dem wir in unsere eigene Bewusstseinswelt, oder was auch immer es ist, zurückkehren, von seinen Männern umgebracht werden."

„Dieser Mann ist darauf aus, euch zu töten?", stellte Lynx in ihrer sanften Art in den Raum. „Da wäre ich mir nicht so sicher. Versteht, alles verändert sich ständig und wird gleichzeitig von allem, was es umgibt, beeinflusst. Nehmt Natur und Kultur zum Beispiel. Einige Menschen versuchen mit aller Macht, diese beiden Bereiche zu trennen. Doch wie sollte das gelingen? Die natürliche Welt um uns herum hat einen starken Einfluss darauf, wie sich unsere Kultur entwickelt. Eine karge Umgebung prägt das Volk auf ganz andere Art als ein mildes gemäßigtes Klima. Die moderne Sprache hat einige interessante Ausdrücke entwickelt, um das Unverständnis zu kompensieren. *Multikulturell* zum Beispiel. Das Wort lässt vermuten, dass die Menschen gelernt haben, miteinander zu leben, egal aus welcher Kultur sie stammen. Aber obgleich der Gedanke gut ist, verfehlt er doch einen sehr wichtigen Aspekt: Ehe Menschen lernen können, in Frieden miteinander zu leben, müssen sie erst wieder lernen, im Gleichgewicht mit der Natur – der Natur in ihrem natürlichen Zustand – zu leben. Sie müssen lernen, die Natur mit Bedacht, das heißt ausgewogen zu nutzen."

„Wir müssen wieder im Einklang leben mit der Erde, unserer Mutter", sagte Jack leise.

Lynx sah ihn respektvoll an und nickte. „Ich glaube, euer Freund Granby fängt gerade an, all das zu begreifen. Und wenn man sich erst einmal auf diese Reise begeben hat, dann gibt es kein Zurück. Wie ich bereits sagte: Alles unterliegt ständiger Veränderung und wird zugleich von allem, was es umgibt, beeinflusst. Es gibt kein Zurück. Nie."

„Wir können nicht die Einzigen sein, die von der Existenz eurer Welt oder eurer Wahrnehmung erfahren haben, und von der Notwendigkeit, die Welt der Geister in unsere eigene Welt zu integrieren", sagte Marla nachdenklich. „Es muss andere geben, die den Weg hierher gefunden haben."

„Das ist richtig", erwiderte Lynx. „Und dieser Berg ist bei weitem nicht der einzige Ort, der eine Tür öffnet. Dieser Berg ist ein heiliger Ort, das stimmt. Aber es gibt viele andere Orte auf der Welt, die genauso heilig sind wie dieser. In genau diesem Augenblick offenbaren sich Orte, ganz ähnlich wie dieser, im Land der Löwen, den Ländern der Affen und der Großen Schlange, den Ländern der Kängurus und des Bären. Sie offenbaren sich, und sehr bald schon werden Gemeinschaften entstehen, die die alten Werte neu beleben: Respekt und Achtung, Ehrlichkeit, Ausgewogenheit und Harmonie, Familie und der Zusammenhalt einer Gruppe oder eines Dorfes für das Wohlergehen aller. In diesen Gemeinschaften wird jeder in sich selbst die Harmonie finden, die notwendig ist, um Seite an Seite mit der Geisterwelt und all ihren Wesen zu leben. Ihr alle", Lynx sah in die Runde, „habt Anteil an diesem Wandel. Ihr werdet Pioniere sein, eine Vorhut, die anderen den Weg zeigt."

Marla schüttelte den Kopf. „Du irrst dich, Lynx", sagte sie. „Wir sind keine Pioniere. Pioniere ziehen aus, um ein neues Land zu besiedeln und das Fundament für einen neuen Staat zu legen. Sie sind mutig und haben Fertigkeiten, die ihnen das Überleben im Angesicht unzähliger Schwierigkeiten sichern. Uns fehlt das. Wir sind in Städten geboren und aufgewachsen – wenigstens die Mehrzahl von uns. Wir verstehen nichts von solchen Dingen."

Lynx lächelte milde. „Jeder hat der Welt ein besonderes Geschenk anzubieten, so auch ihr. Denkt an die Fähigkeiten, die ihr habt und wie man sie einsetzen könnte, euch selbst und anderen zu helfen."

„Nun, ich liebe Bücher", erklärte Marla mit einem unsicheren Blick auf Lynx. „Ich schreibe auch recht gut und kann Dinge gut organisieren. Ich könnte diese Fähigkeiten benutzen, um die Dinge, die wir heute gelernt haben, aufzuschreiben und mit anderen zu teilen."

„Ich wusste, du würdest verstehen", sagte Lynx sanft. „Aber nun schaut euch ein wenig um."

Mit diesen Worten wandte Lynx sich von ihnen ab. Mit einer letzten kaum erkennbaren Handbewegung lüftete sie einen weiteren Schleier von den Augen der Umstehenden.

Nun füllte sich der Berghang mit den außergewöhnlichsten Wesen. Es erschienen Menschen aller Hautfarben, viele von ihnen in Kleidung aus längst vergangenen Zeiten, aber auch Tiere von allen Ecken des Erdballs. Rote, weiße, schwarze und gelbe Menschen tummelten sich ungezwungen mit Bären, Wölfen, Adlern, Pinguinen, Papageientauchern, Kängurus, Kookaburras, Tigern, Pandabären, Löwen und Elefanten.

Allein an diesen Anblick würden sie sich für immer erinnern. Doch es waren die Wesen, die sich unter sie gemischt hatten, über die Marla am meisten staunte. Sie konnte nicht anders, als sie *Little People*, kleine Leute, zu nennen, denn das war genau, was sie waren. Einige der Wesen sahen wie kleine Erdbewohner aus, andere wie winzige Pflanzenwesen, und wieder andere glichen Vogelwesen.

Marla musste lächeln, als ihr Blick auf diese kleinen Kreaturen fiel. Niemand musste ihr erklären, dass dies besondere Wesen waren, kleine Geistwesen, die Mensch, Tier und Pflanze halfen zu wachsen und zu gedeihen. Sie wusste es einfach.

„Dies sind sehr kraftvolle Geistwesen", bestätigte Jack ihre Gedanken flüsternd. Und mit einer leichten Kopfbewegung in Richtung der Menschen setzte er hinzu: „Und das sind unsere Ahnen."

„Es sind Millionen", flüsterte Eva bewegt, als sie sahen, wie um sie herum mehr und mehr Menschen und Wesen auftauchten.

„Oh, mein Gott!", flüsterte Jason alarmiert. „Der Typ da drüben sieht aus wie mein Urgroßvater. Ich würde ihn überall wiedererkennen! Im Haus meiner Eltern hängt, seit ich mich erinnern kann, ein Porträt von ihm." Er tat ein paar Schritte zurück, aber der hochgewachsene gutaussehende Mann mit dem blonden Haar hatte ihn bereits entdeckt und kam direkt auf ihn zu.

„Jason", sprach der Mann ihn an. „Ich bin dein Urgroßvater Wilbur. Ich bin froh, dass wir die Gelegenheit haben, uns eine Weile zu unterhalten. Ich weiß, du bist verwirrt. Vielleicht kann ich dir helfen. Warum gehen wir nicht dort rüber, wo wir ungestört sind?"

Wider Erwarten fing Jason nicht an zu streiten, sondern folgte dem Mann, ohne ein Wort zu verlieren.

Bald waren auch Viv und Eva in Gespräche mit ihren Vorfahren vertieft. Und Jack besprach bestimmte Zeremonien mit seinem Großvater. Granby hingegen war in ein Gespräch mit einem kleinen Mädchen verwickelt. Nur Marla war allein. Es machte ihr nichts aus. Sie liebte es, die anderen zu beobachten und deren Gefühle, Geschichten und Energien zu *spüren*.

Eine Weile stand sie nur so da. Dann überkam sie das starke Gefühl, beobachtet zu werden. Forschend schaute sie in die Menge. Und sie entdeckte eine Gruppe von Menschen, die direkt auf sie zuzukommen schien. Marla erstarrte, als sie erkannte, wer die jungen Leute waren.

„Jack", flüsterte sie heiser, und als er nicht reagierte, rief sie ihn erneut, ein wenig lauter diesmal: „Jack!"

Er wandte sich zu ihr um. Doch ehe er nach dem Grund ihres Verhaltens fragen konnte, bemerkte auch er die sich nähernde Gruppe. Er erkannte die beiden Männer sofort von der Fotografie, denn die sahen genauso aus wie damals: jung und stark und um die dreißig.

„James und Alfred Copperwheat", stammelte er.

Neben ihnen gingen zwei Indianerinnen. Beide hatten rabenschwarzes Haar, beide waren auf ihre Art wunderschön. Die eine Frau war klein und kräftig gebaut, die andere groß und schlank. Neben ihnen stand eine junge, elegant gekleidete Weiße. Ihr langes, haselnussbraunes Haar war kunstvoll hochgesteckt. Ihre grauen Augen funkelten vor Freude, doch gleichzeitig war ihr Blick sehr durchdringend.

Marlas Hände begannen zu zittern und ihr Herz machte einen Sprung. Sie kannte diese Frauen, kannte sie genauso gut wie Alfred und James.

„Little Owl, Stands in the Wind und Geraldine Copperwheat", flüsterte sie Jack mit stockender Stimme zu.

Jack nahm ihre zitternde Hand in seine, drückte sie fest und gab ihr damit zu verstehen, dass auch er die drei erkannt hatte.

Marla fing seinen Blick auf. Sie konnte an seinen Augen ablesen, dass das Treffen dieser besonderen Vorfahren auch ihn tief bewegte.

Nun hatte die Gruppe Marla und Jack erreicht. Geraldine trat vor, und ein herzliches Lächeln stand auf ihrem Gesicht.

„Marla Hansen", sagte sie und ihre Stimme klang genauso wie an dem Tag, als sie sich auf der Rennstrecke in Frankreich kennengelernt hatten. Sie nahm Marlas freie Hand in ihre. „Du hast alles sehr, sehr gut gemacht. Und ich danke dir von ganzem Herzen. Ich wusste in dem Augenblick, in dem wir uns trafen, dass das Tagebuch bei dir sicher sein würde."

Es gab so viele Fragen, so vieles, was Marla Geraldine hatte fragen wollen. Doch jetzt, als sie tatsächlich die Möglichkeit dazu hatte, fiel ihr nichts davon ein. Alles, was sie sagen konnte, war: „Ich bin so dankbar, dass das Vertrauen, das Sie in mich gesetzt haben, nicht umsonst gewesen ist. Und ich danke Ihnen für die unglaubliche Chance, die ich erhalten habe. Ich habe mehr über mich und die Welt, in der ich lebe, gelernt, als ich in Worte fassen kann."

„Ich bin mir sicher, dass du etwas Großartiges aus deinem Leben machen wirst, meine Liebe", sagte Geraldine und drückte erneut Marlas Hand. „Möge Gott dich segnen und beschützen."

Alfred kam als Nächster zu ihr, Little Owl an seiner Seite.

Das Gesicht der jungen Frau war glatt und unversehrt, so wie es gewesen war, bevor die schreckliche Krankheit sie befallen hatte.

„Es war ein großes Vergnügen, während deiner Reise über dich zu wachen", sagte Alfred respektvoll und verbeugte sich höflich.

„Du hast ... über mich gewacht?", stotterte Marla erstaunt und sah von einem zum anderen.

„Wir alle", erwiderte Alfred. „Hast du es nicht bemerkt?"

Die Ereignisse der vergangenen Tage liefen im Zeitraffer vor Marlas innerem Auge ab. Ein seltsamer Schauer huschte durch ihren Körper, als sie sich an Momente erinnerte, an denen sie geglaubt hatte, den Schatten eines Luchses in ihrer Nähe gesehen zu haben. War das wirklich Lynx in der Gestalt des Luchses gewesen? Und all die Male, als Marla das Gefühl gehabt hatte, ein unsichtbares Band würde sie leiten. Waren das Alfred und James gewesen, die versuchten, sie zu beschützen und in die richtige Richtung zu lenken?

Wie absurd das Ganze auch schien, in diesem Augenblick, mit all den Ahnen und Geistwesen ringsum, fühlte Marla sich sehr beschützt. Und tief in ihrem Herzen wusste sie, dass nicht nur sie, sondern auch Jack, Viv, Eva und Jason beschützt sein würden, ihre Leben zu leben, ihre Kinder heranwachsen zu sehen, ganz egal, wo sie sich aufhalten würden. So lange sie den Stimmen und dem Rat der Ahnen zuhörten, würden sie deren Gegenwart spüren und somit sicher sein.

„Ja, ich glaube, ich habe es bemerkt", sagte sie lächelnd. „Danke."

James, der die vergangenen Minuten leise mit Jack gesprochen hatte, kam nun zu Marla. Er lächelte freundlich. Stands in the Wind war an seiner Seite.

James sah Marla mit den Augen an, die sie so gut kannte. Die gleichen durchdringenden, sturmgrauen Augen, die Geraldine und Jack hatten.

„Pass gut auf meinen Ururenkel auf. Dein Einfluss hat dazu geführt, dass er sich selbst und seine Aufgabe im Leben gefunden hat."

Marla erwiderte das Lächeln vage, unsicher, was sie von seinem Grinsen halten und was sie darauf antworten sollte. Schnell wandte sie sich zu Jack um, doch er hatte ihr den Rücken zugedreht und schaute in die Ferne. Sie folgte seinem Blick und erkannte, dass er Lynx ansah, die nun aus der Mitte der Ahnen zu ihnen zurückkehrte.

Ein stechender Schmerz durchfuhr Marla, als sie begriff, was die Rückkehr von Lynx bedeutete: Die Zeit des Abschieds war gekommen.

Marla wollte sich dagegen wehren. Sie wollte diesen Ort nicht verlassen, wollte sich nicht von diesen Menschen, denen sie sich so verbunden fühlte, trennen. Nie zuvor hatte sie sich so unbeschwert, so voller Frieden und so beschützt gefühlt wie in diesem Augenblick. Wie sollte sie das alles aufgeben, wo sie es gerade erst gefunden hatte? Das war zu viel verlangt!

Marla wusste, dass ihre Verzweiflung sich auf ihrem Gesicht spiegelte, denn als Lynx neben sie trat, huschte ein beinahe mitleidiger Ausdruck über ihre schönen Gesichtszüge.

„Zu gehen ist das Schwerste von allem, nicht wahr?", fragte Lynx in ihrer sanften Art.

Marla brachte kein Wort heraus und nickte lediglich.

„Aber eure Rückkehr ist notwendig", fuhr Lynx mit einem verständnisvollen Lächeln fort. „Viele Menschen warten auf eure Hilfe, sie sind davon abhängig. Und es wird eure Aufgabe sein, die Welten auf ein Zusammenzuführen vorzubereiten – es ist die Aufgabe aller, die hierher gekommen sind." Sie machte eine ausholende Handbewegung, die nicht nur Marla, sondern auch Jack, Viv, Eva, Jason und selbst Granby einschloss.

Marla hatte geahnt, dass es einen tieferen Sinn hinter all

dem gab, und sie fühlte sich sehr geehrt, doch die Aufgabe, die Lynx ihr zuteilte, schien ihr zu schwierig zu sein, zu groß, um sie zu meistern. Sie machte ihr entsetzliche Angst.

In diesem Moment fühlte Marla, wie sich eine Hand um die ihre schloss und sie fest drückte. Sie sah überrascht auf und schaute in Jacks graue Augen, die nun nicht durchdringend oder stürmisch waren, sondern sanft und liebevoll. Sie schienen sie zu umarmen, ihr Kraft zu geben. Und gleichzeitig stellten sie ihr eine Frage.

Aber hatte er es sich wohl überlegt? Waren seine Gefühle echt? Als Marla ihm tief in die Augen blickte, wusste sie, dass sie sich auf ihn verlassen konnte. Marlas Herz schlug schneller und in ihrem Bauch schien ein ganzer Schwarm von Schmetterlingen einen wilden Tanz aufzuführen. Auf ihrem Gesicht jedoch war ein Lächeln, das den dunkelsten Raum hätte erleuchten können. Mehr hätte sie selbst mit Worten nicht ausdrücken können.

Plötzlich erinnerte sich Marla, dass Lynx auf eine Antwort wartete. Sie hob den Kopf und bemerkte, dass die Blicke aller auf sie gerichtet waren. Sie errötete tief und sagte dann: „Ich werde mein Bestes tun, um zu helfen, wo ich kann. Und ich weiß, die anderen werden das Gleiche tun. Gemeinsam, da bin ich mir sicher, werden wir Berge versetzen können."

„Das werdet ihr", sagte Lynx. „Es gibt einen richtigen Zeitpunkt für alles, und nun ist die Zeit gekommen, euch von hier zu verabschieden. Vertraut darauf, dass die Ahnen euch leiten und beschützen werden, und möge Great Spirit euch Kraft geben und über euch wachen, wohin ihr auch geht."

Marla, Jack und die anderen verabschiedeten sich widerwillig und, mit einem letzten Blick auf Lynx und die Geistwesen, wandten sie sich von der Welt der Ahnen ab.

Sie waren nur wenige Schritte weit gekommen, als Marla

etwas einfiel. Sie holte das Tagebuch aus ihrer Tasche und eilte zurück zu Lynx.

„Dieses Tagebuch enthält die Anweisungen für deine Zeremonie", erklärte sie und überreichte Lynx das Buch. „Ich glaube, es ist besser, wenn du es hier behältst. In den falschen Händen könnte es viele Probleme verursachen."

„Deine Entscheidung ist weise", sagte Lynx. „Das Tagebuch hat seinen Zweck erfüllt. Ich werde es an einen sicheren Ort bringen."

Marla lächelte sie an. Dann winkte sie Geraldine, Alfred, James, Little Owl und Stands in the Wind ein letztes Mal zu. Sie konnte sich nicht erklären warum, aber zu wissen, dass Alfred und James für immer mit ihren Lieben vereint in der Geisterwelt weilten, half ihr hinweg über den Schmerz, den sie empfunden hatte, seit sie im Tagebuch über all die tragischen Ereignisse gelesen hatte.

Fröhlich lächelnd holte Marla die anderen ein. Jack bot ihr seine Hand, und beschwingt griff sie danach. Es gab keinen Anlass mehr, die Liebe aus ihrem Leben zu verdrängen – nicht nur, weil Jack der Mann war, den sie sich immer erträumt hatte, sondern auch, weil sie keine Angst mehr davor hatte, verletzt zu werden. Was auch immer geschehen würde, Marla wusste, dass die Ahnen sie leiten und beschützen würden.

Jack blickte sie an, ein seltsames Funkeln in den Augen.

„Was ist los?", fragte sie, und die Schmetterlinge kehrten in ihren Bauch zurück.

„Du bist wunderschön, wenn du lächelst", erwiderte er.

Marla sah ihn zärtlich an, studierte jede Einzelheit seines Gesichtes.

„Glückliche Menschen sehen immer schön aus", sagte sie schließlich. „Und im Augenblick bin ich sehr glücklich."

Kapitel 27

Marla und Jack gingen Hand in Hand ein paar Schritte auf dem felsigen Pfad, der zurück zur Bergwiese und zum See führte. Dann drehte sich noch einmal um, um einen allerletzten Blick auf Lynx, Geraldine, James, Alfred, Little Owl und Stands in the Wind zu erhaschen. Zu ihrer großen Überraschung war der grasbewachsene Hügel, auf dem sich eben noch viele Menschen getummelt hatten, jetzt vollkommen verlassen.

„Sie sind weg", sagte sie ungläubig und blieb stehen. „Sieh nur, Jack, der Hügel ist leer."

Marla erschauerte, aber es war nicht, weil ihre neuen Freunde so plötzlich verschwunden waren. Die Temperatur und Luftqualität hatten sich jäh verändert. Von einem Moment zum anderen war es viel kühler geworden und der süßliche, parfümartige Duft war verschwunden. Ein seltsames Gefühl überkam sie. Dann hörte sie einen Robin rufen.

„Wartet!", rief sie Viv, Eva, Jason und Granby zu, die ihnen ein Stück voraus waren. „Wartet! Schaut euch genau um. Atmet die Luft. Hört euch den Gesang der Vögel an. Ich glaube, wir sind wieder in unserer Welt."

„Da bin ich aber beruhigt", sagte Eva mit einem tiefen Seufzer der Erleichterung und gab zu: „Diese andere Welt – sie war friedlich und schön, aber sie hat mir irgendwie Angst gemacht."

„Ich finde, es war fantastisch", merkte Jason in seinem gewöhnlichen Tonfall an. „Schade, dass wir fortgehen mussten. Ich meine, ein Cowboy hatte dort noch Platz umherzustreifen, frei und ungezwungen."

Viv, ihren Arm fest in Jasons eingehakt, warf ihm einen

Blick zu, in dem eine deutliche Mischung aus Liebe und Tadel lag.

„Wenn du willst, dass diese Beziehung funktioniert", sagte sie mit einem Hauch von Strenge, „dann musst du mit diesem Cowboy-Wahnsinn aufhören. Ich dachte, wir waren uns darüber einig."

Jason sah sie entschuldigend an. „Verzeih, das hatte ich ganz vergessen. Vergiss den Cowboy. Aber fantastisch war es trotzdem."

Er erntete damit ein liebevolles Lächeln von Viv und streckte stolz die Brust vor.

„Wisst ihr nicht, was das bedeutet?", unterbrach Marla sie angespannt. „Seine Leute", sie deutete auf Granby, der neben Eva stand, „werden uns finden."

„Aber er kann uns doch keine Probleme mehr bereiten", sagte Eva. „Du hast das Tagebuch dort gelassen, wo niemand es finden kann. Und Granby kann das bezeugen. Was können sie noch von uns wollen?"

„Ich befürchte, Granby kann uns noch eine Menge Ärger machen, wenn ihm danach ist", sagte Jack ruhig. „Wir haben aus erster Hand Informationen über die Geisterwelt. Wir kennen die Zeremonie. Wenn Granby es sich in den Kopf setzt, dann könnte er uns, solange es ihm passt, auf Eis legen. Alles, was er zu tun braucht, ist, uns als Terroristen zu bezeichnen, und sie können mit uns machen, was sie wollen."

„Ich bin aber kein Terrorist!", rief Eva entsetzt. „Ich will nur nach Hause fliegen und meine Kinder in die Arme schließen und Marcus sagen, dass ich unserer Ehe eine zweite Chance gebe."

„Dazu bist du bereit?", fragte Marla. „Ich hätte nicht gedacht, dass du ihm vergeben würdest. Nie."

„Das dachte ich auch", gab Eva zu. „Aber nach all den Gefahren, die wir durchgestanden haben, und nach unserem

Besuch in der friedlichen Welt von Lynx habe ich erkannt, dass es nichts Wertvolleres für mich gibt als meine Familie. Für sie würde ich alles tun – und dazu gehört, Marcus' Entschuldigung anzunehmen. Ich liebe ihn noch immer, weißt du", setzte sie leise hinzu.

„Ich weiß", sagte Marla sanft. „Und ich bin sehr froh über deine Entscheidung, aber ... nun ja, mach Marcus klar, dass er mir wird Rechenschaft ablegen müssen, sollte er dich je wieder so respektlos behandeln." Sie ging zu Eva und umarmte sie.

„Und mir", sagte Viv und schloss sich schniefend der Umarmung an.

„Oh, nein!", stieß Jason panisch aus. „Fangt bloß nicht an zu heulen!" Er wandte sich hilfesuchend an Jack. „Ich kenne das: die eine fängt an und in einer Minute werden alle drei ..." Er wurde von lautem Schluchzen unterbrochen. „Siehst du, ich habe es dir gesagt!"

„Ignoriert ihn einfach", schniefte Viv. „Er wird nie auch nur das kleinste bisschen von Frauen verstehen."

„Nach allem, was wir durchgemacht haben", sagte Eva und schnäuzte sich, „dürfen wir doch wohl ein bisschen weinen, meinst du nicht? Ich habe, seit wir zu diesem Trip aufgebrochen sind, kein einziges Mal geweint, und das ist mir sehr schwergefallen. Ich habe mich gefühlt, als wandelte ich in einer schwarzen Wolke, und die ganze Zeit über musste ich so tun, als badete ich in Sonnenschein."

„Es stimmt, ich verstehe euch nicht", gab Jason zu. „Aber damit kann ich leicht leben."

„*Damit kannst du leicht leben?*", wiederholte Viv. „Was für eine Aussage ist das nun wieder?"

„Jack lebt damit", sagte Jason. „Seht ihn euch an. Er hat kein Wort gesagt, seit ihr drei angefangen habt zu heulen, und seinem Gesichtsausdruck nach zu urteilen versteht er die Situation nicht besser als ich."

„Da irrst du dich, Jason", sagte Jack trocken. „Ich bin sehr gut in der Lage, mich in andere hineinzuversetzen. Aber im Augenblick mache ich mir nicht um die Mädels Sorgen. Ich versuche herauszufinden, was Granby vorhat." Er sah den Beamten direkt an, suchte in seiner Miene nach einer Antwort. „Nun, wie steht's, Granby? Wie viel Ärger müssen wir von dir erwarten?"

Das Schluchzen der Frauen verebbte sofort, und die Blicke aller richteten sich auf den großen, grauhaarigen Mann, der neben ihnen stand.

Granby hatte den Kopf geneigt und sein Blick huschte über den felsigen Pfad vor ihnen, als suche er dort etwas. Langsam schüttelte er den Kopf und sah in die Runde.

„Ihr braucht euch keine Gedanken zu machen. Lynx hat recht", sagte er. „Niemand kann dort sein, wo wir waren, – selbst wenn es, wie in meinem Fall, aus Versehen geschehen ist – ohne davon berührt zu werden. Niemand kann sehen, was wir gesehen haben, oder die Wesen treffen, die wir getroffen haben, kann die Süße in der Luft riechen und den Frieden und die Sicherheit spüren, die wir gespürt haben, ohne dass es ihn für immer verändert."

Er sah sie der Reihe nach an, bevor er fortfuhr, besonders Marla und Jack. Als wollte er, dass sie seinen Blick als Beweis und als Bestätigung für die Ehrlichkeit seiner Worte erkannten.

„Nichts von dem, was in den vergangenen Tagen geschehen ist, wird in die Akten aufgenommen", versprach Granby. „Dafür werde ich sorgen. Die Copperwheat-Akte wird geschlossen und mit dem Vermerk *Untersuchung aus Mangel an Beweisen eingestellt* versehen."

Marla sah ihn forschend an, fragte sich, ob sie ihm trauen konnte.

„Abgemacht, Granby", meinte Jack. „Per Handschlag." Er streckte ihm seine Hand entgegen.

Marla traute ihren Ohren nicht. Warum tat Jack das?

Aber Granby schüttelte bereits Jacks Hand, augenscheinlich sehr erleichtert über den Ausgang der ganzen Angelegenheit, und wandte sich nun an Marla.

„Es tut mir leid, Ihnen und Ihren Freunden so viel Ärger bereitet zu haben, Miss Hansen", entschuldigte er sich. „Es gibt keine Rechtfertigung dafür, außer dass ich von der Idee besessen war, befördert zu werden. Ich war verrückt. Ich hoffe, Sie vergeben mir."

Marla, die noch immer nicht verstand, was vor sich ging, nahm die ihr gebotene Hand und schüttelte sie zögernd. In dem Augenblick, als sie Granby berührte, überkam sie ein Blitz und sie wusste, warum Jack das Händeschütteln vorgeschlagen hatte. Es war genau wie die Male, als sie die Hütte der Copperwheats oder die Erde am Sand Creek berührt hatte. Sie konnte spüren, was in Granby vor sich ging – alles, was ihm je widerfahren war, alles, was er je empfunden hatte, und alles, was er in diesem Moment dachte. Und alles, was sie fühlte, war Mitleid. Granby war eine unruhige Seele, er hatte viele Schwächen. Aber wer von ihnen war besser? Ein jeder hatte seine Probleme. Marla brauchte nur sich und ihre Freunde anzusehen.

Marla begriff, dass der Besuch in der Geisterwelt Granbys Seele genauso berührt hatte wie ihre eigene. Den harten Beamten gab es nicht mehr. Vor ihr stand ein neuer Mensch, ein Mann, auf dessen Wort man sich verlassen und dem man vertrauen konnte. Und so vertraute sie ihm auch in dieser Sache.

„Wir alle verdienen eine zweite Chance, Mr Granby", sagte sie laut. „Und ich bin froh zu wissen, dass wir uns auf Ihre Verschwiegenheit und Hilfe in dieser Angelegenheit verlassen können."

Ein breites Lächeln erschien auf Granbys Gesicht.

„Nun, dann lasst uns aufbrechen."

„Wartet einen Moment", sagte Eva. „Was ist mit den anderen Beamten? Wenn wir nun einem von ihnen über den Weg laufen?"

„Die überlassen Sie ruhig mir", versicherte Granby ihr. „Ich verspreche, dass keiner von Ihnen in irgendeiner Weise zu Schaden kommen wird."

Mit diesen Worten ging er den Pfad bergab, und seine Schritte waren ebenso entschlossen wie unbeschwert.

Viv und Jason sahen einander zärtlich an und folgten Granby Hand in Hand. Eva schloss sich ihnen an. Ihr war anzusehen, wie sehr sie sich darauf freute, schon sehr bald wieder bei ihrem Mann und ihren Kindern zu sein.

Marla tat einen Schritt nach vorn, um ihnen zu folgen, doch Jack hielt sie zurück.

„Einen Augenblick", sagte er und zog sie sachte in seine Arme. „Du hast mir noch nicht gesagt, wohin du gehen wirst, wenn wir von diesem Berg runter sind. Und ob ich in deinen Pläne eine Rolle spiele."

Marla sah ihn verschmitzt an.

„Ich dachte daran, einer bestimmten Hütte in der Wildnis der Rocky Mountains einen Besuch abzustatten", sagte sie. „Falls der Besitzer mich dort haben will."

„Solange du willst", erwiderte Jack mit seltsam heiserer Stimme.

„Nun, dann mach dich auf einen sehr langen Aufenthalt gefasst."

Marla streckte ihre Hand aus, strich über sein Gesicht, das ihr so lieb geworden war, und verlor sich erneut in den Tiefen seiner Augen – diesen grauen Augen, die sie so sehr an die Farbe des Meeres an einem stürmischen Tag erinnerten.

Und als ihre Lippen sich schließlich trafen, fühlte sie sich genau wie in einer ungestümen Nacht auf dem Meer, in der die raue Gewalt der Wogen sie mitriss, bis etwas sie aufgriff und sicher in den Hafen zurückbrachte.

Eine Weile später, als sie gemeinsam zwischen den majestätischen Ponderosa-Kiefern bergab wanderten, das Sonnenlicht durch das immergrüne Dach der Zweige schien und die Stimmen ihrer Freunde von weiter unten zu ihnen drangen, sagte Jack: „Meine Mutter hat recht, und all die Jahre habe ich so sehr dagegen angekämpft, um ihr zu beweisen, dass sie falsch liegt. Die Geister und die Ahnen führen und beschützen uns die ganze Zeit. Sie überhäufen uns mit Geschenken. Das Problem ist, dass wir uns dessen meist nicht bewusst sind und es nicht erkennen."

„Wie ich und meine Kopfschmerzen, meinst du", sagte Marla sanft und setzte hinzu: „Ich frage mich, ob sie mich weiterhin heimsuchen werden."

„Sie haben einem besonderen Zweck gedient, der nun erfüllt ist", sagte Jack nachdenklich. „Die Kopfschmerzen sind nicht länger von Nutzen."

Sie gingen eine Zeit lang schweigend nebeneinander her.

„Großvater hat früher den berühmten Tecumseh zitiert, der sagte: Wenn man nichts findet, wofür man dankbar sein kann, dann liegt die Schuld bei einem selbst", sann Jack eine Weile später. „Und er hat damit wirklich recht gehabt. Im Augenblick könnte ich eine Liste aufstellen, so lang wie mein Arm, mit Dingen, für die ich dankbar bin." Er zog Marla zärtlich an sich.

„Dann lass uns Tecumseh und deinem Großvater Respekt erweisen", sagte Marla sanft, „und jeden Tag gemeinsam eine lange Liste schreiben, auf der wir alle Dinge festhalten, für die wir dankbar sind – jeden Tag, für den Rest unseres Lebens."

Sanna Seven Deers

FEUERBLUME

Roman
340 Seiten, MTb
ISBN 978-3-87536-291-6

Eigentlich sollte Alexandra mit ihrem Leben in Deutschland zufrieden sein. Ein guter Job, die Freunde und verständnisvolle Eltern – alles spricht für ein sorgenfreies Dasein.
Dennoch ist Alexandra nicht glücklich. Sie beschließt, eine kurze Auszeit im Westen Kanadas zu nehmen.
Die Berührung mit der Natur und der Mystik der indianischen Kultur führen Alexandra endlich zu sich selbst. Sie erkennt den Sinn und die Schönheit ihres Lebens, findet die Liebe und wagt einen Neuanfang ...

MERLIN VERLAG
21397 Gifkendorf Nr. 38

Sanna Seven Deers

SOMMERVOGEL

Roman
360 Seiten, MTb
ISBN 978-3-87536-316-6

Das hat Claire gerade noch gefehlt: Wenige Wochen bevor sie ihren neuen Job im Gartenbauamt antreten will, soll sie ihren kranken, schrulligen Onkel Ben in der kanadischen Wildnis gesund pflegen. Widerwillig reist Claire nach Westkanada. Dort angekommen entdeckt sie nicht nur die berauschende Schönheit der Landschaft und öffnet ihr Herz, sie wird auch unversehens zur Zeugin einer tragischen Liebesgeschichte, die in der Goldgräberzeit beginnt, und deren tödliche Folgen bis in die Gegenwart reichen ...

David Seven Deers

REISENDE MUTTER

Indianische Parabeln
Deutsch von Sanna Seven Deers
120 Seiten, fadengeheftes Hardcover
ISBN 978-3-87536-312-8

Adler-Mann und Reisende Mutter besuchen die Menschen am Fluss, im Wald treffen sich die Vögel zum Geheimen Vogelrat und auf einem riesigen Grizzly reiten zwei Indianerkinder in die Zukunft ...
In seinen drei Parabeln führt der kanadische Bildhauer und Autor David Seven Deers mitten hinein in die verborgene Mystik seiner indianischen Heimat. Es eröffnet sich eine zuversichtliche und lebensfrohe Perspektive auf die Welt.

„Der frische Wind der Freiheit, den die Geschichten mit sich tragen, verbindet sich auf diesen Seiten mit einem Bewusstsein für indianische Geister und Ahnen und macht das Buch zu einem ganz besonderen Leseerlebnis."

Marcela Ann Spiegel

MERLIN VERLAG
21397 Gifkendorf Nr. 38

Umschlagdesign: Designbüro Schuldt & Möhlenkamp, Bremen, unter Verwendung einer Fotografie von Christopher Gardiner (Shutterstock.com) sowie einer Vignette von David Seven Deers.
Satz: Merlin Verlag
Druck und Bindung: Beltz Bad Langensalza GmbH, Bad Langensalza

1. Auflage, Gifkendorf 2018
Im 61. Jahr des Merlin Verlags
ISBN 978-3-87536-331-9
www.merlin-verlag.de
www.sannasevendeers.com